Michael Lange

Koogland

MICHAEL LANGE

KOOGLAND

Roman

PIPER

Mehr über unsere Autorinnen, Autoren und Bücher:
www.piper.de

Wenn Ihnen dieser Roman gefallen hat, schreiben Sie uns unter Nennung des Titels »Koogland« an *empfehlungen@piper.de*, und wir empfehlen Ihnen gerne vergleichbare Bücher.

Unser Versprechen für mehr Nachhaltigkeit
Klimaneutrales Produkt
FSC®-zertifiziertes Papier
Hergestellt in Europa

FSC
www.fsc.org
MIX
Papier | Fördert gute Waldnutzung
FSC® C083411

ISBN 978-3-492-06324-1

Redaktion: Lars Zwickies
Satz: Satz für Satz, Wangen im Allgäu
Gesetzt aus der Kepler Std
Druck und Bindung: CPI Books GmbH, Leck
Printed in the EU

PROLOG

»DER DEICH WIRD BRECHEN.«

Es war tief in der Nacht, der Regen prasselte, das Wasser lief ihnen eisig in die Stiefel und in den Nacken. Die Männer zitterten im Sturm, während sie immer wieder Sandsäcke in neue Risse stopften. Meterhohe Wellen trieben auf die Deichkrone zu. Gegen den brüllenden Wind und das Tosen der See konnten sie sich nur schreiend verständigen. Dennoch hatte Thorsten den Satz klar und deutlich vernommen: Der Deich wird brechen.

»Wir müssen evakuieren.«

Auch diesen Satz verstand er. Thorstens Ziehvater Thies Cordes blickte hinaus in den schwarzen Abgrund. An schönen Tagen sah man dort die Elbmündung in die Nordsee. Heute war kein schöner Tag. Es hatte den ganzen Februar durchgeregnet, die Straßen hinter dem Deich standen längst unter Wasser, Frost hatte die Elbmündung unpassierbar gemacht. In dieser Nacht zerbrach der Sturm das Eis und trieb es mit der Flut über das Vorland. Die spitzen Kanten der Eisschollen zerhackten mit jeder weiteren Welle den Deich etwas mehr. Selbst der alte Cordes, Thies' Vater, hatte so etwas noch nicht erlebt. Alle waren erschöpft, der Deich war es auch. Doch noch hielt er. Er hatte immer gehalten.

»Er wird nicht halten!«, rief Thies Thorsten zu, als könne er dessen Gedanken lesen.

»Das kann nicht sein.«

»Es ist erst halb drei.«

Im Kampf dieser Nacht hatte Thorsten sein Zeitgefühl verloren, doch nun verstand er Thies. Der Höhepunkt der Flut war für kurz nach vier vorhergesagt. Das Wasser würde noch mehr als eine Stunde lang weiter steigen.

Auf den eisglatten Wegen im Kaiser-Wilhelm-Koog stand das Wasser bereits mehrere Zentimeter hoch. Der Eisregen, die Löcher im Deich, das Grundwasser, es kam von überall. Die Männer gingen wie auf rohen Eiern zu ihren Fahrzeugen, jeder schrie in sein Handy, um so viele Menschen wie möglich zu warnen. Thies hatte über eine App bereits die höchste Alarmstufe aktiviert, doch bei vielen der Bauern reichte das nicht. Es reichte auch nicht, sie anzurufen. Man musste sie zwingen, ihre Höfe, ihre Felder, ihr Hab und Gut zurückzulassen. Thorsten sah nicht viel in der Dunkelheit, doch er wusste auch so, wo die Höfe standen, prachtvolle Häuser, Scheunen und Ställe. Wo die Felder lagen, mit dem Kohl, dem Getreide oder Gemüse. Wo die Wiesen waren, auf denen die Kühe und Schafe bei besserem Wetter grasten. Ihm wurde bewusst, dass man die Tiere nicht würde retten können. Die Wut kam.

Thorsten war Thies zum nächsten Hof am Deich gefolgt, selbst mit dem Handy am Ohr, um seine Eltern zu erreichen, doch er kam nicht durch. Thies stand jetzt vor dem Bauernhaus und sprach mit Niklas, dem der größte Schäfereibetrieb in Dithmarschen gehörte.

»Entweder du gehst jetzt«, appellierte Thies, »oder du wirst auf deinem Hof sterben.«

»Thies, das ist doch Wahnsinn!«, rief Niklas aufgebracht. »Du hast gesagt, der Deich wird halten.«

»Das ist lange her. Heute wird er nicht halten.«

Thorsten wusste genau, was Thies meinte. Wie konnte der

Deichhauptmann so ruhig bleiben? Seit Jahren ermahnte er die Verwaltungen nah und fern, dass der Deich ausgebessert und aufgestockt werden musste. Dass man endlich den Schwachsinn mit dem Naturschutzgebiet vor dem Deich vergessen sollte, um das Land dahinter zu schützen. Aber den verdammten Ökos in Berlin und Kiel waren irgendwelche Vögel wichtiger als die Bauern. Einer dieser Bauern stand jetzt mit Tränen in den Augen vor ihnen und schüttelte verzweifelt den Kopf. Thorsten hatte lange nicht mehr solch eine Wut gespürt.

»Schick wenigstens deine Familie raus«, sagte Thies zu ihm. »Es können alle auf meinen Hof. Die Köge in zweiter Reihe sind sicher.«

Ein paar Kilometer in Richtung des Landesinneren gab es alte Deiche, die die Küste gebildet hatten, bevor dem Meer weiteres Land abgetrotzt worden war. Die Landstücke, die von den Deichen umfasst wurden, nannte man Köge. Die vorderen, wie der Kaiser-Wilhelm-Koog, waren nur über wenige Straßen zu erreichen. Diese führten durch Öffnungen in den alten Deichen, die bei einer Sturmflut mit Planken verschlossen wurden. Dadurch war das Land dahinter sicher. Allerdings bedeutete es auch, dass die Köge direkt am Meer bei einem Bruch vollliefen wie eine Badewanne.

»Du irrst dich!«, rief Niklas. »Der Deich wird halten.«

Er blickte zu der grünen Wand nur hundert Meter vor seinem Hof. Thies ging nicht darauf ein, denn er hatte eine Nachricht auf seinem Handy erhalten. Obwohl nur wenig Licht von der Lampe über der Haustür auf die Männer fiel, konnte Thorsten genau sehen, wie Thies beim Lesen der Nachricht zusammensackte.

»In Friedrichskoog-Spitze ist er gerade gebrochen.«

Das Unvorstellbare. Dort stand der neueste Deich, und auch wenn dieser von drei Seiten der Kraft der Sturmflut ausgesetzt war, hätte er niemals brechen dürfen. Thorsten schlug mit der Faust gegen die Hauswand. Der Schmerz wärmte ihn.

»Spar dir das auf«, sagte Thies zu ihm. »Ich brauche dich. Los, in meinen Wagen.«

Thorsten wurde gebraucht. Die Wut musste warten. Niklas eilte davon. Nicht ins Haus, sondern zu den Ställen, zu seinen Schafen.

Bauer Niklas war nicht der Einzige, der trotz der drohenden Katastrophe zuerst an seinen Besitz dachte. Die Nachricht vom Deichbruch an der Spitze des benachbarten Koogs half zwar, die Leute zur Flucht zu bewegen, doch kaum einer wählte den direkten Weg aus der Gefahrenzone. Überall wurden unwillige Schafe und Kühe in die Eiseskälte getrieben und Autos oder Traktoren mit allem beladen, was Wert hatte. Weinende Kinder saßen wartend in Jeeps, Bauersfrauen trugen Koffer aus den Häusern, ein junger Mann hatte sich einen Fernseher unter den Arm geklemmt und rannte zu seinem Wagen. Immer mehr Autos starteten, schlitterten über die vereisten Straßen, fuhren herumirrende Tiere an. Schon nach wenigen Minuten herrschte in der Dunkelheit gefährliches Chaos.

Der einzige Ruhepol war Thies Cordes. Ihm gehörte der größte Hof hier. Die anderen Bauern hatten ihn zum höchsten Wächter über die Deiche gewählt, er war der Dreh- und Angelpunkt in den Kögen von Süderdithmarschen. Auch in dieser furchtbaren Nacht. Er fuhr mit Thorsten systematisch die Höfe im bedrohten Kaiser-Wilhelm-Koog ab, informierte über Funk seine Helfer, welcher Bauer welche Hilfe benötigte, und wusste genau, wer noch nicht in Sicherheit war.

Thorsten telefonierte auf Thies' Anweisungen mit so vielen Leuten, wie er trotz überlastetem Netz erreichen konnte. Thies versäumte es nicht, ihn daran zu erinnern, es wieder bei seinen Eltern zu versuchen. Diese wohnten zwar im südlich gelegenen Neufelderkoog, aber auch auf den dortigen Deich hackten die Eisschollen ein.

Während Thies mit einem waghalsigen Manöver über ein vereistes Feld bretterte, erreichte Thorsten endlich seinen Vater. Papa war wie immer der Fels in der Brandung, kochte Essen »für die hungrigen Helfer«. Ein Ritual der letzten Sturmfluten. Kochen war mehr als sein Beruf. Er war stolz auf das kleine Restaurant, das er im alten Hof seiner Eltern aufgebaut hatte, und wollte nicht akzeptieren, dass es damit vorbei war. Dass es mit allem vorbei war, was es in den Kögen an der Elbmündung gab. Er wollte schlichtweg nicht glauben, dass Friedrichskoog-Spitze bereits zwei Meter unter Wasser stand. Thorsten hörte die Stimme seiner Mutter.

»Was sagt er?«, rief sie aus dem Hintergrund.

»Gib sie mir«, raunte Thorsten seinen Vater an.

Papa zögerte. Er wusste genau wie sein Sohn, dass Mama in Panik verfallen würde. Doch zum ersten Mal wollte Thorsten genau das. Zum ersten Mal waren Mamas Ängste für etwas gut.

»Sag ihr, der Deich wird brechen. Und dass Thies das gesagt hat. Thies! Hörst du, Papa?«

Thies machte eine Vollbremsung und sprang aus dem Land Rover. Sie waren an einer Stöpe angekommen. Hier führte eine der wenigen Straßen durch den alten Deich aus dem Koog hinaus. Eigentlich musste die Stöpe nach Thies' Warnmeldung sofort verschlossen werden. Der dafür zuständige Bauer Michel stand mit seinen Leuten auf der Straße und wollte gerade die Planken in die vorgesehene Führung schieben. Doch der Bauer Udo, der vor der Stöpe aus seinem Jeep gesprungen war, hinderte sie laut zeternd daran. Er wollte nicht zulassen, dass die letzte Straße geschlossen wurde. Udo wartete auf seine Söhne, die noch mit Traktoren und anderen Fahrzeugen hierher unterwegs waren. Michel beharrte jedoch darauf, seine Aufgabe zu erfüllen, musste sich beschimpfen lassen, von zwei Seiten wurde an einer Planke gezerrt. Thies ging auf den Unruhestifter zu und versetzte Udo ohne Vorwarnung eine Ohrfeige.

»Die Stöpen werden geschlossen«, sagte er mit ruhiger Stimme. »Was rausmuss, geht über den alten Deich. Was nicht über den Deich geht, bleibt zurück. Und jetzt reiß dich zusammen, Udo.«

Damit war die Sache geklärt, die Planken wurden angebracht. Udo begehrte nicht weiter auf, sondern entschuldigte sich. Nicht, weil Thies geltendes Recht umsetzte. Auch nicht, weil Thies Udo schon von Kindesbeinen an kannte und sein Trauzeuge gewesen war. Sondern einfach, weil es Thies war.

Thies verfügte auch deswegen über solch eine Autorität, weil er sich selbst nie schonte. Er fuhr mit Thorsten zurück in den bedrohten Koog, um weitere Bauern aus der Gefahrenzone zu holen. Die Familie von Bauer Gernot war mit dem Wagen in einen Graben geschlittert, Thorstens Freund Arthur rannte orientierungslos im Sturm herum. Thies' Land Rover füllte sich nach und nach mit Leuten.

Während sich bereits Sturzbäche durch den Außendeich in den Koog ergossen, gab es immer noch sture Bauern, die nicht wahrhaben wollten, dass ihr Hof verloren war. Als Thorsten ein Stück der Deichkrone einsacken sah, standen sie mit Thies' Wagen an einem der letzten beleuchteten Höfe, wo der Deichhauptmann auf den Bauern Andy einredete. Ein Junge, der mit seiner Familie auf dem Rücksitz saß, schrie auf, doch Thies hatte es bereits selbst gesehen.

»Der Deich bricht *jetzt*, Andy. Steig ein!«

Andy stieg nicht in den Land Rover, sondern ging auf den Deich zu, die Hände erhoben, als wolle er die gesamte Nordsee stoppen. Alles Schreien und Rufen, um ihn daran zu hindern, war erfolglos. Als der Fuß des Deichs nachgab und die Erdmassen nach unten rutschten, hatte Thies keine Wahl.

»Dieser verdammte Sturkopf!«, rief er, während Arthur im Land Rover flehte, dass Thies losfahren sollte.

Die Wassermassen überwanden mühelos das weggesackte Deichstück, rissen rechts und links auf mehr als hundert Metern das Erdreich mit und schossen in den Koog. Thies gab Gas, Andy war verloren. Der Bauer versuchte nicht zu fliehen, sondern schrie wie von Sinnen das Meer an, bis eine Wasserwand ihn von den Beinen riss und vor sein Haus schleuderte. Die letzten Lichter erloschen, die Wassermassen wurden zu einer dunklen Bedrohung. Thies jagte über die gefrorene Straße. Das Getriebe krachte beim Schalten, der Wagen brach hinten aus, aber Thies hielt den Fuß auf dem Gas und peitschte den Wagen voran. Mit ohrenbetäubendem Lärm rasten die meterhohen Fluten wie ein hungriges Ungeheuer hinter dem Land Rover her, fraßen alles auf, was ihnen in den Weg kam, und waren noch lange nicht satt. Im Rückspiegel konnte Thies sehen, wie das Tier nach ihnen griff. Der Junge auf dem Rücksitz schluchzte vor Angst.

»Es wird uns nicht kriegen«, sagte Thies und lächelte den Kleinen an.

Ein Lächeln, das den Jungen und auch alle anderen im Wagen beruhigte. Und tatsächlich, je weiter sie kamen, desto mehr verteilte sich das Wasser, es verlor seine Wucht und auch seine Höhe. Das Auto erarbeitete sich einen Vorsprung und erreichte bald den alten Deich. Thies fand eine etwas weniger steile Stelle und fuhr den Land Rover hoch auf die Deichkrone. Oben stoppte er und stieg aus. Auch wenn es den anderen nicht geheuer war, folgte Thorsten seinem Beispiel und stellte sich zu ihrem Anführer. Bald kam das Wasser. Es erreichte auf einer Breite von mehreren Hundert Metern mit deutlich reduzierter Kraft den Fuß des alten Deichs. Nun wirkte es nicht mehr ganz so beängstigend, doch der Pegel stieg schnell an. Es würde nicht aufhören, bevor der Koog vollgelaufen war.

»Wir brauchen Boote«, sagte Thies.

Als sie mit einem Boot von Thies' Hof zum alten Deich zurückkehrten, stockte Thorsten der Atem. Das Wasser im Kaiser-Wilhelm-Koog befand sich schon auf der Hälfte der Deichhöhe. Gut zwei Meter, und es stieg weiter. Thies hielt sich damit nicht auf, löste das Motorboot von seinem Anhänger und hob es zusammen mit Thorsten ins Wasser.

Thies hatte zahllose Nachrichten und Anrufe erhalten, darum wusste er genau, wer noch fehlte. Er startete den Motor, fand trotz der nun fehlenden Straßen den Weg und steuerte im Licht ihrer Taschenlampen zu einem Hof, auf dessen Dach Bauer Jonte und seine Frau zitternd ausharrten. Thies half ihnen ins Boot, versorgte sie mit Decken und Tee aus einer Thermoskanne.

Während sich das Boot mit weiteren Gestrandeten füllte, kamen die Nachrichten über Funk. Erst erfuhren sie, dass der Deich bei Neufelderkoog gebrochen war. Die Menschen hatten zwar etwas mehr Zeit zur Flucht gehabt, aber auch dort spielten sich dramatische Szenen ab. Niemand konnte sagen, ob Thorstens Eltern rechtzeitig rausgekommen waren, ihre Handys waren ausgeschaltet. Thorsten sah im funzeligen Licht seiner Lampe die Blicke der anderen. Sie bedauerten ihn, dabei hatten *sie* gerade alles verloren. Am liebsten wäre Thorsten ins Wasser gesprungen und nach Hause geschwommen, doch Thies brauchte ihn. Sie waren viel zu wenige. Wo war die verdammte Bundeswehr? Wieder einmal wurden sie im Stich gelassen. Die Wut.

Schon kam der nächste Funkspruch. Ein paar durchgedrehte Bauern hatten die Planken an einer Stöpe eingeschlagen. Sie wollten verhindern, dass das Wasser im Kaiser-Wilhelm-Koog einfror, was jede Hoffnung auf eine Rettung ihrer Tiere und Höfe endgültig zunichtemachen würde. Doch damit zogen sie den Koog in zweiter Reihe mit in die Katastrophe. Nun lief auch der Kronprinzenkoog voll, wenn auch nicht mit derselben Wucht und einem solch hohen Wasserstand. In diesem Koog befand sich Thies' Hof. Doch der Bauer verzog keine Miene. Während er das Motorboot weiter Richtung Süden steuerte, rief er seine Frau Beeke an und gab ihr Anweisungen zum Schutz der Gebäude. Die Menschen in Neufelderkoog brauchten ihn.

In ihrem Boot saßen jedoch längst mehr Personen, als es tragen konnte. Thies wollte die frierenden Bauern zu einem höher gelegenen Hof bringen, wo er einen Sammelpunkt für Gestrandete hatte einrichten lassen. Stille überkam die Schicksalsgemeinschaft im Boot, während sie durch die Nacht und den nicht nachlassenden Regen fuhren. Ein jeder wurde sich seiner aussichtslosen Situation bewusst, dachte an den Verlust, die Ungewissheit, das Schicksal von Freunden und Verwandten. Thorsten versuchte noch einmal, seine Eltern zu erreichen. Vergeblich.

»Das ist nicht das Ende, Leute«, sagte Thies. »Das Wasser wird zurückgehen. Wir werden alles wieder aufbauen. Wahr di, Garr, de Bur de kummt!«

Pass auf, Garde, der Bauer kommt – er sprach die alte Dithmarscher Parole mit solch einer Zuversicht aus, dass die anderen sie wiederholten. Ein Bauer nach dem anderen. Auch Thorsten.

Kurz vor ihrem Ziel flackerte hundert Meter weiter eine Taschenlampe auf dem Wasser. Holm, ein Berg von einem Mann und Thies' rechte Hand auf seinem Hof, war ebenfalls auf Rettungsmission unterwegs. Er hatte irgendwo ein altes Kanu aufgetrieben, das sich mit ihm und zwei Geretteten gerade noch über Wasser hielt. Vorsichtig paddelte er damit durch den neu entstandenen See. Obwohl Thies' Boot bereits überfüllt war, forderte der Deichhauptmann die anderen auf, zu ihnen zu klettern.

»Wir bleiben besser im Kanu!«, rief Holm.

»Nein«, entgegnete Thies. »Du gibst das Kanu Thorsten. Er muss nach seinen Eltern schauen.«

Thorsten sprang wie entfesselt auf. Er spürte tiefe Liebe für Thies.

»Aber wir passen nicht alle in dein Boot«, sagte Holm.

»Doch«, erwiderte Thies und sprang ins Wasser. »Du steuerst, ich halte mich hier fest. Los, es ist kalt.«

Damit ließ er niemandem eine Wahl. Thorsten kletterte ins Kanu, während dessen Insassen ins Motorboot stiegen, das bedrohlich schwankte.

»Danke«, stieß Thorsten ergriffen hervor.

»Paddel los! Finde sie!«

Thorsten tat, wie ihm geheißen, während Holm mit dem Motorboot den Innendeich ansteuerte, um Thies keine Sekunde zu lang im eisigen Wasser lassen zu müssen.

Thorstens Weg führte in die andere Richtung. Schon bald verstummte das Geräusch des Motorboots hinter ihm, und die Lichter verblassten im Regen. Thorsten paddelte durch die Nacht. Er hörte nur noch den Wind und das Plätschern der Wellen. Plötzlich stieß er mit dem Paddel irgendwo an. Er schaltete seine Taschenlampe ein. Im Wasser trieb ein totes Schaf, direkt daneben noch eins. Er leuchtete die Umgebung ab und entdeckte immer mehr Schafe. Eine ganze Herde war im kalten Wasser verendet, keine halbe Stunde hatten sie überlebt. Er paddelte mit aller Kraft weiter, fühlte sich, als wäre er in einem Albtraum unterwegs. Obwohl er wusste, dass es nicht möglich war, sah er das Wasser unaufhaltsam steigen, er sah, wie die gesamte Nordsee sich in die kleinen Köge ergoss, Menschen und Tiere in die Tiefe zog. Wie die Welt zerstört wurde, die sein Leben gerettet hatte.

Sie waren erst vor vier Jahren an die Nordsee gezogen. Papa hatte den Hof geerbt und ihn widerwillig angenommen, weil sein Restaurant in Dortmund pleitegegangen war. Thorsten hatte damals als Teenager nicht zu den Bauern ziehen wollen, raus aus der Großstadt, an ein Meer, das er wegen der Deiche nicht einmal sehen konnte. Doch am Ende war der Umzug das Beste gewesen, was ihm je geschehen war. Denn er hatte Thies kennengelernt.

Deichhauptmann Thies war ein alter Freund seiner Eltern, hatte schnell erkannt, wie verloren Thorsten war, und ihm einen Job auf seinem Hof angeboten. Damals hatte Thorsten eine Menge Probleme mitgebracht. Die Sache mit den Drogen, die Aggressionen, die Wut auf die Welt, die den Bach runterging. Mit all diesen Dingen war er vor Thies gelaufen wie vor eine Wand. Der Mann hatte ihn zerschmettert und neu zusammengesetzt.

Dann hatte Thorsten Alina kennengelernt. Eine Wahnsinnsfrau, bei der er Mann sein konnte. Sie hatten davon geträumt, zusammenzuziehen, den Hof von Thorstens Vater zu bewirtschaften, während dieser sich um sein Restaurant kümmerte. Thorsten, der einsame Cowboy, der coole Aufreißer, hatte sich plötzlich als Bauer gesehen, mit Frau und Kindern, und es war eine großartige Vorstellung gewesen. Doch jetzt war alles anders. Es gab keinen Hof mehr.

»Das ist nicht das Ende«, flüsterte Thorsten und zog noch einmal das Tempo an.

Er sah die Gestalten auf dem Scheunendach schon von Weitem. Die kompakte Statur seines Vaters und die zierliche Figur seiner Mutter, die unruhig auf dem Dach hin und her lief. Thorstens Herz schlug schneller.

»Es ist Thorsten!«, rief sein Vater. »O mein Gott.«

Thorsten fand neue Kraft in seinem frierenden Körper, paddelte wie wild zur Scheune und kletterte auf das Dach. Er umarmte seine Mutter vorsichtig. Sie wirkte wie eine Eisskulptur, jegliche Körperwärme war aus ihr entwichen. Mit zitternden Lippen schaffte sie es dennoch, sich über ihren Mann aufzuregen: »Er musste noch sein Messerset einpacken.« Natürlich hatte Papa die Bedrohung nicht ernst genommen, hatte versucht zu retten, was zu retten war. Er war in dieser Nacht nicht allein damit.

»Tut mir leid«, stieß Papa gequält hervor. »Nicht streiten. Wir müssen ins Warme.«

Papa kletterte zuerst ins Kanu, dann halfen die Männer Mama hinein. Als Thorsten ebenfalls wieder einstieg, sank der Bootsrand fast bis auf Wasserhöhe. Sie mussten äußerst vorsichtig paddeln, denn jedes Schwanken konnte zum Kentern führen. Thorsten saß vorne und hörte das Klappern von Mamas Zähnen hinter sich. So erleichtert er gewesen war, sie zu sehen, so sehr hatte er nun Angst um sie.

Der Weg zum Innendeich schien endlos. In der Ferne, tief im Koog, sahen sie Lichter, eine Rettungsaktion vielleicht, doch man wurde nicht auf das Kanu aufmerksam. Endlich Licht vor ihnen. Ein Hof im benachbarten Kronprinzenkoog. Es gab noch Strom, die Überschwemmungen mussten sich dort in Grenzen halten. Vielleicht war Thies auf diesem Hof. Thorsten spürte Hoffnung, doch weil er zu lange zu dem Licht schaute, achtete er nicht mehr darauf, wo sie entlangfuhren. Vielleicht hätte er den Traktor unter Wasser auch gar nicht sehen können. Dafür hörte er, wie das Metalldach des Fahrzeugs den Boden des Kanus einriss. Wasser drang ein, Papa fluchte, Mama war beängstigend still. Thorsten paddelte, so schnell es ging, doch es dauerte nur wenige Sekunden, bis ihr Kanu sank. Thorsten sprang ins Wasser. Die Eiseskälte durchfuhr ihn wie ein Stromstoß. Er versuchte, mit den Füßen den Boden zu erreichen, doch das Wasser stand viel zu hoch. Er konnte seine Mutter nicht vor dem Kälteschock bewahren. Papa drehte das löchrige Kanu um, und gemeinsam hoben sie Mama darauf. Sie sprach nicht mehr, obwohl ihre Augen noch geöffnet waren.

»Los!«, rief Papa.

Thorsten schwamm vorne, zog das Kanu mit Mama hinter sich her, Papa drückte von hinten. Nach einigen Metern ließ der

Druck nach. Papa hatten den Anschluss verloren, bewegte sich mühsam im Wasser.

»Bring sie zum Ufer«, keuchte er. »Ich komm nach.«

»Nein!«, protestierte Thorsten, dem die Erschöpfung in Papas Stimme Angst machte.

»Bin direkt hinter euch. Schwimm, Thorsten! Schwimm!«

Thorsten schwamm. Er hatte keine Kraft mehr, er war ausgelaugt, erschöpft, müde. Doch er hatte die Wut. Sie trieb ihn an. Die Wut auf all die Menschen, die sie im Stich gelassen hatten. Die Banken in Dortmund, die Psychologen seiner Mutter, die Drogencops, die Fluthelfer der Bundeswehr, die Regierung. Ganz besonders diese verdammte Regierung, die einem immer wieder erzählte, was man tun und lassen sollte. Wo waren sie alle, die Besserwisser und Paragrafenfresser, jetzt, da er im eiskalten Wasser um das Leben seiner Mutter kämpfte? Keiner interessierte sich einen Scheiß für ihn. Nur Thies. Der Gedanke an den Hauptmann gab Thorsten auch jetzt den entscheidenden Schub. Thies führte Thorstens eiskalte Hände zu Armzügen durchs Wasser, noch mehr als die Wut. Thies rettete ihn.

Thorsten sah den Deich, bald spürte er Boden unter den Füßen. Er hatte es geschafft. Mit dem Kanu hinter sich watete er die Böschung hoch, raus aus dem Wasser. Er zog es auf den festen Boden. Mama atmete laut aus. Thorsten sah Lichter im nächsten Koog, Taschenlampen, er schrie um Hilfe, die Lichter schwenkten in seine Richtung.

»Wir kommen!«

Es war Thies. Natürlich. Sie waren gerettet.

»Hol deinen Vater«, flüsterte Mama.

Wo war Papa? Er war doch hinter ihm geschwommen, Thorsten hatte das Platschen und Schnaufen gehört. Doch nun sah er ihn nicht mehr in der Dunkelheit, er sah ihn auch nicht, als er mit seiner Lampe leuchtete. Er sah nur schwarzes Nass.

»Papa!«, rief er und eilte los.

Er watete zurück ins Wasser, leuchtete umher, rief nach seinem Vater. Woher waren sie gekommen? Wo war Papa? Wertvolle Minuten verrannen, Thorsten wurde heiser vom Schreien, watete, suchte. Dann entdeckte er einen Schatten am Ufer. Etwas lag dort, umspült vom Wasser, unbeweglich, stoisch. Thorsten leuchtete darauf. Der Körper seines Vaters, zusammengerollt wie ein Stein. Wie ein Fels in der Brandung. Thorsten rannte zu ihm und kniete sich hin, leuchtete Papa ins Gesicht, in die starren Augen, in denen das Leben untergegangen war.

ACHT MONATE SPÄTER

19. OKTOBER 2029

KAPITEL 1

SIE TANZTEN. Lara minimalistisch, dafür exakt im Rhythmus. Erst noch zu sehr mit dem Kopf, doch schließlich gab sie sich der Musik hin. Selten konnte sie so gut loslassen wie beim Tanzen.

Alina tanzte mit Hüftschwung und geschlossenen Augen, warf wild die Arme um sich. Dann öffnete sie die Augen und blickte Lara lächelnd an, ein kurzes Fragezeichen, die ewige Suche nach der Bestätigung, dass alles gut war.

»Die wollen hier ihren eigenen Staat gründen«, schrie Alina gegen die Bässe an.

Lara musste unwillkürlich lachen.

»Was ist das schon wieder für 'n Quatsch?«

Alina war getroffen. Mit zwei Schritten entfernte sie sich von Lara, begann auf der Stelle zu hüpfen und den Kopf hin und her zu werfen. Ihr Kleid wippte im Takt, ein Träger rutschte von der Schulter, es war Alina egal. Sie tanzte sich etwas von der Seele. Lara sah im Stroboskoplicht den Schweiß auf Alinas Stirn. Die langen schwarzen Haare formten bei jedem Flackern eine neue wilde Frisur. Laras Haare waren genauso lang, aber zu einem Pferdeschwanz gebunden. Und sie waren blond.

Salz und Pfeffer hatte Mami sie genannt.

Jede Tochter hatte die Haar- und Augenfarbe des jeweiligen Vaters, sogar die Statur – die dreiundzwanzigjährige Alina mit ausgeprägten Rundungen, die acht Jahre ältere Lara schlank und drahtig –, doch das markante Gesicht mit den kleinen Augen und dem harten Kinn stammte bei beiden von der gemeinsamen Mutter. Genau wie der Musikgeschmack. Deutscher Hip-Hop aus den Neunzigerjahren, den die jungen Frauen mit den glücklichsten Momenten ihrer Kindheit verbanden. Mami tanzend, Mami singend, Mami glücklich. Die meisten Dates von Lara verstanden ihre Begeisterung für diese alte Musik nicht, doch mit Alina war sie in dieser Frage eins.

»Schüttel deinen Speck«, sang Peter Fox, und Alina folgte der Aufforderung.

In anderen Fragen war Lara mit ihr nicht eins. Eigentlich in fast allen. Ihre Lebensentwürfe hätten nicht verschiedener sein können. Während Lara sich selbst genügte, die Anonymität der Großstadt schätzte und in jeglicher Hinsicht eine Einzelkämpferin war, wurde Lara von obskuren Gruppen, die ihr Heimat und familiäre Wärme vorgaukelten, angezogen wie eine Motte vom Licht.

»Jetzt mal ohne Scheiß!«, rief Alina. »Bald kann jeder seinen eigenen Hof haben. Mit Land, Tieren, Geräten. Hier sind wunderschöne Höfe frei.«

»Sie sind nicht ›frei‹«, ging Lara dazwischen, doch Alina kam gerade erst in Fahrt.

»Wenn du jetzt kommst, kannst du dir den besten aussuchen.«

»Alina!«

»Du kannst doch nicht für immer in dieser abgefuckten Stadt abhängen. In deinem Tigerkäfig. Hier ist alles grün, das Meer liegt vor der Tür, hier laufen Rehe frei rum. Rehe!«

»Alina«, versuchte Lara es erneut. »Ich hab ein Leben. Freunde, einen Job ...«

»Du könntest hier arbeiten«, unterbrach Alina. »Wir brauchen dringend 'ne Krankenpflegerin. Medizinische Versorgung fehlt komplett. Sagt der Hauptmann immer wieder. Mit Kusshand würden die dich nehmen.«

So vehement hatte Alina noch nie versucht, Lara das Leben an der Nordsee schmackhaft zu machen.

»Ich bin glücklich in Berlin.«

»Wir wären zusammen!«

Alina tanzte nicht mehr. Sie stand direkt vor Lara und blickte sie viel zu ernst an. Eine Mischung aus Vorwurf und Verzweiflung.

»Ist alles in Ordnung bei dir?«, fragte Lara.

»Meinst du, ich vermisse dich nur, wenn ich ein Problem hab?«

»Das habe ich nicht gesagt.«

»Die doofe Kleine kriegt's wieder nicht gebacken. Wohnt mit irgendwelchen Verrückten zusammen. Und mit einem Mann, der ihr nicht guttut.«

»Was ist mit Thorsten?«, fragte Lara.

»Nichts!«, rief Alina. »Hörst du mir überhaupt zu? Ich will dich bei mir haben, weil ich dich endlich wieder … aber du … Ach!«

Alina griff sich unwirsch an den Kopf und war im nächsten Moment verschwunden.

»Alina!«, rief Lara, auch wenn sie wusste, dass es vergeblich war.

Lara zog ebenfalls die Brille vom Kopf. Die virtuelle Tanzfläche und die Discokugel an der Decke verschwanden, die Musik verstummte. Lara stand mitten in der Wohnküche ihres Tigerkäfigs. Dort, wo gerade noch die Holoportation von Alina getanzt hatte, war jetzt nur der kleine Esstisch, der mangels Gästen die meiste Zeit als Schreibtisch diente. Lara setzte sich an den Computer. Die Verbindung zu Alina in Dithmarschen war längst getrennt. Lara schaltete die Kameras aus, die in allen vier Ecken des Raumes angebracht waren, und kappte sämtliche Verbindungen ins Internet.

Dann versuchte sie es mit dem Telefon. Obwohl sie wusste, dass auch dies vergeblich war. Alina würde mindestens eine Nacht brauchen, um sich zu beruhigen. Tatsächlich war ihr Handy ausgeschaltet. Eigentlich alles nichts Neues, dennoch witterte Lara Probleme. Etwas stimmte nicht im neuen »Staat«, und das überraschte Lara in keiner Weise.

Zwei Stunden später, auf dem Weg zur Nachtschicht, versuchte Lara es noch einmal. Es war ein lauer Oktoberabend, darum fuhr sie mit dem Fahrrad. Die Radwege waren überfüllt, sexy gekleidete Menschen unterwegs in den Freitagabend. Ausgehen, Freunde treffen, vielleicht tanzen. Lara mochte die Stimmung an diesen Abenden am Ende eines viel zu heißen Sommers, die pulsierende Metropole, die Lichter der Bars, das Lachen aus den Biergärten. Niemals würde sie das alles aufgeben.

Alinas Handy war wieder eingeschaltet, aber sie ging nicht ran. Sollte sie Thorsten anrufen? Alina hatte ihr einmal seine Nummer gegeben. »Für alle Fälle.« War das einer dieser Fälle? Sie kannte Thorsten nur von zwei oder drei virtuellen Begegnungen, bei denen Alina ihn zu einem Treffen der Schwestern mitgebracht hatte. Auf den ersten Blick ein gut aussehender, charismatischer Kerl mit einem sympathischen, lauten Lachen. Doch Lara hatte die Brutalität in seinem Blick gesehen, die unterdrückte Aggression. Die Art, wie er Laras Körperbau ausgecheckt hatte, verhieß nichts Gutes. Ein Jäger, immer auf der Pirsch, auch wenn er mittlerweile seit mehr als einem Jahr mit Alina zusammen war. Ihre längste Beziehung, seine wohl auch. Angeblich war es die große Liebe, was immer das heißen sollte.

Seinetwegen war Alina an die Nordsee gezogen, im Frühjahr nach der großen Flut, als Thorsten seinen eigenen Hof erhalten hatte. In einem Gebiet, das man eigentlich aufgegeben hatte, das einige Wochen zuvor endgültig geräumt werden sollte. Doch eine ganze Reihe von Bauern unter der Führung des sogenannten Hauptmanns weigerte sich, trotz Entschädigung ihr Land zu verlassen, baute allein alles wieder auf, auch die gebrochenen Deiche. Alina war Teil einer Gemeinschaft geworden, die von konservativen Männern bestimmt wurde, von einem Patriarchat in Reinform mit einem Führer, dessen Wort bedingungslos galt. Lara schauderte bei den Erinnerungen an Alinas begeisterte Berichte darüber, wie klar die Verhältnisse in Dithmarschen waren, wie stark die Kameradschaft. Wie so oft hatte Laras kleine Schwester sich einer Sache mit Haut und Haaren verschrieben, deren gefährliche Seite sie nicht sehen wollte. Wie als Jugendliche der Drogenszene in Freiburg, wie vor einigen Jahren einer radikalen Umweltsekte in Spanien. Heute waren es die Bauern in Dithmarschen, die jetzt auch noch ihren eigenen Staat gründen wollten.

Lara musste bei dem Gedanken erneut lachen, während sie in die Friedrichstraße bog. Sie interessierte sich nicht für Politik, hatte noch nie gewählt, weil es in ihren Augen eh keinen Unterschied machte, wer die Missstände verwaltete. Die aktuelle Regierung war keine Ausnahme, stolperte von einer Krise in die nächste, aber selbst diese Politiker würden sich nicht von ein paar Dutzend Bauern einen eigenen Staat abtrotzen lassen. Alina stand vor einer weiteren Enttäuschung in ihrem Leben.

Der Dienst in der Notaufnahme des größten Berliner Krankenhauses war nie entspannt, schon gar nicht an einem Freitagabend, aber in dieser Nacht stapelten sich die Patienten. Zu den üblichen Kindern mit hohem Fieber und besorgten Eltern, den bewusstlosen Obdachlosen, den Herzinfarkten und Schlaganfällen kamen reihenweise meist unter Alkoholeinfluss verunglückte Radfahrer, Opfer von Messerstechereien und natürlich die Drogenexzesse. Sei es mit Kokain, MDMA oder mit der neuen Droge Shi, einer Speed-Variante, die angeblich dem Körper nicht schadete, aber auch nicht verhinderte, dass überdrehte Kerle sich in Prügeleien oder gleich aus dem Fenster stürzten. Lara musste zweimal Blutreserven holen, um Herrin der Lage zu werden. Der Höhepunkt war zweifelsohne, als ein Junkie sich mit einem der Serviceroboter anlegte und ihn verprügeln wollte. Das arme Gerät erklärte geduldig, dass es für »diese Art von sportlicher Betätigung nicht ausgestattet« sei, dennoch gab der Aggressor erst Ruhe, als Lara den Sicherheitsdienst einschaltete. Auch ältere Scheinpatienten tummelten sich im Wartebereich, so nannten sie die Frauen und Männer, die nichts Gravierendes hatten, sondern einfach mal jemand anderes sehen wollten als ihren Pflegeroboter. Die Fortschritte in der Medizin spiegelten sich zunehmend in einer höheren Lebenserwartung wider, doch was nützte das, wenn man am Ende noch ein paar Jahre länger allein zu Hause saß?

Die Charité bei Nacht führte einem die Schatten der Großstadt vor. Ein Panoptikum der körperlichen und seelischen Gebrechen, die durch das rasante Bevölkerungswachstum, die urbane Anonymität sowie die Perspektivlosigkeit im Zeitalter der Umweltkatastrophen befeuert wurden. Allein drei Selbstmordversuche wurden während Laras Schicht eingeliefert, und das waren nur die, die sich ernsthaft verletzt, aber keinen Erfolg gehabt hatten. Trotz alldem konnte Lara sich nicht vorstellen, irgendwo anders zu leben. Nur hier konnte sie so sein, wie sie war, musste sich niemandem anpassen, wurde in Ruhe gelassen, war frei.

Die Arbeit ließ ihr allerdings selten eine freie Minute, in dieser Nacht schon gar nicht, sodass es bereits Morgen war, als sie zum ersten Mal auf ihr privates Handy schaute. Ihre Schwester hatte kurz vor Mitternacht angerufen und eine Nachricht hinterlassen.

»Hey, hi, Lara ...«

Kurze Pause, schnelles Atmen, Alina ging es nicht gut.

»Hm, hier ... hier ist was so *richtig* schiefgelaufen. Ich ... Scheiße!«

Panik in der Stimme. Abrupt brach die Verbindung ab. Lara rief zurück, doch Alinas Handy war ausgeschaltet. Lara hinterließ ebenfalls eine Nachricht und hatte von da an für den Rest der Schicht keine Ruhe mehr, auch wenn der Ansturm der Notfälle nachgelassen hatte. Sie versuchte sogar, Thorsten anzurufen, dessen Telefon jedoch ebenfalls ausgeschaltet war. Es gab keinen weiteren Anruf, keine Nachricht und auch keine sonstige Regung von Alina. Was auch immer Laras Schwester dazu bewogen hatte, »Scheiße« zu rufen, hatte sie von der Welt abgeschnitten.

Als Lara im Licht der aufgehenden Sonne nach Hause radelte, wusste sie, dass Alina in Not war. Nicht zum ersten Mal. Und ebenfalls nicht zum ersten Mal war Lara nicht für ihre kleine Schwester da gewesen.

Nach der nächsten Nachtschicht hatte Lara drei Tage frei. Den halben Sonntag schlief sie, dann spielte sie ihr liebstes Virtual-Reality-Spiel, abends ging sie aus. Eigentlich wollte sie sich einen heißen Typen oder eine aufregende Frau aufreißen, aber als sie in ihrer Lieblingsbar saß, konnte sie sich nicht auf das Angebot konzentrieren. Ihre Gedanken kreisten um Alina. Sie hatte ein paarmal versucht, ihre Schwester zu erreichen, aber vergeblich. Auch Thorsten reagierte nicht. Mehr Leute kannte Lara in der Gegend nicht. Sie wusste nicht einmal, wo genau sich der Hof befand, auf dem Alina lebte. Sie erinnerte sich an den Begriff »Koog«, doch ein Blick auf die Karte zeigte ihr, dass es dort zahlreiche Köge gab. Es war die Bezeichnung für ein Gebiet, umgeben von Deichen, das einst dem Meer abgetrotzt worden war.

Die Köge in dieser Gegend hätten eigentlich aufgegeben werden sollen, doch ein paar Bauern hatten sich dort festgesetzt.

Unter ihnen Thorsten, der irgendwie mit dem »Hauptmann« vertraut war, von dem Alina immer nur mit ehrfurchtsvoller Stimme sprach. Dabei handelte es sich um den obersten Deichschützer der Region. Er hatte eine Gruppe von knapp achtzig Bauern mit ihren Familien angestiftet zu bleiben. Im Internet war zu lesen, dass von ehemals viertausend Einwohnern der Region noch zweihundert übrig geblieben waren, die sich an ihr Land klammerten. Die wenigen Medien, die über diese Bauern berichteten, gingen davon aus, dass sie bald aufgeben würden. Offensichtlich ahnte niemand, was Alina so aufgeregt verkündet hatte: dass die verbliebenen Bauern auf einer Fläche von gut hundert Quadratkilometern, so groß wie der Berliner Bezirk Pankow, ernsthaft einen eigenen Staat gründen wollten. Wobei in Pankow fünfhunderttausend Menschen lebten statt zweihundert.

Auch in der Kreuzberger Bar durchforstete Lara mit ihrem Handy das Internet nach Berichten über die Rebellen in den Kögen. Dabei stieß sie auf ein Video mit dem Titel »Durchgedrehte Bauern verprügeln Kamerateam«. Ein Journalist suchte auf einem Bauernhof nach Gesprächspartnern, um über den eigenmächtigen Wiederaufbau in Dithmarschen zu reden. Plötzlich stand eine Handvoll Männer vor ihm, Hass im Blick, die Fäuste geballt. »Filmen verboten!«, schrien sie. Die Situation eskalierte binnen Sekunden, bald sah man aufgrund der verrissenen Kamera kaum noch etwas. Dafür hörte man rassistische Beleidigungen gegen den schwarzen Reporter, man hörte Schläge und Schreie. Als Letztes sah man einen stoischen, ruhigen Hünen, der direkt in die Kamera schaute, sie wahrscheinlich selbst hielt. »Wir wollen hier keine Lügenpresse. Wir wollen hier keine Fremden. Kapiert das endlich!«

Lara war bewusst gewesen, dass Alina sich nicht bei Pfadfindern aufhielt, doch das Ausmaß an Hass und Gewaltbereitschaft schockierte sie. Hass gegenüber Fremden. Und Alina war eine Fremde. Natürlich stand sie unter Thorstens Schutz, aber wenn es mit ihm ein Problem gab, war sie solchen Männern ausgeliefert. War genau das passiert?

»Was guckst du denn da Schönes?«, unterbrach jemand ihre Gedanken.

Vor ihr stand ein gut aussehender Kerl Ende dreißig. Er grinste Lara selbstbewusst an, unter normalen Umständen ein Kandidat für eine wilde Nacht. Doch ihr eigenes Desinteresse machte Lara nur noch mehr deutlich, dass all die Anrufe und Recherchen im Internet nicht genug waren. Lara musste an die Nordsee fahren und nach Alina suchen. Und vorher musste sie wenigstens ein paar Stunden schlafen. Allein.

KAPITEL 2

ES WAR NOCH DUNKEL, als Lara die Stadtgrenze hinter Reinickendorf passierte. Der kleine Elektro-Zweisitzer, der zu dem Fuhrpark ihres Wohnblocks gehörte, rollte lautlos über den Asphalt. Mehr als hundert Stundenkilometer gab das Stadtauto nicht her. Immerhin war die Batterie bis zum Anschlag geladen, was locker für die knapp vierhundert Kilometer bis hinter Brunsbüttel reichen würde. Während sie den Wagen zu den Klängen der Fanta 4 Richtung Nordwesten steuerte, machte Lara einen Plan für ihre Suche.

Bei einer virtuellen Begegnung vor einigen Monaten hatte Alina gerührt von dem Wiederaufbau ihrer Scheune berichtet, bei dem die anderen Bauern geholfen hatten. Sie hatte Lara ein Selfie geschickt, auf dem sie mit roten Wangen stolz auf dem First der Dachkonstruktion stand und in die Kamera strahlte, den Sonnenuntergang sowie den Deich und einen kleinen Hain mit blühenden Linden im Rücken. Lara hoffte, mithilfe dieses Fotos Alinas Hof in den Kögen am Meer zu finden. Natürlich wollte sie nicht so enden wie die Journalisten in dem Video, also musste sie vorsichtig vorgehen, Kontakt zu den Einheimischen meiden, Gesprächen ausweichen. Theoretisch konnte sie sich natürlich auch um einen Hof bewerben. Doch das erschien Lara lebensgefährlich.

Denn weitere Recherchen auf dem Bordcomputer ihres

eCars zeigten deutlich, was für Menschen sich um den von Alina angehimmelten Hauptmann scharten: sture Bauern, die in den letzten Jahren einen glühenden Hass auf die Regierung entwickelt hatten. Die Pandemie, die Kriegsflüchtlinge, dann die Klimaflüchtlinge, die Wasserknappheit im ganzen Land – all das hatte zu Einschränkungen geführt, die diese Leute wütend gemacht hatten, wütend auf »die da oben«, auf moderne Großstädter wie Lara, auf die Lügenpresse. Und dann war die Flut gekommen.

Die Überschwemmungen hatten auch andere Küstenregionen getroffen, doch das südliche Dithmarschen am härtesten. Mehr als fünfzig Menschen hatten den Tod gefunden. Die Deiche waren an so vielen Stellen gebrochen, die Zerstörung durch die anhaltenden Regenfälle und den Frost so umfangreich gewesen, dass die Regierung beschlossen hatte, das Gebiet aufzugeben. Auch wenn man von einer »Jahrtausendflut« sprach, waren sich die Experten einig, dass ähnliche Ereignisse bald die Regel sein würden und man die weiter landeinwärts gelegenen Städte, besonders Hamburg, besser schützen musste. Die verlassenen Köge sollten in Zukunft als Pufferzone bis zum Meer dienen und in der Sommerzeit zu einem Naherholungsgebiet für die Metropolregion Hamburg umgebaut werden. All das machte die vor Ort verbliebenen Bauern fuchsteufelswild. Sie fühlten sich betrogen und erneut im Stich gelassen, auch wenn man ihnen finanzielle Entschädigungen und neues Land fernab des Meeres angeboten hatte. Sie schoben auch die Schuld an den Deichbrüchen auf die Regierung, die es ihrer Ansicht nach durch fehlende Investitionen versäumt hatte, die Köge zu schützen, und stattdessen überflüssige Naturschutzgebiete einrichtete. Dass die Erderwärmung, der dadurch rasant steigende Meeresspiegel und die immer heftigeren Unwetter das eigentliche Problem waren, wurde verdrängt. Man steigerte sich lieber in Verschwörungstheorien hinein.

So verbreiteten die Bauern, unterstützt von der rechtspopulistischen Partei, gerne die Theorie, dass man sie absichtlich hatte absaufen lassen. Als »Beweis« dafür nannten sie die fehlende Hilfe der Bundeswehr in der Schicksalsnacht, die jedoch klar erkennbar daher rührte, dass an zahlreichen weiteren Stellen an Elbe und Nordsee schon tagsüber Deiche gebrochen waren und jeder verfügbare Helfer längst bis zur Erschöpfung gegen die Fluten gekämpft hatte. Aufgrund dieses Gebräus aus Lügen und Unterstellungen sahen die Bauern es als ihr Recht an, die Köge nicht zu verlassen. Zwar zogen die meisten der viertausend Einwohner der Region friedlich und einsichtig weg, doch zweihundert von ihnen blieben in den Kögen zurück.

»Unsere Urahnen haben ihr Leben gegeben, um uns hier eine Lebensgrundlage zu schaffen«, erklärte ein älterer Bauer in einem Interview. »Wir haben Jahrzehnte für dieses Land geschuftet. Unsere Liebsten sind in der Flut für die Höfe gestorben. Wir würden sie entehren, wenn wir alles aufgeben, damit die Hamburger im Sommer surfen können. Uns bekommt hier keiner weg.«

Er klang nordisch unterkühlt, aber seine Augen funkelten vor wütender Entschlossenheit. Abgesehen von dieser Aufzeichnung und dem Video mit dem verprügelten Reporter, gab es nur wenig Bildmaterial aus dem besetzten Gebiet. Die Gewaltandrohung gegen Journalisten funktionierte. Dass es selbst vom Hauptmann keine Fotos gab, nur hier und da ein schriftliches Statement von ihm in seiner Funktion als Deichschützer, war allerdings schon ungewöhnlich. Die Leute waren noch weniger im Internet präsent als Lara, und die hatte dafür hart gearbeitet. Sie vermutete, dass die renitenten Bauern einfach noch nicht im 21. Jahrhundert angekommen waren. Die Blut-und-Boden-Rhetorik, die manchmal auch bei Alina durchklang, erinnerte darüber hinaus an eine Zeit vor knapp hundert Jahren. Lara hatte Respekt davor, was sie in Dithmarschen erwartete.

Zunächst einmal erwartete sie jedoch ein endloser Blick, der ihre Seele beruhigte. Sie fuhr bei strahlend blauem Himmel über den neuen Deich und hatte freie Aussicht auf das verlassene Land und die Elbmündung dahinter. Die neue Deichlinie lag vor der Kleinstadt Marne; hier entstand ein moderner Naturdeich, der für die Ewigkeit gedacht war. Ein fast gerade verlaufender Deich, der leichter zu schützen war als die alte kurvenreiche Linie. Er stieg zudem deutlich flacher an als frühere Deiche. In Richtung Meer führte eine lang gezogene Fläche mehrere Meter in die Höhe. Ein Wunderwerk der Technik, dessen Errichtung auch noch günstiger war als die von früheren Bauten. Der Deich bestand aus einem neuartigen Kunststoff, der extremen Fluten standhalten konnte und gleichzeitig eine Begrünung ermöglichte, sodass, anders als früher, eine natürliche und in die Umwelt integrierte Zone entstehen würde. An der Begrünung wurde noch gearbeitet, doch seine finale Höhe hatte der Deich längst erreicht. Er war bereit für die anstehende Sturmsaison – zumal es ja auch noch das Land davor gab.

Das neue Vorland, das vermeintlich verlassene Gebiet, wirkte nicht sonderlich zerstört. Am Fuße des neuen Deiches türmten sich zwar Berge von Schutt und Müll, zusammengeschoben beim Aufräumen nach der Flut, doch das Land davor bestand aus Feldern und Wiesen, die intakt schienen. Felder mit Weizen, Kohl und anderem Gemüse. Wiesen, auf denen Schafe und Kühe weideten. Dazwischen Höfe, manchmal ein paar Hundert Meter, manchmal auch mehr als einen Kilometer voneinander entfernt. Natürlich gab es auch Brachen, Schlammlöcher und kleine Seen, aber »verheerend« oder »verwüstet«, wie es nach der Flut überall geheißen hatte, war der Anblick nicht. Die Bauern hatten ganze Arbeit geleistet.

Die zahlreichen Windräder, die der Flut getrotzt hatten, fielen Lara ins Auge. Sie standen über die Felder verteilt, alle in dieselbe Richtung ausgerichtet. Laut Alina versorgten diese Windräder die Köge mit reichlich Strom. Das Potenzial der Windkraft am Meer hatten die Bauern schon vor langer Zeit entdeckt. Deswegen stand man nun auch besser da als die meisten Regionen Deutschlands, in denen viel zu lange über den Umstieg auf erneuerbare Energien diskutiert worden war und die Stromausfälle sich häuften.

Bald gelangte Lara zu einem weiteren Deich, laut Internet ein sogenannter Schlafdeich. Er trennte im Landesinneren einen Koog vom nächsten, war niedriger als die Außendeiche und vielleicht vor hundert Jahren einmal die Grenze zum Meer gewesen. Diese Schlafdeiche waren dafür verantwortlich, dass die Köge am Meer nach dem Bruch der Außendeiche vollgelaufen waren. Lara passierte eine Durchfahrt im Deich. Sie hatte gelernt, dass die wenige Meter breiten Öffnungen Stöpen hießen.

Sie fuhr in den am Meer gelegenen Kaiser-Wilhelm-Koog. Dort bekam sie nun einen besseren Eindruck davon, was die Naturgewalt angerichtet hatte. Die Straßen waren hier weit brüchiger, an manchen Stellen waren sie gänzlich einer Rollsplittstrecke gewichen. Laras Auto schlitterte auf dem schwergängigen Terrain. Sie passierte eine Hofruine. Eins der Gebäude war eingestürzt, die Fenster im Haupthaus zerstört, Risse in den Mauern, die an der dem Meer zugewandten Seite aufgebrochen waren. Man konnte ins Haus sehen, wo sich Möbel, Gerätschaften und vergammelte Vorhänge stapelten. Der nächste Hof schien von der Katastrophe verschont worden zu sein. Ein schönes altes Bauernhaus mit angebauter Scheune. Auf den zweiten Blick sah man jedoch, dass die Wände der Scheune neu waren, die Hausmauern ausgebessert und frisch gestrichen, die angepflanzten Beete und Büsche noch jung.

Plötzlich näherte sich von hinten in hohem Tempo ein Pickup. Als Lara ihn im Rückspiegel erblickte, zog er schon auf der staubigen Straße vorbei. In den Fahrerraum hatten sich drei junge Männer in Arbeitsklamotten gequetscht, die bei Laras

Anblick johlten und lachten, als hätten sie noch nie eine Frau gesehen. Lara verlangsamte unweigerlich, doch der Pick-up wurde ebenfalls langsamer und blieb auf ihrer Höhe. Der muskulöse, bärtige Kerl auf dem Beifahrersitz rief Lara irgendetwas zu. Sie versuchte ihn zu ignorieren, doch die Kerle hielten sich beharrlich neben ihr, kamen Laras Wagen gefährlich nah. Anhalten kam für sie nicht infrage, Kontakt meiden war ihre Devise. In der Ferne befand sich eine Kreuzung mit einer Straße, die zu einer der wenigen Siedlungen in den Kögen führte. Lara trat aufs Gas, die Reifen drehten durch, doch mit Geschick konnte sie sich auf der Piste halten. Allerdings fiel es dem Pick-up-Fahrer nicht besonders schwer aufzuschließen.

Der Bärtige lachte in ihre Richtung und wedelte mit dem Zeigefinger. Plötzlich gab der Fahrer Gas und setzte den Wagen mittig vor Lara, sodass sie im aufgewirbelten Staub kaum noch etwas erkennen konnte. Die Bremsleuchten vor ihr flackerten auf. Sie trat mit Wucht auf die Bremse. Das kleine eCar schlitterte über die Piste und kam nur einen Meter vor der Ladefläche des Pick-ups zum Stehen.

Lara stieg aus ihrem Auto und stampfte zu den Arschlöchern, die sie im Staubwirbel erst sahen, als sie bereits die Fahrertür aufriss.

»Bist du komplett bescheuert? Willst du mich umbringen?«

Damit überrumpelte sie den nicht mal zwanzig Jahre alten Rotschopf mit Sommersprossen. Doch angestachelt vom hämischen Lachen seiner Kumpels, fand er schnell seine Fassung wieder.

»Beruhig dich mal, Mädel!«

Der Typ hinter ihm lachte anzüglich. Er hatte doppelt so viel Masse wie der Rothaarige.

»Kindergarten!«

Lara ging zu ihrem Wagen zurück, kam aber nicht weit. Der Bärtige stand plötzlich vor ihr.

»Nicht so schnell!«

»Lass mich durch!«

Er ignorierte sie. Lara hörte, wie die anderen beiden Kerle hinter ihr ebenfalls aus dem Pick-up stiegen. Genau deswegen hatte sie nicht anhalten wollen. Ihre Fäuste ballten sich unweigerlich.

»Was willst du hier?«, fragte der Bärtige.

»Geht dich einen Scheißdreck an.«

»Berliner Kennzeichen«, hörte sie den Rothaarigen hinter sich sagen. »Bist du 'ne Journalistin?«

Bei ihm klang es wie eine Beleidigung. So viel zu ihrem Plan, Gesprächen auszuweichen. Der Rothaarige kam näher.

»Wir wollen hier niemanden, der rumschnüffelt. Verstehst du? Du gehörst hier nicht hin.«

»Und deswegen wollt ihr mich umbringen?«

Sie blickte sich um und entdeckte auf einer Parallelstraße einen Jeep mit Anhänger, der jedoch weiterfuhr und eine Staubwolke hinterließ. Keine Chance, den Fahrer auf sie aufmerksam zu machen.

»Niemals«, sagte der Bärtige gedehnt. »Mit dir kann ich mir viel schönere Sachen vorstellen.«

Der dicke Kerl lachte wieder anzüglich, mehr hatte er offensichtlich nicht drauf. Lara wurde langsam ruhiger. Sie lächelte den Bärtigen freundlich an, was ihn verunsicherte.

»Was hast du denn mit mir vor?«

Ihr Selbstbewusstsein hinterließ Eindruck.

»Kommt ganz drauf an, wer du bist«, erwiderte er. »Was du hier willst. Wir sind keine Unmenschen, aber wir mögen's nicht, verarscht zu werden.«

Einen Moment lang überlegte Lara, ob sie ihm die Wahrheit sagen sollte. Sie war sicher, dass die Kerle Alina und natürlich auch Thorsten kannten. Doch dann dachte sie wieder an das Video.

»Ich mache Urlaub und suche das Meer. Hinter dem Deich, oder?«

»Falsche Antwort«, zischte der Bärtige.

Er packte sie am Arm und zerrte sie weg.

»Arthur, fahr ihren Wagen«, wies er den Rothaarigen an. »Wir bringen sie raus.«

»Lass mich los!«, rief Lara und trat ihrem Peiniger zwischen die Beine.

Er schrie auf und ließ sie los, doch der Dicke ergriff sie sofort von hinten, hielt sie an den Handgelenken vor sich und drehte sie dem wütenden Bärtigen zu. Der baute sich vor ihr auf. Lara sah den Schlag bereits kommen.

»Hey!«, hörte sie einen Ruf hinter sich.

Alle blickten sich um. In einiger Entfernung hatte der Jeep mit dem Anhänger auf einem Feld gehalten. Von dort näherte sich ihnen jetzt ein vielleicht fünfzigjähriger Mann, stämmig gebaut, in Armeehose, Holzfällerhemd mit hochgekrempelten Ärmeln und schweren Stiefeln. Seine Augen waren hinter einer Sonnenbrille verborgen.

»Lass sie los!«, rief er dem Dicken zu, der widerwillig gehorchte.

»Sie sagt nicht, was sie hier will«, erklärte der Rothaarige.

»Ist immer noch ein freies Land, oder?«, entgegnete der Neuankömmling.

Er hatte dichtes, kurzes Haar, ein wettergegerbtes Gesicht und wirkte aus der Nähe nicht besonders muskulös. Dennoch schienen Laras Peiniger Respekt vor ihm zu haben. Zum ersten Mal fiel Lara auf, wie leise diese fremde Welt war. Keine Autos, keine Sirenen, keine wabernden Geräusche wie in der Großstadt. Aber auch kein Vogelgezwitscher oder Ähnliches. Nur etwas Wind, sonst nichts. Der Holzfäller blickte in Ruhe von einem Mann zum nächsten. Dann sagte er: »Werdet ihr nicht irgendwo gebraucht?«

Der Rothaarige stöhnte missmutig. Alles in ihm wollte aufbegehren, aber etwas hielt ihn zurück. Also ging er zurück zu seinem Pick-up. Der Dicke folgte sofort, der Bärtige grinste Lara noch einmal frech an und eilte dann zum Beifahrersitz. Der Rothaarige trat trotzig aufs Gas, die Räder wirbelten Staub auf, dann flitzte der Wagen davon.

»Danke«, sagte Lara zu ihrem Retter.

Der Mann winkte ab und schaute dem Pick-up hinterher.

»Sind Sie der Hauptmann?«, fragte Lara.

Er lachte.

»Nein. Bin der Charlie. An der Küste duzt man sich übrigens.«

Er reichte ihr seine Hand. Lara nahm sie, ohne zu zögern.

»Lara. Freut mich.«

Er nickte knapp, erwiderte aber nichts.

»Auf jeden Fall hört man hier auf Sie ... auf dich.«

Sie deutete in Richtung des Pick-ups, der langsam in der Ferne verschwand.

»Nicht wirklich. Auf Fremde hören die hier nur ungern.«

»Du bist nicht von hier?«

Charlie schüttelte den Kopf.

»Hab ein bisschen geholfen, als hier alles in Schutt und Asche lag.«

Lara wartete darauf, dass er seine Aussage noch weiter ausführte, aber das tat er nicht.

»Deswegen dulden sie dich?«

»Ja, aber dich ...«

Er schüttelte den Kopf.

»Soll heißen?«, fragte Lara.

»Du bist hier nicht sicher. Ist ein rechtsfreier Raum. Wenn sie dir Übles wollen, hilft dir keiner.«

Lara wusste nicht, ob er sich um sie sorgte oder nur auf deutlich subtilere Art das vollenden wollte, was die drei Halbstarken angefangen hatten: sie zu verjagen.

»Aber *du* hast mir doch geholfen«, entgegnete sie.

Charlie schmunzelte, sagte aber nichts weiter dazu. Stattdessen blickte er zu ihrem eCar.

»Soll das ein Auto sein?«

»Na ja, in der Stadt reicht es.«

»Ich hab das Gefühl, wir sind hier nicht mehr in der Stadt.«

Nun musste Lara schmunzeln.

»Falls es noch mal zu Feindkontakt kommt, sag einfach, du bist 'ne Freundin von Charlie.«

Mit diesen Worten stiefelte er zurück auf das Feld, wo sein Jeep stand. Sein plötzlicher Abschied überrumpelte Lara, gleichzeitig war sie froh, dass sie nun so etwas wie einen Freund in dieser fremden Welt hatte.

»Danke noch mal!«, rief sie ihm hinterher.

Er hob die Hand, ohne sich umzudrehen. Dann stieg er in seinen Wagen und fuhr davon. Erst jetzt konnte Lara den Anhänger am Jeep genauer anschauen. Ein graues Gefährt mit dunklen Fenstern, einer Tür, diversen Klappen und Luken. Es schien ein geländetauglicher Wohnwagen zu sein. Lebte Charlie etwa darin? Sie blickte der Staubwolke eine Weile hinterher, bis die Stille sie einholte.

KAPITEL 3

DIE DROHNE TAUCHTE AUF, als Lara gerade den Lindenhain entdeckt hatte. Sie sah zuerst den Schatten neben sich auf der frisch asphaltierten Straße, hörte dann durch das geöffnete Fenster des eCars das Surren. Die himmelblaue Spinne flog wenige Meter über ihr, umrundete das Auto und erschien dann in respektvollem Abstand vor ihr über der Straße, sodass die eingebaute Kamera einen Blick in das Innere ihres Wagens werfen konnte.

Ist ein rechtsfreier Raum, hatte Charlie gesagt. Lara schüttelte ihr Unbehagen ab und konzentrierte sich auf das gute Dutzend Linden am Außendeich, das sie von Alinas Foto kannte. Die Bäume erstrahlten in einem herbstlichen Gelb. In Berlin hatten die Bäume wegen des trockenen Sommers und des notorischen Wassermangels schon lange ihre Blätter verloren, doch das Marschland hielt die Linden frisch. In Sichtweite des Lindenhains gab es nur eine Handvoll Höfe. Die Aufregung ließ Lara die Drohne ignorieren. Sie bog auf einen Feldweg ab, der sie wieder näher zum Deich führte. Bald erreichte sie eine Stelle, an der sich ein ähnliches Bild ergab, wie es sich durch Alinas Foto in Laras Hirn eingebrannt hatte. Der Deich, die Linden und davor: ein Hof mit einer neuen Scheune.

Während Lara zwischen zwei Windrädern hindurch näher rumpelte, kam das Haupthaus in ihr Blickfeld: ein alter Bau mit den für die Gegend typischen roten Backsteinen. Das dreigeschossige Gebäude mit Ziegeldach lag hinter einem Vorplatz, auf dem weitere Linden Schatten spendeten. Zusätzlich eingerahmt wurde der Platz von der Scheune und einem verfallenen Schuppen auf der anderen Seite. Abgesehen von diesem Schuppen, wirkte der Hof instand gesetzt und gepflegt. Mit der Drohne im Nacken bog Lara auf den mit Laub bedeckten Weg ein, der den Vorplatz umrundete. Er führte sie direkt zu dem Haus mit der großen Flügeltür aus Holz und Blumenkästen in den Fenstern.

Lara stoppte ihren Wagen und stieg aus. Über ihr surrte die Drohne. Das Ding stand zehn Meter über dem Vorplatz unbeweglich in der Luft. Als Lara sich auf den Weg zur Haustür machte, drehte die Drohne schlagartig ab und verschwand hinter der Scheune. Lara bezweifelte, dass das besser war.

An der Tür befand sich ein verschnörkeltes Namensschild aus Metall, auf dem *Schulz/Wagner* stand. Wagner war Alinas Nachname, den ihre Mutter nach der Heirat mit Alinas Vater angenommen hatte. Oft hatte Laras Stiefvater versucht, auch Lara zur Annahme des Namens zu bewegen, doch sie war schon als Kind mit »Barthold« glücklicher gewesen. Lara drückte auf die Klingel, und ein angenehmer Glockenton erklang aus dem Haus. Doch niemand reagierte. Geschlossene Plissees vor den Fenstern verhinderten weitgehend den Blick ins Innere.

»Hallo!«, rief Lara.

Keine Reaktion.

»Alina!«

Nichts passierte. Lara versuchte, hinter den Plissees etwas auszumachen, aber außer Umrissen von Möbeln war nichts zu erkennen. Die Erde in den Blumenkästen war trocken, nicht verdorrt, als wäre hier ein paar Tage lang nicht gegossen worden. Seit Alinas Anruf waren sechzig Stunden vergangen.

Laras Nackenhaare stellten sich auf, als sie ein Fahrzeug hinter sich hörte. Ein moderner SUV bog auf den Vorplatz, ein fremder Mann am Steuer. Nicht zu übersehen war das Gewehr, dessen Lauf zwischen den Vordersitzen nach oben ragte, befestigt an einer entsprechenden Vorrichtung. So etwas kannte Lara nur aus Filmen.

Der Mann stoppte den Wagen und stieg aus. Er war etwas älter als Lara, groß und hager, mit kurzen, dunklen Haaren und auffallend gepflegter Kleidung für die ländliche Gegend. Stoffhose, Polohemd und polierte Halbstiefel. Auffällig war auch die Scheide an seinem Gürtel, die ein Fahrtenmesser enthielt, griffbereit. Er blickte zu Laras eCar und betrachtete das Kennzeichen. Dann sah er sie an, musterte die Rundungen ihres Körpers. Toxische Männlichkeit, der Lara in Berlin so unverstellt kaum noch begegnete.

»Hallo«, sagte er.

Sein rechtes Auge zuckte, was ihm einen Anschein von Unsicherheit verlieh, den er mit einem Lächeln zu überspielen versuchte. An seinem Unterarm fiel Lara eine schlecht verheilte Narbe auf.

»Hallo.«

Mehr sagte Lara nicht. Sie hatte das Gefühl, dass man mit Abwarten in dieser Gegend besser dran war.

»Kann ich dir helfen?«, fragte er.

Man duzte sich hier tatsächlich.

»Wohnst du hier?«, fragte Lara, auch wenn sie es besser wusste.

»Nein. Aber ich weiß, dass du auch nicht hier wohnst. Deswegen frage ich mich, was du hier machst.«

Immer noch freundlich, doch der bedrohliche Unterton war nicht zu überhören.

»Bist du hier der Aufpasser?«, fragte Lara und grinste kokett.

»Ich hab ein Auge auf alles.«

»Die Drohne.«

Der Mann lächelte vielsagend. War das jetzt der Hauptmann?

»Also?«, fragte er. »Was treibt dich her? Den ganzen weiten Weg aus Berlin?«

Er schaute zum Kennzeichen ihres Autos. Das dicke B schien die Leute in Dithmarschen besonders zu provozieren. Lara seufzte innerlich. Ihr Plan, Gespräche zu vermeiden, war gescheitert. Also Plan B.

»Ich hab gehört, hier gibt's Höfe, die man beziehen kann.«

Die Braue über dem zuckenden Auge schoss nach oben.

»Du möchtest nach Dithmarschen ziehen?«

Lara nickte. Sie war sich nun sicher: Vor Ort würde sie nur dann überstehen, wenn man sie als eine der ihren ansah.

»Ganz allein?«

Lara nickte erneut. Die Vorstellung, dass eine Frau allein in die verlassenen Köge ziehen wollte, schien den Mann zu amüsieren.

»Weißt du denn, was wir hier machen?«

»Euer Ding. Frei von Zwängen, nach euren eigenen Regeln. Und Platz ist ja wohl genug.«

Der Mann lächelte erneut. Diesmal war Laras Antwort die richtige gewesen.

»Ist der Hof hier frei?«, fragte sie.

»Der gefällt dir, was?«

»Sieht aber so aus, als ob hier vor Kurzem noch Leute gewohnt haben«, hakte sie nach und blickte zu den Blumenkästen.

»Wenn du dich ernsthaft für einen Hof bewerben willst, musst du mit dem Hauptmann reden.«

»Und wer ist das?«, fragte Lara, enttäuscht, dass sie wieder den Falschen vor sich hatte. Noch enttäuschter war sie, dass der Mann nicht bereit war, über die Bewohner des Hofes zu reden.

»Mein Bruder. Er hat hier das Sagen.«

»Okay. Und wo finde ich ihn?«

»Fahr mir hinterher«, sagte er und ging zu seinem SUV.

Lara war erneut überrumpelt, aber da der Mann sie bestimmt nicht allein auf dem Hof zurücklassen würde, hatte sie keine Wahl. Er blieb an der Wagentür noch einmal stehen.

»Ich heiße übrigens Finn.«

»Lara«, entgegnete sie, bevor sie zu ihrem Wagen ging.

KAPITEL 4

DER HOF DES HAUPTMANNS ÜBERTRAF alles, was Lara bisher in den Kögen gesehen hatte. Er lag in Kronprinzenkoog und bestand aus zahlreichen Gebäuden. Moderne Ställe mit Vieh, enorme Scheunen, ein fast schon industriell wirkender Komplex, in dem auf den ersten Blick Fleisch oder Getreide, vielleicht auch beides, verarbeitet wurde. Diverse Silos, Schuppen, ein Hofladen sowie Solaranlagen auf den Dächern und den nahe gelegenen Feldern, hinter denen gleich eine ganze Armada von Windrädern stand. Gekrönt wurde das Anwesen von einem eindrucksvollen Haupthaus mit drei Stockwerken. Der Privatbereich wurde zur tadellosen Asphaltstraße hin von schattigen alten Bäumen geschützt. Lara konnte sehr gut verstehen, dass der Hauptmann alles dafür tat, dieses Juwel nicht aufgeben zu müssen.

Finn hatte Lara mit seinem SUV zu dem Hof gelotst. Nun stieg er aus und ging zu einer Remise, die ein gestanztes Metallschild an der Tür als *Hauptverwaltung* auswies. Davor standen zwei junge Männer in identischen hellblauen Hemden. Beide trugen Gewehre über ihren Schultern, waren kräftig gebaut und versuchten, grimmig zu schauen. Sie schienen in ihre Rolle als Ordnungshüter noch hineinwachsen zu müssen. Ernster nahm Lara jedoch ihre Waffen, leichte Sturmgewehre, die man außerhalb des Militärs eigentlich nicht spazieren führen durfte. Plötzlich nahmen die Männer Haltung an, als ein Mann aus dem Gebäude kam. Er schaute Lara direkt in die Augen, ausdruckslos, mit stoischer Ruhe. Ein Fluchtinstinkt schoss ihr durch den Körper, als sie den Mann erkannte. Wir wollen hier keine Fremden!, erinnerte sie sich an das, was der stämmige Kerl auf dem Video verkündet hatte. Er war einer der Männer, welche die Journalisten verprügelt hatten. Doch heute nickte er lediglich Finn zu, der ihn mit dem Namen Holm ansprach, und ging weiter.

Aufgewühlt betrat Lara die »Hauptverwaltung«. In dem geräumigen Saal mit niedriger Decke befand sich neben der Tür ein Schrank mit einem Dutzend weiteren Gewehren. So gesehen, hatten die verprügelten Journalisten noch Glück gehabt, denn sie hatten nur Fäuste abbekommen. Lara blickte sich in dem Saal um. In den Ecken standen Tische mit Bänken, in der Mitte waren vier Schreibtische mit Computern aufgebaut worden, an denen Leute arbeiteten, drei Männer und eine junge Frau. Die Tische bildeten ein Spalier hin zu einem alten, massiven Schreibtisch vor der Rückwand des Saals, an der Karten der Umgebung hingen. Deiche, Höfe, Straßen und vieles mehr waren darauf markiert, daneben hingen Tabellen und Listen, in denen mit Filzstift Namen eingetragen waren. Oben an der Wand prangte die handgeschriebene Zahl Siebenundsiebzig.

Der Hauptmann saß auf einem Bürostuhl hinter dem großen Schreibtisch und arbeitete mit flinken Fingern am Computer. Mitte vierzig, trotzdem bereits graue Ansätze in seinem dunkelblonden, zerzausten Haar, was ihm aber gut stand, genau wie der Dreitagebart. Überhaupt ein gut aussehender Mann mit graublauen Augen. Er trug ein Leinenhemd, das locker über seiner Jeans hing, die Ärmel hochgekrempelt, das war an der Küste offensichtlich Standard. Wie ein militärischer Hauptmann wirkte er nicht, auch nicht wie ein sturer Bauer.

Lara näherte sich im Gefolge von Finn. Der Regent blickte

auf, sah Lara ins Gesicht und lächelte verbindlich. Er erhob sich, eine große Gestalt mit charismatischer Ausstrahlung, der man sich schwer entziehen konnte.

»Hallo, Lara.«

Er reichte ihr die Hand. Lara hatte gesehen, dass Finn während der Fahrt in seinem SUV telefonierte, dennoch überraschte sie die direkte Ansprache.

»Hallo, Herr Hauptmann.«

Sie nahm seine Hand, ein fester Händedruck, ohne es zu übertreiben.

»Thies. Ich heiße Thies Cordes.«

Er kam um den Schreibtisch herum und setzte sich darauf wie ein Lehrer auf sein Pult.

»Finn sagte, du interessierst dich für einen Hof.«

Thies wollte offenbar keine Zeit verlieren.

»Ja, ich würde gerne helfen, hier etwas aufzubauen.«

Lara hatte die Autofahrt darauf verwendet, sich in die Menschen vor Ort hineinzudenken. Sie wollte Enthusiasmus zeigen, glaubwürdig um einen Hof kämpfen, alles dafür tun, Teil der Gemeinschaft zu werden. Wenn es auch nur für kurze Zeit sein würde, bis sie Alina gefunden hatte.

»Hilfe ist gut«, sagte Thies. »Können wir brauchen, suchen wir. Aber dafür willst du gleich einen ganzen Hof?«

»Funktioniert es nicht so? Man bewirbt sich für einen freien Hof und hilft dann, die Gemeinschaft zu stärken?«

»Doch. So funktioniert es. Aber woher weißt du das?«

Jeder Satz des Hauptmanns war eine Herausforderung. Lara hatte sich auch für diese Frage etwas überlegt.

»Ich hab vorhin Charlie kennengelernt.«

»Charlie? Ah. Er hat dir das erzählt?«

Lara nickte. Thies schaute an ihr vorbei durchs Fenster Richtung Straße.

»Ruf Charlie doch mal her«, sagte er zu Finn.

Lara folgte seinem Blick nach draußen. Tatsächlich stand auf dem Parkplatz neben ihrem eCar Charlies markantes Gefährt. Der Mann im Holzfällerhemd war unterwegs in den Hofladen, wurde aber nun an der Tür von Finn gerufen.

»Charlie ist ein Guter«, sagte Thies derweil. »Hat beim Deichbau mit angepackt wie kein Zweiter. Dabei hat er nicht mal einen Hof hier. Wenn jemand einfach so hilft, fragt man sich immer: Macht der das ganz uneigennützig? Oder was steckt dahinter? Verstehst du, was ich meine?«

Lara musste jetzt Ruhe bewahren. Charlie würde dem Hauptmann verraten, dass sie gelogen hatte. Warum hatte sie das getan? Was war ihr eigentliches Motiv?

»Und? Was steckt bei Charlie dahinter?«, fragte sie, um Zeit zu gewinnen.

»Er ist ein Prepper. Seit Jahren bereitet er sich für das Ende der Welt vor. Was leider nicht kommt, auch wenn es alle immer wieder beschreien. Wir geben ihm hier zumindest ein bisschen Endzeitgefühl. Wildwest und so, da kann er glänzen. Sonst hält man ihn überall für verrückt.«

In diesem Moment erschien Charlie an der Tür neben Finn.

»Hallo, Charlie. Lara kennst du schon, hm?«

Charlie nickte.

»Mutige junge Frau«, stellte Thies fest. »Entschlussfreudig. Du erzählst ihr, dass man sich bei uns um freie Höfe bewerben kann, und schon steht sie hier und will Bäuerin werden.«

Charlie wartete ab, ob der Hauptmann weiterredete.

»Hast du?«, hakte Thies nach.

»Was?«

»Ihr erzählt, dass man sich hier um Höfe bewerben kann?«

»Okay, ich suche ...«, platzte es aus Lara heraus.

»Ja«, übertönte Charlie sie. »Hat größere Eier als so mancher von deinen Jungs.«

Lara verstummte.

Auch Thies war überrascht, schien Charlies Aussage aber ernst zu nehmen. Er wandte sich an Lara.

»Was wolltest du sagen?«

»Ich ... ich will helfen, ja. Aber ich will auch raus aus meinem alten Leben. Ich habe in Berlin alles aufgegeben. Ich halte es da nicht mehr aus, eingepfercht in Wohnghettos, keine Natur, gegängelt von Behörden. Ich hab von euch gelesen. Menschen, die für ihr Land kämpfen, die etwas besitzen, das ihren Kern ausmacht. Etwas anderes als Daten in einer Cloud. Ich wollte das sehen. Und als ... als Charlie das vorhin sagte mit den freien Höfen, ich wusste sofort, dass es das ist. Dass ich hier und nur hier frei sein kann.«

Es wurde still im Saal. Alle hatten ihr zugehört. Thies nickte beeindruckt, musterte sie aufmerksamer als zuvor. Sie wartete auf sein Urteil.

»Klingt nicht schlecht, ja. Ein bisschen Selbstverwirklichung für eine frustrierte Städterin ...«

»Darum geht's nicht«, unterbrach Lara ihn.

»Nein, nein, nein. Ist okay. Das ist ehrlich. Das Problem ist nur – bei allem Respekt vor deinen Eiern ...«

Er blickte kurz zu Charlie, der regungslos in der Tür stand.

»Eine alleinstehende Frau, die einen ganzen Hof bewirtschaftet? Das wird nix.«

»Ernsthaft?«

Lara war vor den Kopf gestoßen. Mit Mühe hatte sie bis dahin alle Klippen umschifft, und jetzt scheiterte es an Sexismus?

»Willst du mir jetzt eine Rede über gleiche Rechte für Frauen halten?«

Lara wollte, aber tat es nicht.

»Sie kann hier doch einen Mann finden«, mischte sich Finn ein. »Wir haben eh viel zu wenige Frauen.«

Thies lachte, was bei seinem Bruder zu einem verstärkten Augenzucken führte.

»Wenn sie dich heiraten will, Finn, kann sie gerne bleiben. Aber ich habe nicht den Eindruck, dass es ihr darum geht.«

Er wartete Laras Meinung zu der Frage nicht ab und ließ auch keinen weiteren Protest von Finn zu.

»Tut mir leid, ich habe noch eine Menge zu tun. War interessant, dich kennenzulernen.«

Er ging zurück zu seinem Stuhl. Mit einer Geste bat Finn Lara nach draußen. Ihr Blick fiel auf seinen Arm.

»Ihr braucht medizinische Hilfe«, sagte sie entschlossen.

»Hm?«

Thies blickte doch noch einmal zu ihr.

»Bei einer vernünftigen Versorgung muss Wundheilung nicht so aussehen.«

Sie deutete auf Finns Narbe.

»Kennst du dich damit aus?«

»Ich bin Krankenpflegerin, habe zehn Jahre in der Notaufnahme der Charité gearbeitet. Ich hab jede Krankheit und jede Verletzung behandelt, die Menschen erleiden können.«

Thies stand auf, lehnte sich wieder an seinen Schreibtisch und musterte Lara intensiv.

»Hm. Wir haben keinen Arzt. Beim kleinsten Problem müssen die Leute nach draußen fahren.«

»Kann man ändern. Ich könnte auf meinem Hof eine Behandlungsstelle einrichten.«

Es würde gegen jeglichen medizinischen Kodex verstoßen, wenn sie Menschen ohne ärztliche Begleitung behandelte, aber dazu würde es nicht kommen. Im Moment zählte für Lara nur das Lächeln in Thies' Gesicht.

»Auf *deinem* Hof, hm?«

KAPITEL 5

DIE ERWÄHNUNG DER MEDIZINISCHEN Versorgung war der Türöffner. Mit Kusshand würden die dich nehmen, hatte Alina gesagt. Genau so war es. Von einem Moment auf den anderen wurde Lara nicht mehr als naive Städterin belächelt, sondern als VIP-Gast behandelt. Während am Tisch in der Ecke des Saals Essen mit Köstlichkeiten aus der Region aufgebaut wurde, erläuterte Thies für Lara die Karten und Pläne an der Wand, versorgte sie mit Zahlen über seine »Bürger«, die nächsten medizinischen Versorgungspunkte außerhalb der Köge sowie Informationen über eine Handvoll Ärzte, die ihnen wohlgesinnt waren, aber sie nur zaghaft unterstützten.

»Videokonsultationen, meistens sogar nur mit Robotern, sind alles, was wir bekommen. Und man sieht ja, was rauskommt, wenn wir die Leute selbst versorgen.«

Thies deutete auf seinen Bruder, der sich zu ihnen an den Tisch gesellt hatte. Dazu Charlie, die beiden Männer in den blauen Hemden, die Thies Deichschützer nannte, sowie Thies' weitere Familienmitglieder: die Teenagerin von einem der Schreibtische, die sich als seine jüngere Tochter Marie entpuppte, sein siebzigjähriger Vater Olaf und auch seine Frau Beeke, eine auffallend attraktive Frau Ende dreißig, nordisch blond, kurze Haare. Alle aßen selbst gebackenes Brot, würzige Grillwürste aus Lammfleisch und Salate, dazu gab es ein vor Ort gebrautes Bier, bei dem Lara sich aber zurückhielt. Thies führte das Wort und prüfte nebenbei Laras medizinisches Fachwissen mit gezielten Nachfragen. Lara spielte mit. Es fiel ihr leicht, glaubwürdig zu vermitteln, dass sie weiterhelfen konnte. Nach allem, was sie erfuhr, hätte sie das wirklich gekonnt, auch wenn sie dabei gegen diverse Gesetze verstoßen würde. Doch das war in den Augen des Hauptmanns überhaupt kein Problem. Denn in den Kögen machte er die Gesetze. Buchstäblich.

»Bei uns passt das Recht in die Hosentasche«, erklärte er, während er ihr ein kleines gebundenes Büchlein überreichte. »Nicht ganz so knapp gefasst wie die Zehn Gebote, aber damals musste man auch noch keine Passwörter fürs WLAN dazuschreiben.«

Die Runde am Tisch lachte. Es herrschte eine aufgeräumte Stimmung, auch wenn Lara nach wie vor mit Skepsis betrachtet wurde. Besonders von Beeke, die zwar so gut wie kein Wort sagte, aber jedes Mal, wenn Thies Lara als Neubürgerin bezeichnete, die Stirn in Falten legte.

»Es gibt überall WLAN?«, hakte Lara durchaus erstaunt nach.

»Ja, und es gibt ein Intranet für unsere Bürger. Darüber laufen alle Mitteilungen, auch die unangenehmen.«

»Ach, es gibt unangenehme?«

Am Tisch wurde es schlagartig ruhig. Plötzlich blickten alle bedrückt auf ihre Teller.

»Wenn jemand gegen das Gesetz verstößt«, Thies deutete auf das Büchlein, das noch vor Lara lag, »dann wird er bestraft. Für alle online sichtbar. Außerdem muss er entstandenen Schaden wiedergutmachen, und damit ist die Sache erledigt. Jeder bekommt eine zweite Chance. Verstößt er aber noch einmal gegen das Gesetz, dann fliegt er aus dem Land.«

»Ist das schon vorgekommen?«

Thies nickte.

»Ich bestrafe niemanden gerne, aber ohne klare Regeln und Zusammenhalt werden wir nicht lange überstehen.«

Der Satz war offenbar nicht nur an Lara gerichtet, sondern auch an die Runde am Tisch.

»Und wie muss ich mir so eine Bestrafung vorstellen?«, fragte Lara.

»Das kannst du dir im Intranet anschauen.«

Der Hauptmann klatschte plötzlich aufmunternd in die Hände.

»Genug der unerfreulichen Themen. Ich gehe davon aus, dass du keinen Ärger machst. Kommen wir also zur wichtigsten Frage: Welcher Hof ist der richtige für dich?«

Er wischte seine Hände mit einer Serviette ab, stand auf und bat Lara zur Karte an der Wand.

»Zentral gelegen wäre gut. Möglichst unbeschädigt und mit einem freien Gebäude, in dem wir deine Praxis einrichten können. Dann ist die Frage natürlich, ob eher Viehzucht dein Ding ist. Davon würde ich, ehrlich gesagt, abraten oder …«

»Was ist mit dem Hof, an dem ich Finn getroffen habe?«

Lara hatte sich lange in Geduld geübt, aber nun konnte sie sich nicht mehr zurückhalten. Die ganze Scharade war fruchtlos, wenn sie nicht mehr über Alinas Hof erfuhr, möglichst sogar Zugang zu dem Haus bekam.

»Der Lindenhof?«, fragte Thies.

»Ist er frei?«

Der Hauptmann zögerte eine Sekunde lang, sagte dann aber mit Entschlossenheit: »Seit Kurzem, ja.«

Der harte Tonfall seiner Stimme traf Lara fast noch mehr als die beunruhigende Nachricht, dass ihre Schwester offiziell nicht mehr auf ihrem geliebten Hof lebte.

»Der wäre toll. Ein wunderschönes Haus, soweit ich sehen konnte, und da gibt's ja auch noch einen Schuppen, der für die Praxis perfekt wäre. Zentral liegt er auch, oder?«

»Der Lindenhof geht nicht an eine Fremde«, hörte Lara die knarzige Stimme des einzigen älteren Mannes am Tisch hinter ihr. Thies' Vater Olaf.

Er hatte bisher kein Wort gesagt, aber nun fühlte er sich dazu genötigt. Entschlossenheit stand in seinen Augen. Seine Schwiegertochter neben ihm nickte. Thies hingegen lächelte verbindlich.

»Aber sie hat recht. Der Hof wäre perfekt. In den äußeren Kögen gibt's sonst keinen freien Hof, der so gut hergerichtet ist. Er liegt zentral, er hat Platz.«

»Es ist unser Hof«, insistierte Olaf.

»Schon lange nicht mehr, Vater. Und du weißt auch genau, warum.«

Ein Satz wie eine Ohrfeige.

»Je länger ich darüber nachdenke ...«, sagte Thies zu Lara. »Das gefällt mir. Der Lindenhof für unsere neue Ärztin.«

»Na ja, Ärztin bin ich nicht, aber ...«

»Ich sehe dich als unsere Ärztin an.«

Damit war es ein Fakt, genau wie die Zuteilung des Hofs. Thies nahm einen Filzstift von seinem Schreibtisch und ging zu einer der vielen Listen an der Wand. Dem Eintrag *Lindenhof* war der Name Thorsten Schulz zugeordnet. Thies strich den Namen durch und schrieb Lara darunter.

»Nachname?«

»Barthold.«

Thies ergänzte den Nachnamen. Dann kam er wieder zu ihr und reichte ihr die Hand.

»Herzlichen Glückwunsch.«

»Danke.«

Sie strahlte, wie es die neue Besitzerin eines Bauernhofs wohl tun würde.

»Du bekommst morgen eine Urkunde, die belegt, dass der Hof dir gehört. Vorausgesetzt, du hältst dich an das Gesetz. Damit gehörst du zu den Bauern. Genauer gesagt, bist du eine der wenigen Bäuerinnen, aber ich hoffe, du erwartest jetzt nicht, dass wir alles gendern.«

Lara lachte, auch wenn sie in jeder anderen Situation genau das erwartet hätte.

»Wirst du eine Familie gründen?«, schaltete sich plötzlich Beeke ein.

Die Frau des Hauptmanns saß mit verschränkten Armen am Tisch. Thies lachte.

»Lass sie doch erst mal ankommen.«

»Wir brauchen Nachwuchs.«

»Ich weiß das. Aber Lara muss ja nicht alle unsere Probleme auf einmal lösen.«

Beeke gab sich unbeeindruckt von Thies' Beschwichtigungen. Sie blickte Lara stur in die Augen, wartete auf ihre Antwort.

»Das würde ich gerne«, antwortete Lara. »Beizeiten.«

Was nicht stimmte, denn niemals würde Lara einem Kind diese kaputte Welt zumuten. Doch es schien ihr nicht ratsam, die Frau des Hauptmanns von Anfang an gegen sich aufzubringen. Beeke gab nicht zu erkennen, was sie von Laras Antwort hielt.

»Es ist deine Sache, was du auf dem Hof machst, Lara«, vermittelte Thies. »Du kannst gerne eine Familie gründen, wir würden uns freuen. Aber du kannst auch Leute anstellen und für dich arbeiten lassen. Meinetwegen kannst du auch einen Swingerclub betreiben, dein Hof ist deine Welt. Aber wenn jemand von deinem Hof der Gemeinschaft schadet, dann ist das auch deine Verantwortung. Und dann wirst *du* bestraft.«

»Ist es das, was mit Thorsten passiert ist? Hat er der Gemeinschaft geschadet?«

»Das hat er. Aber das muss dich nicht beschäftigen. Die Leute sind weg und kommen nicht wieder.«

»Sie haben Dithmarschen verlassen?«

Thies nickte knapp.

»Wohin denn?«

»Warum interessiert dich das?«

Lara entdeckte jetzt eine andere Seite an Thies, einen bedrohlichen Blick, der ihr die Luft abschnürte.

»Falls noch ... Sachen von ihnen im Haus sind, die ...«

»Wenn du die Sachen gebrauchen kannst, sind sie deine. Wenn nicht, schmeiß sie weg. Sie hatten genügend Zeit, alles zu packen, was ihnen wichtig war.«

Wieder ging sein Blick zum Tisch mit den anderen.

»Stell dir einfach vor, sie wären gestorben.«

»Sind sie das?«

»Nein.«

Wieder der Blick. Lara stand auf dünnem Eis. Noch eine Frage, und die Stimmung würde kippen.

»Okay, dann weiß ich Bescheid.«

»Gut. Ich hole dir deine Schlüssel«, erklärte Thies im freundlichsten Plauderton. »Herzlich willkommen in unseren Kögen.«

KAPITEL 6

ZURÜCK AM LINDENHOF VERBAND Lara das eCar mit der Ladestation, die es auf jedem Hof gab. Mit ihrem Handy verlängerte sie die Mietdauer des Wagens, sie sagte einen Friseurtermin am nächsten Tag ab und checkte den Schichtplan der Charité auf mögliche Änderungen. Ihr ganzes Leben in Berlin, zu dem sie spätestens in zwei Tagen zurückkehren wollte, kam ihr plötzlich irreal und weit, weit entfernt vor. Das lag vor allem an dem Schlüsselbund in ihrer Hand und dem Bauernhaus vor ihr. Ihrem Haus. Diese Leute hatten ihr ernsthaft einen kompletten Bauernhof mit dreißig Hektar Land überlassen, gut die Hälfte davon mit Kohl bestellt. Außerdem einen Traktor mit schwerem Gerät, acht Hühner, zwei Katzen und anteilig auch noch fünfzig Schafe, um die sich aber Thies' Leute kümmerten. All das stand in den Unterlagen über den Hof, die Thies ihr mitgegeben hatte, bevor sie am Cordes-Hof verabschiedet worden war. Lara hatte noch nie etwas Derartiges besessen, und das war auch gut so. Bindungen jeder Art machten einem nur das Leben schwer. Sie liebte die Vorstellung, jederzeit aufbrechen und anderswo ein neues Leben beginnen zu können. Nun hatte sie einen Hof in Dithmarschen, am Fuße des Deichs.

Eins war Lara nach der Begegnung mit Thies Cordes klar geworden. Seine Welt war eine andere als die der Spinner, die sich in den Zwanzigerjahren mehr und mehr vom Rest der Gesellschaft entfernt hatten, all die Querdenker, Libertären, Reichsbürger, und wie sie sich sonst noch nannten. Diese Leute zerstörten meist nur, waren von Hass und Unsicherheit geprägt. Doch sie kämpften nicht *für* etwas. Sie kämpften lediglich gegen die Veränderung der Welt, die sie überforderte. Thies und seine Leute kämpften für ihr Land, für ihre Höfe. Und vor allem hatten sie einen klugen Anführer.

Als Lara das Haus betrat, schnürte es ihr den Hals zu, denn sie konnte Alina riechen. Den süßen Duft, den ihre Schwester schon als Kind verströmt hatte. Die Quelle war schnell ausgemacht: An der Garderobe neben der Tür hing eine lila Wolljacke, die ohne Zweifel Alina gehörte. So viel dazu, dass das Paar genügend Zeit gehabt hatte, alles mitzunehmen, was ihm wichtig war.

In einem Arbeitszimmer am Ende des Flurs fand Lara einen Computer im Schlafmodus; die Seite mit dem Intranet war bereits geöffnet. Lara musste ihre Vorurteile über Bauern, die aus der Zeit gefallen waren, revidieren. Das professionelle System war auf dem neuesten technischen Stand. Es gab Informationsseiten zu allen möglichen Themen: Der Zustand des Außendeichs wurde dokumentiert, das Wetter und vor allem Sturmwarnungen aufmerksam beobachtet. Man konnte – oder vielmehr sollte – sich eine entsprechende Warn-App auf all seinen Geräten einrichten. Es gab einen Plan mit Verkaufsstellen von Lebensmitteln innerhalb der Köge, einen virtuellen Flohmarkt, auf dem alles Mögliche getauscht wurde, sowie ein Schwarzes Brett für gesuchte oder angebotene Hilfe. Unter der Rubrik *Neuigkeiten* fand Lara das, was sie suchte: ein von Thies Cordes eingestelltes Video von vor zwei Tagen. Samstagmorgen, 8:12 Uhr. Dateiname: *Verbannung Thorsten Schulz*. Lara klickte auf den Link.

Der Hauptmann saß an seinem Schreibtisch in der Hauptverwaltung und blickte in die Kamera. Er trug eine dunkle Wachsjacke über seinem Hemd, die Haare waren noch zerzauster, die Wangen gerötet, die Augen zu Schlitzen zusammengekniffen. Er sah aus, als wäre er gerade von einer Schlacht gegen den Sturm hereingekommen. Er wirkte ernst, aber gerecht.

»Ich muss euch leider mitteilen, dass ich heute Nacht Thorsten aus unseren Kögen verbannt habe. Er hat zum wiederholten Mal gegen das Gesetz verstoßen. Die Strafe dafür war ihm bekannt. Ich bin ganz offen mit euch: Mir tut es weh. Alle Bürger sind mir wichtig, aber Thorsten war in den letzten Jahren wie ein Sohn für mich. Darum war ich so enttäuscht, als wir im Sommer feststellen mussten, dass er Drogen an unsere Jugendlichen verkauft hat …«

Alina hatte es stets bestritten, aber Lara hatte schon lange den Verdacht gehabt, dass ihre Schwester mit Thorsten auch den Konsum von Shi und anderen Drogen teilte.

»Gerade weil er mir so wichtig war«, fuhr Thies in dem Video fort, »habe ich ihn getestet. Ich habe ihm gestern Abend von einer ihm unbekannten Nummer eine Nachricht gesendet, in der vorgeblich Arthur nach weiteren Drogen fragte. Zu meinem Entsetzen hat Thorsten sofort darauf geantwortet und einen Deal angeboten. Ich habe die Nachrichten hier auf diesem Handy als Beleg für alle, die sich das anschauen wollen.«

Er hob kurz ein altes Handy in die Höhe. Lara war überrascht, dass er sich auch als Ermittler betätigte. Das passte nicht zu ihrem bisherigen Bild des Hauptmanns.

»Mir ist es wichtig, festzuhalten, dass Arthur von der Sache nichts wusste und sich nach dem damaligen Vorfall tadellos verhalten hat. Hier geht es einzig und allein um Thorsten. Ich habe ihn noch in der Nacht aufgesucht und angewiesen, die Köge heute zu verlassen. Er war wütend, so, wie wir ihn kennen, hat geschimpft und wollte keine Minute länger bleiben. Gegen zwei Uhr ist er zusammen mit seiner Freundin Alina ins Auto gestiegen und davongefahren.«

Bei der Nennung von Alinas Namen spannte sich alles in Laras Körper an.

»Auch das ist wichtig: Alina hat sich nichts zuschulden kommen lassen und ist ihm freiwillig gefolgt. Seid freundlich zu ihr, falls sie sich meldet. Was Thorsten angeht: Er war noch nicht so weit. Er hatte nicht die Reife, um zu sehen, was wir hier aufbauen, und vor allem, wie wichtig es ist, dass wir uns als Mitglieder der Gesellschaft mit Respekt und Vertrauen begegnen. Dass wir anders sind als die da draußen.«

Thies zeigte unbestimmt in eine Richtung. Er hatte nun Mühe, seinen Zorn zu unterdrücken.

»Wir haben bereits Großartiges geleistet, aber wir werden nur bestehen, wenn wir uns an das Gesetz halten. An unser Gesetz. Es kommen schwere Prüfungen auf uns zu, und dann brauchen wir Menschen an unserer Seite, die sie Hand in Hand mit uns bestehen, auf die wir uns verlassen können, die unsere Gemeinschaft achten. Habt einen erfolgreichen Tag.«

Das Bild wurde schwarz. Lara war verunsichert. Natürlich boten die geschilderten Ereignisse eine Erklärung für Alinas nächtlichen Anruf und auch ihr Verschwinden, doch es gab keinen vernünftigen Grund, warum sie sich danach nicht mehr bei Lara gemeldet hatte. Im Gegenteil: Lara wäre nach solch einem Rauswurf Alinas logische Anlaufstelle gewesen. Oder schämte sich ihre kleine Schwester so sehr dafür, dass erneut einer ihrer euphorisch angegangenen Lebensentwürfe gescheitert war? Hatte Lara sie zu oft kritisiert oder vielmehr enttäuscht, weil sie nicht zu ihr gehalten hatte?

Das schaffe ich nicht ohne dich.

Da war es wieder, das Bild der elfjährigen Alina, die verheult am Freiburger Bahnhof stand, während sie auf Laras Zug warteten. Strafte Alina Lara deswegen?

Laras Blick fiel auf einen weiteren Intranetlink mit dem Titel *Bestrafungen.* Sie klickte darauf. Es erschien eine Auflistung von vier Videos mit verschiedenen Namen: Enno, Stefan, Paul und Thorsten. Lara startete das Video von Thorsten, das vier Wochen alt war. Der junge Mann, den Lara bisher nur von virtuellen Begegnungen kannte, saß mit verbissener Miene auf dem Bürostuhl, auf dem sie gerade Platz genommen hatte. Der Stuhl stand im Flur, durch den sie gegangen war. Einen Schritt vor ihm hatte sich der Hauptmann postiert. Er verdeckte Thorsten halb und blickte ernst in die Kamera.

»In unserem Gesetz steht, dass es bei schmerzhafter Bestrafung verboten ist, andere Bürger zum Konsum von Drogen anzustiften oder ihnen solche zu verkaufen. Thorsten hat gegen dieses Gesetz verstoßen. Er hat damit den Zusammenhalt und das Funktionieren unserer Gemeinschaft gefährdet. Heute wird er auf seinem Hof dafür bestraft.«

Er wandte sich an Thorsten.

»Verstehst du, warum du bestraft wirst? Bist du bereit für deine Strafe?«

»Fang an«, zischte Thorsten durch die Zähne, ohne Thies anzuschauen.

Die Reaktion gefiel Thies offenbar nicht, dennoch nickte er und trat einen Schritt zur Seite. Nun sah man eine schwarze Manschette, die unter dem Ärmel von Thorstens T-Shirt an seinem rechten Oberarm angebracht war. Lara kannte solche Manschetten aus dem Krankenhaus. Mittels leichter elektrischer Stimulation konnte man damit Gelenkschmerzen therapieren. Als Thies auf eine Fernbedienung in seiner Hand drückte, erkannte Lara sehr schnell, dass es sich in diesem Fall nicht um leichte Stimulation handelte. Thorstens Körper spannte sich schlagartig an, er stieß einen grunzenden Laut aus, die Schmerzen verzerrten sein Gesicht, er bäumte sich auf und zitterte unkontrolliert. Lara hörte einen Schrei. Er kam nicht von Thorsten, sondern von Alina. Laras Schwester hatte außerhalb des Kamerabilds bei der Bestrafung zuschauen müssen. Thorsten hatte Mühe, sich auf dem Stuhl zu halten. Er zappelte, der Stuhl quietschte. Selbst als Thorsten zu Boden fiel, stoppte die Bestrafung nicht. Auch auf dem Boden zuckte und wand er sich. Sein grimmiger Blick war schmerzhafter Hilflosigkeit gewichen. Doch selbst wenn er es gewollt hätte, er war nicht in der Lage, um Gnade zu flehen. Die Schmerzen waren sichtbar unerträglich. Lara erinnerte sich an einen Bericht über »saubere Folter«, in dem von diesen Manschetten die Rede gewesen war. Sie konnten perfekt auf den Körper des Opfers abgestimmt werden, sodass maximaler Schmerz entstand, aber keine dauerhaften Schäden zurückblieben. Vermeintlich. Letztlich konnte dabei alles schiefgehen. Besonders wenn man immer weitermachte, auch dann, wenn dem Opfer längst Tränen über das Gesicht strömten, es sich in die Hose gemacht hatte und sein Kopf immer wieder auf den Boden schlug.

»Hör auf«, zischte Lara den Bildschirm an.

Doch der Hauptmann tat ihr nicht den Gefallen, obwohl auch er mittlerweile feuchte Augen hatte. Er litt mit seinem Opfer, doch er blieb eisern. Denn er wusste, dass seine Bürger zuschauten, dass sie verstehen mussten, wie ernst es ihm war. Dass er sie alle bestrafen würde, auch wenn es ihm das Herz brach.

»Zeit«, erklang die Stimme von Finn aus dem Off.

Thies drückte hastig auf die Fernbedienung. Thorstens Körper erschlaffte schlagartig. Er lag regungslos und mit nasser Hose auf dem Boden. Laras Herz machte einen Sprung, als Alina ins Bild kam. Pfeilschnell stürmte sie zu Thorsten und nahm ihn in die Arme. Laras kleine Schwester, verzweifelt, aber voller Liebe. Sie hob Thorstens Oberkörper an, drückte ihn an sich.

»Bist du okay?«, fragte Thies mit zitternder Stimme.

Auch er wirkte hilflos. An Alinas Schulter öffnete Thorsten mühsam die Augen. Sein Blick war gebrochen, der Mann war gebrochen. Er sah Thies an und nickte.

»Gut«, sagte Thies.

Er legte Thorsten seine Hand auf den Kopf und lächelte liebevoll. Dann fror das Bild ein. Es wurde nicht schwarz wie bei der anderen Aufzeichnung, sondern dokumentierte die Hierarchie zwischen dem zerstörten Opfer und dem mitfühlenden Anführer. Lara weinte. Weil Thorsten so sehr gelitten hatte, weil Menschen einander so etwas antaten, vielleicht sogar, weil Thies so stark an etwas glaubte, dass er sich und seinen Nächsten etwas Derartiges zumutete. Vor allem aber, weil sie Alina mit all ihrer Hingabe und Wärme sah, für die sie das kleine Mädchen immer so sehr geliebt hatte. Sie hätte sie niemals allein lassen dürfen.

»Hallo?«

Lara erschrak. Schwere Schritte näherten sich im Flur. Lara fühlte sich verwundbar, wusste aber nicht, was sie tun sollte.

»Die Tür war offen, ich …«

Die Stimme verstummte, als Charlie ins Arbeitszimmer kam und entdeckte, was Lara sich gerade angesehen hatte.

»Oh«, sagte er und nahm seine Sonnenbrille ab.

Lara wischte sich die Tränen weg.

»Die Tür war offen«, begann Charlie erneut. »Wollte dich nicht …«

»Schon okay«, sagte Lara schnell. »Schon okay.«

Die beiden schauten einander stumm an. Zum ersten Mal konnte Lara Charlie in die Augen blicken. Ein funkelndes Grün. Wach, aber auch erstaunlich warm.

»Harte Hunde hier in dem Laden«, sagte Charlie schließlich mit Blick auf das Standbild.

»Jetzt weiß ich wenigstens, worauf ich mich einlasse.«

»Willst du das wirklich?«

»Ja.«

»Wirst deine Gründe haben. Aber bist hier unter Wölfen. Der Leitwolf wird auf dich achten, aber wie die anderen mit einer jungen, hübschen Wölfin umspringen, hast du ja erlebt.«

Lara musste über das bemühte Kompliment schmunzeln.

»Ich passe auf mich auf.«

»Gut. Will gar nicht stören. Nur zur Info: Ich steh mit meinem Wagen unten am Deich. Keine dreihundert Meter von hier.«

Er deutete in die entsprechende Richtung.

»Wenn was ist ...«

»Das ist sehr nett von dir. Danke. Und ... danke auch, dass du ... also vorhin ... für mich gelogen hast.«

Lara war sich nicht sicher, warum er ihr half. War er nur gutherzig, oder hatte er Hintergedanken?

»Kein Problem. Wirst deine Gründe haben.«

Doch nach diesen Gründen fragte er nicht. Es wirkte vielmehr so, als ob sein Job mal wieder getan war und er gehen wollte. Doch Lara war schneller.

»Kanntest du die Leute, die hier gewohnt haben?«

Charlie verharrte in der Zimmertür, zuckte mit den Schultern.

»Nur vom Sehen.«

»Die Frau musste zugucken, während er bestraft wurde. Dann stellt der Idiot wieder was an, und sie geht mit ihm?«

»Es heißt, sie hat ihn geliebt.«

Wieder zuckte Charlie mit den Schultern.

»Kam sie auch von hier?«

»Glaub nicht. War schon vor mir da, die anderen nannten sie nur die Freundin von Thorsten. Die von hier nennt man beim Namen.«

»Wie nennen sie dich?«

»Dosenhorter.«

Er schmunzelte. Lara musste lachen.

»Möchtest du was essen?«, fragte sie. »Thies sagte, der Kühlschrank ist voll.«

»Hab alles, was ich brauch. Nicht nur Dosen. Will nicht länger stören.«

Er hob die Hand zum Gruß und drehte sich abrupt um. Charlie war kein Mann, der es lange in Gesellschaft anderer aushielt.

»Danke noch mal!«, rief Lara ihm hinterher.

Die Haustür fiel ins Schloss. Lara wandte sich wieder dem Standbild auf dem Computer zu. Die Freundin von Thorsten. Lara fragte sich, wie die Bürgerinnen und Bürger von Thies' Land *sie* nennen würden.

KAPITEL 7

»DIE FREMDE PASST NICHT ZU UNS«, sagte Beeke zu Thies.

Er hörte ihr nicht zu, wie immer, wenn die Männer am Küchentisch zusammensaßen und über das Schicksal ihrer Gemeinschaft diskutierten. Beeke hatte einen großen Topf Birnen, Bohnen und Speck gemacht, dessen Duft die Wohnküche erfüllte. Der alte Olaf war da, Finn natürlich, Thies' rechte Hand Holm und zwei der mächtigsten Bauern. Es ging einmal mehr darum, wann sie ihren Staat ausrufen sollten. Thies hatte den anderen soeben erläutert, dass die Fremde ein wichtiger Baustein war, weil sie nun bald auch eine medizinische Versorgung haben würden.

»Also legen wir los«, drängte Finn. »Wir haben uns lang genug von den Sesselfurzern in Berlin demütigen lassen.«

»Lass Lara erst mal ankommen«, widersprach Thies. »Ich will sehen, ob sie klarkommt.«

»Irgendetwas stimmt mit ihr nicht«, versuchte Beeke es erneut.

»Beeke, kannst du uns noch mal Bier holen.«

Thies wusste, dass sie es hasste, wenn er sie so herumscheuchte. Doch Beeke war klar, dass sie ihn vor den anderen nicht infrage stellen durfte. Also stand sie auf und ging zum Kühlschrank.

»Wie lange willst du denn warten?«, fragte Finn seinen Bruder. »Die Sturmsaison kommt, die Deiche sind noch nicht sicher. Wir brauchen mehr Leute, um …«

»Wir sind noch nicht so weit«, unterbrach Thies.

»Und wenn's Lara nicht zu deiner Zufriedenheit hinbekommt? Dann warten wir noch mal drei Monate, bis uns die nächste Krankenschwester in den Schoß fällt? Wir müssen Leute anwerben!«

»Finn!«, mahnte Thies.

»Was?«, brauste Finn auf. »Wir sind so weit. Wir …«

»*Ich* bestimme, wann wir so weit sind«, zischte Thies scharf.

Finn lachte spöttisch.

»Klar. Und in der Zwischenzeit schmeißt du gute Leute wie Thorsten raus, nur weil er …«

»Finn«, ging Olaf streng dazwischen. »Ist gut jetzt. Geh nach Hause.«

»Was?«, fragte er seinen Vater gequält.

»Geh nach Hause! Du bist betrunken.«

»Ich bin nicht …«

»Finn!«

Alle anderen schauten sich betreten an. Beeke wusste, dass es nicht gut war, einen erwachsenen Mann derart zu gängeln, schon gar nicht Finn. Doch der Übermacht seines Vaters und seines Bruders hatte er nichts entgegenzusetzen. Er stand wütend auf und stürmte aus der Küche. Beeke stellte den verbliebenen Gästen neue Bierflaschen auf den Tisch.

»Eine einzige Krankenschwester, reicht das denn?«, fragte Bauer Michel.

Der Mann mit dem zweitgrößten Hof in Kronprinzenkoog war der personifizierte Bedenkenträger, weswegen Thies ihn in alle Gespräche einband. Die Leute schätzten seine Nachfragen. Gab er sich zufrieden, waren alle zufrieden.

»Ein Unfall mit mehreren Schwerverletzten, was dann?«, fuhr er fort. »Wie schnell kracht mal was zusammen auf einem Hof.«

»Wir werden nicht ohne medizinische Hilfe von außen klarkommen«, erklärte Thies nicht zum ersten Mal. »Wir werden generell nicht ohne die Infrastruktur aus Deutschland auskommen, die Geschäfte, die Banken, die Handelspartner. Das habe ich immer gesagt.«

»Dann können sie uns doch ausbluten lassen.«

»Michel, wenn Deutschland will, können sie uns an einem Tag militärisch plattmachen. Die Kunst wird es sein, dass sie genau das nicht wollen. Und dann sind wir ein kleines Nachbarland, mit dem man freundschaftliche Beziehungen pflegt. Wie Luxemburg. Oder San Marino.«

Auch diese Beispiele hatte Thies schon zahllose Male angebracht. Michel nickte, als ob es neue Argumente wären. Beeke bewunderte ihren Mann für seine Geduld.

»Gut«, sagte Michel. »Aber was genau brauchst du dann noch?«

»Im Prinzip hat Finn recht«, erklärte Thies der Runde. »Wir sind mit allem so weit. Die Website ist startbereit, die Infrastruktur steht, die Verfassung ist fertig.«

Er deutete auf einen Ordner, der auf dem Tisch lag. Darin befand sich die Verfassung, erarbeitet von einem emeritierten Professor der rechtspopulistischen Partei, in der Finn lange aktiv gewesen war, wo er es aber nie zu etwas gebracht hatte. Nun leisteten die Populisten im Hintergrund »Aufbauhilfe«, wie Finn es nannte. Beeke und letztlich auch Thies war nie wohl dabei gewesen, dass sie mit diesen Leuten zusammenarbeiteten. Aber der Staatsrechtler hatte gute Arbeit geleistet und eine juristisch einwandfreie Basis für ihren Staat geschaffen.

»Auf dem Papier stehen wir also gut da«, fasste Thies zusammen. »Doch bei so einer Entscheidung geht's um mehr. Bisher fliegen wir unter dem Radar, sind ein paar Spinner, die an ihren Höfen hängen. Wenn wir das öffentlich machen, die erste ernsthafte Verkündung eines neuen Staates auf bundesdeutschem

Boden, dann setzen wir etwas in Gang, das uns überrollen kann. Deutschland wird uns bekämpfen, die Medien werden uns jagen, eine ganze Menge Glücksritter und auch Abschaum hier auftauchen. Damit müssen wir klarkommen. Mental. Als Gemeinschaft. Und als Kopf dieser Gemeinschaft sage ich euch: Wir sind noch nicht so weit. Ich hoffe, ihr vertraut mir in diesem Punkt.«

Einer nach dem anderen nickte. Bauer Michel hob seine Bierflasche.

»Auf den Hauptmann!«, rief er.

Die anderen stimmten ein und stießen mit Thies an.

»Was ist dein Problem mit Lara?«, fragte Thies seine Frau, nachdem die Männer gegangen waren.

Er hatte ihren Einwand weder überhört noch vergessen. Beeke hatte mittlerweile die Küche aufgeräumt, nach den Mädchen geschaut und war dann mit einem Glas Weißwein zu Thies ins Arbeitszimmer gegangen. Früher hatte Beeke dort ihren Schreibtisch mit Blick über die Felder gehabt, um die Buchhaltung zu machen oder an Entwürfen für Hofgebäude zu arbeiten, doch seit der Flut hatte der Raum sich verändert. Erst hatte Thies sich einen weiteren Schreibtisch dazugestellt, mittlerweile waren es drei, auf denen Monitore standen. An den zwei Fenstern hatten sie einbruchsichere Rollläden angebracht, die Zimmertür war verstärkt und mit einem Sicherheitsschloss versehen worden. *Kommandozentrale* nannte Finn das Arbeitszimmer, in dem er sich immer öfter aufhielt und versuchte, Thies in Überlegungen zur Verteidigung der Köge zu verwickeln. Und damit meinte er nicht die Verteidigung gegen Sturmfluten. Beeke machte die Buchhaltung mittlerweile am Küchentisch.

»Sie wird uns Ärger machen«, antwortete Beeke.

Thies saß an seinem Schreibtisch und blickte auf den Monitor, der das Bild von einer der Überwachungskameras am neuen

Deich zeigte. Die Kamera war an einem Baum angebracht und auf die alte Landstraße gerichtet, die in ihr Gebiet führte. Nachts passierte dort meist nichts, und auch jetzt zeigte die Infrarotkamera nur Rehe, die über die Felder liefen. Thies starrte nachdenklich auf das Bild. Er war angespannt.

»Eine selbstbewusste, attraktive Frau ist Sprengstoff für unsere Gemeinschaft«, erklärte Beeke. »Das muss dir klar sein.«

Vom ersten Moment an hatten bei Beeke die Alarmglocken geläutet. Sie hatte sich gefragt, wieso. Mit solchen Frauen war sie bei ihrem Studium in Bremen befreundet gewesen, damals hätte sie die Fremde interessant gefunden. Doch das hier war nicht Bremen, es war noch nicht mal das alte Dithmarschen. Es war, wie Thies gesagt hatte, eine Gemeinschaft, der eine schwere Prüfung bevorstand.

»Ich brauche sie als Krankenschwester«, sagte Thies, ohne aufzuschauen.

»Wenn wir den Staat ausrufen, kannst du nach Ärzten und Krankenschwestern suchen.«

»Wir brauchen vorher jemanden. Die Grundversorgung muss stehen. Wenn wir öffnen, dann wird hier zu viel los sein ...«

Er starrte auf den Bildschirm, als könne er auf der Straße bereits die Horden sehen, die in ihre Köge einfielen. Dann blickte er endlich Beeke an, warm und zugewandt.

»Keine Frau hier ist selbstbewusster und attraktiver als du«, sagte er.

»Darum geht's nicht«, antwortete Beeke verärgert. »Ich weiß, wie die Männer hier ticken. Sie denken nicht klar, wenn so eine da ist.«

Thies rieb sich den Nacken.

»Okay, kann sein. Aber was ist daran so tragisch? Wir haben viel zu viele alleinstehende Männer. Einer wird sie sich schnappen. Finn vielleicht. Täte ihm gut.«

Beeke musste lachen.

»Er hat überhaupt nicht ihre Kragenweite. Die frisst Finn zum Frühstück. Und du weißt, was passieren kann, wenn dein Bruder abgelehnt wird.«

»Du hältst eine Menge von ihr«, stellte Thies amüsiert fest.

Beeke stöhnte. Sie kam nicht durch bei ihm. Natürlich hatte sie sich gefragt, ob sie eifersüchtig war. Eine junge, unabhängige Frau, der alles offen stand. Das war sie auch mal gewesen. Doch um nichts in der Welt wollte sie tauschen. Sie hatte sich so viel aufgebaut: eine wunderbare Familie, einen erfolgreichen Betrieb, und sie hatte den besten Mann, den sie sich vorstellen konnte.

»Lass gut sein«, sagte Thies und wandte sich wieder dem Bildschirm zu.

Sie betrachtete sein markantes Profil, sah die Entschlossenheit, die Klarheit. Das alles hatte sie schon als Jugendliche angezogen. Nichts war für sie sexyer als ein Mann, der wusste, was er wollte. Sie erinnerte sich an den Tag, als sie vom Studium zurückgekommen war. In der Schulzeit waren sie nur Freunde gewesen, und Beeke wusste nie, ob er dieselbe Anziehung wie sie gespürt hatte. Während ihrer Jahre in Bremen hatten sie sich aus den Augen verloren. Doch an dem Tag, als sie ihm im Irish Pub in Marne wieder begegnet war, hatte er sie gesehen, gelächelt und gesagt: »Endlich bist du zurück.« Noch in derselben Nacht hatten sie zum ersten Mal miteinander geschlafen.

Beeke trank noch einen Schluck Wein, dann stellte sie das Glas auf den Schreibtisch. Thies schaute zu ihr auf. Sie zog den Slip unter ihrem Kleid aus. Er lachte erfreut, als sie seinen Stuhl umdrehte und sich rittlings auf ihn setzte.

KAPITEL 8

ES WAR JAHRE HER, dass Lara einen solchen Sternenhimmel gesehen hatte. Noch nie hatte sie die Milchstraße derart deutlich erkennen können, ein fein geknüpfter Teppich aus Lichtern. Mit einem Glas Aquavit saß die frisch gebackene Bäuerin auf der Terrasse hinter dem Haus. Die Sterne und die Stille, eine Sensation. Nächte in Berlin waren laut und grell.

Den Aquavit hatte Lara im Kühlschrank gefunden und sich ein Glas davon gegönnt, nachdem sie das gesamte Haus durchsucht hatte. Sie hatte Geschirr gespült und aufgeräumt, war sogar kurz bei den Hühnern im Stall gewesen, um die sich laut Thies in den letzten Tagen ein Nachbar gekümmert hatte. Jetzt gehörten sie zu Laras Aufgaben.

Dominiert wurden Laras Gedanken von der Frage, was in der Nacht von Freitag auf Samstag passiert war. Sie hatte keine besonders ausgeprägten detektivischen Fähigkeiten, aber die Hinweise waren leicht zu interpretieren: Eine verschließbare Schublade in einem Werkraum im Erdgeschoss war leer, doch beim Öffnen strömte der unverkennbare Geruch von Marihuana heraus. Offensichtlich hatte Thorsten darin Drogen gebunkert, reichlich Drogen. Ebenso offensichtlich waren sie nun verschwunden. Lara vermutete, dass Thies sie vernichtet hatte. Drogen waren also tatsächlich im Spiel gewesen.

Für den hektischen Aufbruch des Paares in der Nacht sprach,

dass im Schlafzimmer, wo ein großes Doppelbett aus Gusseisen sowie ein antiker Schrank standen, kaum Kleidung fehlte. Sie hatten höchstens den Inhalt eines Koffers mitgenommen. Auch alle technischen Geräte im »Spielzimmer« mit den Kameras für ihre virtuellen Treffen hatten sie zurückgelassen. Die Küche war unaufgeräumt, die Musikanlage eingeschaltet. Auch die Haustechnik – Heizung, Licht und Smart-Kühlschrank – war immer noch mit Alinas und Thorstens Handys verbunden.

Natürlich hatte Lara auch nach Anzeichen von Gewalt geschaut. Im Küchenmüll lag ein zerbrochenes Wasserglas, was aber alles Mögliche bedeuten konnte. Und es gab Blut auf der Matratze im Schlafzimmer, welches durch das saubere Bettlaken schimmerte. Die Flecken waren zwar einigermaßen frisch, höchstens wenige Tage oder Wochen alt; jedoch legten Größe und Platzierung nahe, dass Alina während ihrer Regelblutung Sex gehabt hatte und die Flecken beim Saubermachen nicht gänzlich verschwunden waren. Nach Alinas Andeutungen in der Mixed Reality hatten Thorsten und sie ein sehr erfülltes und wildes Sexleben.

In der Stille auf der Terrasse spürte Lara die Müdigkeit. Sie war nicht nur sehr früh aufgestanden, sondern hatte auch den ganzen Tag unter Strom gestanden. Bevor sie schlafen ging, überlegte sie kurz, das Bett neu zu beziehen. Doch alles roch ganz frisch und unbenutzt. Zunächst freute sie sich darüber, doch dann stutzte sie. Wenn Alina und Thorsten nachts von Thies aus dem Bett geworfen worden waren, konnte das Bett ja nicht frisch bezogen worden sein. Und kurz vor ihrer hastigen Flucht hatten sie das sicherlich auch nicht getan. Hatte doch jemand versucht, Spuren zu verwischen?

Lara zog noch einmal das Laken von der Matratze und begutachtete die Blutflecken. Sie waren unterschiedlich groß, befanden sich an mehreren Stellen, waren mal etwas mehr, mal etwas weniger ausgewaschen. Lara hob die Matratze hoch, um die andere Seite zu betrachten. Dort gab es auf den ersten Blick kein weiteres Blut. Gerade als sie die schwere Doppelmatratze fallen ließ, sah sie durch den Lattenrost, dass etwas Glitzerndes unter dem Bett lag. Lara holte den Gegenstand ans Licht. Ihr stockte der Atem. Es war Mamis Kette. Das goldene Herz, das sie Alina im Krankenhaus geschenkt hatte. Wenige Tage danach war ihre Mutter gestorben. Für Alina war diese Kette ein Heiligtum. Nun lag sie unbeachtet unter dem Bett. Noch schlimmer: Sie war an einem Kettenglied zerrissen. Alina hatte sie nicht ausgezogen, sie war abgerissen worden.

Lara war schlagartig wieder hellwach. Die Blutflecken, die Kette, das frisch bezogene Bett. Was, wenn Thorsten Alina getötet hatte? Würde Thies ihn decken? Er hatte eine besondere Beziehung zu dem jungen Mann. Und das Letzte, was der junge Staat brauchen konnte, war ein Mord.

Noch einmal stellte Lara das gesamte Schlafzimmer auf den Kopf. Sie räumte Schränke und Schubladen aus, durchsuchte die Taschen von Hosen und Jacken, öffnete leere Koffer und schob mit letzter Kraft die Matratze vom Bett, um den Boden darunter bei Licht betrachten zu können. Erfolglos. Lara ging ins Spielzimmer, um sich Alinas Computer vorzunehmen. Hatte ihre Schwester Hinweise hinterlassen? Ein Tagebuch, Chats mit einer Freundin, Fotos, aus denen man Rückschlüsse ziehen konnte? Bis tief in die Nacht saß Lara mit der Flasche Aquavit an dem Gerät, knackte Passwörter und prüfte Unterverzeichnisse. Doch außer Nacktbildern des Paares fand sie nichts Geheimnisvolles. Neue Hinweise schon gar nicht. Lara fielen fast die Augen zu, doch die Musik hielt sie wach. Alinas und ihre Musik. Mamis Musik. Als »Emanuela« erklang, eins von Alinas Lieblingsliedern, stand Lara auf und begann zu tanzen. In dem Raum, wo Alina noch vor wenigen Tagen virtuell mit ihr getanzt hatte. Lara stampfte und hüpfte, wiegte sich hin und her und sang lautstark mit. »Du hältst dich für gefährlich, doch siehst nicht die Gefahr.« Sie sah Alina, wie sie beim ersten Beat des Songs aufsprang, einen Marsch simulierte und lachte. Lebendig und cool, glücklich und schön. Lara tanzte immer weiter, Lied für Lied, sie ignorierte die Tränen, den Schweiß, die Müdigkeit. Sie vergaß alles um sich herum. Sie ließ los.

Als Lara die Augen wieder öffnete, hätte sie fast laut geschrien. Durch das Fenster blickte sie direkt in zwei leuchtend rote Augen. Doch draußen schwebte keine Bestie, sondern nur eine Drohne. Plötzlich drehte das Gerät ab und flog in den Nachthimmel. Lara hatte keine Ahnung, wie lange Finn sie beobachtet hatte, während sie sich von ihrer verletzlichsten Seite gezeigt hatte. Wütend zog sie die Vorhänge zu.

KAPITEL 9

EIGENTLICH HATTE SICH BEEKE nur ihr Weinglas holen wollen, nach dem Sex noch etwas trinken. Thies war oben eingeschlafen, sie war hellwach. Also hatte sie sich in der Kommandozentrale vor die Monitore gesetzt, am Wein genippt, auf die Bilder der Kameras gestarrt und irgendwann eine von Finns Drohnen zum Lindenhof fliegen lassen. Sie hatte die Fremde wach vorgefunden, in Thies' ehemaligem Jugendzimmer. Die junge Frau hatte zunächst ewig vor dem Computer gesessen, war nicht viel interessanter gewesen als die leere Landstraße. Weil Beeke in ihrem Negligé fror, hatte sie schon ausschalten wollen, doch dann war die Fremde aufgestanden und hatte getanzt. Am Ende hatte sie die Drohne entdeckt. Gut. Sie sollte sich nicht zu wohl fühlen.

Beeke sah sich die Aufzeichnung noch einmal an. Die Frau ging beim Tanzen völlig aus sich heraus, bewegte sich so, wie man es nur tat, wenn niemand zuschaute. Sie ließ Tränen zu, zeigte Verletzlichkeit. Offenbar trug sie eine schwere Last mit sich herum, aber das taten sie alle. Beeke sah die Kraft, die Entschlossenheit, die Aura einer Frau, die nicht eingenommen werden konnte. Beeke hatte sich nicht getäuscht: Diese Frau war kein schlichtes Gemüt, eher eine Naturgewalt. Vielleicht war es das, was Beeke an ihr störte.

Die Fremde hielt sich für unbesiegbar, dabei hatte sie vermutlich noch gar keinen echten Kampf ausgefochten. Sie hatte sich bestimmt nicht mit einer dysfunktionalen Familie arrangieren müssen, einem kriminellen Schwiegervater, einem faschistischen Schwager voller Komplexe. Sie hatte keine Kinder zur Welt gebracht, nachts an ihrem Bett gestanden, um zu sehen, ob sie noch atmeten. Sie hatte nicht alles verloren, ihre Träume aufgeben müssen, um mit diesen zerbrechlichen Wesen an ihrer Seite neu anfangen zu müssen. Keine Jahre harter Arbeit, pausenlos gefordert, auf dem Feld mit Kindern im Arm, ohne Schlaf, ohne Urlaub, ohne die Möglichkeit, nachts zu tanzen oder wenigstens zu weinen. Sie hatte keine Magengeschwüre weggedrückt, immer weitergemacht, sich selbst aus dem Krankenhaus entlassen, um bei der Ernte dabei sein zu können. Die Fremde hatte nicht all das mitgemacht, über ein Jahrzehnt lang, und dann, als es endlich gut war, als endlich getanzt werden konnte, erlebt, wie die Flut ihre Welt in den Abgrund spülte. Wie der Staat ihnen eine lächerliche Entschädigung anbot, damit sie ihr mit den eigenen Händen geschaffenes Paradies verließen. Die Fremde hatte auch nicht ihre beste Freundin unter einer eingestürzten Hauswand verloren, die eigene Nichte sterbend in den Armen gehalten, gepfählte Leichen von einem Gartenzaun gehoben. Die Fremde war nicht in einer Weise vom Tod heimgesucht worden, die Beeke niemandem wünschte, auch nicht dieser fremden Frau.

Also sollte sie sich, verdammt noch mal, nichts darauf einbilden, dass sie jung und stark und schön war. Denn es gab Naturgewalten, die auch sie mit einem Fingerschnippen in der Luft zerreißen konnten.

Aber diese Frau hatte keine Angst. Das war die Gefahr. Sie wusste nicht, was sie auszulösen imstande war. Genau das konnte alle in den Abgrund reißen. Doch es gab nichts, was Beeke dagegen tun konnte. Selbst sie fand Lara faszinierend. Noch einmal startete sie die Aufzeichnung mit Laras Tanz, lehnte sich zurück und genoss, was sie sah.

KAPITEL 10

JAN JANSENS ERSTE AMTSHANDLUNG am Morgen bestand auch an diesem Tag darin, die Online-Anzeigen aus der Nacht aufzurufen. Die Kollegen aus Heide hatten zwei Anzeigen weitergeleitet, für die das Marner Revier zuständig war.

Ein Bauer aus Trennewurth beklagte den gewaltsamen Tod einer Kuh. Er hatte die Nachbarn im Verdacht. Und der neuen Angestellten bei Jans Lieblingsbäcker in Marne war das Fahrrad gestohlen worden. Jan schickte die Fälle mit entsprechenden Hinweisen auf die Handys der Kollegen, die heute draußen unterwegs waren, und gönnte sich einen zweiten Kaffee. Plötzlich stand Krug vor ihm, sein Chef.

»Hör zu, Jansen, ich hab mal nachgeschaut. Fürs fünfundvierzigste Dienstjubiläum gibt's keine Zulage, sorry. So lange arbeitet ja auch sonst niemand.«

Er lachte, als sei es albern, dass Jan bereits so viele Jahre im Dienst war. Jan sah das im Prinzip genauso. Mit vierundsechzig hatte er sich eigentlich schon längst mit einem eiskalten Bier an seinem Pool gesehen; doch erst hatte man die Dienstzeit für Polizisten generell verlängert und dann nach der Flut gleich noch einmal ein Jahr draufgelegt – wegen der »außergewöhnlichen regionalen Umstände«. In Wahrheit fanden sie einfach keine jungen Leute, die in einem Polizeirevier am Ende der Welt arbeiten wollten.

»Kleines Fest machen wir aber schon, oder?«, fragte Krug. »Was macht ihr denn traditionell zu den Jubiläen?«

Krug war seit einem knappen Jahr Revierleiter. Einer der zahllosen Chefs, die Jan schon hatte kommen und gehen sehen. Dreißig Jahre jünger, auf dem Sprung zu höheren Aufgaben. Jan hatte die mittlere Laufbahn eingeschlagen, konnte nicht Revierleiter werden und wollte es auch nicht. Er hatte sich immer als klassischen Dorfpolizisten gesehen, nah am Bürger, mehr Seelsorger als Ermittler. Mit Verwaltung wollte er nichts zu tun haben. Die Position des stellvertretenden Revierleiters hatte man ihm mehr oder weniger aufgezwungen.

»Normalerweise schlachten wir ein Schaf und grillen's auf dem Hof«, erklärte Jan seinem Chef.

»Ein ganzes Schaf? Hier auf dem Hof? Ist das nicht ... Ach, du verarschst mich schon wieder.«

Krug kam aus dem Rheinland und hatte sich wegen der Liebe an die Küste versetzen lassen. Auch nach zwei Jahren hatte er noch keine Ahnung, wie die Leute im Norden ticken. Man konnte ihn leicht reinlegen, er nahm es meistens mit Humor. Auch jetzt knuffte er Jan gegen die Schulter. Er war ein Kumpeltyp und würde es als Chef bei der Polizei nicht weit bringen.

Die Zimmertür öffnete sich. Müller, ein nerdiger Kollege Anfang dreißig, schaute seufzend herein.

»Die Verrückte ist wieder da«, flüsterte er.

»Welche?«, fragte Krug.

Jan schaute um die Ecke und sah Nele Schulz. Sie stand verloren in der geöffneten Eingangstür des Reviers, so als wolle sie jeden Moment davonlaufen.

»Leute!«, ermahnte Jan die Kollegen. »Ich kümmere mich.«

Er ging nach vorne. Hätte er Neles Alter schätzen müssen, hätte er angesichts der ergrauten Haare und der trüben Augen auf sechzig getippt. Er wusste jedoch, dass sie gerade mal fünfundvierzig war. Auch früher war sie schon eine angespannte Frau gewesen, doch seitdem ihr Mann in der Flut sein Leben verloren hatte, war die einstige grazile Schönheit nicht mehr dieselbe.

»Nele!«, rief er. »Wie geht's dir? Komm rein.« Er näherte sich ihr mit seinem Dorfpolizistenlächeln.

Eben hatte sie sich noch ängstlich an der Glastür festgehalten, doch als sie Jan sah, entspannte sie sich einigermaßen. »Nicht gut«, murmelte sie. »Nicht gut.«

»Kaffee? Ist frisch. Komm mit. Wir setzen uns.«

Er winkte sie in den Befragungsraum. Jan wusste, dass sie es am Empfang nicht lange aushalten würde, wo Müller und Krug sie anstarrten und jederzeit Kollegen rein- oder rauseilen konnten. Dafür war sie zu schreckhaft. Zögerlich folgte sie ihm. So ungewöhnlich es klang, der Befragungsraum war das gemütlichste Zimmer im Gebäude. Das Marner Revier war ein bedrückender Zweckbau mit zu wenigen Fenstern, aber den großen Befragungsraum hatte Jan im Lauf der Jahre mehr und mehr verschönert. Teppich, Gardinen, eine gemütliche Sitzecke und stimmungsvolle Nordseebilder an der Wand. Es gab eine Kaffeemaschine, ein Tablet, Spielsachen für Kinder. Die Kollegen machten sich manchmal darüber lustig, dass es die Kriminellen bei ihnen besser hatten als zu Hause und deswegen so gerne wiederkamen.

»Komm, setz dich. Milch, kein Zucker.«

Er holte ihr einen Kaffee. Nele nickte kaum sichtbar, huschte zur Bank und setzte sich, nachdem sie den Platz mehrfach inspiziert hatte. Jan wusste, wie sie ihren Kaffee nahm, schließlich kam sie alle paar Wochen vorbei. Meistens war sie der Meinung, dass ein ausländisches Kennzeichen auf die Ankunft von Terroristen hindeutete, manchmal hatte sie aber auch Anzeichen für einen Mord gefunden oder war sicher, dass ein Unwetter bevorstand, das sonst niemand kommen sah. Manchmal reichte es, wenn sie Jan ihr Herz ausschütten konnte, ab und zu fuhr er auch mit ihr zu den vermeintlichen Tatorten oder Terroristenverstecken. Sie tat ihm leid. Er konnte sich noch gut daran erinnern, dass sie in jungen Jahren eins der begehrtesten Mädchen im Ort gewesen war. Wenn sie bei einem Fußballspiel von Jans A-Jugend zugeschaut hatte, konnten die Jungs sich kaum auf den Ball konzentrieren.

»Was ist denn passiert?«

Er stellte ihr den Kaffee hin und setzte sich zu ihr. Nicht zu nah, das mochte sie nicht. Sie schaute sich noch einmal im Raum um, dann blickte sie Jan direkt in die Augen, wacher, als er es sonst von ihr kannte.

»Thorsten ist weg.«

Damit hatte Jan nicht gerechnet. Um ihren Sohn ging es bei ihren Ängsten sonst nie.

»Wie meinst du das? Weg?«

»Er wollte Samstag kommen. Hat er aber nicht getan.«

Sie machte große Augen und schüttelte den Kopf. Als wäre damit alles gesagt, nippte sie an ihrem Kaffee.

»Vielleicht ist ihm etwas dazwischen…«

»Handy ist auch aus«, unterbrach Nele. »Seit Samstag.«

Das war schon eher ungewöhnlich. Drei Tage lang hielten es die jungen Leute ohne Handy normalerweise nicht aus.

»Und da wohnt jetzt 'ne andere«, ergänzte Nele.

»Wo?«

»Auf dem Lindenhof.«

»Er hat 'ne neue Freundin?«

»Nein, er ist weg. Alina auch. Da wohnt jetzt eine andere. Eine Fremde.«

Nele klang zwar wirr, aber dennoch ganz anders als sonst, ernsthaft besorgt, mehr wie früher und nicht von übertriebenen Ängsten geleitet.

»Warst du am Hof?«, fragte Jan.

»Ich geh doch nicht in die Köge. Anke hat's gesagt. Hab sie eben beim Bäcker getroffen. Die hat die Post gebracht für Thorsten. Da war 'ne Fremde, und die sagte: ›Ich wohn jetzt hier.‹«

Zu einem der Widersprüche in Bezug auf das Land vor dem neuen Deich gehörte, dass dort offiziell niemand mehr wohnen durfte, aber dennoch die Post ausgeliefert wurde. Postbotin Anke machte an jedem Morgen für alles, was nicht mit den Drohnen gebracht wurde, eine Runde über die Höfe. Sie war eine verlässliche Quelle. Das Ganze klang nicht wie ein Hirngespinst von Nele. Dennoch konnte Jan nur mit den Schultern zucken.

»Das ist nicht schön, Nele. Aber kein Fall für die Polizei.«

»Thorsten ist verschwunden!«

»Thorsten ist ein erwachsener Mann. Vermisste können wir nur suchen, wenn's Anzeichen von einem Verbrechen gibt. Wegziehen, nicht mehr melden, das reicht nicht.«

»Thorsten ist nicht weggezogen. Würde er doch sagen. Kannst du nicht mal gucken gehen? Du weißt doch, wie schnell Thorsten sich Ärger einhandelt.«

Das wusste Jan tatsächlich. Seitdem die Familie Schulz vor fast fünf Jahren zurück nach Neufelderkoog gezogen war, hatte Jan Thorsten mindestens dreimal mit illegalen Drogen auf dem Revier gehabt, Shi und Marihuana. Der Junge war knapp an einer Gefängnisstrafe vorbeigeschrammt. Nach dem Tod des Vaters hatte er sich geweigert, die Köge zu verlassen. Er hatte sich Thies Cordes angeschlossen und zusammen mit seiner neuen Freundin einen eigenen Hof bezogen. Illegal.

»Kannst du nicht gucken gehen?«, wiederholte Nele.

Ihr fragender Blick berührte Jan. Ihre Augen waren vollkommen klar. Die Sorge um ihren Jungen hatte sie aus dem Nebel geführt, der sie sonst umgab. Jan wollte ihr helfen, er wollte es wirklich.

»Das ist vorm neuen Deich«, erklärte er. »Mit denen da ist die Sache kompliziert.«

»Sind die gewalttätig? Machen die euch Ärger?«

»Im Gegenteil. Wir hören so gut wie nix aus den Kögen. Die regeln alles unter sich. Und ... und das haben wir erst mal auch akzeptiert.«

»Warum?«, fragte Nele erbost. »Gilt für die kein Gesetz?«

»Was sollen wir denn machen, Nele? Da wohnen gut zweihundert Leute, die da eigentlich nicht sein dürfen. Die können wir doch nicht alle verhaften.«

Es war sogar noch absurder. Im September, drei Tage vor Ablauf der Frist zum Verlassen des Gebiets, war Thies mit einer Abordnung von Bauern auf dem Revier erschienen. Thies war freundlich und selbstbewusst aufgetreten, so wie Jan ihn als Kapitän der Fußballteams kannte, die er trainiert hatte. Sein ehemaliger Spieler hatte erklärt, dass die Bauern bleiben würden, aber keinen Ärger wollten. Dass sie auf sich selbst aufpassen und der Polizei nicht zur Last fallen würden. Was hätte Jan da sagen sollen? Krug war sowieso schon überfordert, und von höherer Stelle war auch keine klare Ansage gekommen. Man »beschäftigte sich mit der Sachlage«, aber Jan wusste, dass sämtliche Behörden mehr als genug mit den Umsiedlungen und den anderen Folgen der Flut zu tun hatten. Überall an der Küste führte die neue Lage zu Reibungen. Eine Horde von Bauern, die stillhielt, war ein vergleichsweise kleines Problem. Also hatte Jan zugesagt, bis auf Weiteres den Status quo zu akzeptieren. Er ging fest davon aus, dass sich daran bis zu seiner Pensionierung nichts ändern würde. Und dann mussten sich andere um das Problem kümmern.

»Tut mir leid, Nele. Ich kann da nicht einfach so einreiten, weil Thorsten nicht zum Kuchenessen gekommen ist. Wenn du was Konkretes hörst, sag mir Bescheid.«

Nele tat etwas, das Jan noch nie erlebt hatte. Sie sprach ihn mit seinem Namen an. »Jan, es gab eine Zeit, da warst du mehr hinter den Sachen her.«

Dann stand sie auf, drückte den Rücken durch und verließ das Besprechungszimmer.

KAPITEL 11

AN IHREM ERSTEN TAG als Bäuerin an der Nordsee stellte Lara fest, dass sie keine besonders gute Ermittlerin war. Ihr Versuch, unauffällig Thies über den Weg zu laufen, um weitere Fragen stellen zu können, führte lediglich zu sinnlosen Runden durch die Köge. Der erste Lichtblick war das Auftauchen einer Postbotin, die zwar auch nicht viel über Alina und Thorsten wusste, aber die Post daließ, damit Lara sie dem Paar nachsenden konnte. Es waren keine wichtigen Briefe, lediglich Werbung für landwirtschaftlichen Bedarf, ein Spendenaufruf für Kinder in Afrika (ein Steckenpferd von Alina) und eine Kündigungsbestätigung der Stromwerke. Man versorgte sich längst selbst mit den Windrädern. Doch die Post gab Lara den Bauern gegenüber einen neuen Grund, um Fragen nach Alina stellen zu können. Als Erstes versuchte sie es bei ihrem Nachbarn Jonte, einem freundlichen, aber wortkargen Bauern, der von Alina und Thorsten angeblich nicht viel mitbekommen hatte. Immerhin erfuhr Lara, dass ihre kleine Schwester mit der älteren Tochter von Thies befreundet war. Kim hieß die junge Frau, mit der Alina ab und zu ausgeritten war. Bei einer weiteren Runde durch die Köge fand Lara jedoch weder die Reiterin noch ihren Vater.

Als Lara nach der erneut erfolglosen Suche frustriert auf den Feldweg zu ihrem Hof einbog, sah sie den Polizeiwagen. Der geländetaugliche blaue Kombi stand mit gebührendem Abstand zum Haupthaus am Rand des Feldweges. Obwohl Lara niemanden darin sah, wurden ihre Handflächen feucht. Seit mehr als zehn Jahren lebte sie nicht mehr bei ihrem Stiefvater, und trotzdem reagierte ihr Körper noch immer empfindlich auf das Blau der Polizei. Axel hatte Laras Bild eines Polizisten für immer geprägt.

Sie fuhr auf den Vorplatz und entdeckte den Polizeibeamten an einem der vorderen Fenster. Er klebte mit seinem Gesicht an der Glasscheibe. Kein Respekt vor Privatsphäre, genau wie Axel. Als er das eCar über das Laub fahren hörte, drehte er sich um. Er trug einen ergrauten Schnauzbart, und unter der blauen Mütze konnte sie graue Haare sehen. In diesem Alter waren Polizisten in Berlin entweder Polizeipräsident, oder sie durften nur noch Objektschutz machen. Der Mann winkte freundlich. Lara fuhr an ihm vorbei und parkte den Wagen an der Ladestation.

Als sie ausstieg, kam ihr der Polizist bereits entgegen.

»Moin!«, sagte er. »Polizeihauptmeister Jansen, hier vom Revier in Marne. Ich hab gehört, der Hof hat eine neue Bewohnerin. Sind Sie das?«

»Wieso fragen Sie?«, entgegnete Lara, während sie ihr Auto an die Ladestation anschloss. Sie blieb höflich, wusste aber ganz genau, auf welche Fragen man Polizisten antworten musste und auf welche nicht. Ohne einen Grund dafür zu nennen, durfte er noch nicht einmal nach ihrem Namen fragen.

»Ich bin auf der Suche nach Thorsten Schulz, der eigentlich hier wohnen müsste.«

»Wieso suchen Sie ihn?«

»Seine Mutter hat ihn vermisst gemeldet.«

»Das heißt, es gibt den Verdacht auf ein Verbrechen oder eine hilflose Person?«

Polizeihauptmeister Jansen lachte.

»Allmählich bin ich nicht mehr ganz sicher, wer von uns beiden der Polizist ist«, sagte er mit einem sympathischen Schmunzeln. »Sie kennen sich aus, hm?«

Lara startete den Ladevorgang, sagte aber nichts. Es war erstaunlich, wie viele Menschen von allein weiterredeten, wenn man einfach nicht auf ihre Fragen antwortete.

»Nein, im Ernst. Es ist keine offizielle Vermisstensache. Ich kenne Thorsten und auch seine Mutter. Sie macht sich Sorgen, weil er sich nicht meldet, nicht erreichbar ist. Ich würde sie gerne beruhigen.«

»Das ist ja nett«, stellte Lara fest.

So schien es auch gemeint zu sein. Dieser Polizist war anders als Axel und seine Kollegen in Freiburg. Vielleicht konnte er Lara sogar helfen.

»Mir wurde gesagt, dass er und seine Freundin weggezogen sind«, öffnete sich Lara. »Ich weiß aber nicht, wohin. Kennen Sie die Frau auch?«

»Nein, ich weiß nur von Thorstens Mutter, dass sie sehr nett sein soll. Sie mag sie.«

Alina hatte also das Herz ihrer potenziellen Schwiegermutter erobert. Darin war Laras Schwester bekanntermaßen gut. Sie passte nur nie auf ihr eigenes Herz auf.

»Darf ich denn fragen, wieso Sie jetzt hier wohnen?«, hakte der Polizist nach.

Er wusste, dass sie darauf nicht antworten musste. Aber Lara wusste auch, dass er Zugriff auf einen enormen Fahndungsapparat hatte, der hilfreich sein konnte.

»Das ist jetzt mein Hof.«

Jansen seufzte.

»Thies Cordes hat Ihnen den Hof gegeben?«

Lara nickte.

»Tja, das kommt jetzt vielleicht als Enttäuschung für Sie, Frau …«

»Lara«, wehrte sie den geschickten Versuch ab.

»Lara, gut. Ich muss Ihnen leider mitteilen, dass die Übernahme des Hofs illegal ist. Wie es das auch schon bei Thorsten Schulz war.«

»Mir wurde da etwas anderes gesagt.«

»Mag sein, aber sehen Sie, der Staat hat die Eigentümer für das Verlassen des Hofs entschädigt. Der Hof befindet sich nun in staatlichem Besitz.«

Er zuckte mit den Schultern, wirkte so, als würde er persönlich Lara den Hof durchaus gönnen.

»Ich weiß nicht, wie Sie hierher geraten sind«, fuhr er fort. »Oder woher Sie kommen.«

Er schien sicher zu sein, dass sie nicht zu den ursprünglichen Bewohnern der Gegend gehörte. Kannte er sie etwa alle?

»Aber was Thies Cordes hier mit den Leuten macht, ist schwierig. Und so gut ich es auch verstehen kann, es wird uns eines Tages allen um die Ohren fliegen.«

Lara nahm ihm ab, dass er das bedauerte. Mehr noch, dass er darunter litt, was in den Kögen geschah. Sie hatte ihre Hand in der Hosentasche, spürte darin Alinas Kette. Plötzlich hatte sie das Bedürfnis, Jansen zu sagen, warum sie wirklich gekommen war. Ihn zu bitten, nicht nur nach Thorsten, sondern auch nach Alina zu suchen. Ihm das Blut und die abgerissene Kette zu zeigen. So war es doch eigentlich üblich in der Gesellschaft: Wenn man ein Verbrechen vermutete, ging man zur Polizei, und die klärte den Verdacht auf.

»Wissen Sie denn, warum die beiden den Hof so plötzlich verlassen haben?«, fragte Jansen. »Lara?«

Sie antwortete nicht, weil sie die Autos hörte. Schwere Fahrzeuge auf dem Feldweg. Die Wagen bogen mit hohem Tempo an der Scheune um die Ecke: ein Land Rover mit Thies am Steuer, Finns SUV sowie ein Pick-up mit Holm, dem Schläger aus dem Video, und einem weiteren Deichschützer. Kaum hatten die Wagen vor dem Haus gestoppt, stiegen die vier Männer aus.

Drei von ihnen mit Gewehren, die sie an Riemen um die Schultern trugen. Thies ging voran. Er hatte nur Augen für den Polizisten.

»Moin, Jan«, sagte er freundlich.

»Hallo, Thies«, antwortete Jansen mit einem breiten Lächeln.

Die beiden kannten sich sehr gut, das sah man sofort. Thies nickte Lara kurz zu und wandte sich dann wieder an den Polizisten.

»Warst lange nicht mehr hier draußen bei uns. Was bringt dich her?«

»Ich bin auf der Suche nach Thorsten.«

»Hat er was angestellt?«

»Nein, nein. Ich wollte nur mal nach ihm schauen. Und ich dachte, er wohnt hier. Aber diese nette junge Frau sagte mir gerade, dass er weggegangen ist und dass sie jetzt hier wohnt. Sie ist sogar der Meinung, dass der Hof ihr gehört.«

Die gesamte Unterhaltung lief mit einer für den Norden schon fast untypischen Freundlichkeit ab. Man hätte es für den Plausch zweier alter Freunde halten können, hätten hinter Thies nicht drei Männer mit Gewehren gestanden, die wie sprungbereite Panther auf jede Bewegung des Polizisten lauerten.

»Der Hof gehört ihr, das ist richtig«, stellte Thies fest.

»Thies, du kannst nicht einfach Höfe verteilen wie Bonbons«, ermahnte Jansen väterlich. »Dazu hast du kein Recht. Die Höfe gehören dem deutschen Staat.«

»Meiner auch?«, fragte Thies mit Spott in der Stimme.

»Deiner letztendlich auch. Du hast die Entschädigung nicht angenommen, aber ...«

»Jan«, unterbrach Thies ihn und legt ihm kumpelhaft die Hand auf den Oberarm. »Lass gut sein! Wir hatten doch eine Abmachung, dass du dich hier raushältst. Die Gegend vorm neuen Deich, das ist nicht mehr dein Ding.«

»Wir haben gesagt, dass ich mich raushalte und dass ihr keinen Ärger macht. Aber jetzt die Sache mit Thorsten …«

»Wo ist denn da der Ärger?«

»Wo ist Thorsten?«

»Ich weiß es nicht. Er ist gegangen.«

»Freiwillig?«

Die Stimmlage des Polizisten wurde ernster.

»Ich kümmere mich um alles vorm neuen Deich«, stellte Thies sachlich fest. »Das habe ich versprochen. Und das heißt auch, wenn hier einer Mist baut, dann schmeiße ich ihn raus. Aber Jan, damit hast du nix zu tun. Deswegen würde ich dich bitten …«

»Wieso meldet er sich nicht?«, ging Jansen dazwischen. »Wieso erreicht man ihn nicht?«

»Wieso soll er sich bei dir melden?«

»Nicht bei mir. Bei seiner Mutter. Sie macht sich Sorgen. Deswegen bin ich hier.«

Zum ersten Mal sah Lara, dass es auch einen unsicheren Thies gab.

»Du kennst Nele«, legte Jansen nach.

»Natürlich kenne ich …«

»Du weißt, wie beschissen es ihr geht. Was sie durchgemacht hat. Sie hat es verdient, zu erfahren, was mit ihrem Sohn geschehen ist.«

»Er hat unsere Köge verlassen«, antwortete Thies gereizt. »Mehr weiß ich nicht.«

Jansen blickte Thies stoisch an, bis der den Augenkontakt abbrach. Lara hätte niemals gedacht, dass der freundliche alte Polizist solch eine Autorität ausstrahlen könnte.

»Und jetzt geh bitte«, sagte der Hauptmann und trat einen Schritt zur Seite.

»Wenn du irgendwas von Thorsten hörst, meldest du dich bitte. Nele dreht am Rad.«

Thies nickte zustimmend, wenn auch widerwillig. Jansen wandte sich an Lara.

»Und Ihnen würde ich nahelegen, sich hier nicht zu heimisch zu fühlen. Die Höfe werden in nicht allzu langer Zukunft abgerissen. Schönen Tag noch.«

Er tippte an seine Mütze und ging zu seinem Wagen. Was er zu Lara gesagt hatte, war ein Schlag ins Gesicht für Thies. Es kostete ihn all seine Kraft, nichts zu entgegnen.

»Was für ein arroganter Fatzke«, zischte Finn. »Hält sich für was Besseres in seiner ...«

»Halt den Mund«, raunte Thies ihn an.

Jansen stieg in seinen Wagen und fuhr davon. Einen Moment lang hörte man nichts als seine Reifen auf dem staubigen Weg. Dann knipste Thies sein Lächeln an und drehte sich zu Lara.

»Den muss man nicht ernst nehmen. Spielt sich gerne als Sheriff auf, dabei müsste er eigentlich schon längst pensioniert sein.«

»Aber wenn der Staat den Hof wirklich gekauft hat ...«, begann Lara, verstummte aber dann, weil Thies den Kopf schüttelte.

»Der Hof gehört dir. Und wir werden dir hier eine schöne Praxis bauen.«

Er zeigte auf den verfallenen Schuppen.

»Vorm neuen Deich zählt mein Wort«, betonte er. »Hast du jetzt Zeit?«

Die Frage überraschte Lara, doch sie nickte sofort.

»Gut, dann steig ein. Ich will dir etwas zeigen.«

Er ging zu seinem Land Rover. Seine Männer wies er an, zu seinem Hof zurückzufahren.

»Warst du schon in Friedrichskoog-Spitze?«, fragte er.

Lara schüttelte den Kopf. Er nickte. Beide stiegen ein, dann fuhr Thies los.

KAPITEL 12

FRIEDRICHSKOOG-SPITZE war der von Laras Hof am weitesten entfernte Bereich in Thies' Welt. Die anderen Köge lagen aufgereiht an der Elbmündung, die Flut drohte nur von einer Seite, der Friedrichskoog jedoch war an seiner Spitze vom Wasser umgeben. Im Westen die Elbmündung, im Osten die Meldorfer Bucht und im Norden die Nordsee. Es war der größte Koog, und laut Thies war er vor der Sturmflut auch am stärksten besiedelt gewesen. Auf der Westseite lag Friedrichskoog-Ort, die ehemals größte Siedlung in den Kögen. Doch dort wollte Thies nicht hin. Er fuhr zur Spitze.

»Ganz vorne hatten sie erst vor ein paar Jahren einen modernen neuen Deich fertiggestellt«, erklärte Thies. »Wirklich schön, vor allem für die Touristen gedacht. Aber beim Bau mussten sie Kompromisse machen wegen des Naturschutzes. Das Wattenmeer ist ja Weltkulturerbe, und das war wahnsinnig wichtig. Wichtiger als die Menschen hinterm Deich. So lief's hier immer. Na ja, wie stabil der Deich war, wissen wir jetzt.«

Sie passierten eine Stöpe, eine weitere Öffnung in einem der inländischen Schlafdeiche, die Einfahrt in den Friedrichskoog.

»Wir Bauern kämpften in den anderen Kögen um unsere Höfe und um unser Leben«, fuhr Thies fort. »Mit der Spitze konnte sich keiner von uns beschäftigen. Da vorne stand das Wasser in kürzester Zeit auf zwei Meter, die Flutwellen haben alles mitgerissen, was nicht stabil war.«

»Aber da gab's nicht viele Häuser?«, hakte Lara nach.

»Da gab's die meisten. Ferienhäuser vor allem. Im Winter unter der Woche war da kaum einer. Gott sei Dank. Sonst wären noch viel mehr Menschen gestorben. Und nach der Flut, als hier alle entschädigt wurden, waren die Ferienhausbesitzer die Ersten, die die Hand aufgehalten haben. Da wohnt heute keiner mehr, ist eine Geisterstadt.«

»Warum fahren wir da hin?«

»Ich will dir etwas zeigen.«

Er lächelte vielsagend. Einen Moment lang schwiegen sie. Lara schaute aus dem Fenster. Rechts und links lagen Felder, vereinzelte Höfe. In der Ferne, auf einer parallel laufenden Straße oder vielleicht auch auf einem Feldweg, machte Lara hinter einer Reihe kahler Bäume Bewegungen aus. Ein Reiter – nein, die feminine Silhouette gehörte zu einer Reiterin. Schwarze Stiefel, weiße Hose, schwarze Jacke, perfekte Haltung. Im Galopp trieb die Frau einen Braunen über den Weg, nicht viel langsamer, als Thies mit dem Wagen fuhr. Dennoch wirkte es mühelos. Die Reiterin schien zu schweben. Lara war sicher, dass dort die Frau ritt, die sie suchte. Kim, Thies' Tochter. Doch sie sagte nichts zu Thies. Fasziniert folgte sie den fließenden Bewegungen von Pferd und Reiterin, bis die beiden aus ihrem Blickfeld verschwanden.

Sie hatten nun eine bebaute Gegend erreicht. Zumeist verlassene Häuser am Straßenrand, keine Höfe, sondern einfache Wohnhäuser. Eine Tankstelle, die sogar in Betrieb war. Der Tankwart im Laden hob die Hand, um Thies zu grüßen. Thies winkte zurück. Die Straße führte nun schnurgerade Richtung Norden. An einer Seitenstraße Richtung Westen standen weitere Wohnhäuser. Dort begann die ehemalige Siedlung Friedrichskoog-Ort. Auf der anderen Seite gab es eine Schule, von der

Kinder mit Jeeps und Traktoren abgeholt wurden. Kaum etwas schien hier zerstört worden zu sein. An dieser Stelle waren sie weit von den Deichen entfernt.

»Tut mir leid, dass wir dich nicht auf Jansen vorbereitet haben«, sagte Thies plötzlich. »Das war deine Feuertaufe, hast du gut gemeistert. Du hast nichts verraten von dem, was du im Intranet gesehen hast.«

»Ich weiß doch, wo meine Loyalität liegt.«

Das hörte Thies gerne.

»Die Bestrafung von Thorsten«, sagte sie. »Da bist du an deine Grenze gekommen, oder?«

»Es war notwendig.«

»Auch ihn wegzuschicken?«

»Sonst sind unsere Gesetze nichts wert.«

»Aber Thorsten war dir wichtig. Und ... ich verstehe nicht, warum du ihm eine Falle gestellt hast.«

»Du bist die Erste, die sich traut, das zu fragen. Dabei fragt sich das jeder. Ich mich auch.«

»War es denn wirklich so? Ich meine, hast du ihm tatsächlich eine Falle gestellt?«

Der Zustand der Straße wurde schlechter. Thies drosselte dennoch nicht das Tempo, schaute nicht mal mehr nach vorne, sondern zu Lara.

»Glaubst du, ich lüge?«

»Eigentlich nicht. Aber ich dachte ... Vielleicht hat Thorsten noch etwas Schlimmeres angestellt. Etwas, von dem niemand etwas wissen darf. Und das mit der Falle sagst du nur, um ihn zu beschützen und ...«

»Lara!«, unterbrach Thies.

Er wartete, bis sie ihm direkt in die Augen blickte.

»Du bist aufmerksamer als viele andere. Das schätze ich, das brauchen wir. Aber diese Geschichte hat nichts mit dir zu tun. Also lass gut sein. Okay?«

Lara war sich zumindest sicher, dass er selbst glaubte, was er sagte. Und sie war sich auch sicher, dass sie ihren gerade erhaltenen Kredit verspielen würde, wenn sie weiter nachbohrte. Dennoch schrie alles in ihr danach zu erfahren, wieso niemand Thorsten oder Alina erreichen konnte, warum Blut auf dem Bett war, warum sie die Kette gefunden hatte, die jetzt in ihrer Tasche ruhte.

Thies schaute nach vorne. In seinen Augen lag Trauer. Lara folgte seinem Blick und sah es: Friedrichskoog-Spitze. Eine Häuserfront tauchte auf, die sich über die gesamte Breite des eng zulaufenden Koogs zog. Moderne Bungalows, die meisten davon mit Ziegeldächern. Je näher sie kamen, desto sichtbarer wurde die Zerstörung. Die ersten Häuser hatten nur unterspülte Fundamente, waren umgeben von schlammigen Gruben. Die Fenster waren zerschlagen, Bäume lagen umgestürzt auf den Zäunen, aber die Häuser standen noch. Als sie jedoch in die Siedlung hineinfuhren, mittlerweile auf lehmigem Boden, sah Lara immer mehr Häuser, deren Steinwände durchbrochen waren. Zahlreiche Holzhäuser waren gänzlich eingestürzt, nur noch ein Stapel Bretter, von denen man nicht wusste, wo sie ursprünglich gestanden hatten. Überall gab es Schutthaufen mit Ziegeln, Steinen, Möbelstücken voller Algen und sonstigem Unrat. Im Dachboden eines Hauses steckte ein kleines Fischerboot.

»Wow«, entfuhr es Lara.

»Ja«, hauchte Thies.

Lara sah den Deich. Eine Baustelle, kein Vergleich zu dem wiederhergestellten Deich vor Laras Hof. An manchen Stellen war es nicht mehr als aufgehäufter Sand. Zwei Bagger waren damit beschäftigt, weiteren Sand nach oben zu befördern. Daneben schaufelte eine Handvoll Männer grauen, tonigen Boden darauf, um ihn zu befestigen.

»Das ist Klei«, erklärte Thies. »Entsteht aus dem Watt und

bindet sehr gut. Ganz früher bestanden die Deiche nur aus Klei, aber heute gibt's davon zu wenig. Erst wenn die Kleischicht obendrauf ist, hält der Deich. Danach kommt die Grasnarbe.«

Er deutete auf eine Stelle, wo Rasenstücke bereitlagen. Plötzlich stoppte er den Land Rover. Sie standen vor einem vierstöckigen Gebäude, das aus mehreren Trakten bestand. Ein solch großes Gebäude hatte Lara in der gesamten Region bisher nicht gesehen. Auch hier hatte die Flut Spuren hinterlassen: In der unteren Etage waren die dem Meer zugewandten Mauern ausgewaschen und die Fenster zerbrochen. Thies stieg aus dem Wagen, Lara folgte ihm. Sie standen vor dem Eingangsbereich mit den zersplitterten Glastüren. Absperrband war mehrfach kreuz und quer über den Eingang gezogen worden.

»Das war die Kurklinik«, sagte Thies. »Mutter-Kind-Kuren. Im Winter war auch hier weniger los, aber einige Patienten und Personal waren da. Sie konnten sich in die oberen Etagen retten. Eine Assistenzärztin ist ertrunken. Sie hat eine Familie gerettet, die die Flut fast verschlafen hätte.«

Lara hörte das Beben in seiner Stimme, echte Rührung. Er war ein Mann, der Helden liebte.

»Die untere Etage ist ziemlich mitgenommen, weiter oben ist aber alles intakt.«

Er riss das Absperrband ab. Daran hingen Zettel, auf denen *Betreten verboten. Der Hauptmann* stand. Wahrscheinlich die strengste Ansage, die es in den Kögen gab. Wie Lara bald bemerkte, war sie auch wirksam: Nach der Flut hatten nicht viele Menschen das Gebäude betreten. In den unteren Fluren klebten noch Algen an den aufgeweichten Wänden, Schutt lag in jeder Ecke, verbogene Tabletts, zerquetschte Stofftiere, an der Rezeption lagen Computer auf dem Boden. Doch in der ersten Etage war von dem Chaos nicht mehr viel zu sehen. Schilder an den Wänden wiesen diverse Therapie- und Gruppenräume aus. Thies führte Lara zielstrebig zu einer kleineren Rezeption mit dem Schild *Medizinische Versorgung*. Dahinter gab es Untersuchungsräume. Thies öffnete die Tür zum ersten Raum und winkte Lara mit einer höflichen Geste herein, als würden sie in die Oper gehen. Er war plötzlich bestens gelaunt.

»Du sagst, was du brauchst. Wir bringen es zu deinem Hof.«

Als Lara den Raum betrat, verstand sie seine gute Stimmung. Man hatte dort sehr sorgsam zusammengetragen, was die Klinik hergab: medizinisches Gerät, sterile Untersuchungsinstrumente, Verbandsmaterial, Kisten voller Tabletten. Von einfachen Schmerzmitteln über Blutdrucksenker bis hin zu Asthmasprays war alles dabei, sogar eine kleine Auswahl von hochwirksamen Krebsmedikamenten fand sich in einer der Kisten. In einer hinteren Ecke des Raums entdeckte Lara schließlich zwei Hilfsroboter, die für die Anamnese eingesetzt werden konnten.

»Funktionieren die noch?«, fragte sie.

»Man muss sie aufladen, aber nach der Flut waren sie noch fit.«

Er war stolz auf das, was er hier präsentieren konnte.

»Wir haben vor ein paar Monaten alles gesammelt, was es im Haus gab. Ich wollte es für unseren eigenen Arzt bereithalten.«

Und das war jetzt Lara, daran ließ sein Blick keinen Zweifel.

»Als Krankenpflegerin darf ich keine Medikamente verabreichen«, entgegnete sie.

»Deswegen bist du nun auch Ärztin. Vorm neuen Deich zählt *mein* Wort.«

Lara wusste, dass es so nicht funktionierte, doch sie spielte mit. Sie würde es nicht so weit kommen lassen, dass sie Leute behandeln musste.

»Reicht das für den Anfang?«, fragte Thies. »Für eine medizinische Grundversorgung?«

»Es wäre ein starker Anfang.«

Thies klatschte freudig in die Hände. Es war das erste Mal, dass es Lara schmerzte, Thies in wenigen Tagen enttäuschen zu müssen. Er meinte es gut. Er wollte seinen Leuten das Gefühl geben, dass er für sie sorgen konnte.

»Gut. Dann laden wir alles ein. Ich hole uns Hilfe.«

Eine Stunde später war nicht nur Thies' Land Rover, sondern auch ein eilig hergebrachter SUV gefüllt mit allem, was Lara für nützlich erklärt hatte. Beim Tragen der Sachen durch die ruinierte Klinik hatte der Hauptmann kaum aufgehört zu reden. Er hatte Lara erklärt, wie er sich den Aufbau seines Gesundheitssystems dachte. Dafür hatte er sich mit Experten beraten, einen Stufenplan für unterschiedliche Bevölkerungszahlen entwickelt. Er wollte seinen Bürgern die Grundversorgung kostenlos zur Verfügung stellen. Lara und weiteres medizinisches Personal leisteten ihren Beitrag für die Gemeinschaft. Kosten für einfache Medikamente übernahm die Hauptverwaltung. Niemand sollte sich Gedanken machen müssen, wenn er eine Grippe hatte oder der Fuß verstaucht war. Für alle komplexeren Leistungen mussten die Bürger jedoch mit Zusatzversicherungen bei deutschen Krankenkassen selbst vorsorgen. Die Bauern waren für sich selbst verantwortlich und wollten das auch so. Für Thies war das der Inbegriff von Freiheit. Dass ein solches System nur funktionierte, wenn alle genügend Geld hatten, war für ihn kein Problem. Die Bauern waren wohlhabend, das Land hatte Potenzial für enormes Wachstum, da alle von den Gängelungen des Staates befreit waren. Sprich: keine Steuern mehr in Deutschland zahlten. Lara hörte sich alles geduldig und mit gelegentlichem Kopfnicken an, spielte die Rolle der wissbegierigen Schülerin. Thies verstaute die letzten Sachen im Kofferraum des robusten SUVs.

»Wie willst du eigentlich verhindern, dass der Staat uns die Höfe doch irgendwann wegnimmt?«, fragte Lara.

»Indem wir unseren eigenen Staat gründen«, antwortete er, ohne zu zögern.

Er beobachtete Laras Reaktion genau. Sie tat so, als ob sie das zum ersten Mal hörte. Sie tat auch so, als ob sie diesen Schritt mutig fand.

»Geht das denn?«

»Wissen wir bald. Wir haben alles dafür vorbereitet.«

»Wow.«

Einen Moment lang verdaute sie die vermeintliche Neuigkeit. Dann äußerte sie ihre Bedenken.

»Aber der deutsche Staat wird das niemals zulassen.«

»Sie wollen uns nicht. Das haben wir deutlich gesehen. Und wir sind in der Lage, hier für uns selbst zu sorgen. Die Zeit war nie so günstig wie jetzt. Deutschland hat genügend Probleme, im Norden nach der Flut, im ganzen Land mit den Flüchtlingen, den Ernteausfällen, Wasserknappheit und so weiter. Wenn sie uns gehen lassen, haben sie ein Problem weniger.«

»Gibt's überhaupt schon irgendwo so ein kleines Land?«

»Wir sind größer als San Marino.«

»Aber mit zweihundert Einwohnern?«

»Es werden mehr kommen. Es gibt viele, die so fühlen wie du, die ein freies Leben wollen. Sie werden kommen und uns helfen. Wir haben hier dreihundert Höfe, die meisten davon stehen leer. Es gibt die Siedlungen, guck dich um.«

Er deutete auf die Ruinen in den Straßen um sich herum.

»Wir können tausend, zweitausend Leute aufnehmen, die sich gegenseitig helfen, die etwas Einzigartiges erschaffen. Eine Gemeinschaft, die genau das ist: Gemeinschaft.«

»Dafür müssen aber die Richtigen kommen. Keine Leute, die absahnen wollen oder toxisch sind.«

»Dafür bin *ich* da. Wir nehmen nur die auf, die uns helfen. So wie du.«

Er legte ihr die Hand auf die Schulter, blickte sie mit einem

Glitzern in den Augen an. Damit vermittelte er Lara das Gefühl, dass sie auserwählt war. Darauf verstand sich der Hauptmann verdammt gut. Sie hatte eine Gänsehaut und musste sich zwingen, daran zu denken, dass dieser Mann vertuschte, was mit ihrer kleinen Schwester passiert war.

»Bist du dabei?«, fragte er. »Kämpfst du mit uns?«

»Ja«, sagte Lara und fühlte sich von ihren widersprüchlichen Gefühlen überfordert. »Ja, das werde ich.«

»Warum hast du dann deinen Job in Berlin noch nicht gekündigt?«

Die Frage erwischte Lara eiskalt. Sie hatte keine Ahnung, woher er das wusste. Leugnen war nicht mehr möglich. Sie spürte, wie sie errötete. Sie spürte auch das Gewicht seiner Hand auf ihrer Schulter.

»Das war ein Fehler«, sagte sie und schaute zu Boden. »Ich wollte sicher sein, dass ich hierhin passe.«

»Das war kein Fehler. Einen guten Job hinzuschmeißen, ohne Alternative, wäre überstürzt. Allerdings hast du gestern gesagt, du hättest in Berlin alles aufgegeben. Und Lügen, liebe Lara, Lügen ist tatsächlich ein Fehler. Gerade hier bei uns.«

Lara hatte das Gefühl, dass sein Griff fester wurde.

»Hast du dazu nichts zu sagen?«

»Ich vertraue grundsätzlich erst einmal niemandem«, erwiderte Lara und blickte Thies in die Augen. »Wenn ich hier ankomme und gleich von drei Halbstarken von der Straße gedrängt und mit Drohnen überwacht werde, wenn mich Leute mit Gewehren entweder wie einen Feind oder wie ein hilfloses Weibchen ansehen, dann sichere ich mich ab. Und sei es mit Lügen, ja. Aber wenn man mir Vertrauen entgegenbringt, dann hat man in mir die loyalste Partnerin, die man sich vorstellen kann. Dann kann man mit mir – wenn es sein muss – auch die beknackte und völlig aussichtslose Gründung eines eigenen Staates durchziehen.«

Jetzt waren es Laras Augen, die glitzerten. Thies hatte ungerührt zugehört, sein Griff wurde noch einmal fester, dann nahm er Lara in den Arm und drückte sie. Nicht zärtlich, sondern wie einen Kumpel, wie einen Elitebauern seines Staates.

»Neuanfang«, sagte er. »In jeglicher Hinsicht. Für uns alle.«

Die Absolution. Als er seine Hand von ihrer Schulter nahm, fühlte sie Leichtigkeit. Sie fühlte sich erhoben, erhaben, als wäre sie in diesem Moment tatsächlich ein tiefes Bündnis mit dem Hauptmann eingegangen. Thies griff in die Tasche seiner Wachsjacke und reichte Lara die Fernbedienung für den SUV.

»Das ist jetzt dein Wagen. Unsere Ärztin kann nicht mit einer besseren Schubkarre rumgurken.«

Lara staunte. Thies lachte herzlich und ging zu seinem Land Rover.

»Komm. Fahr mir hinterher! Wir haben noch viel zu tun.«

KAPITEL 13

BEEKE SCHÄTZTE DIE ARBEIT von Olaf. Sie hatte einiges an ihrem Schwiegervater auszusetzen, aber beim Töten war er ein echter Profi. Routiniert legte er die Elektrozange an den Kopf des Lamms und löste aus, woraufhin das Tier betäubt zusammenbrach. Jetzt musste es schnell gehen. Olaf packte das Tier und hängte es am rechten Hinterbein auf. Er stach mit dem langen Messer in den Hals, durchtrennte mit einem perfekten Schnitt Arterie und Vene. All das war bei Olaf eine fließende Bewegung, schnell, präzise. Das Tier blutete zügig aus, war längst tot, als die Wirkung der Betäubung nachließ. Das war Beeke wichtig. Nicht nur bei diesem Lamm, das sie vor sieben Monaten selbst mit der Milchflasche großgezogen hatte, trotz des Chaos nach der Flut. Es war bei allen Tieren wichtig. Es war ein Zeichen von Respekt, sie nicht leiden zu lassen.

Beeke ging nach draußen, um das nächste Lamm zu holen, das vor dem Schlachthaus auf sein Schicksal wartete. Doch das Tier hatte Glück, denn Beekes Aufmerksamkeit wurde von den Pick-ups abgelenkt, die zu einem der hinteren Schuppen fuhren. Dort zogen Thies und Finn bereits das Tor auf. Thies ging in den Schuppen, während Finn die Fahrer der Pick-ups anwies, die Autos mit der Ladefläche zum Tor aufzustellen. Beeke wusste genau, was in diesem Schuppen lagerte. Sie machte sich auf den Weg.

»Es geht los!«, rief Finn ihr zu.

Noch bevor Beeke den Schuppen erreicht hatte, kam Thies ihr mit drei der Pfosten entgegen, die dort seit einigen Wochen auf ihren Einsatz warteten. Er lächelte breit, als er Beeke sah. Sie war kurz enttäuscht gewesen, dass er den Moment der Entscheidung nicht mit ihr abgesprochen oder zumindest geteilt hatte, aber als sie ihn jetzt sah, ganz bei sich, voller Entschlossenheit, war sie stolz auf ihn. Sie lächelte ebenfalls. Einer der Männer nahm Thies die Pfosten ab, dann umarmten sich Mann und Frau und versicherten einander, dass es der richtige Zeitpunkt war.

»Was hat den Ausschlag gegeben?«, fragte Beeke.

»Ich will nie wieder hören, wie Jan zu einem der Bauern sagt, dass sein Hof bald abgerissen wird. Diese Höfe gehören uns.«

»Und was ist mit der Fremden?«

»Sie ist nicht mehr die Fremde. Sie ist unsere Ärztin.«

»Aber dass sie uns angelogen hat ...«

Beeke hatte in der Charité angerufen und herausgefunden, dass Lara Barthold dort nach wie vor angestellt und bald wieder für einen Dienst eingeteilt war.

»Ich habe das geklärt. Sie steht hundertprozentig hinter uns, sonst würde ich das hier nicht machen.«

Mittlerweile wimmelte es um sie herum nur so von Deichschützern und anderen Helfern. Weitere Fahrzeuge reihten sich ein, während alle gut gelaunt Pfosten aus dem Schuppen holten und auf die Ladeflächen legten. Thies packte wieder mit an. Beeke musste an den Messerstich von Olaf denken, treffsicher in den Hals. Ohne die Fremde würde Thies die Staatsgründung nicht in Angriff nehmen. Wahrscheinlich hatte die Frau sogar noch vor Beeke erfahren, dass es nun so weit war.

»Komm, Beeke!«, rief Thies übermütig. »Hilf uns! Fahr mit raus, wenn wir die ersten aufbauen.«

»Wenn wir die Grenze ziehen«, johlte Finn, der aus dem Schuppen kam. »Mann, ist das geil.«

Die Helfer lachten und klatschten. Beeke konnte nicht anders, als zu lächeln. Sie ging in den Schuppen und griff sich ebenfalls ein paar Pfosten. Mehr als zwei von den runden, schwarzen Metallzylindern konnte sie jedoch nicht tragen, denn die Dinger waren ganz schön schwer, obwohl sie nur einen Meter hoch waren. Sie enthielten empfindliche Technologie, die gut geschützt werden musste, ein ausgeklügeltes System von Wärmesensoren, Infrarotkameras und Bewegungsmeldern. Jeder Pfosten konnte bis zu einer Entfernung von fünfzig Metern Menschen erkennen, Aufnahmen machen und an die Kommandozentrale senden. Die Pfosten konnten sogar mit Drohnen kommunizieren und die Überwachung mit diesen koordinieren. Niemand würde ihr Land betreten, ohne dass sie Bilder davon hatten. Die Verankerungen für die Pfosten hatten die Männer bereits am Fuße des neuen Deichs installiert, nach und nach im Schutz der Dunkelheit, zweihundert Stück auf gut achtzehn Kilometern Länge.

Thies stand plötzlich vor Beeke und nahm ihr die schweren Pfosten ab.

»Alles in Ordnung?«

Sie nickte schnell und setzte ein Lächeln auf. Beeke wollte ihm nicht wegen der Fremden, die jetzt nicht mehr die Fremde war, seinen großen Moment verderben.

»Ich bin ein bisschen überwältigt.«

»Weißt du, was? Hol das Paket! Nach dem Aufbauen fahren wir zur Post nach Marne. Nur wir beide.«

Beeke nickte sofort. Thies nahm sie in den Arm und gab ihr einen leidenschaftlichen Kuss, woraufhin die Männer übermütig pfiffen. Beeke lachte und eilte zum Haupthaus, fühlte sich wie damals nach der Flut, als Thies ihr gesagt hatte, dass sie bleiben, dass sie sich etwas ganz Besonderes aufbauen würden. Sie eilte zum Haus, um das Paket zu holen, das Paket, das schon seit Tagen bereitlag. Es enthielt neben Karten und zahlreichen Schriftstücken einen Brief an die Regierung der Bundesrepublik Deutschland, in dem Hauptmann Thies Cordes ihr mitteilte, dass um Mitternacht des nächsten Tages die Bauernrepublik Koogland gegründet wurde.

KAPITEL 14

DIE SONNE STAND TIEF, als Jan seinen Dienstwagen zwischen Betonmischern und Baggern unten am neuen Deich parkte. Krugs Wagen stand bereits dort. Sein Chef hatte Jan gerufen, weil er aus dem, was er bei einer Deichbegehung gesehen hatte, nicht schlau wurde. Eigentlich war Krug hier draußen, um sich wegen der für die nächsten Tage angesagten Stürme zu informieren. Als sie oben auf dem Deich standen, hatten Krug und die Bauleitung Thies Cordes und seine Männer gesehen, die vor dem Deich irgendetwas bauten, was keiner richtig einordnen konnte. Deswegen war nun Jans jahrzehntelange Kenntnis der Bauern und ihres eigentümlichen Verhaltens gefragt.

Ironischerweise hatte Krug sich am Nachmittag noch darüber amüsiert, dass Jan der Sache mit Thorsten Schulz »so eifrig« nachgegangen war. Der illegale Bewohner eines verlassenen Hofs war weggezogen, Krug sah darin kein Problem. Alles, was mit den Leuten vor dem Deich zu tun hatte, war für den Mann ein Rätsel.

Doch Jan hatte Thies angesehen, dass es um mehr ging. Es hatte Thies in seiner Ehre als selbst ernannter Hauptmann getroffen, dass Jan einer seiner Anhängerinnen erklärte, sie müsse den Hof bald räumen. Noch dazu den Lindenhof, den Thies sicher nicht ohne guten Grund an die Frau abgegeben hatte. Der Lindenhof hatte früher der Familie Cordes gehört, seit Generationen. Olaf Cordes, Thies' Vater, hatte sich jedoch in eine finanzielle Schieflage gebracht, und wie es manche von den Bauern so machten, wollte er notwendige Modernisierungen durch eine »Feuerrenovierung« finanzieren. So nannten die Bauern es, wenn sie ihre eigene Scheune abbrannten und dann die viel zu hoch angesetzte Versicherungssumme einstrichen. Dumm für Olaf war nur, dass der örtliche Polizist Jan Jansen diesen Trick schon viel zu oft gesehen hatte und in diesem Fall Beweise gegen den alten Cordes hatte finden können. Olaf war in den Knast gewandert, die Familie hatte erst recht ein Finanzproblem gehabt, und Thies hatte mit gerade mal fünfundzwanzig die Familiengeschäfte übernehmen müssen. Im Nachhinein ein Glücksfall, denn mit freier Hand hatte er den in die Jahre gekommenen Betrieb gegen einen neuen Hof mit viel Potenzial eingetauscht, alles modernisiert und mit harter Arbeit und eiserner Disziplin den Grundstein für das heute erfolgreichste Unternehmen in den Kögen gelegt. So gesehen, hatte Jan den Aufstieg der Cordes-Familie überhaupt erst möglich gemacht. Olaf sah das mit Sicherheit anders.

Oben auf dem Deich stand Krug jetzt beim Bauleiter des Marner Abschnitts. Mit der Hand an der Stirn und dem Blick Richtung Westen sahen die beiden aus, als würden sie den Sonnenuntergang bewundern. Wie so oft lieferte der orangefarbene Ball am Himmel ein prächtiges Schauspiel über der Elbmündung, ließ lange Schatten auf die Köge fallen und tauchte alles in ein warmes Gold. Doch die beiden Herren nahmen das Spektakel nicht wahr, sondern betrachteten das Geschehen ein paar Hundert Meter weiter unten am Deich. Ein Pick-up stand mitten auf einem Feld. Drei Männer waren damit beschäftigt, etwas aufzustellen.

»Da ist er ja«, rief Krug. »Komm mal her, Jansen.«

Jan nickte dem Bauleiter zu.

»Was machen die da?«, fragte Krug.

Jan hatte sein Fernglas mitgebracht und schaute sich die Lage genauer an. Er erkannte Thies Cordes unter den Männern, die anderen gehörten zu seinen sogenannten Deichschützern, Söhne von Bauern, die Polizei spielten. Sie befestigten an einer Bodenplatte etwas, das auf den ersten Blick an die Poller erinnerte, mit denen man Fußgängerzonen für Durchgangsverkehr sperrte. Wobei das auf einem Kohlfeld keinen Sinn ergab.

»Schon das vierte von den Dingern«, berichtete Krug. »Gib mal!«

Er nahm Jan das Fernglas weg. Es waren sogar mehr als vier Pfosten, in gerader Linie alle hundert Meter einer.

»Die ziehen eine Grenze«, stellte Jan fest.

»Das ist doch albern«, sagte Krug mit dem Fernglas vor den Augen. »Der Deich trennt das Gebiet doch schon ab. Wozu die Felder zusätzlich mit Grenzsteinen markieren? Jetzt fahren sie weiter.«

Das konnte Jan auch mit bloßem Auge sehen. Wenig überraschend steuerten sie einen Punkt hundert Meter weiter an und luden dort den nächsten Pfosten von der Ladefläche.

»Das sind keine herkömmlichen Grenzsteine«, spekulierte Jan. »Da steckt Technologie drin, Kameras wahrscheinlich. Und sie grenzen auch nicht ihre Felder damit ab. Sie grenzen ihr Land ab. Sie wollen nicht, dass wir unbeobachtet reinkommen.«

»Weil du heute auf diesem Hof warst?«, fragte Krug und gab Jan das Fernglas zurück.

Diese Vermutung lag nahe. Doch Jan hätte Thies nicht für so empfindlich gehalten. Zumal die Menge an Pfosten, die man für die gesamte Länge des neuen Deichs benötigte, nicht mal eben kurz im Internet zu bestellen war. Die Aktion war von langer Hand vorbereitet.

Jan suchte mit dem Fernglas die bereits installierten Pfosten nach weiteren Hinweisen ab. Die Reihe reichte bis zur alten Landstraße. Als Jan gerade das Fernglas sinken lassen wollte, fiel ihm ein Schild auf, das am Straßenrand stand. Ein neues Schild, weiß mit roter Schrift. Jan musste scharf stellen, um den Text lesen zu können. *Bauernrepublik Koogland* stand darauf. Darüber: *Staatsgrenze.*

»Ach du Scheiße. Die bauen die Grenze zu einem Staat.«

»Was?«

Wieder riss Krug ihm das Fernglas weg.

»Zu welchem Staat?«, fragte der Bauleiter.

»Das ist doch albern«, sagte Krug erneut. »Das können die unmöglich ernst meinen.«

»Doch«, entgegnete Jan. »Das meint Thies ernst. Deswegen ist er auch der Meinung, dass er mit den Höfen machen kann, was er will. Sie gehören zu seinem Staat.«

Krug blickte Jan ungläubig an. Doch für Jansen war das einfach nur die konsequente Weiterentwicklung des Anführers Thies Cordes. Jan hatte miterlebt, wie der schlaksige Junge mit dem sonnigen Gemüt vom Kapitän der Fußballmannschaft zum erfolgreichsten Bauern der Region und schließlich zum Deichhauptmann geworden war, vor der Flut. Bei der Katastrophe war er noch einmal über sich hinausgewachsen, hatte sich als echter Führer erwiesen. Nun wollte er seine Leute in die Unabhängigkeit führen.

»Ja, und jetzt?«, fragte Krug. »Müssen wir das irgendjemandem melden?«

KAPITEL 15

SCHON VON WEITEM SAH LARA die Fackeln, sogar noch bevor sie die Neulandhalle selbst in der Dunkelheit ausmachen konnte. Die Flammen flackerten im Wind und wiesen den Weg über die Stufen zu dem mehr als hundert Jahre alten Bau. Er stand um einige Meter erhöht, weswegen er bei der Flut trotz seiner Nähe zum Deich unversehrt geblieben war. Äußerlich unterschied er sich mit seinen Backsteinen und dem Ziegeldach kaum von den alten Hofhäusern. Nur dass er doppelt so groß war wie ein durchschnittliches Bauernhaus.

Lara navigierte ihren SUV über die brüchige Asphaltstraße. Es war ein völlig anderes Fahrgefühl als mit dem eCar, das sie am Nachmittag unbemannt zurück in ihren Kreuzberger Kiez geschickt hatte. In ihrem neuen Auto war sie nicht nur dem holprigen Untergrund gewachsen, sondern fühlte sich auch deutlich sicherer, ein gutes Stück erhöht über der Straße, mit viel Stahl zwischen sich und möglichen Gefahren. Dafür verursachte das Ding auch mit Hybridmotor zehnmal so viele Schadstoffe wie ihr kleiner Wagen aus Berlin. Doch das störte hier draußen niemanden.

Der Weg zur Neulandhalle war gesäumt von Jeeps, Pick-ups, Land Rovern und SUVs. Auch Traktoren standen hier, jedoch kein einziges Auto ohne Übergröße. Das lag sicher auch daran, dass zu dem Treffen in der Neulandhalle nur die Bauern selbst eingeladen worden waren. Als Lara vom Einkaufen in Marne zurückgekehrt war, hatte die Intranet-App auf ihrem Handy geblinkt und das Gerät immer wieder vibrieren lassen. Lara hatte befürchtet, dass ein Sturm drohte, doch es war lediglich der Hauptmann, der die Oberhäupter jedes Hofs zu einer wichtigen Versammlung einlud.

Sie stellte ihren Wagen hinter den parkenden Fahrzeugen ab und ging zu Fuß weiter. Sie hatte sich außer den Stiefeln auch eine gefütterte Windjacke von Alina geliehen und fühlte sich immer mehr wie eine echte Bäuerin. Deswegen hatte sie auch aufs Schminken verzichtet und ihren Haaren lediglich einen strengen Pferdeschwanz gegönnt. Sie ging schließlich nicht aus. Dennoch zog sie die Blicke auf sich, sobald sie in die Nähe des Eingangs kam. Dutzende von Männern kletterten aus ihren Autos, stiegen die Stufen nach oben oder begrüßten einander vor der Halle, aus deren Fenstern Licht nach draußen fiel. Fast alle waren älter als Lara, fast alle verstummten und musterten sie. Es waren überraschte und neugierige Blicke, manche aber auch offen feindselig. Lara hatte nie ein Problem mit Menschenansammlungen gehabt, selbst mit aggressiven Männergruppen konnte sie umgehen, sei es in der Notaufnahme oder in einem Club. Doch üblicherweise war sie in solchen Situationen stets sie selbst. Hier jedoch belog sie alle, denn sie verdächtigte die Gemeinschaft, hinter dem Verschwinden ihrer Schwester zu stecken. Sich mit fast hundert dieser Männer in einen Raum zu begeben, noch dazu in einer Welt, in der schützende Gesetze nicht galten, war das Unvernünftigste, das Lara je getan hatte.

»Das ist hier heute nur für die Bauern.«

Lara hätte den Deichschützer an der Tür fast übersehen.

»Ich weiß«, antwortete sie instinktiv. »Mir gehört der Lindenhof.«

Die Blicke des jungen Mannes und der Bauern um sie herum gaben ihr ein gutes Gefühl. Offene Münder, schlagartiger Respekt. Betrug hin oder her, sie konnte verstehen, woraus Hochstapler ihre Motivation zogen.

»Ah, okay, Entschuldigung«, sagte der Deichschützer.

»Kein Problem.«

Lara ging an ihm vorbei ins Gebäude. Hier hatte man Tische und Bänke wie in einem Bierzelt aufgestellt und nach vorne ausgerichtet, wo ein noch unbesetzter Tisch wie auf einer Pressekonferenz stand. Dahinter befand sich ein Kamin, über dem ein Schwert und zwei Ähren eine Symbiose eingingen. Links an der Wand war ein Fresko zu sehen, das heroische Männergestalten beim Deichbau zeigte. Die Ästhetik erinnerte nicht von ungefähr an den Nationalsozialismus. Lara hatte im Internet gelesen, dass die Neulandhalle im Dritten Reich gebaut worden war, als Versammlungsort für die Bürger des damals frisch der Nordsee abgerungenen Landes mit dem Namen Adolf-Hitler-Koog. Nicht wenige der anwesenden Bauern waren direkte Nachfahren der handverlesenen Nazigetreuen, die man damals dort angesiedelt hatte. Schon lange war der Koog nicht mehr nach dem einstigen Führer benannt, doch als Lara die Reihen der zünftig gekleideten Bauern betrachtete und die Abordnung der Deichschützer in ihren blauen Hemden musterte, konnte sie sich vorstellen, dass es damals hier nicht viel anders ausgesehen hatte. Glaubte man dem Fresko, waren die Männer jünger und schlanker gewesen, doch auch an diesem Tag prägte grobe Männlichkeit die Atmosphäre. Lara war geradezu erleichtert, als sie erst eine und dann noch zwei weitere Frauen entdeckte, die wenigen anderen Bäuerinnen. Auch sie waren älter als Lara, bewegten sich selbstbewusst und unbehelligt unter den Männern. Es prägte den eigenen Auftritt, wenn man einen Hof besaß, das spürte Lara. Nur so konnte sie die zahlreichen Blicke, auch von ihren Geschlechtsgenossinnen, das Tuscheln und das unverhohlene Deuten in ihre Richtung aushalten, ohne davonzulaufen. Sie war eine Bäuerin.

Die nächste Frau, die Lara entdeckte, war die einzige, die nicht selbst einen Hof besaß. Dennoch wurde ihre Anwesenheit von niemandem infrage gestellt. Beeke, die Frau von Thies. Sie kam gerade aus einem Raum, der hinter dem Saal lag, sah sich um und wartete offenbar auf die zentrale Figur des Abends.

Sobald der Hauptmann den Saal betrat, wandten sich die Blicke der Bauern von Lara ab. Zuerst ging eine Welle der Unruhe durch die Halle, schnelle Schritte von denen, die noch draußen gestanden hatten, dann klatschte der Erste, andere fielen ein, jemand johlte, die Leute standen auf. Als Thies seinen Platz vor dem Kamin erreicht hatte, applaudierte der ganze Saal.

Thies gestikulierte, der Applaus ebbte ab, und die Bauern setzten sich wieder. Laras Nachbar Jonte nickte ihr freundlich zu. Sie setzte sich neben ihn. Thies entdeckte sie und nickte ihr ebenfalls zu, was ihr neue Blicke der anderen einbrachte. Wer war die Frau, die Thies so aufmerksam begrüßte?

Es wurde ruhig im Saal. Hinter Thies waren sein Bruder Finn und sein Vater Olaf erschienen. Letzterer hielt sich im Hintergrund. Beeke und Finn setzten sich rechts und links von Thies hin, der jedoch stehen blieb.

»Heute Nachmittag waren Beeke und ich bei der Post«, begann er ohne Umschweife mit klarer und lauter Stimme, die trotz fast hundert Personen im Saal keine Verstärkung benötigte. »Das ist normalerweise kein Ereignis, für das ich eine Versammlung einberufe.«

Lachen bei den Bauern, auch Thies schmunzelte, doch im nächsten Moment fing sein Blick Feuer.

»Heute ist das anders. Wir haben ein historisches Schreiben verschickt. Wir haben dem deutschen Staat mitgeteilt, dass am morgigen 24. Oktober 2029 … um null Uhr …«

Der Saal wurde von Halbsatz zu Halbsatz unruhiger, Tuscheln setzte ein, Nicken, erwachsene Männer schauten einander mit kindlicher Freude an.

»… die Bauernrepublik Koogland gegründet wird.«

Ohrenbetäubender Jubel setzte ein, Applaus, manche sprangen auf, andere schlugen mit der Faust auf den Tisch. In einer Ecke lagen sich die Männer in den Armen. Die Euphorie war ansteckend, auch Lara strahlte die anderen Bauern freudig an, dabei hielt sie das Ganze nach wie vor für eine Schnapsidee.

»Männer!«, rief Thies in die aufgebrachte Runde. »Und Frauen«, ergänzte er mit einem erneuten Blick zu Lara. »Das ist ein Grund zum Jubeln, ja. Das ist ein großer Moment für uns alle. Wir schreiben Geschichte, ohne Zweifel. Aber Leute: Es wird jetzt hart. Wir haben gedacht, die Flut wäre eine Herausforderung. Doch die Flut war ein Witz gegen das, was uns jetzt erwartet.«

Binnen kürzester Zeit hatte der Hauptmann die Euphorie in gespannte Entschlossenheit verwandelt.

»Sie werden uns bekämpfen, sie werden sich über uns lustig machen, sie werden versuchen, uns zu entzweien. Unsere einzige Chance besteht darin, dass wir eisern bleiben und zusammenhalten. Alte Streitigkeiten, Bequemlichkeit, Neid, auch die Angst vor Härten, das müssen wir alles hinter uns lassen. Wir müssen zusammenhalten. Für unseren Staat. Ja, wir sind ein Haufen sturer Bauern. Aber wir sind ein Haufen sturer Bauern mit einem eigenen Staat. Wo es nach unseren Regeln zugehen wird. Wo wir frei sein werden.«

Bei jedem Satz gab es mehr zustimmende Rufe, am Ende wieder Applaus und Fäuste auf den Tischen. Thies wirkte, als wäre er einen Kopf gewachsen. Er blickte zu Finn, der sich nun ebenfalls erhob. Der jüngere Bruder war sichtbar aufgeregt, doch seine Euphorie trug ihn über seine Unsicherheit.

»Hört mir zu!«, rief er in die unruhige Versammlung. »Ruhe!«

Es wurde ruhiger, die Blicke wirkten jedoch skeptischer als bei Thies.

»Damit Koogland anerkannt wird …«

»Lauter!«, rief jemand von hinten.

Tatsächlich war Finn nicht halb so gut zu verstehen wie Thies. Sein Bruder reichte ihm das Mikrofon, das auf dem Tisch lag.

»Damit die ...«

Er musste das Mikrofon noch einschalten. Allmählich verlor Finn das Momentum. Beim nächsten Räuspern hörte man ihn über die Lautsprecher.

»Damit Koogland anerkannt wird, brauchen wir eine handlungsfähige Regierung. Wir haben uns vor langer Zeit entschlossen, unsere Führung einem einzelnen Mann zu überlassen, meinem Bruder ...«

Er schaute mit Stolz zu Thies.

»Eines Tages werden wir Wahlen abhalten, aber bis dahin muss dieses Land ... dieser Staat, unser Staat, mit festem Willen und ohne lähmende Diskussionen, ohne faule Kompromisse oder ... oder irgendwelche Schwächen geführt werden. Thies kann das, nur Thies kann das. Wir vertrauen ihm.«

Endlich bekam auch Finn Applaus. Es stabilisierte ihn.

»Deswegen ist dieses Treffen hier und jetzt unsere ... staatstragende ... nein, staatsbegründende Nationalversammlung, auf der wir, die Bauern, die ersten Bürger des neuen Staats, unseren Anführer und unsere Verfassung bestimmen. Mit eurem nächsten Applaus, mit eurem Verzicht auf Widerspruch, legt ihr das Schicksal unseres Staates und euer Schicksal in die Hände unseres Hauptmanns Thies Cordes. Wollt ihr das?«

Die letzten Worte hatte er ohne Mikrofon gebrüllt. Es verfehlte seine Wirkung nicht. Ein lautes »Ja!« schallte aus zig Kehlen, Applaus brandete auf, einer nach dem anderen erhob sich. Finns Augen leuchteten, er deutete mit beiden Händen auf Thies, der Applaus wurde lauter. Der Hauptmann verneigte sich, er hatte wieder das Glitzern in den Augen. Während die Bauern frenetisch klatschten, nahm Thies seinen Bruder in den Arm, dann seine Frau Beeke, die ebenfalls sichtbar gerührt war.

Als Lara sich in der taumelnden Menge umsah, entdeckte sie Charlie. Er stand am Eingang und klatschte gelassen. Es war also doch ein Nichtbauer anwesend, aber niemand machte daraus ein Problem. Im Gegenteil, ein Bauer am Tisch neben ihm knuffte Charlie freudig gegen die Schulter. Der Prepper war ein akzeptierter Zaungast bei diesem historischen Ereignis.

»Danke! Ich danke euch!«

Thies sprach wieder, ohne Mikrofon. Er war vor den Tisch gegangen und stoppte den Applaus mit einer Handbewegung.

»Es ist mir eine Ehre, euch zu dienen. Es ist mir eine Herzensangelegenheit, ein gerechter Anführer zu sein. Und es ist meine Pflicht, für die ich zur Not mein Leben geben würde, unseren Staat in die Unabhängigkeit zu führen.«

Wieder Jubel und Applaus.

»Zum Praktischen«, sagte er nüchtern, als sich alle wieder beruhigt hatten. »Wenn ihr heute nach Hause kommt, findet ihr im Intranet alles, was für Koogland wichtig ist. Unsere Verfassung, unsere Briefe an die Regierungen dieser Welt, an die Vereinten Nationen und die EU, den exakten Verlauf der Staatsgrenze, die wir heute Nachmittag befestigt haben …«

Jubel an einigen Tischen.

»Aber auch den Plan für die nächste Zeit. Um Mitternacht wird unsere Staatsgründung öffentlich bekannt. Die Medien erhalten Meldungen. Im Internet wird jeder lesen können, dass es einen neuen Staat an der Nordsee gibt. Und die Menschen werden lesen können, dass wir ihnen einen Platz in unserer Mitte, einen Hof und unsere Gemeinschaft anbieten, wenn sie mit uns gemeinsam für unsere Sache kämpfen wollen. Ich werde die besten und fähigsten Bewerber aussuchen, die Menschen, die uns weiterhelfen, aber das wird nicht leicht werden. Und ich brauche euch alle, damit wir die Neuen zu guten und vor allem wirksamen Bürgern unseres Staates machen können. Öffnet euch, auch wenn euch stoischen alten Säcken das manchmal schwerfällt …«

Lachen im Saal, die Stimmung war aufgeräumt, die Menge wirkte tatendurstig, befand sich genau da, wo Thies sie haben wollte.

»Seid freundlich, hilfsbereit, heißt die Neuen willkommen. Schaffen wir das?«

Viel Nicken in der Runde. Alle schienen davon überzeugt zu sein, dass sie wunderbare, offene Menschen waren.

»Gut, dann üben wir das gleich mal«, fuhr Thies im Plauderton fort. »Wir haben nämlich heute schon einen Neuankömmling hier. Einen oder vielmehr eine, die eine wichtige Rolle in unserer Gemeinschaft spielen wird.«

Lara wurde schlagartig schlecht.

»Sie ist das neue Oberhaupt auf dem Lindenhof. Eine unerfahrene Bäuerin, darum braucht sie unser aller Hilfe, aber eine erfahrene medizinische Fachkraft, die einzige in unseren Reihen. Sie wird unsere Ärztin. Lara, komm bitte zu mir.«

Er schaute sie direkt an. Lara spürte ihre Beine nicht mehr. Sie wollte das nicht. Es war keine Scheu vor der großen Gruppe, auch keine Angst vor den zahlreichen Männern. Es war einzig und allein das schlechte Gewissen, weil sie diese skurrile, aber doch auch mit Herzblut um das eigene Schicksal ringende Gemeinschaft betrog und anlog.

»Das ist jetzt meine Schuld«, erklärte Thies schmunzelnd. »Ich habe sie nicht gewarnt, dass sie heute Abend vor siebenundsiebzig überdrehte Bauern treten soll. Komm, Lara. Die beißen nicht.«

Er kam zu ihr und streckte dabei die Hand aus. Alle Blicke ruhten auf ihr. Finn begann zu klatschen, andere stimmten ein, Charlie als einer der Ersten. Der Applaus blieb verhalten, doch als Thies mitklatschte, taten es ihm immer mehr gleich. Er stand nun vor Lara, streckte erneut die Hand aus. Lara nahm sie und schaffte es mühsam auf die Beine. Der Applaus wurde stärker, Lara deutete eine Verneigung an. Es war eine außerkörperliche Erfahrung.

»Lara wird für euch da sein«, rief Thies. »Auf dem Lindenhof wird es eine Praxis geben, mit medizinischer Grundversorgung, die niemanden etwas kostet.«

Das verstärkte den abebbenden Applaus wieder. Laras Mundhöhle war ausgetrocknet, doch als Thies sie voller Vertrauen anschaute, fand sie ein wenig von der Stärke wieder, die er ihr verliehen hatte, als Bäuerin und als Ärztin.

»Ja«, krächzte sie.

Der Applaus stoppte, alle lauschten ihr.

»Eure Versichertenkarte könnt ihr also zu Hause lassen«, sagte sie, so laut sie konnte.

Herzliches Lachen in der Runde. Es tat gut.

»Ich bin gerührt und echt überwältigt von Thies' Vertrauen, von eurem Vertrauen. Ich werde euch nicht enttäuschen.«

Ihre Stimme brach weg, was ihr aber nur noch mehr Sympathien einbrachte. Ältere Bauern lächelten mitfühlend, stoische Kerle nickten ihr aufmunternd zu. Lara hatte keine Ahnung, warum sie das gesagt hatte. Es war so falsch, denn im Moment war nur eine Sache wirklich sicher, was ihre Rolle in diesem neuen Staat anging: Sie würde alle enttäuschen.

KAPITEL 16

DIE TÜRGLOCKE RISS LARA aus dem Tiefschlaf. Orientierungslos blickte sie sich um. Alinas Schlafzimmer, diesmal lag die Matratze auf dem Bett. Unter ihrem Arm fand Lara das Tablet aus dem Spielzimmer, auf dem sie vor dem Einschlafen noch Informationen zum neuen Staat recherchiert hatte. Aber offensichtlich war sie bei der Lektüre der Verfassung eingeschlafen. Ein Blick auf die Uhr verriet ihr, dass es kurz nach acht war. Sie hatte zehn Stunden tief und fest geschlafen, das war ihr lange nicht mehr passiert. Die Seeluft, die Schlepperei, der aufwühlende Abend in der Neulandhalle. An dessen Ende hatte sie zahllosen Bauern die Hand schütteln müssen, einer hatte ihr sogar eine frische Wunde an seiner Schulter unter die Nase gehalten. Sie hatte ihm ein Kamillenbad und etwas Honig zur Beschleunigung der Wundheilung empfohlen. Unter den anerkennenden Blicken von Thies hatte sie den Mann gebeten, in den nächsten Tagen in ihre Praxis zu kommen, falls es schlimmer wurde. Es klingelte erneut an der Tür. War das etwa besagter Bauer?

Lara warf sich Alinas Jacke über und ging nach unten. Sie öffnete die Tür einen Spalt weit. Draußen stand jedoch kein Bauer, dem ein Ast auf die Schulter gefallen war, sondern ein Teenager, keine sechzehn Jahre alt. Er trug eine Latzhose und Arbeitshandschuhe.

»Moin«, sagte der Junge schwungvoll. »Ich bräuchte die Werkzeuge.«

»Die was?«

Er betrachtete interessiert ihre nackten Beine.

»Ähm ... Der Hauptmann hat gesagt, du hättest hier einen Werkraum ...«

»Ja, schon. Aber was willst du mit ...«

»Für die Arbeiten«, fiel er ihr ins Wort und zeigte mit dem Finger hinter sich.

Lara blieb nichts anderes übrig, als die Haustür weiter zu öffnen. Auf dem Vorplatz standen mehrere Fahrzeuge und ein Dutzend Unbekannte, die damit beschäftigt waren, Holzlatten und anderen Kram von den Ladeflächen zu heben.

»Wir bauen den Schuppen aus, für die Praxis.«

»Okay«, war alles, was Lara dazu einfiel.

Sie ließ den Jungen herein. Thies hatte mehr als einmal erwähnt, dass sie den Schuppen umbauen würden, aber nie war die Rede davon gewesen, dass das so bald stattfinden sollte.

»Ist Thies auch hier?«, fragte sie den Jungen, als er mit zwei Werkzeugkästen und einer Säge unter dem Arm zurückkam.

»Nee. Aber seine Tochter ist da. Sie weiß, was wir tun sollen.«

»Kim?«

Der Junge nickte und stiefelte mit den Sachen nach draußen. Endlich war Lara wach.

Zehn Minuten später hatte sie geduscht und sich angezogen. Sie ging nach draußen. Aus dem Schuppen ertönte lautes Krachen. Es hörte sich an, als würde jemand Wände einschlagen. Nach einigen weiteren Schritten stand Lara vor dem Eingang zum Schuppen und sah, dass es tatsächlich genau so war. Ein muskulöser Kerl zerstörte mit seinem Vorschlaghammer eine bereits halb eingefallene Steinwand. Er war der Bärtige, der Lara bei ihrer Ankunft beinahe aus den Kögen geschmissen hatte. Er war so sehr in seine Arbeit vertieft, dass er sie nicht sah. Dafür wurde sie von den Helfern gemustert.

»Guten Morgen zusammen«, sagte Lara in die Runde. »Das finde ich ja toll. Vielen Dank. Wo ist denn Kim?«

Einer der Männer zeigte zur Außenwand des Schuppens. Dort erkannte Lara sofort die Reiterin. Eine fitte Frau Anfang zwanzig mit einem schwarzen Bob, die Jeans und dazu eine schwarze Lederjacke trug. Sie stand im Licht der aufgehenden Sonne mit einem Tablet in der Hand da und musterte die Wand. Lara war so fasziniert von der sexy Frau, dass sie zunächst kein Wort herausbrachte. Schließlich schaute Kim zu ihr. Die funkelnden graublauen Augen ihres Vaters, das gleiche einnehmende Lächeln.

»Hey, guten Morgen. Ich bin Kim.«

Sie kam sofort zu Lara und streckte ihr die Hand entgegen.

»Hi. Freut mich. Ich bin Lara.«

»Ich weiß. Von dir reden ja hier alle.«

»Okay.«

Lara war überfordert, denn vor ihr stand eine Frau, die exakt in ihr Beuteschema passte. Gleichzeitig war Kim die letzte Frau, mit der sie flirten sollte.

»Mein Vater lässt sich vielmals entschuldigen«, plapperte Kim los. »Er würde das hier echt gerne selbst überwachen, aber hey, ich glaube, so eine Staatsgründung ist eine gute Entschuldigung, oder?«

Sie lachte. Lara nickte. Sie konnte sich bereits vorstellen, dass Kim und Alina sich gut verstanden hatten. Dasselbe Energielevel, der gleiche Humor.

»Du wirst es nicht glauben, aber eben ist schon der erste Typ von draußen angekommen, der einen Hof will. Wird ein wilder Tag heute. Aber wir bauen die Praxis, ja? Willst du mal die Pläne sehen? Hat meine Mutter entworfen.«

Sie reichte Lara das Tablet. Darauf waren 3-D-Pläne zu sehen, die den umgebauten Schuppen mitsamt einem Anbau zeigten. Schlicht, aber es war an alles gedacht: Empfang, Wartezimmer, ein großer und zwei kleine Untersuchungsräume.

»Natürlich sollst du sagen, ob das so okay für dich ist. Im Vertrauen: Ich würde einfach Ja sagen. Meine Mutter mag's nicht, wenn man an ihren Plänen rummäkelt. Aber sie weiß, was sie tut. Sie hat's schließlich studiert.«

»Sie hat Architektur studiert?«

»Außen! Für innen bist du dann zuständig. Oder vielmehr wir.«

Sie wurde unsicherer.

»Denn die andere Neuigkeit ist, dass mein Vater meint, Pferde pflegen ist nicht alles, was ich kann. Und irgendwie meinte er auch, dass die Gemeinschaft davon nicht so richtig profitiert. Kann man meiner Ansicht auch anders sehen, aber ... Tada! Ich bin deine neue Arzthelferin!«

Sie strahlte Lara an, wurde dann sofort wieder ernst.

»Natürlich nur, wenn du willst. Hat mein Vater extra gesagt. Er will dir niemanden vor die Nase setzen, und ich will das schon gar nicht. Aber ich hätte wirklich Lust, also wenn du mich willst, hier bin ich.«

Sie breitete die Arme aus. Lara wollte Kim.

»Mein medizinisches Fachwissen ist noch ausbaufähig«, erklärte Kim. »Erste-Hilfe-Kurs, und ich hab den Rettungsschwimmer, auch wenn wir so was in den Kögen hoffentlich nie wieder brauchen. Und ich kann Blut sehen!«

Kim beherrschte genau wie ihr Vater die Kunst, in wenigen Sätzen mehrfach den emotionalen Ausdruck zu wechseln. In diesem Fall von engagiert zu glaubwürdig betroffen zu amüsiert.

»Ich rede viel zu viel, hm?«, fragte sie, weil Lara nach wie vor nichts sagte.

»Nein. Du machst das top. Ich bin nur noch nicht ganz wach. Aber eins weiß ich schon: Du kannst gerne mit mir arbeiten.«

»Das freut mich. Ich find dich nämlich cool. Und ich find's so gut, dass wir endlich mal eine junge Bäuerin haben.«

Lara wusste nicht, was sie dazu sagen sollte.

»Wir haben auch Essen dabei«, plapperte Kim weiter. »Muss noch ein bisschen vorbereitet werden. Dabei können wir besprechen, wie die Praxis funktionieren soll, ja?«

Lara nickte. Mehr bekam sie nicht heraus in dem Wirbelwind, der sie erfasst hatte.

Auch in Bezug auf das Tempo und ihre Bereitschaft, selbst Hand anzulegen, war Kim genau wie ihr Vater. In kürzester Zeit holte sie Tische aus dem Haus, baute ein einladendes Sortiment aus Brot, Käse, Wurst und Salaten auf und dirigierte dabei die Arbeiten am Schuppen, die unermüdlich voranschritten. Gleichzeitig besprach sie mit Lara, wie die Praxis ausgestattet werden sollte, was wohin kam, was sie noch brauchten, aber auch, wie die Arbeit darin organisiert werden könnte. Lara ließ sich auf die Diskussionen ein, entwickelte Spaß daran, die moderne Vision einer kleinen Landarztpraxis zu entwerfen. Sie ertappte sich irgendwann dabei, wie sie sich Familien aus den Kögen in ihrer Praxis vorstellte, die sie gemeinsam mit Kim betreute, Bilder wie aus einem Heimatfilm. Lara musste sich innerlich zur Ordnung rufen. Nicht nur, weil die Idylle der zupackenden Gemeinschaft im rauen Seewind sie weichspülte, sondern auch, weil sie es nicht lassen konnte, Kims Rundungen und ihre Lippen anzustarren. Sie kam sich vor wie einer der helfenden Teenager, die Kim allerdings zu offensichtlich anschmachteten. Anfänger.

Bei der ersten Arbeitspause war Kim bereits Laras Schutzpatronin. Der Bärtige hatte sich nach zahllosen Hammerschlägen sein Essen redlich verdient, erwischte Lara dennoch auf dem falschen Fuß, als er plötzlich mit einem selbstgefälligen Grinsen vor ihr stand.

»Machen Sie denn auch urologische Untersuchungen, Frau Doktor?«, fragte er Lara.

So schlagfertig sie sonst auch war, jetzt fehlten ihr die Worte. Noch zu deutlich spürte sie seinen harten Griff an ihrem Arm.

»Och, Gero«, meckerte Kim. »Auch wenn's dir schwerfällt, es zu glauben: Kein Mensch will deinen Schwanz sehen.«

Damit hatte sie die Lacher der anderen Helfer auf ihrer Seite. Selbst Gero musste lachen.

»Ich würde da nicht von dir auf andere schließen«, sagte er, nahm seinen Teller und verzog sich unter eine der Linden auf dem Vorplatz.

Als auch alle anderen mit Essen versorgt waren und Lara mit Kim allein, dankte sie ihr für die Hilfe.

»Ich verteidige mich sonst selbst«, erklärte Lara. »Aber ich hatte bei meiner Ankunft eine unangenehme Begegnung mit dem Mann.«

»Habe ich gehört. Gero ist manchmal ein Arschloch, aber er ist kein schlechter Kerl. Er kompensiert nur seine Unsicherheit«, erklärte Kim nüchtern. »Hat viel zu viel Wut in sich. Im Grunde ist er total lost, seit seine Schwester gestorben ist. In der Flut. Er war dabei, der Horror.«

Kim hielt für einen Moment inne, als würde sie sich an damals erinnern.

»Wie hast du die Flut erlebt?«

»Ich war nicht hier. Hab damals bei meiner Freundin in Hamburg gewohnt. Bei meiner Ex-Freundin, sollte ich besser sagen. Sie hatte kein Verständnis dafür, dass meine Familie mich nach der Flut brauchte. Loser.«

Sie schüttelte ihren Kopf und rollte mit den Augen, sah dann Laras perplexen Gesichtsausdruck, den sie falsch deutete.

»Yap, jetzt ist es raus, ich steh auf Frauen. Ich hoffe, das schockiert dich nicht.«

»Nee, echt nicht«, erwiderte Lara und musste fast schon

kichern. Bevor es zu auffällig wurde, schob sie hinterher: »Ich komme aus Berlin.«

»Ja, anderer Planet. Hier haben sie noch damit zu kämpfen. Die Männer, weil sie ihren Fortpflanzungsdrang an mir nicht ausleben können, und die Frauen, weil sie Angst haben, ich will ihnen an die Wäsche.«

»Davor habe ich keine Angst«, versicherte ihr Lara und meinte es so. »Was sagen deine Eltern dazu?«

»Völlig okay für die. Doof wird's nur, wenn meine kleine Schwester davon redet, auch keine Kinder zu wollen, weil die Umwelt den Bach runtergeht. Dann wird Papa schon ein bisschen nervös.«

Sie lachte herzlich. Es schien sie wirklich nicht zu belasten. Für Lara war hingegen der Punkt gekommen, an dem sie ernsthaft darauf achten musste, sich von Kim fernzuhalten. Sie hatte im Grunde nur eine Frage an sie, und für die ergab sich eine Gelegenheit, als sie nach der Pause gemeinsam das Geschirr ins Haus brachten. Auf dem Weg nach draußen tat Lara so, als würde sie die Post gerade erst zufällig wieder entdecken.

»Ach, Kim, warte mal«, ließ sie ganz nebenbei fallen. »Es ist Post für die Leute gekommen, die hier vorher gewohnt haben. Ich hab gehört, dass du mit dieser ... Alina befreundet warst. Hast du zufällig eine Adresse von ihr?«

Zum ersten Mal an diesem Vormittag verdunkelte sich die Sonne.

»Nein.«

»Nein, du warst nicht mit ihr befreundet, oder nein, du hast keine Adresse?«, hakte Lara nach, obwohl sie es verstanden hatte.

»Wir waren befreundet. Dachte ich. Aber ich habe keine Adresse.«

»Dachtest du?«

»Ich mochte sie, wir waren öfter reiten und ... Hey, sie war die einzige Frau in meinem Alter hier, mit der man was anfangen konnte. Also, jetzt nicht *so*, die hatte ja Thorsten, und keine Ahnung, ob die überhaupt an Frauen interessiert war …«

Das war Alina nicht; sie hatte Laras Offenheit für beide Geschlechter nie verstanden.

»Ich würde echt sagen, wir waren gute Freundinnen. Und dann … verschwindet sie einfach.«

»Aber dafür konnte sie doch nichts.«

»Nee, klar, erst mal nicht. Das war Thorsten mit seinen bescheuerten Drogen. Mein Vater hat dir das erzählt, ja?«

Lara nickte.

»Und das ist ja schon traurig genug«, redete Kim weiter. »Also, dass Alina deswegen mitmusste. Aber dann: Erst meldet sie sich überhaupt nicht, verschwindet ohne ein Wort mitten in der Nacht, Handy ist aus, ich habe zigmal versucht, sie zu erreichen, sogar …«

»Erst?«, unterbrach Lara ungeduldig.

Kim zog eine Fratze. Lara musste sich extrem zusammenreißen, sie nicht zu schütteln. Die Frau, die seit Stunden nicht aufhörte zu reden, sagte plötzlich nichts mehr, fand keine Worte.

»Was?«, fragte Lara.

»Ich zeig's dir, vielleicht verstehst *du* es ja.«

Kim drehte sich um und ging zurück in die Küche. Lara eilte ihr hinterher. Kim nahm sich ihre Jacke, die sie über einen Stuhl am Esstisch gehängt hatte. Sie zog eine Postkarte heraus und reichte sie Lara.

»Kam gestern mit der Post.«

Zunächst sah Lara nur die Hochglanzbilder von Kopenhagen auf der Vorderseite, dann drehte sie die Karte um und spürte einen Kloß im Hals. Alinas Handschrift. Lara hätte sie unter Tausenden erkannt. Ihre Finger zitterten. Sie hoffte, dass Kim es nicht bemerkte.

Liebe Kim, sorry, dass ich einfach so verschwunden bin. Es war eine Entscheidung aus Liebe. Thorsten und ich müssen neu anfangen, deswegen kappen wir alle Verbindungen. Dich dadurch zu verlieren, tut verdammt weh. Aber ich hoffe, du verstehst mich. Deine Alina.

»Ich verstehe es *nicht!*«, rief Kim empört. »Echt nicht. Dass sie mitgeht, klar, aber eine Postkarte ohne Absender? Wieso können wir nicht telefonieren? Oder mailen? Verstehst du das? Ich mein, du kennst sie nicht, aber wir haben uns geschworen, wir sind füreinander da. Ich könnte ihr doch helfen, gerade jetzt, wenn sie neu anfangen …«

»Manchmal braucht man einfach Abstand«, sagte Lara. »Von allem.«

Selten hatte eine Erkenntnis sie mehr geschmerzt.

KAPITEL 17

»MAN KÖNNTE JA MEINEN, dass die, die am ersten Morgen kommen, besonders für unsere Sache brennen. Ich befürchte jedoch, dass es die größten Versager sind. Wer innerhalb weniger Stunden sein Leben aufgeben kann, hatte wahrscheinlich keins.«

Beeke blickte zu dem Neuankömmling, dem Thies diese Sätze zur Begrüßung an den Kopf knallte. Sie saßen in der Hauptverwaltung, Thies hinter seinem Schreibtisch, Beeke und interessierte Dithmarscher an den Tischen in der Ecke.

Der aktuelle Kandidat war ein blasser Mann Ende dreißig, der nervös mit dem Bein wippte. Hager, schlicht gekleidet, in seinem Fall konnte Thies recht haben. Er hatte etwas von einem Obdachlosen.

»Ich habe ein Leben«, erwiderte der Mann mit Nachdruck. »Arbeit, eine Wohnung, hier oben in Heide. Aber als ich das heute Nacht gelesen habe, was ihr da ... was Sie ...«

»Wir duzen uns«, ging Thies dazwischen.

»Ja, also ... Ein Land nur für echte Deutsche, für fleißige, rechtschaffene Männer und Frauen. Ein Ort, wo diese ganze linksgrün versiffte Mischpoke mit ihrem Deutschenhass keine Chance hat, wo ...«

»Du hast schon verstanden, dass wir weg von Deutschland wollen?«

»Ja, klar, aber ihr seid doch Patrioten. Ihr setzt auf echte deutsche Werte, auf unsere Rasse, nicht auf den großen Austausch …«

»Ach, Gott«, seufzte Thies. »Danke, du kannst gehen. Das ist hier nichts für dich.«

Thies winkte die zwei Deichschützer herbei, die an der Tür warteten.

»Häh, aber wieso?«

»Wir sind keine Nazis, und wir wollen hier keine Nazis. Raus!«

Bevor der Kandidat noch etwas sagen konnte, packte einer der Deichschützer ihn am Arm. Der Mann wusste nicht, wie ihm geschah, so schnell war er draußen. Thies schüttelte den Kopf. Er war angespannt und unglücklich, hatte in der Nacht kaum geschlafen. Beeke ging zu ihm, massierte ihm den Nacken, während Finn von draußen den nächsten Anwärter hereinbrachte.

»Du hast selbst gesagt, heute wird noch nicht viel dabei sein«, flüsterte Beeke ihrem Mann ins Ohr.

»Aber gar nichts? Das kostet viel zu viel Zeit.«

»Dann lass Finn die Vorauswahl machen.«

»Später. Ich will mindestens einen haben!«

Bisher hatte sich bereits ein Dutzend Leute beworben, die Thies allesamt abgelehnt hatte. Entweder waren es offensichtliche Glücksritter gewesen, oder sie hatten weder Erfahrung mit Landwirtschaft noch einen anderen interessanten Beruf vorzuweisen.

Finn kam zu Beeke und Thies und legte ihnen das Tablet mit dem Bewerbungsbogen hin, den die Neuankömmlinge ausfüllen mussten.

»Der ist nicht schlecht«, raunte Finn. »Hat viele Jahre auf einem Hof bei Meldorf gearbeitet. Und kann zupacken.«

Vor ihnen stand jetzt ein muskulöser Blondschopf mit gepflegtem Bart um die dreißig, nordische Erscheinung. Ulf hieß er. Diesen Mann konnte Beeke sich bei ihnen vorstellen. Sie glaubte sogar, ihn schon einmal gesehen zu haben, vielleicht an einem Stand bei den Kohltagen. Schnell huschte sie zurück zu ihrem Platz, während Thies den Mann bat, sich zu setzen.

»Wo warst du bei der Sturmflut?«, fragte Thies.

Er begann jedes Gespräch anders, weil er den jeweiligen Schwachpunkt eines Bewerbers schnell aufdecken wollte. Diesen Kandidaten konnte er nicht mit Fragen zur Arbeit auf einem Hof in Verlegenheit bringen.

»Auf dem Deich bei Meldorf«, antwortete Ulf, ohne zu zögern.

Thies lächelte zum ersten Mal an diesem Morgen. Hoffentlich war das wirklich der erste Treffer. Der Deich bei Friedrichskoog-Spitze war noch nicht fertig, und die ersten Stürme drohten bereits. Der Meldorfer konnte mit einer Schaufel in der Hand hilfreich sein. Zwischen Thies und Ulf entwickelte sich ein Gespräch auf Augenhöhe. Er stammte zwar von der Ostsee, lebte aber seit Jahren in der Region und hatte auf mehreren Höfen gearbeitet. Er kannte sich mit Schafzucht, Kohlanbau und dem generellen Hofbetrieb aus. Seit ein paar Monaten arbeitete er beim Bau des neuen Deichs mit, wie so viele Männer aus der Gegend. Doch er mochte die Arbeit nicht. Er wollte die Menschen vor dem Deich nicht vom Schutz ausschließen. Deswegen war er heute nicht zur Arbeit gegangen, sondern hatte entschieden, sich um einen Hof im neuen Staat zu bewerben.

Die Zuschauer an den Tischen nickten einander bereits zu. Das war ihr Mann. Schließlich fragte Thies ihn, auf welchem Hof er vor dem Deichbau gearbeitet hatte. Als Ulf den Metzlerhof bei Meldorf nannte, zuckte Beeke zusammen. Nicht weil es kein anständiger Hof war. Im Gegenteil, der Metzlerhof gehörte einem der angesehensten Kohlbauern in der Region. Doch Beeke wusste nun wieder, woher sie den Mann kannte. Frau Metzler hatte ihr persönlich erzählt, warum er damals vom Hof geflogen war. Er hatte sich an der fünfzehnjährigen Tochter der Familie vergangen.

Es brach Beeke das Herz, Thies' gute Laune zerstören zu müssen. Sie ging zu ihm, und er hörte sich geduldig an, was sie ihm ins Ohr flüsterte. Die Stimmung im Raum wurde unruhig, spätestens als Thies nicht besonders leise nachfragte, ob Beeke sich ganz sicher sei. Sie war es. Thies nickte nur, und Beeke ging wieder zu ihrem Platz.

»Wie geht's denn Annika Metzler?«, fragte Thies den Blondschopf.

»Das ist nicht dein Ernst«, raunte Ulf. »In eurem Aufruf steht, dass jeder hier eine Chance kriegt. Wie lange soll mir das denn noch anhängen?«

»Wie lange ist es denn her?«

»Ein Jahr.«

»Ich finde, sexueller Missbrauch sollte einem länger als ein Jahr anhängen.«

Die Dithmarscher am Tisch bei Beeke stöhnten auf. Finn, der in der Tür stand und hoffnungsvoll zugehört hatte, winkte genervt ab und ging nach draußen.

»Sie wollte es«, protestierte Ulf.

»Sie war fünfzehn.«

»Ja, und sah aus wie achtzehn. Ich bin nicht mal vor Gericht gelandet.«

Thies schaute Beeke nachdenklich an. Zögerte er etwa? War das für ihn nur ein Kavaliersdelikt? Wenn Beeke ihm eins klargemacht hatte, dann ja wohl, dass sie solche Männer nicht bei sich dulden würde.

»Du kannst gehen«, sagte Thies zu Ulf.

»Was ist denn das für eine Scheiße? Ihr haltet euch hier für was Besseres, oder was?«

»Ja, wir halten uns für besser als einen Kinderschänder«, antwortete Thies, während er die Deichschützer herbeiwinkte. »Lass gut sein, Mann.«

»Ich würde an deiner Stelle nicht die Klappe so weit aufreißen, Cordes. Du bist nicht unantastbar. Du und deine Familie.«

Ulfs hasserfüllter Blick traf Beeke, die er als Schuldige für seine Misere ausgemacht hatte. Das hätte er besser nicht getan. Thies eilte mit drei schnellen Schritten um den Schreibtisch, packte den Mann am Hals und schob ihn mit unbändiger Kraft gegen die nächste Wand. Thies war nicht stärker als sein Gegenüber, aber seine Entschlossenheit und die Wut in seinen Augen erstickten bei Ulf jeden Versuch, sich zu wehren. Außerdem hatten die Deichschützer sofort zu ihren neuen Schlagstöcken gegriffen, und von draußen eilten weitere herein, einer mit dem Gewehr im Anschlag.

»Drohst du meiner Familie?«, zischte Thies durch die Zähne.

Der Blondschopf hob beschwichtigend die Hände, röchelte, weil Thies ihm den Hals zudrückte.

»Sorry, sorry, tut mir leid, war nicht so gemeint.«

Er griff nach Thies' Hand, konnte sie aber nicht von seinem Hals lösen.

»Ich will dich hier nie wieder sehen«, raunte Thies, ließ los und drehte ab, um zu Beeke zu gehen.

Ulf ging in die Knie und rang nach Luft. Thies nahm Beeke in die Arme, obwohl sie keine Angst gehabt hatte.

»Alles in Ordnung«, sagte Thies und blickte dabei auch zu den anderen Dithmarschern. »Wir machen eine Pause.«

KAPITEL 18

LARA TANZTE. Aus den Boxen im Spielzimmer dröhnten die Bässe von Seeed. »Dickes B, Home an der Spree.«

Alina hatte ihre Schwester nie in Berlin besucht. In zwölf Jahren nicht. Als Teenager hatte Axel es ihr verboten, später nach den Drogengeschichten hatte sie selbst Angst gehabt, dass die Großstadt sie kaputt machen würde. Sie hatte nicht darauf vertraut, dass Lara sie würde schützen können. Einmal hatte Alina das auch genau so formuliert. Lara konnte sich noch an den Moment erinnern, den Schmerz. Sie war empört gewesen, denn sie hatte Alina als Kind immer geschützt. Sie war mehr als eine große Schwester gewesen, hatte die Kleine von den Streitigkeiten der Eltern ferngehalten, hatte sie bei Mamas Tod aufgefangen, hatte sogar Alinas verdammtes Handy umprogrammiert, als Axel seine Spy-Software darauf installierte. Aber all das zählte nicht mehr, denn Lara war gegangen. Sie war gegangen, dann war Axel mit Alina aus dem geliebten Familienhaus außerhalb von Freiburg in die Stadt gezogen, und Alina hatte die falschen Freunde gefunden. Vor denen hatte Lara sie nicht geschützt. Vor den Drogen auch nicht. Vor der Sekte in Spanien nicht. Auch nicht vor den Bauern in Dithmarschen mit ihren martialischen Gesetzen. Warum sollte Alina dann also auf Lara hoffen, wenn mal wieder alles den Bach runtergegangen war?

»Im Sommer tust du gut, und im Winter tut's weh.«

Die Postkarte überraschte Lara. Alina hatte noch nie eine Postkarte geschickt. Lara hatte nicht einmal gewusst, dass sie dieses alte Relikt der Kommunikation kannte. Auch die Formulierungen passten nicht zu ihr. *Entscheidung aus Liebe. Verbindungen kappen.* So etwas sagte Alina nicht. Doch Lara war unsicher geworden. Sie wusste nicht mehr, ob wirklich etwas faul an Alinas Verschwinden war, ob ihre Schwester in Gefahr schwebte, oder ob sie Lara schlicht und einfach nicht brauchte, nicht sehen wollte, keinen Kontakt mehr mochte. Das hätte allerdings auch bedeutet, dass Laras Fahrt nach Dithmarschen, ihre ganze Scharade als Ärztin, die Gefahren, denen sie sich ausgesetzt hatte, dass das alles sinnlos gewesen war.

»Mama Berlin. Backsteine und Benzin.«

Lara vermisste Berlin. Sie wollte arbeiten, ausgehen, jemanden abschleppen. Wieder anonym sein, bei sich, nicht unter ständiger Beobachtung, ständiger Anspannung. Das war das gute Leben, das Leben, das sie sich ausgesucht hatte. Aber sie konnte nicht einfach ihre Suche aufgeben. Alina aufgeben. Wegen einer Postkarte? *Verbindung kappen.*

»Dickes B.«

Das Lied war zu Ende. Lara ging zum Computer, um in ihrer Playlist das nächste Berlin-Lied zu suchen. Peter Fox, auf jeden Fall. »Schwarz zu Blau« oder »Fieber«? Sie hatte sich in ihren Account bei Audimus eingeloggt, um ihre Berlin-Songs parat zu haben. Auch die, die Alina nicht mochte.

Laras Blick fiel auf eine Leiste am Rande des Bildschirms. *Freund*innen-Feed* stand dort. Man konnte in der App anderen Leuten folgen, um ihre Playlists zu sehen. Lara folgte zahlreichen Menschen, Prominenten, persönlich bekannten Musikern, Freunden, Ex-Affären, mit denen sie Musik gehört hatte. Wenn der andere es zuließ, konnte man sogar sehen, was er oder sie in diesem Moment hörte. Das war der Freund*innen-Feed. Neben Alinas Avatar hüpften die kleinen Pegelbalken.

Lara musste ungläubig lachen. Sie hatte seit Tagen befürchtet, dass Alina tot sein könnte, dabei hätte sie es an dieser Stelle sofort sehen können: Alina lebte. Alina lebte, hörte Musik, und wahrscheinlich tanzte sie, denn bei »Weck mich auf« von Samy Deluxe konnte Alina nicht stillstehen.

Lara schossen Tränen in die Augen. Tränen der Erleichterung. Erst jetzt fühlte sie, wie groß ihre Angst um Alina gewesen war, auch noch nach dem Auftauchen der Postkarte. Die zerrissene Kette, das Blut. Der unsichtbare Griff um ihren Hals löste sich. Sie klickte in der Leiste auf den Song. Schon ertönte das Lied über die Boxen im Spielzimmer, die Beats wummerten synchron zu denen, die Alina in diesem Moment hörte.

»Weck mich bitte auf aus diesem Albtraum, Menschen sehen vor lauter Bäumen den Wald kaum.«

Lara sprang auf und tanzte. Sie tanzte mit Alina. Auch wenn sie nicht wusste, wo ihre kleine Schwester steckte, auch wenn sie sie nicht sehen konnte, weder virtuell noch real, Lara wusste, wie es ihr ging. Sie wusste, wie Alina sich bei diesem Lied fühlte. Sie wusste, wie sie tanzte. Lara schloss die Augen, nahm Alina an der Hand und wirbelte sie umher. Sie sang laut mit, hörte Alinas Stimme, die Tränen liefen immer weiter.

Irgendwann kehrte Lara erschöpft zum Computer zurück. Sie sah nach, ob man über die App auch mit seinem »Freund« kommunizieren konnte. Doch eine solche Funktion gab es nicht. Dafür wurde angezeigt, dass Alina die Musik auf einem Soundpod hörte, einem intelligenten Lautsprecher, der direkt mit dem Mobilfunknetz verbunden war und über Sprachbefehle gesteuert wurde. Auf diesem Gerät konnte man den Freund*innen-Feed nicht sehen. Alina wusste also nicht mal, dass Lara online war.

Blieb die Frage, ob man herausfinden konnte, wo Alina sich mit ihrem Soundpod befand. Lara hatte sich lange nicht mehr in Apps gehackt, doch sie konnte sich vorstellen, dass man mit etwas Geschick und den richtigen Ressourcen zumindest grobe Daten aus dem Backend der App herausholen konnte. Doch wollte Lara das? Wollte sie wissen, ob Alina wirklich in Kopenhagen war? Oder doch in Freiburg oder ganz woanders? War das nicht genau das, wovor ihre Schwester davonlief? Sie hatten beide unter Axels Überwachungsstaat gelitten, seinen ewigen Bemühungen, alles über Lara und Alina zu wissen. Welche Videos sie schauten, mit welchen Jungs sie sich schrieben und, vor allem, wo sie sich herumtrieben. Genau deswegen hatte Lara überhaupt hacken gelernt. Es reichte nicht, seine Spy-Apps zu blockieren. Man musste sie umprogrammieren, sodass er glaubte, die Mädchen weiterhin zu überwachen, während sie in Wahrheit machen konnten, was sie wollten.

»Lara?«

Kims Stimme drang von unten ins Spielzimmer. Lara klickte die App weg, fühlte sich ertappt, wie damals, wenn Axel in ihr Zimmer platzte. Doch Kim hatte mehr Anstand. Sie wartete geduldig am Fuß der Treppe. Lara verließ das Spielzimmer.

»Willst du mal sehen?«, fragte Kim.

»Seid ihr schon fertig?«

»Nicht ganz. Aber … Komm!«

Lara ging die Treppe hinunter, in Gedanken noch bei Alina. Zu gerne hätte sie auch Kim gesagt, dass mit ihrer Freundin alles in Ordnung war, dass sie lebte und tanzte.

Es war kein Schuppen mehr, es war jetzt Laras Praxis. Das verfallene Steinhaus hatte eine neue Rückwand mit einer Auslassung für ein Fenster bekommen, ein ausgebessertes Dach, und anstelle des zerbrochenen Tors gab es nun eine Holzwand mit Eingangstür. Der Anbau war noch einmal so groß wie der Schuppen, Boden, Wände und Dach aus stabilen Massivholzbrettern.

»Morgen machen wir eine zweite Bitumenschicht drauf und eine Dachrinne dran«, erklärte Kim. »Gefällt es dir?«

»Kim, das ist der Wahnsinn. Wie schnell ihr seid, wie präzise und stabil das alles ist.«

»Wir haben im letzten Jahr eine Menge Erfahrungen gesammelt«, erklärte Kim schulterzuckend.

Lara konnte sich lebhaft vorstellen, wie die Bautrupps von Hof zu Hof gezogen waren, um die zerstörten Gebäude wieder aufzurichten oder neue zu bauen.

»Danke!«, rief Lara den immer noch fleißigen Arbeitern zu. »Danke an euch alle! Danke!«

Sie war den Tränen nah und wusste nicht mal, warum.

»Alles okay?«, fragte Kim.

»Ja, alles bestens. Ich bin einfach nur überwältigt.«

Lara musterte noch einmal das neue Gebäude. Ihr Nachfolger konnte sich auf die Praxis freuen.

KAPITEL 19

AUF DEM PARKPLATZ vor dem Hofladen war keine Stellfläche mehr frei. Sogar am Straßenrand parkten noch Fahrzeuge. Mittlerweile fand man auch Kennzeichen von weiter her, Bielefeld, Hannover, sogar Berlin. Mindestens zwanzig Leute warteten auf ihre Chance, den Hauptmann davon zu überzeugen, dass sie in den neuen Staat passten. Bisher hatte es keiner geschafft.

Beeke wollte nur kurz nach dem Laden schauen. Die Neuankömmlinge vertrieben sich die Wartezeit damit, ihnen das Sortiment leer zu kaufen. Beeke hatte zwei Leute abgestellt, den Verkauf zu regeln, doch das reichte nicht, wie sie sah. Vor dem Laden bildete sich eine Schlange. Als Beeke ihre jüngste Tochter Marie am Telefon darum bat, ebenfalls zu helfen, sah sie die Drohne.

Es war keine von Finns Drohnen; sie gehörte auch zu keinem der Lieferunternehmen, dafür war sie zu groß. Das Gefährt flog gezielt zum Drohnenlandeplatz des Hofs. Es war in drei Farben lackiert: Schwarz, Rot und Gold.

»Hol den Hauptmann!«, wies Beeke den am nächsten stehenden Deichschützer an.

Der junge Mann eilte in die Hauptverwaltung. Derweil setzte die Drohne leise surrend auf dem markierten Podest vor dem Haupthaus auf. Eine Bundesdrohne. Beeke hatte von ihnen gehört, aber noch nie eine gesehen. Sie trug eine fest verschweißte

Box und verfügte über eine digitale Anzeige mit Scanfläche, auf der unter den Hoheitszeichen der Bundesrepublik Deutschland ein Text auftauchte. Beeke ging näher ran, um ihn lesen zu können.

Thies Cordes, bitte identifizieren Sie
sich mit Ihrem Personalausweis.

Danach folgten in kleinerer Schrift Belehrungen darüber, dass die Drohne Staatseigentum war und jegliche Beschädigung oder Manipulation eine Straftat darstellte. Und dass man gefilmt wurde.

»Da haben die aber Glück, dass ich meinen alten Personalausweis noch nicht verbrannt habe«, sagte Thies, als er sich neben Beeke stellte.

Mit ihm kam eine gesteigerte Aufmerksamkeit für die Drohne. Einige Bauern und Deichschützer schauten ihnen genauso zu wie die Neuankömmlinge, die in der Nähe warteten. Thies holte seinen Ausweis aus der Brieftasche. Er wirkte cool, fast amüsiert, aber Beeke konnte seine Gesten lesen, die anderen nichts sagten. Wenn Thies kurz die Fingerspitzen über die Handflächen rieb, dann war er nervös.

»Schnell sind sie ja«, bemerkte Thies schmunzelnd.

Er hielt den Ausweis an den Scanner. Ein grünes Symbol sowie ein paar dankende Worte erschienen, dann öffnete sich an der Box eine Klappe. Thies rieb sich noch einmal über die Handflächen und zog das Schriftstück heraus. Mittlerweile war auch Finn zu ihnen gekommen. Thies hielt einen versiegelten offiziellen Umschlag in der Hand.

»Unsere Entlassungsurkunde?«

Die Umstehenden lachten. Während er das Kuvert öffnete, schloss die Drohne selbstständig ihre Box, blinkte rot und warf die Rotoren an.

»Wow«, sagte Thies und ging einen Schritt zurück. »Sie warten definitiv nicht auf Antwort.«

»Jetzt guck schon nach«, raunte Finn ungeduldig.

Die Drohne hob ab, stabilisierte sich im Wind und surrte davon. Derweil las Thies das Schreiben der Bundesregierung. Er ließ weder Finn noch Beeke mitlesen. Seine Mimik verriet zunächst nichts, dann seufzte er gelangweilt und ließ den Brief sinken. Er wandte sich mit lauter Stimme an die Umstehenden.

»Wenig überraschend nimmt der deutsche Staat uns nicht ernst. Mit ›lasst den Quatsch‹ kann man das Schreiben gut zusammenfassen. Respektlos wie alles, was wir im letzten Jahr von unserer ehemaligen Regierung gehört haben.«

Einige Dithmarscher buhten, andere schüttelten den Kopf.

»Ein Grund mehr, unseren eigenen Weg zu gehen!«, rief Thies.

Dann ballte er die Faust Richtung Himmel und rief der Drohne hinterher: »Wahr di, Garr, de Bur de kummt!«

»De Bur de kummt!«, wiederholte Finn laut.

»De Bur de kummt!«, riefen zahlreiche Dithmarscher, immer und immer wieder, wie bei einem Fußballspiel. Selbst Neuankömmlinge fielen in den Schlachtruf ein.

Mit diesem Ruf hatten die Dithmarscher Bauern im Jahr 1500 die legendäre Schlacht bei Hemmingstedt gegen das weit überlegene Heer des dänischen Königs gewonnen. Finn wurde nie müde, von dieser alten Geschichte zu erzählen. Bei der Schlacht war die Kenntnis der Terrains aufseiten der Bauern genauso entscheidend gewesen wie die Überheblichkeit der adeligen Angreifer. Thies fand mehr und mehr Gefallen an den Parallelen.

Er drückte seinem Bruder achtlos das Schreiben der Bundesregierung in die Hand und wandte sich an Beeke.

»Komm mal mit«, sagte er zu ihr.

Er nahm seine Frau an der Hand und ging mit ihr an den jubelnden Bauern vorbei zur Hauptverwaltung. Während der Geräuschpegel hinter ihnen abebbte, betraten sie den Saal. Auf den Stühlen vor Thies' Schreibtisch saßen drei Personen: ein jüngeres Paar um die dreißig und ein vielleicht zehnjähriges Mädchen. Thies führte Beeke direkt zu den dreien.

»Das sind Ingo und Vanessa Klose sowie ihre reizende Tochter Hana.«

Das Paar stand sofort auf, einfach gekleidete, eingeschüchtert wirkende Leute. Der Mann durchaus kräftig, aber auch ausgezehrt, die Frau mit einem offenen Lächeln, das Mädchen mit wachen Augen.

»Das ist meine Frau Beeke«, sagte Thies zu ihnen.

Man nickte sich zu, schüttelte Hände. Hinter ihnen kamen Dithmarscher von draußen herein, noch ganz aufgewühlt von dem lautstarken Schwur. Auch Finn war darunter. Thies interessierte das alles nicht.

»Sie kommen aus Vollerwiek oben am alten Eidersperrwerk. Weißt du?«

Beeke nickte. Das Sperrwerk war bei der Flut zerstört worden, die umliegenden Köge teilweise genauso stark geflutet wie ihre eigenen.

»Sie haben ihren Hof verloren. Fünfzig Schafe sind ertrunken, nicht wahr?«

»Fünfundfünfzig«, sagte der Mann nickend.

»Die Bundeshilfen haben nicht gereicht, um ihn wieder aufbauen zu können«, referierte Thies. »Dafür hatten sie noch zu viele Schulden bei der Bank, und, na ja, man kennt ja die deutschen Banken. Ingo arbeitet seitdem auf Baustellen. Sie haben eine kleine Wohnung in Tönning, und wir wissen alle, wie es dort aussieht.«

Die kleine Stadt an der Eider war hart von der Flut getroffen, aber trotzdem zu einem Sammelpunkt für die Menschen geworden, die in der Region Hab und Gut verloren hatten. Der einst idyllische Kurort hatte sich in ein besseres Flüchtlingslager verwandelt.

Thies schaute Beeke fragend an. Sie wusste genau, was er von ihr wollte, und sie zögerte keine Sekunde. Sie nickte. Dann wandte Thies sich an die drei, streckte Ingo seine Hand entgegen. Die Familie verstand nicht, was geschah.

»Herzlichen Glückwunsch. Ihr seid die ersten Neubürger von Koogland.«

Erst als um sie herum Applaus aufbrandete, verstanden Ingo und Vanessa. Der Frau schossen Tränen in die Augen, sie zog das Mädchen an sich, ihren Mann, die Familie schmiegte sich in eine enge Umarmung. Auch Ingo hatte feuchte Augen, schüttelte endlich die gereichte Hand.

»Danke«, brachte er mühsam hervor. »Danke.«

»Wir haben zu danken. Danke, dass ihr bereit seid, unseren Kampf zu eurem zu machen.«

»Das werden wir«, stieß Vanessa eifrig hervor.

Thies ging vor dem Mädchen in die Knie, blickte die Kleine freundlich an und zeigte auf die Karte hinter seinem Schreibtisch.

»Was meinst du, Hana? Sollen wir uns einen schönen Hof für euch aussuchen?«

Hana nickte freudestrahlend. Das Kind legte wie selbstverständlich ihre Hand in die von Thies. Zusammen gingen sie, gefolgt von dem überglücklichen Ehepaar und getragen von dem Applaus der Dithmarscher, zur Wand mit der Karte. Der Gründungstag von Koogland erlebte seinen ersten legendären Moment. Es war ein perfekter, ein großer Augenblick, einer, den sie nie vergessen würden. Thies hatte das alles mit seiner Beharrlichkeit, seinem Instinkt und seiner Kraft möglich gemacht. Beeke liebte ihn mehr als je zuvor.

KAPITEL 20

»KOPENHAGEN?«, FRAGTE JAN. »Kennt Thorsten jemand in Kopenhagen?«

Er drehte die kitschige Postkarte noch einmal in seiner Hand. Nele Schulz zuckte mit den Schultern. Sie hatte die Karte in ihrem Briefkasten gefunden und aufs Revier gebracht.

»Und wieso schreibt er nicht selbst?«, fragte Jan. »Wieso lässt er seine Freundin schreiben?«

Auf der Postkarte erklärte Alina Wagner ihrer Schwiegermutter in spe, dass sie die Köge verlassen mussten und anderswo ein neues Leben begonnen hatten. Sie sollte nicht böse sein, wenn sie sich erst einmal nicht melden würden.

»Thorsten hat nie gern geschrieben«, sagte Nele und schüttelte den Kopf. »Aber das da, das ist nicht seine Unterschrift.«

Sie zeigte auf den unteren Rand der Karte, wo sowohl Alina als auch Thorsten unterschrieben hatten. Alinas Signatur passte zu dem blumigen Schriftbild des restlichen Textes, die zweite Unterschrift hingegen war kantig und kaum leserlich.

»Sicher?«

»Zu wackelig. Thorsten ist nicht wackelig.«

Nele hatte wieder diesen Blick an sich, mit dem sie auch von verdächtigen Kennzeichen berichtete. Jan musterte die Unterschrift. Er ging um den Empfangstresen herum, vor dem sie standen, und stellte sich zur diensthabenden Kollegin Fischer vor den Computer. Eigentlich hatte er gerade keine Zeit für so etwas, doch die Sache mit der Unterschrift ließ sich leicht prüfen. Binnen Sekunden hatte Jan Thorstens Personalausweis im System aufgerufen. Er vergrößerte die Unterschrift darauf und stellte keinen besonders großen Unterschied zu der auf der Postkarte fest. Die wenigen Differenzen konnten von einer unebenen Unterlage stammen, vielleicht hatte Thorsten auch während einer Autofahrt geschrieben. Sah Nele mal wieder Gespenster?

Thorstens Mutter knetete nervös ihre Hände, blickte sich immer wieder im Revier um, musterte die junge Polizistin, die einen Bericht schrieb, zuckte zusammen, als irgendwo draußen ein Auto bremste. Ihr ging es nicht gut.

»Pass mal auf«, sagte Jan zu Nele. »Ich geb die Karte der Spurensicherung und lass die schauen, ob DNA von Thorsten darauf ist. Ja?«

Auf dem Bildschirm vor ihm waren die Fingerabdrücke und die Ergebnisse der DNA-Proben von Thorstens letzter Verhaftung zu sehen. Jan steckte die Karte in einen Plastikbeutel.

»Die haben ihn umgebracht«, zischte Nele. »Die mit ihrem neuen Staat, das wollte er bestimmt nicht. So blöd war er nicht. Der war dagegen, dann haben sie ihn umgebracht.«

»Das ist alles sehr schräg mit dem Bauernstaat. Aber Thies und seine Leute sind keine Mörder. Es wird eine Erklärung geben. Und ich melde mich, wenn …«

»Du steckst mit denen unter einer Decke«, zischte Nele Jan plötzlich giftig an.

»Nein, Nele, ich …«

»Ihr alle habt's gewusst. Du auch. Nichts hast du getan. Nichts.«

»Was habe ich gewusst?«

Nele winkte unwirsch ab.

»Ich tue doch was, Nele. Ich war am Hof, ich werde die Karte analysieren …«

»Das meine ich nicht. Damals. Damals hätte ich dich gebraucht.«

»Wann?«

Jan hatte keine Ahnung, wovon Nele sprach.

»Im Wegschauen seid ihr Kerle groß. Keiner will's sehen. Keiner will's wissen. Stell dich nicht so an, Nele. Mach nicht so ein Ding draus, Nele. Sei still, Nele.«

In ihren Augen sah Jan Leid. Trauer, Wut, Abscheu. Nele erinnerte sich an etwas, das sehr tief saß und bisher noch nie Gegenstand ihrer Vorwürfe gewesen war.

»Wovon sprichst du, Nele?«

Er suchte nach einer Antwort in ihren Augen, die hin und her huschten, Geister vergangener Tage ausmachten. Sie konnte ihre Gedanken nicht festhalten. Plötzlich spuckte sie Jan an.

»Schwein«, stieß sie hervor.

Dann drehte sie abrupt ab und eilte fluchtartig aus dem Revier. Jans Kollegin war mindestens genauso erschrocken wie er.

»Wow«, sagte sie. »Den Einzigen, der sich ihren Schwachsinn anhört, spuckt sie an?«

»Sie weiß nicht, was sie tut. Früher war sie nicht so.«

Jan wischte sich die Spucke weg. Was hatte er übersehen? Wann? Sie tat ihm leid, er wollte ihr helfen, aber im Moment konnte er nicht mehr machen.

Er kehrte in den Besprechungsraum zurück, wo die Kollegen zusammensaßen, um die neue Lage zu diskutieren. Krug leitete die Runde, aus ihrem Revier waren vier Leute dabei, auch Brunsbüttel und Heide hatten jemanden geschickt. Jan setzte sich wieder auf seinen Platz, während Krug anhand von Drohnenbildern auf einem Monitor etwas erläuterte. Zu sehen war die alte Landstraße an der Stelle, wo Thies Cordes seine Grenze gezogen hatte. Auf der Straße standen quergestellte Pick-ups, eine improvisierte Straßensperre, an der Thies' Männer ankommende Fahrzeuge kontrollierten. Es hatte sich eine Schlange gebildet.

»Allein schon die Sperrung ist natürlich nicht rechtmäßig«, referierte Krug. »Noch mehr Sorgen machen mir allerdings die offen getragenen Waffen.«

Er zeigte auf die Männer in den blauen Hemden. Zwei von ihnen trugen Sturmgewehre auf dem Rücken, bei einem weiteren, er schien der Anführer der Truppe zu sein, sah man eine Pistole im Hosenbund.

»Haben sie die schon mal auf jemanden gerichtet?«, fragte die Kollegin aus Heide.

»Nicht seitdem wir sie beobachten. Die ganze Situation ist bisher friedlich.«

»Wen weisen sie ab?«, fragte die Heiderin.

»Das kann man aus der Ferne nicht klar beurteilen. Medienvertreter auf jeden Fall, seit mittags auch vereinzelt Leute, deren Ausweise sie sich angeschaut haben. Wir vermuten, dass sie in diesem Wagen hier einen Computer haben, mit dem sie Überprüfungen vornehmen. Fast wie echte Grenzpolizisten.«

Krug schmunzelte.

Der Kollege aus Brunsbüttel, ein korpulenter Fünfzigjähriger, den Jan schon lange als notorischen Nörgler kannte, schüttelte den Kopf. »Und ihr lasst das einfach zu?«, fragte er.

»Die Situation ist delikat«, erklärte Krug. »Die ganze Welt schaut zu. Müller, zeig mal.«

Müller bediente die Drohne über ein Steuerpult. Er ließ sie eine Drehung machen, sodass man auf dem Monitor den neuen Deich sehen konnte. Am Rand der Straße auf dem Deich standen Übertragungswagen verschiedener Medien. Kameras waren auf die Grenzstation gerichtet, eine Reporterin interviewte einen Rückkehrer aus den Kögen. Weitere Drohnen befanden sich in der Luft, die sicher auch zu den TV-Sendern gehörten.

»Außerdem sind es wirklich viele Bauern«, fuhr Krug fort.

»Ohne massive Verstärkung brauchen wir da überhaupt nicht anzukommen. Und dann ist da die Frage: wozu? Die manövrieren sich selbst in ein heilloses Chaos, die werden das nicht durchhalten können und dann um Hilfe bitten. Kennt man doch.«

Er lehnte sich zurück, als ob damit alles gesagt sei.

»Ist das die Ansage von oben?«, fragte Jan.

»Abwarten und beobachten«, entgegnete Krug. »Das ist die Ansage von oben.«

»Und in der Zwischenzeit werden's immer mehr«, sagte der Brunsbüttler.

Jan stimmte ausnahmsweise mal mit dem Nörgler überein.

»Das ist ein Haufen Verrückter«, erklärte Krug. »Die wollen einen eigenen Staat gründen mit ein paar Bauernhöfen am Meer. Kann doch gar nicht klappen.«

»Und was ist, wenn die Verrückten Verbrechen begehen?«, hakte Jan nach. »Wenn sie Leute verschwinden lassen. Oder was auch immer sie mit Thorsten Schulz angestellt haben.«

»Jansen«, stöhnte Krug. »Hör doch mal auf mit dem Schulz. Hat die Mutter nicht eine Postkarte bekommen, oder was war das eben?«

»Sie sagte, es sei nicht seine Unterschrift ... Ich sollte noch einmal mit Thies Cordes reden.«

»Das wirst du nicht tun. Ohne ausdrückliche Anweisung von mir geht keiner über diese Grenze. Haben das alle verstanden? Jansen?«

Krug fixierte Jan. Der nickte. Was sollte er auch sonst tun? Nicht zum ersten Mal sehnte er den Tag seiner Pensionierung herbei.

KAPITEL 21

VIEL MUSSTE LARA NICHT PACKEN. Dennoch bereitete sie ihre Rückfahrt nach Berlin akribisch vor. Sie wollte mitten in der Nacht aus Koogland verschwinden, so unauffällig wie möglich, ohne etwas zu erklären. Was sollte sie auch sagen?

Leute, ich hab gedacht, ihr habt meine Schwester umgebracht. In Wahrheit will sie einfach nur nix mehr mit mir zu tun haben. Mein Fehler! Schöne Praxis übrigens, sucht euch jemand anderen als Arzt.

Während Lara die Küche aufräumte, klingelte es an der Haustür. Es war längst dunkel, ein Blick auf die Uhr verriet ihr, dass es kurz nach neun war. Sie ging durch den Flur zur Haustür.

»Wer ist da?«, fragte sie durch die geschlossene Tür.

»Finn«, kam es von draußen.

Das gefiel Lara überhaupt nicht. Dennoch öffnete sie die Tür, um keine Aufmerksamkeit auf sich zu lenken. Draußen stand der gut gelaunte Finn in einem frischen Hemd und ohne das obligatorische Messer am Gürtel. Er wedelte grinsend mit einer Plastikkarte.

»Guten Abend, Frau Doktor«, sagte er. »Guck mal, was ich dir mitgebracht habe.«

Lara roch den Alkohol, der sicher zu seiner guten Laune beigetragen hatte und auch dafür sorgte, dass sein Auge nicht zuckte.

»Hi«, entgegnete Lara. »Was ist das?«

Sie wollte nach der Karte greifen, doch Finn zog sie zurück und lachte. Lara hatte Mühe, geduldig zu bleiben. Finn wedelte noch einmal damit, dann gab er Lara die Karte. Es war ein Ausweis der Bauernrepublik Koogland, formvollendet mit Banner und allem, was dazugehörte, ausgestellt auf Lara Barthold. Dazu die Adresse ihres Hofs, die sie bis eben gerade noch nicht einmal gekannt hatte. Außerdem prangte die Nummer 78 darauf, und neben ihrem Foto stand die Bezeichnung *Bauer*. Das Foto hatte Finn nicht von ihr bekommen; es stammte von der Internetseite der Charité.

»Wow«, gab sich Lara beeindruckt. »Danke!«

»Ich kann dir morgen auch noch eine Fahne bringen, wenn du sie aufhängen magst.«

»Gerne.«

»Und dann habe ich noch das hier.«

Er holte ein Sixpack Bier hinter dem Rücken hervor. Lara seufzte bedauernd.

»Nein, nein, nein.« Finn duldete keinen Widerspruch. »Wir haben dir hier eine wunderbare Praxis hingestellt. Das muss gefeiert werden.«

Er zeigte hinter sich, wo der ausgebaute Schuppen im Mondlicht schimmerte.

»Das war grandios heute«, sagte Lara zu Finn. »Aber auch sehr anstrengend. Ich wollte gerade in die Wanne hüpfen und dann früh …«

»Ich hüpfe gerne mit.«

Lara lächelte verkrampft.

»Ein anderes Mal, okay?«

»Ich könnte dich auch massieren.«

»Nicht heute.«

»*Gerade* heute. Weißt du, was das für ein geiler Tag war? Wir stehen am Anfang einer Revolution. Wir machen etwas, das noch nie jemand vor uns gewagt hat.«

»Das ist cool. Aber morgen läuft die Revolution auch noch ...«

»Komm, wenigstens *ein* Bier«, unterbrach Finn und griff nach Laras Hüfte.

Lara konnte nicht mehr. Sie schlug seine Hand weg. Er ließ das Sixpack fallen, ein paar Flaschen zerbrachen mit einem lauten Knall auf dem Boden.

»Sag mal, was stimmt mit dir nicht?«, fuhr Lara Finn an. »Auf wie viele Arten muss eine Frau sagen, dass sie keinen Bock auf dich hat?«

Damit hatte er nicht gerechnet. Sein Auge zuckte wieder, er starrte auf das sprudelnde Bier.

»Was machst du denn hier für ein Theater? Du hast mir doch Signale gegeben.«

»Ach Gott, Finn, ich bin höflich. Das ist alles. Und jetzt geh bitte.«

Schlagartig verdunkelte sich Finns Gesicht.

»Hast du mich die ganze Zeit verarscht?«, brummte er und trat unkontrolliert eine Flasche weg.

Die Aggressionen, die sich in ihm aufgestaut hatten, wurden jetzt sichtbar. Der kleine Bruder, der stets im Schatten stand. War es ausgerechnet die Enttäuschung darüber, dass Lara sich nicht flachlegen ließ, welche die Zeitbombe zum Explodieren brachte?

»Beeke hat uns vor dir gewarnt«, zischte Finn. »Du spielst ein falsches Spiel.«

Ein Grund mehr, in dieser Nacht zu verschwinden. Lara ärgerte sich, dass sie sich auf den letzten Metern hatte gehen lassen. Sie schaltete in den Krisenmodus um. Betrunkene in der Notaufnahme, das konnte sie.

»Ich habe dich nicht verarscht. Ich mag dich. Aber glaubst du, du machst mich an, wenn du mit einem Nein nicht klarkommst? Glaubst du, ich will so einen Mann?«

»Nicht jedes Nein heißt auch nein.«

»Bei mir schon. Wusstest du nicht, weißt du jetzt. Ich schlage vor, wir fangen morgen noch mal von vorne an.«

»Du bist auch so eine wie Alina«, sagte Finn.

»Was? Wieso?«

»Die Frau, die hier vor dir gewohnt hat. Benutzte Sex, um ihren Mann zu manipulieren. Darin seid ihr ganz groß.«

»Verstehe nicht. Was hat sie gemacht?«

Alles in Lara warnte sie davor, sich jetzt auf eine Unterhaltung über Sex einzulassen. Doch es ging um Alina.

»Was meinst du, warum der so einen Mist gebaut hat? Die Drogen und die Prügeleien? So wird ein Mann, wenn die Frau ihn nicht ranlässt.«

»Und warum hat sie ihn nicht rangelassen?«

»Darum geht's doch nicht. Es geht um dich und mich.«

Er trat einen Schritt auf sie zu. Lara wollte ausweichen, stand jedoch mit dem Rücken zur Wand. Sie roch Finns alkoholschwangeren Atem.

»Willst du mir sagen, du baust Mist, wenn ich dich nicht ranlasse? Was wird das? Bedrohst du mich?«

Sie hielt seinem Blick stand. Nur nicht die Opferrolle übernehmen. Er kam ein Stück näher, als wolle er sie küssen. Lara ballte ihre Faust und machte sich bereit, ihm mit dem Knie zwischen die Beine zu treten. Doch plötzlich lachte Finn und machte einen Schritt zurück.

»Quatsch. Morgen fangen wir noch mal von vorne an. Gute Nacht.«

Er stieg über die Scherben und die Bierpfütze. Es war Laras letzte Chance, auch wenn sie sich eben noch danach gesehnt hatte, dass Finn endlich verschwand.

»Was hat Thorsten mit Alina gemacht?«

Finn blieb stehen, schaute zu ihr.

»Darum geht's doch nicht«, sagte er noch einmal.

Dann ging er nach draußen und zog die Tür hinter sich zu.

Aber genau darum ging es. Warum hatte Alina Thorsten nicht »rangelassen«? Was hatte er daraufhin getan? Lara stand stocksteif an der Wand. Sie nahm sich die einzige unbeschädigte Bierflasche vom Boden und ging damit nach oben.

Zwei Stunden später hatte Lara es geschafft. Sie hatte alle Verschlüsselungen geknackt und im Backend der Audimus-App die lokale Kennung entdeckt, die Alinas Endgerät zugeordnet war. Ein Zahlencode, den man nur noch in eine Liste eingeben musste, um zu erfahren, wo Alina steckte. Lara las den Namen der Region. Es handelte sich nicht um Kopenhagen, auch nicht um Berlin oder Freiburg. Es war Süderdithmarschen. Alina hatte die Gegend nie verlassen. An ihrem Verschwinden war also doch etwas faul. Und selbst wenn ihre kleine Schwester sich freiwillig irgendwo in den Kögen versteckte, Lara würde nicht ruhen, bevor Alina ihr das selbst ins Gesicht gesagt hatte. Lara packte ihre Tasche wieder aus. Berlin musste warten.

KAPITEL 22

DER NÄCHSTE TAG BEGANN mit einer Sturmwarnung. Für die Flut am Abend erwartete man Hochwasser über dem Normalmaß. Man war nervös in Koogland. Am Nachmittag tobte der Sturm bereits durch die Köge. Lara machte sich dennoch auf den Weg hinaus auf ein Kohlfeld, zu einem Windrad, das nicht weit von ihrem Hof entfernt stand. Als sie aus dem SUV stieg, schlug der Wind die Tür zu, und beinahe hätte es ihre Finger erwischt. Sie kämpfte sich zum Kofferraum. Auf dem freien Feld war sie den Böen besonders ausgeliefert.

Lara öffnete die Klappe und zog die Kiste zu sich, die sie vom Hof mitgenommen hatte. Darin befand sich hochsensible Technik. Illegale Technik. Noch in der Nacht hatte sie alte Gefallen im Darknet eingefordert. Hardware, Software, alles, was sie benötigte, um einen Catcher zu bauen, hatte sie sich umgehend schicken lassen. Die windresistente Lieferdrohne war in der Mittagszeit gekommen, unbemerkt vom Bautrupp, der bei der Arbeit an der Praxis ebenfalls mit dem Wind zu kämpfen hatte.

Danach hatte der Sturm sich als Glücksfall für Lara entpuppt. Die Bauarbeiten an der Praxis mussten eingestellt werden. Arbeiten auf den Dächern waren zu gefährlich, außerdem wurde jede verfügbare Hilfe am Deich in Friedrichskoog-Spitze benötigt. Dort stapelte man bereits Sandsäcke. Kim bedauerte den Abbruch sehr, versprach aber, am nächsten Tag zurückzukehren. Lara hatte daraufhin in Ruhe das Gerät gebaut, das sich nun im Kofferraum ihres SUVs befand. Es war im Grunde ein Notebook mit einer Antennenvorrichtung. Die Software machte es zu einem Kennungs-Catcher.

Jedes mobile Endgerät hatte auf seiner SIM-Karte eine einzigartige Kennung, die bei der Verbindung mit Basisstationen des Mobilfunknetzes verwendet wurde. Der Catcher gaukelte durch ein besonders starkes Signal allen Geräten in seiner Umgebung vor, dass er eine solche Basisstation war. Die Geräte verbanden sich mit ihm – und nicht mit der eigentlichen Basisstation. Dadurch erhielt man eine Liste aller Kennungen aus der Umgebung. Lara kannte die Kennung von Alinas Soundpod. Wenn sie nun nach und nach alle Basisstationen der Region aufsuchte, würde irgendwann der Soundpod auf einer der Listen erscheinen. Lara wusste dann zwar immer noch nicht genau, wo sich ihre Schwester befand, aber sie hatte den Radius auf die Umgebung der entsprechenden Basisstation eingeschränkt. In einer Gegend, in der sich nur alle paar Hundert Meter Gebäude befanden, konnte das ausreichen.

Lara blickte an dem Windrad nach oben, neben dem sie das Auto abgestellt hatte. Die Flügel drehten sich mit einem dumpfen Wummern. Am Turm konnte Lara in einer Höhe von hundert Metern die Basisstation erkennen. Sie schaltete auf dem Notebook das gefälschte Signal desjenigen Mobilfunknetzes ein, das Alina benutzte. Schon bald erschien auf dem Bildschirm Kennung nach Kennung. Unter den gut zwanzig Zahlenreihen befand sich jedoch nicht diejenige, die zu Alinas Soundpod gehörte. Trotzdem: Es war nur noch eine Frage der Zeit, bis Lara fündig werden würde.

Kaum hatte sie den Catcher wieder ausgeschaltet, klingelte ihr Handy. Eine unbekannte Nummer. Lara hatte sich am Morgen in der Charité gemeldet und zwei Wochen unbezahlten Urlaub genommen, aus »dringenden privaten Gründen«. Das war nicht auf Gegenliebe gestoßen, aber man wusste, was man an ihr hatte. Rief nun eine Kollegin an, um mehr über die privaten Gründe zu erfahren?

»Ja, hallo«, meldete sich eine junge Männerstimme. »Timo hier, vom Cordes-Hof. Du sollst herkommen. Hier ist jemand verletzt.«

»Oh«, entfuhr es Lara. »Natürlich. Was ist passiert?«

Ihr erster Einsatz als Ärztin. Sie beeilte sich, das Notebook und den Kofferraum zu schließen. Es war die perfekte Chance, um unauffällig zum Cordes-Hof zu gelangen. Dort befand sich eine weitere Basisstation, und Laras Bauchgefühl sagte ihr, dass sie die wichtigste war.

»Der Sturm hat einen Ast vom Baum gerissen. Der Mann blutet ziemlich krass am Hinterkopf.«

»Ist er ansprechbar?«

»Ja.«

»Drückt ein sauberes Tuch oder Ähnliches auf die Wunde. Sieht sicher schlimmer aus, als es ist, aber jemand sollte bei ihm bleiben. Bin gleich da.«

Lara sprang auf den Fahrersitz ihres SUVs. Während sie mit Vollgas über die Felder bretterte, fühlte sie einen echten Kick. Kurz war da dieses Gefühl, das sie in der Nacht schon einmal überrascht hatte: Etwas in ihr war froh darüber, dass sie noch in Koogland bleiben konnte. Lara schüttelte über sich selbst den Kopf. Wieso in aller Welt wollte sie diese verrückte Republik nicht verlassen?

An der Herzlichkeit der Menschen vor Ort konnte es jedenfalls nicht liegen. Als Lara vor dem Hofladen aus ihrem SUV stieg, wurde sie von den Bauersfrauen, die dort einkauften, distanziert gemustert. Ein älterer Bauer grüßte immerhin, die Deichschützer nahmen so etwas wie Haltung an. Die Ärztin kam. Lara eilte zum Kofferraum und griff sich Alinas alten Rucksack, den sie bereits am Vortag zu einem Arztkoffer umgewandelt hatte. Dabei fiel ihr Blick auf die Kiste mit dem Notebook. Schnell schaltete sie den Catcher ein, schloss dann den Kofferraum und lief los.

Eine Blutspur auf dem Boden machte es Lara leicht, ihr Ziel zu finden. Sie musste in die Hauptverwaltung. Dort saß Thies an seinem Schreibtisch vor einem jungen Paar. Der Hauptmann nickte Lara erfreut zu, auch sie musste lächeln. Egal wie oft sie sich sagte, dass Thies für das Verschwinden von Alina verantwortlich war, in seiner Gegenwart fühlte sie jedes Mal eine starke Verbindung zu ihm. Der Hauptmann konzentrierte sich wieder auf die Bewerber vor ihm, und Deichschützer Timo eilte herbei. Er brachte Lara zu einem korpulenten Mann, der an die Wand gelehnt auf einer Bank saß und sich ein rot getränktes Tuch an den Hinterkopf hielt. Lara redete mit ihm und kümmerte sich um die Verletzung. Es war reine Routine, für die man auch in Berlin keinen echten Arzt gebraucht hätte. Wunde desinfizieren, klammern und mit einem Verband versorgen, mehr nicht. Anschließend bat sie den Mann, sich hinzulegen und zur Beobachtung noch vor Ort zu bleiben. Sie wollte ausschließen, dass er eine Gehirnerschütterung hatte. Das war für ihn kein Problem. Er gehörte zu den Vorausgewählten und musste auf seine Audienz bei Thies warten.

Während der Versorgung hatte Lara unweigerlich das Gespräch von Thies mit dem jungen Paar mitbekommen. Die beiden waren Lara auf Anhieb sympathisch, weil sie engagiert und echt wirkten. Respektvoll, aber nicht unterwürfig. Mit ihren zwanzig und neunzehn Jahren kamen sie Thies jedoch zu jung vor, um ihnen einen Hof zu übertragen. Sie bemühten sich redlich, diesen Eindruck zu zerstreuen. Der junge Mann hatte in Bayern schon auf vielen Höfen gearbeitet. Er kannte sich gut aus, doch Thies brachte ihn mit gezielten fachlichen Fragen immer wieder in Verlegenheit. Die junge Frau war Hebamme, was in der Vorauswahl durchaus eine Rolle gespielt hatte. Doch Thies fand heraus, dass sie noch studierte. Als der Hauptmann freundlich, aber strikt seine Entscheidung als endgültig bezeichnete und das Paar bat zu gehen, brach das Mädchen in Tränen aus.

»Bist du damit nicht einverstanden, Lara?«, fragte Thies plötzlich, während eine ältere Frau mit grauen Haaren ihm ein Tablet reichte. Darauf befanden sich die Informationen über den nächsten Kandidaten, der bereits in der Tür stand.

»Wieso?«, fragte Lara zurück.

»Dein Seufzen. Du hättest sie aufgenommen?«

Thies musste feine Antennen haben, denn sie hatte sehr leise geseufzt. Das Paar war stehen geblieben und schaute Lara erwartungsvoll an. Sie hätte sich lieber rausgehalten, aber das war nun nicht mehr möglich.

»Brauchen wir nicht eine Hebamme?«, fragte sie Thies.

Die ältere Helferin neben dem Hauptmann nickte. Sie gehörte dem Komitee an, das die Vorauswahl getroffen hatte.

»Sie ist keine Hebamme«, entgegnete Thies. »Sie studiert noch.«

»Wo hast du Praktikum gemacht?«, fragte Lara die junge Frau.

Sie drückte ihre Tränen so schnell weg, wie sie konnte.

»Klinikum Landshut.«

»Dort arbeitest du auch studienbegleitend?«

Sie nickte. Lara wusste, dass es einen notorischen Mangel an Hebammen gab und auch die Studentinnen schon sehr früh eingebunden wurden, teilweise mit einem riskanten Maß an Verantwortung.

»Wie viele Geburten hast du bisher mitgemacht?«

»Puh. Keine Ahnung. Sechzig?«

Lara schaute zu Thies, den die hohe Zahl überraschte.

»Wenn ich als Ärztin arbeiten kann, dann kann sie Kinder zur Welt bringen.«

»Die beiden haben sich aber um einen Hof beworben.«

»Ich habe auch einen Hof bekommen und sicherlich weniger Ahnung als er.«

Sie deutete auf den jungen Mann. Thies schmunzelte. Es wirkte, als ob er seine Meinung ändern könnte.

»Sie bekommen keinen Hof, Lara«, sagte Thies dennoch. »Aber wie du weißt, steht es jedem Bauern frei, Leute bei sich aufzunehmen.«

Deswegen hatte er Lara angesprochen. Er bedauerte, dass er dem jungen Paar keinen Hof geben konnte. Nun versuchte er, die beiden auf Lara abzuwälzen.

»Du könntest Lucy weiter ausbilden«, machte Thies ihr die Sache schmackhaft.

Lara schüttelte den Kopf. Während sie nach einer Möglichkeit suchte, aus der Nummer herauszukommen, fiel ihr etwas anderes auf. Sowohl ihr Patient als auch ein Deichschützer hatten Probleme mit ihrem Handy, hielten es nun schon zum wiederholten Male vergeblich an ihr Ohr. Auch draußen zeigten zwei Leute einander irritiert ihre Telefone. Der Grund lag auf der Hand: Laras Catcher gaukelte ihnen ein falsches Netz vor, das sich nicht benutzen ließ.

Thies kam zu Lara und dem Paar.

»Auch als Assistentin für dich«, fuhr er fort. »Mit Geburten wird sie bei uns wohl kaum ausgelastet sein. Und wie du selbst sagst, könnte jemand mit Sammys Erfahrung in der Landwirtschaft auf dem Lindenhof nicht schaden.«

Der Suche nach Alina konnte er dafür durchaus schaden. Ganz abgesehen davon, dass Lara eine Einzelgängerin war, die selbst während ihrer Ausbildung darauf verzichtet hatte, in einer WG zu wohnen. Es widerstrebte ihr zutiefst, dieses Paar aufzunehmen.

»Aber ihr wollt doch euren eigenen Hof«, sagte Lara zu der jungen Frau.

»Muss nicht sein«, antwortete diese. »Wir würden sofort bei Ihnen mithelfen.«

Sie blickte zu ihrem Freund Sammy. Er wirkte nicht begeistert, aber als er die Hoffnung in den Augen seiner Freundin sah, nickte er ebenfalls.

»Du bist dann für sie verantwortlich«, sagte Thies zu Lara. »Machen sie Ärger, bekommst du Ärger.«

»Wir machen keinen Ärger«, stieß Lucy eifrig hervor.

Thies lachte, stellte sich zwischen die beiden und legte die Arme um ihre Schultern. Ihm gefiel sichtlich, in welche Position er Lara gebracht hatte. Währenddessen bemerkte sie, dass ein weiterer Deichschützer Schwierigkeiten mit seinem Handy hatte. Nicht mehr lange, und Thies würde auf die Netzprobleme aufmerksam werden.

»Okay«, sagte Lara zu dem Paar.

Sie wollte möglichst schnell zu ihrem Kofferraum, doch nun fiel ihr erst einmal Lucy um den Hals. Lara konnte sich kaum dagegen wehren. Die beiden jungen Leute dankten ihr immer und immer wieder.

»Lasst mich kurz meine Sachen ins Auto bringen«, rief Lara lachend. »Dann besprechen wir alles.«

Sie entzog sich ihnen unter den amüsierten Blicken von Thies und lief nach draußen. Dort hatten mindestens drei weitere Leute Handyprobleme. Benutzten denn hier alle dasselbe Netz? Sie hatte nur einen Anbieter blockiert, aber es schien der bevorzugte Dienst in Dithmarschen zu sein. Lara rannte los. Als sie den Kofferraum öffnete, sah sie sofort eine lange Liste mit Nummern auf dem Bildschirm. Sie trennte die Verbindung und knallte das Notebook zu.

»Guten Tag, Frau Doktor.«

Lara erschrak und wirbelte herum. Finn war nicht weit von ihr aus seinem Wagen gestiegen.

»Warum die Eile?«, fragte er.

Finn blickte sie lauernd an. Lara stellte ihren Rucksack vor die Kiste mit dem Notebook und schloss die Ladeklappe.

»Ach, ich hab mir da gerade etwas eingebrockt«, antwortete sie, auch wenn das keine Antwort auf seine Frage war.

Lara zeigte hinüber zur Hauptverwaltung. In der Tür standen Lucy und Sammy Arm in Arm, die ihr Glück noch nicht fassen konnten. Ein schönes Bild. Daneben ein Deichschützer, der offensichtlich erleichtert war, weil sein Handy plötzlich wieder funktionierte. Für Lara ebenfalls ein schönes Bild.

»Das junge Paar?«, fragte Finn. »Was ist mit denen?«

»Thies wollte ihnen keinen Hof geben, weil sie zu jung sind.«

»Hab ich auch gesagt, aber Angela wollte ihnen unbedingt eine Chance geben.«

»Na ja, die bekommen sie jetzt bei mir. Sie wohnen ab sofort auf dem Lindenhof.«

Finn wirkte überrascht. Als Lara die Unzufriedenheit in seinem Blick erkannte, ging ihr zum ersten Mal auf, dass es am Ende vielleicht gar nicht so falsch war, jetzt nicht mehr allein auf dem Hof zu sein.

»Tja, dann sammle ich mal meine Schäfchen ein.«

In mehrfacher Hinsicht erleichtert, machte Lara sich auf den Weg zu ihren neuen Mitbewohnern.

KAPITEL 23

IN DER OSTERMOORER STRASSE in Brunsbüttel hatte am Morgen eine Sturmböe ein halbes Dach abgedeckt. Ziegel waren teilweise hundert Meter weit geflogen und hatten Autos auf einem Parkplatz beschädigt. Normalerweise war das nichts, was Jan beschäftigen musste. Brunsbüttel lag fünfzehn Kilometer entfernt von Marne und hatte eine eigene Dienststelle. Normalerweise war Jan auch eher genervt, wenn der nörgelnde Kollege aus Brunsbüttel ihn anrief. Doch der Fall lag dieses Mal anders, denn eins der beschädigten Autos war der Pick-up von Thorsten Schulz. Der Kollege hatte vergeblich versucht, den Halter mit Meldeadresse in den Kögen zu kontaktieren, und sich dann direkt an Jan gewandt.

Da außerdem der Bericht aus dem Labor besagte, dass auf der Postkarte aus Kopenhagen keine DNA-Spuren von Thorsten zu finden waren, saß Jan nun vor dem Schreibtisch seines Chefs, um ihn davon zu überzeugen, dass eine weitere Befragung von Thies Cordes notwendig war.

»Dieser Schulz kann sein Auto parken, wo er möchte«, widersprach Krug. »Und wenn seine Freundin für ihn eine Postkarte unterschreibt, ist das auch kein Verbrechen.«

Er stand auf und zog seine Jacke an. Für ihn war die Unterhaltung beendet.

»Ich weiß nicht, vielleicht bist du ja noch nicht lange genug dabei«, erwiderte Jan. »Aber ich find's schon offensichtlich, dass da etwas vertuscht wird.«

»Und was wird vertuscht?«

»Vielleicht hat Schulz ein Verbrechen begangen, und Thies Cordes versteckt ihn, deckt ihn, bestraft ihn. Ich weiß es nicht.«

»Jansen, jetzt mal ehrlich, *du* bist doch lange genug dabei, um zu wissen, dass wir das Verbrechen kennen sollten, bevor wir ermitteln, oder?«

Er öffnete die Tür zum Empfang, und beide verließen das Büro.

»Außerdem haben wir andere Probleme. Wir wissen nicht, was der Sturm noch anrichtet. Wir wissen auch nicht, was passiert, wenn's in den Kögen einen Notfall gibt. Deswegen fahr ich jetzt raus und schau mir die Lage an. Aber ich fahre *nicht* ins Småland hinein. Und das wirst du auch nicht.«

Småland – nach der Kinderaufbewahrung bei IKEA – war seine despektierliche Bezeichnung für die vermeintliche Republik von Thies Cordes. Krug ging zum Ausgang. Am Empfang taten die Kollegen Müller und Fischer Dienst.

»Komm mal mit«, sagte Jan zu Müller und ging vor ins Besprechungszimmer.

Dort lagen noch die Papiere von der Lagebesprechung, die sie nun täglich abhielten. Plötzlich befand sich ihr kleines, abgelegenes Revier im Zentrum einer Staatsaffäre. Wobei es vonseiten der Bundesregierung keine erhellenden Informationen gab. Jan hatte das Gefühl, dass man das Problem dort aussitzen wollte. Vielleicht hofften sie, dass einer der kommenden Stürme die Bauern wegpusten würde.

»Ist unsere Drohne aufgeladen?«, fragte Jan seinen Kollegen Müller.

»Willst du sie starten?«

Jan nickte und schaltete den großen Monitor ein. Während seiner Ausbildung hatten Drohnen noch keine Rolle bei der

Polizei gespielt, deswegen konnte Jan die Dinger nur leidlich bedienen. Er hatte sich auch nie sonderlich darum bemüht, es zu lernen. Diese Art der Ermittlung war ihm immer zu unpersönlich vorgekommen. Der dreißig Jahre jüngere Müller hingegen war ein echter Virtuose mit der Drohne, konnte sie auch durch Stürme manövrieren. Dennoch zögerte er.

»Was willst du dir anschauen?«, fragte er.

»Ich will mir ein Bild von den Kögen machen.«

Müller stöhnte.

»Krug hat nur gesagt, dass wir nicht reinfahren sollen«, sagte Jan.

»Aber wir dürfen die Drohne nur bei begründetem Verdacht oder Sicherheitslagen verwenden.«

»Wir stehen vor dem ersten Herbststurm, eine mögliche Großschadenslage. Hat Krug selbst gesagt.«

Müller war nicht bekannt dafür, rebellisch zu sein. Allerdings liebte er es, mit der Drohne zu operieren. Er blickte zum Monitor, wo die Übertragung der Drohne zu sehen war, die auf dem Dach des Reviers stand.

»Das ist eine Dienstanweisung von mir, Martin. Du konntest dich nicht wehren.«

Müller schüttelte lachend den Kopf und setzte sich an seinen Platz.

»Okay, wonach suchen wir?«

Jan erläuterte Müller, was er vor Ort herausfinden wollte. Die letzten gespeicherten Drohnenaufnahmen aus den Kögen stammten vom Ende der Evakuierungsfrist. Auf diesen Bildern konnte man recht gut ausmachen, welche Höfe nach wie vor bewohnt waren und welche nicht. Jan wollte nun neue Aufzeichnungen machen und dann im Vergleich herausfinden, wo es neue Bewohner gab. Es würde ihn nicht wundern, wenn einer davon Thorsten war, der sich vor irgendjemandem oder irgendetwas versteckte.

Müller startete die Drohne und steuerte sie über Marne hinweg auf den neuen Deich zu. An der Grenzkontrolle auf der alten Landstraße war die Schlange der wartenden Autos länger geworden. Zwar hatte der vermeintliche neue Staat auf seiner offiziellen Internetseite noch am Vorabend für alle, die sich dort um einen Hof bewerben wollten, strengere Regeln veröffentlicht. Gleichzeitig berichteten aber mittlerweile alle Medien über die kuriose Sezession an der Nordsee, sodass sich immer mehr Leute auf den Weg machten.

Müller steuerte die Drohne weiter über den südwestlich gelegenen Neufelderkoog und danach in den Kaiser-Wilhelm-Koog. Auch in den Kögen selbst war mehr los als noch vor ein paar Wochen. Große und auch kleinere Autos, die sicher nicht den Bauern gehörten, waren unterwegs, außerdem Lkw, aus denen Möbel geladen wurden. An mehreren verlassenen Höfen wurde gearbeitet. Die Bürgeranwerbung von Thies Cordes funktionierte. Das gefiel Jan nicht. In den Kögen wurden illegale Tatsachen geschaffen, die sich zunehmend schwerer zurückdrehen lassen würden. Er gönnte es jedem, wenn er eine Heimat fand, doch der deutsche Staat konnte unmöglich diese kleine Ecke an der Nordsee in die Unabhängigkeit entlassen. Also würde es eines Tages auf Konflikte hinauslaufen, gewaltsame Konflikte.

Die Drohne näherte sich Thies' Hof. Dort herrschte reges Treiben. Autos kamen an und fuhren davon, der Parkplatz war voll. Jan ließ Müller eine Runde drehen. Er erkannte ein neues Schild – *Hauptverwaltung Koogland* – an einem der Gebäude, die zur Straße hin lagen. Dort saß also die Regierung des Landes. Olaf Cordes, der alte Bauer, kam aus der Remise und zeigte zum Himmel. Er hatte die Drohne entdeckt. Hinter ihm erschien sein Sohn, der Hauptmann höchstpersönlich. Er blickte nach oben in die Kamera.

»Oha«, entfuhr es Müller. »Das wird ihm nicht gefallen, unserem Herrn ...«

Er stockte, denn Thies ließ sich von einem Blauhemd dessen Gewehr geben.

»Will der jetzt auf eine Polizeidrohne schießen?«, fragte Müller und klang dabei viel zu unbekümmert.

Statt etwas zu unternehmen, blickte er fragend zu Jan.

»Dreh ab!«, rief dieser.

Doch es war zu spät. Routiniert legte Thies an, zielte, und schon wurde der Monitor schwarz.

»Das glaube ich jetzt nicht«, sagte Müller.

Er drückte auf alle möglichen Knöpfe an seinem Steuerpult, doch nichts passierte. Dafür erschien auf dem Monitor eine Meldung:

Verbindung zu Drohne PStMrn-1 unterbrochen.

»Das gibt Ärger«, stellte Müller fest.

»Geht auf meine Kappe«, antwortete Jan missmutig. »Aber die Aufzeichnungen haben wir?«

Müller nickte.

»Schick sie mir auf meinen Computer.«

Jan machte sich auf den Weg in sein Büro. Die Sache wurde allmählich persönlich.

KAPITEL 24

MIT DEM BRECHEISEN kam Lara immer besser klar. Sie fand die morscheste Stelle der Tür, steckte den Haken tief hinein, zog ihn nach oben und nutzte die Hebelwirkung, bis es krachte. Es war bereits die vierte Haustür, die sie auf diese Weise im Licht von Sammys Taschenlampe öffnete. Ferienhäuser in Friedrichskoog-Spitze. Schon im Flur sah Lara im Leuchtkegel der Lampe, dass sie wieder kein Glück hatten. Hier gab es keine Möbel, also auch nicht im Rest des Hauses. Sie waren auf der Suche nach Matratzen. Thies selbst hatte Lara den Rat gegeben, sich in den verlassenen Siedlungen umzuschauen, wenn sie noch etwas für Lucy und Sammy brauchte. Lara hatte auch deswegen zugestimmt, weil sie so noch einmal unauffällig ihren Catcher zum Einsatz bringen konnte. Obwohl sie am Cordes-Hof sehr viele Kennungen eingefangen hatte, war die von Alina nicht dabei gewesen.

Als sie das Haus wieder verließen, blies der Wind ihnen entgegen. Der improvisierte Deich hielt dem Sturm stand, allerdings war auch noch kein wirklich gefährliches Hochwasser entstanden. Der Wasserpegel sank bereits wieder. Dennoch fühlte Lara sich unwohl bei dem Gedanken daran, dass sie nur wenige Meter von den Wassermassen entfernt stand, die bei einem Deichbruch alles unter sich begraben konnten.

»Vielleicht da vorne«, sagte Sammy.

Er deutete auf ein Haus mit zwei Obergeschossen, das sich direkt am Deich befand. *Hotel Nordseeblick* stand auf einem Schild daneben. Das klang gut.

Das Erdgeschoss des kleinen Hotels hatte die Flut nicht unbeschadet überstanden. Eine Wand fehlte komplett, andere wirkten brüchig, alles war aufgeweicht oder morsch. Unten war nichts zu holen. Die zweiläufige Holztreppe hinter der verfallenen Rezeption stand noch, aber die Stufen hatten Löcher, und es gab kein verlässliches Geländer mehr. Jemand hatte den Treppenabsatz von unten mit Holzplanken gestützt; wahrscheinlich würde ohne diese Konstruktion alles zusammenbrechen. Lara und Sammy stiegen sehr bedacht die Stufen hinauf, bis sie die erste Etage erreichten. Dort wirkte der Boden deutlich stabiler, dafür pfiff der Wind aus allen Ecken. Die Isolation versagte ihren Dienst. Auf dem einzigen Flur hier oben gab es eine Handvoll Zimmer, die Türen standen offen, die Möbel waren zum größten Teil weg. Es gab noch eine zweite Etage unter dem Dach. Wieder mussten Lara und Sammy durch das brüchige Treppenhaus. Die oberen Treppen waren zwar nicht morsch, aber enger, und von unten knarrte und ächzte das gesamte Gebilde, sodass sich immer nur einer von ihnen auf die Stufen wagte.

Doch das war es wert. Gleich im ersten Zimmer fanden sie ein Doppelbett mit intakten Matratzen, die sogar noch bezogen waren. Sammy fand weitere Matratzen in den anderen beiden Zimmern, außerdem Sessel, Nachttische und Lampen, die man noch verwenden konnte. Weitere Ausflüge zu diesem verlassenen Hotel würden sich lohnen.

Lara und Sammy steckten sich ihre Taschenlampen unter die Arme und hoben die erste Matratze an, ein sperriges und schweres Ding. Mit kleinen Schritten gingen sie los. Irgendwo im Haus klapperte ein Fenster, der Wind pfiff unter dem Dach, dazu die tanzenden Lichtkegel, eine unwirkliche Welt.

»Wir beide mit Matratze auf die Treppe?«, fragte Sammy. »Geht das gut?«

Lara sah keine Alternative. Sie zuckte mit den Schultern und ging weiter. Als sie auf die dritte Stufe trat und das Gewicht der Matratze auf ihr lastete, hörte sie von unten ein lautes Krachen, gefolgt von Gepolter. Der Boden gab nach. Sie warf sich zurück auf den Flur im Dachgeschoss, und ihre Taschenlampe fiel in die Tiefe. Sie verlor die Orientierung, spürte Sammys Hand und griff zu. Er zog sie hoch, während hinter ihr die Treppen in die Tiefe stürzten. Von unten schoss eine Staubwolke hinauf. Sammy und Lara lagen keuchend mit der verdammten Matratze neben sich auf dem Boden im Obergeschoss.

»Scheiße«, stieß Lara hervor.

»Bist du okay?«, hörte sie Sammy im Dunkeln.

»Denke schon.«

Ihr Ellbogen und ihr Rücken schmerzten, sie hatte sich gestoßen, doch es war kein Drama. Lara rappelte sich mühsam auf und trat mit zitternden Beinen gegen die Matratze. Sammy blieb auf seinen Knien hocken und leuchtete nach unten. Das Treppenhaus war komplett zusammengebrochen. Stufen und Reste des Geländers lagen fünf Meter weiter unten auf einem Haufen. Laras Lampe war beim Sturz kaputtgegangen. Beide schnappten nach Luft. Was für eine bescheuerte Idee, im Dunkeln und während eines Sturms Matratzen aus verfallenen Häusern zu bergen.

»Da kann man nicht mal runterspringen«, stellte Sammy schließlich fest.

»Wenn wir alle Matratzen runterwerfen und drauf springen?«, dachte Lara laut nach.

»Ich bin doch nicht lebensmüde. Wir sehen überhaupt nix.«

Er schüttelte vehement den Kopf. Lara war schon aufgefallen, dass er nicht der mutige Teil des Pärchens war. Aber vielleicht hatte er in diesem Fall sogar recht.

»Wir brauchen Hilfe«, sagte er, zog sein Handy aus der Tasche und hielt es sich ans Ohr.

»Komisch. Ich habe Netz, aber der Ruf geht nicht durch.«

Lara musste sich dringend etwas überlegen, damit ihr Catcher nicht ständig alle Handys lahmlegte. Sie zog ihr eigenes Handy aus der Tasche.

»Hm, bei mir auch«, tat sie überrascht. »Hier draußen spielt das Netz schon mal verrückt. Kann man nichts machen.«

»Wir können doch nicht bis morgen früh hierbleiben.«

»Genügend Betten hätten wir.«

»Aber Lucy wird sich Sorgen machen.«

Es war schön zu sehen, wie wichtig ihm seine Freundin war. Doch auch Lara hatte keine Lust, die Nacht in dem gruseligen Hotel zu verbringen, das bei der nächsten Böe womöglich vollständig einstürzte.

»Wir könnten die Bettlaken aneinanderbinden und uns durchs Fenster runterlassen«, schlug Lara vor. »Funktioniert zumindest bei Gefängnisausbrüchen in Filmen.«

Bei dem Gedanken daran musste sie lachen. Sammy lachte nicht mit.

»Ich weiß nicht«, murmelte er stattdessen. »Wir sehen doch kaum was.«

»Sammy, ich sag dir eins: Mit der Einstellung wirst du hier nicht lange durchkommen. Die neue Republik ist ein Abenteuer, verstehst du? Unbekannte Staatsform, unendliche Weiten, einstürzende Bauten. Hier braucht es viel Improvisation, aber dafür gibt es auch viele Möglichkeiten.«

Endlich lächelte Sammy.

»Du bist so richtig mit Herzblut dabei, ja?«, sagte er und klang fast neidisch.

»Nein«, antwortete Lara reflexartig. »Also natürlich bin ich das. Aber das ist nicht der Punkt. Mir geht's darum, wie *du* hier überleben willst. Warum bist du hier?«

»Ist das nicht offensichtlich?«

»Weil Lucy es wollte.«

Sammy nickte.

»Sie ist der Meinung, dass es der einzige Weg ist, ihrem Vater zu entkommen. Dass er sie hier nicht findet oder sich nicht hertraut.«

Lara wurde hellhörig. Deswegen war Lucy wegen Thies' Ablehnung so verzweifelt gewesen. Auch die Brandwunde, die Lara an Lucys Arm entdeckt hatte, ergab nun mehr Sinn. Axel hatte Lara mal eine ähnliche Wunde zugefügt. Wahrscheinlich war auch Lucys Vater Raucher.

»Was hat ihr Vater mit ihr gemacht?«, fragte Lara so einfühlsam, wie es unter den gegebenen Umständen ging.

»Ganz düstere Geschichte. Muss sie dir selbst erzählen. Aber er war nicht das einzige Problem. Niemand hat ihr geholfen, dabei hat sie es echt versucht. Sie hat so dermaßen das Vertrauen in die Behörden verloren, dass sie mit weniger als einem neuen Staat nicht zufrieden war.«

Lara kam das bekannt vor, nur dass sie einen anderen Weg gegangen war: nur noch auf sich selbst zu vertrauen. Ob Koogland der Ort war, an dem Lucy ihren Frieden finden würde, musste sich erst noch zeigen.

»Hallo!«, rief jemand von draußen. »Lara?«

Nicht zum ersten Mal hatte sie gemischte Gefühle, als sie Finns Stimme hörte. Er war der Retter in der Not, aber auf ihn angewiesen zu sein, passte Lara nicht.

Eine halbe Stunde später seilten Lara und Sammy sich ins Erdgeschoss ab. Finn und zwei seiner Männer hatten Scheinwerfer aufgebaut und ihnen das Seil hochgeworfen. Sie benutzten einen hervorstehenden Balken als Winde. Finn hielt unten das Seil, während Lara am anderen Ende hinabsank. Ihr Schicksal lag buchstäblich in seinen Händen. Die Rettung gelang auch bei

Sammy reibungslos. Da sie vor dem Abseilen noch die Matratzen nach unten geworfen hatten, war das kleine Abenteuer am Ende sogar von Erfolg gekrönt.

Finn und seine Männer waren eigentlich zur Bewachung des Deichs abgestellt, hatten aber Laras Wagen gesehen und dann die Geräusche aus dem Hotel gehört. Zumindest behauptete Finn das. Er blieb distanziert, verzichtete auf zotige Sprüche, ließ Lara dennoch nicht aus den Augen. Das machte es für sie nicht leichter, den Catcher auszuschalten, als sie mit den Matratzen zu ihrem Wagen kamen. Also verwickelte sie Finn in ein Gespräch über den Sturm und die Glanzleistungen bei der Sicherung des Deichs, sodass er ins Plaudern kam und dem Süddeutschen Sammy die Knackpunkte beim Deichbau erläuterte. Dadurch drehte er Lara lange genug den Rücken zu, dass sie den Catcher ausschalten und die Kiste mit dem Notebook verbergen konnte. Anschließend legten sie die Matratzen darauf.

»Kann's sein, dass der mal was von dir wollte, aber abgeblitzt ist?«, fragte Sammy, als sie zurück zum Lindenhof fuhren. Lara musste lachen. Jeder Mensch hatte Stärken, jetzt hatte sie endlich die von Sammy gefunden. Er war ein außergewöhnlich empathischer Mann.

»So etwas in der Art, ja«, antwortete Lara.

»Als Bruder des Hauptmanns kann er einem das Leben hier schwer machen.«

Auch diese Beobachtung traf den Kern des Problems.

»Dann weißt du ja jetzt, welchen Eiertanz ich mit ihm vollbringen muss.«

Sammy nickte. Einen Moment lang fuhren sie schweigend weiter.

»Das Treppenhaus ist eingestürzt, weil jemand die Planken unten entfernt hat«, sagte Sammy plötzlich.

»Sicher?«

»Nicht hundertprozentig, aber sie lagen weiter weg, als sie fallen würden.«

Sammy war offenbar auch ein sehr guter Beobachter, und allmählich fand Lara es auch nicht mehr so schlimm, dass er eine sorgenvolle Natur hatte.

»Man wird es nicht beweisen können«, stellte Lara fest.

»Nein.«

Schweigend fuhren sie mit ihren erbeuteten Matratzen weiter zum Lindenhof.

KAPITEL 25

LARA UND SAMMY FUHREN auf dem Feldweg zum beleuchteten Lindenhof. Zu ihrer Überraschung parkte auf dem Vorplatz nicht nur Sammys Toyota, sondern auch ein Jeep. Die Haustür stand offen, Lucy unterhielt sich mit zwei Personen. Lara erinnerte sich an die Frau, deren graue Haare unter einem Kopftuch hervorblickten. Mit ihrem gelben Regenmantel und den roten Gummistiefeln wirkte sie gut gegen das Wetter gerüstet. Es war die Frau aus dem Vorauswahlkomitee. Neben der vielleicht Sechzigjährigen stand ein schmächtiger Mann mit grauem Bart und Fischermütze, der vielleicht zehn Jahre älter war als sie.

»Guten Abend, Lara«, sagte die Frau. »Ich bin Angela, die Lehrerin aus Friedrichskoog.«

»Ah. Die Schule habe ich schon mal gesehen. Freut mich.«

Sie schüttelte ihre Hand, ein fester Händedruck, ein verbindliches Lächeln, die Frau war Lara sympathisch. Angela begrüßte auch Sammy, den sie von der Vorauswahl kannte. Genau wie Lucy wusste er, dass sie es ohne diese Frau nicht mal bis zu Thies geschafft hätten.

»Ja, und das hier neben mir ist Björn«, verkündete Angela und deutete auf den alten Mann.

»Moin«, sagte dieser und zeigte sonst keine Regung.

»Björn hat früher in Friedrichskoog-Ort gewohnt. Er ist Fischer, hat zahllose Krabben aus der Nordsee geholt, bevor sie den Hafen in den Zehnerjahren dichtgemacht haben. Er ist dann zu seiner Schwester nach Büsum gezogen, hat da oben mit dem Imbisswagen Fisch verkauft. Die leckersten Fischbrötchen weit und breit, nicht wahr, Björn?«

»Das ist wohl so, ja.«

Lara musste schmunzeln. Die beiden gaben ein süßes Paar ab, auch wenn Lara nicht glaubte, dass sie das waren.

»Auf jeden Fall ist die Schwester verstorben.«

Sie seufzte mitfühlend. Björn verzog keine Miene.

»Und jetzt, wo hier so viel Platz ist, wollte Björn gerne zurück zu uns in die Köge, aber der Thies sagt, dass er ihm keinen eigenen Hof zutraut. Er ist ja schon ein bisschen älter, eben auch Fischer und kein Bauer.«

Björn nickte.

»Jetzt können wir ihn aber nicht einfach wieder wegschicken«, stellte Angela fest. »Er hat ja sonst niemanden. Und mein Mann, der ist ein echter Sturkopp, der will bei uns im Haus niemanden, da machste nix.«

Sie zuckte mit den Schultern. Lara hatte allmählich eine Vorahnung, worauf dieses Gespräch hinauslief.

»Er hat noch einen kleinen alten Kutter«, plapperte Angela weiter. »Den kann er runterholen von Büsum, der Thies will ja vorm Deich wieder einen Hafen einrichten für Koogland. Dann kann Björn für uns Krabben fangen.«

»Man muss nur den Priel ausbaggern«, ergänzte Björn. »Dann können auch größere Boote wieder rein.«

»Aha«, gab Lara von sich und nickte.

Plötzlich sagte Angela nichts mehr. Auch Björn schwieg, Lucy und Sammy sowieso. Alle schauten Lara erwartungsvoll an. Sie musste lachen.

»Ist das jetzt meine neue Rolle hier?«, fragte sie amüsiert. »Die Gestrandeten aufnehmen?«

»Einer muss es ja machen«, antwortete Angela mit erstaunlicher Selbstverständlichkeit.

Lara schaute zu Lucy, die längst nickte. Lara spürte, dass es ihr weit weniger ausmachte als noch am Nachmittag. Mittlerweile hatte sich bei ihr die Vorstellung festgesetzt, dass sie Alinas Hof in gute Hände übergeben wollte, wenn sie ihn in den nächsten Tagen verließ. Lucy, Sammy und der alte Björn waren da nicht die schlechteste Besetzung.

»Okay. Dann haben wir allerdings wieder eine Matratze zu wenig.«

Lucy lachte, Angela strahlte Lara an.

»Du bist eine Gute«, sagte sie.

Björn hingegen nickte nur, weil das ja nun auch geklärt war. Wortlos drehte er ab und holte vom Beifahrersitz des Jeeps einen Seesack, der schon einige Stürme überlebt hatte. Den ganzen Abend über kam ihm kein Wort des Dankes über die Lippen, aber Lara ging einfach mal davon aus, dass er sich freute.

Die fehlende Matratze stellte dann kein Problem dar. Lucy und Sammy würden sich für eine Nacht auf einer der neu ergatterten aneinander kuscheln, Björn würde die andere für sein Zimmer bekommen. Der große Nudeltopf, den Lucy gekocht hatte, war sehr lecker, die Unterhaltung dabei eher zäh. Björn sagte kaum etwas, Lucy öffnete sich vor Fremden nicht gerne, und der humorlose Sammy war zu erschöpft zum Reden. Lara war die Rolle der Alleinunterhalterin nicht gewohnt. Sie beließ es bei einer kleinen Ansprache über die Regeln ihres Zusammenlebens. Es kam ihr zwar komisch vor, doch sie musste alle daran erinnern, dass sie diejenige war, die Ärger bekommen würde, wenn ihre Mitbewohner etwas anstellten. Alle schworen, dass das nicht passieren würde. Sogar Björn nickte, wobei Lara bei ihm auch gar keine Raubzüge oder Drogenexzesse erwartete.

Bald zogen sich alle in ihre Zimmer zurück. Das gab Lara die

Möglichkeit, die neuen Kennungen durchzugehen. Doch von Alina gab es weiterhin keine Spur. Dabei lief ihre Playlist auch zu so später Stunde noch. »An Tagen wie diesen« von Fettes Brot. Lara stellte den Song auf ihrem Notebook lauter, sang mit, zeichnete auf einer Karte die Radien ein, die sie an diesem Tag bereits mit dem Catcher abgedeckt hatte. Es war nur ein kleiner Teil von Koogland, doch in den nächsten Tagen würde mehr hinzukommen. Sie würde sich nicht mehr streng an die Lage der Basisstationen halten. Erschöpft sank sie auf ihr Bett. Sie hörte noch, dass Lucy und Sammy nebenan das Beste aus dem wenigen Platz auf der Matratze machten. Zum lieblichen Stöhnen der jungen Frau und den Klängen von Deichkind schlummerte Lara nach einem langen Tag ein.

KAPITEL 26

DAS ANSTEHENDE WOCHENENDE würde Lara zur Bäuerin machen. Ihre Schonfrist als neues Mitglied der Gemeinschaft war vorbei, Dutzende andere waren nach ihr gekommen oder kamen noch an. Daher musste sie sich in den Zyklus einfügen, der unter den Dithmarscher Bauern abgesprochen war. Dazu gehörte, dass ab Samstag der Kohl auf Laras Feldern geerntet werden musste, eine weitere logistische Herausforderung, für die sie Arbeiter, Gerätschaften und Lager von verschiedenen Höfen zur Unterstützung benötigte.

Doch am Freitag wurde zunächst noch die Praxis fertiggestellt und eingerichtet. Kim übernahm die Hauptarbeit, während Lara versuchte, ihre neuen Mitbewohner mit weiteren Möbeln auszustatten. Aber sie musste Lucy, Sammy und Björn bald sich selbst überlassen, denn kaum standen die Behandlungsliegen in der Praxis, tauchten die ersten Patienten auf. Thies hatte im Intranet ihre Sprechstundenzeiten veröffentlicht, ohne dass Lara das mitbekommen hatte. Auch Kim wurde ins kalte Wasser geworfen, als sie und Lara die erste Angina, einen verstauchten Knöchel, diverse Fleischwunden und eine ausgekugelte Schulter behandeln mussten.

Parallel dazu musste die Kohlernte vorbereitet werden. Sammy hatte diese Aufgabe übernommen, war jedoch mit den vielen Entscheidungen angesichts seiner Unkenntnis des Hofes und der Verhältnisse in Koogland latent überfordert, sodass doch immer wieder Lara gefragt war. Besonders, wenn es um Gespräche mit den anderen Bauern ging, die Sammy schlichtweg nicht ernst nahmen und es gewohnt waren, dass man nur von Bauer zu Bauer kommunizierte. Manch einer bestand sogar auf einem persönlichen Besuch von Lara, bevor man ihr Arbeitskraft oder ein Kühllager für die Kohlköpfe überließ. An diesem Tag legte Lara zahllose Kilometer in den Kögen zurück und fühlte sich am Abend völlig erschöpft.

Am ersten Erntetag bekam sie dann einen Eindruck davon, wie das Leben als Bäuerin wirklich aussah. Ein Dutzend Leute marschierte von früh bis spät über die Kohlfelder und erntete jeden einzelnen Kopf mit der Hand. Immerhin gab es Roboter, die durch die Reihen rollten, die Kisten mit den Köpfen einsammelten und zur Scheune brachten. Dort wurden besonders schöne Exemplare aussortiert, um sie in den Dorfläden der Köge oder auf den Wochenmärkten in der Umgebung zu verkaufen. Ein großer Teil wurde in den Kühllagern eines benachbarten Bauern verstaut, die weniger attraktiven Kohlköpfe verkaufte man für die Verarbeitung zu Sauerkraut oder Ähnlichem an Betriebe in der Region. Lara lernte dies alles im Vorbeigehen.

Mittags bekam der Lindenhof hohen Besuch. Der Hauptmann kam persönlich vorbei, um sich die neue Praxis anzuschauen. Er schüttelte allen die Hand, auch Björn, und witzelte darüber, dass Lara den am schnellsten wachsenden Hof von Koogland besaß. Thies half sogar für eine halbe Stunde bei der Ernte, obwohl er weiß Gott anderes zu tun hatte. Einer der Deichschützer schoss für das Intranet Fotos vom Hauptmann in Aktion, und es kam Lara bald wie der PR-Stunt eines Politikers vor.

Am Abend gab Thies zur besten Sendezeit einer der beliebtesten konservativen Newsshows ein Interview. Der Moderator, welcher der rechtspopulistischen Partei nahestand, kam extra nach Koogland geflogen, um Thies bei einem »Spaziergang« über Felder und Deiche wohlwollende Fragen über die neue Republik zu stellen. Lara hatte in den letzten Tagen keine Zeit gefunden, um die Stimmung in den Medien auszuloten, doch an diesem Abend saß sie bei einem großen Topf Kohlsuppe mit ihren erschöpften Erntehelfern vor dem Stream und las nebenbei die Diskussionen in den sozialen Medien.

Sie begriff schnell, dass in Deutschland längst ein Kampf um die Meinungshoheit bezüglich der Sezession tobte. Die konservative Opposition versuchte einen Spagat zwischen Wohlwollen für die sympathischen Aussteiger und Kritik an der Regierung, die sich von ein paar Bauern auf der Nase herumtanzen ließ. Ganz rechts witterte man, inspiriert von der erhofften Abspaltung, sogar den Aufbruch in ein neues Deutschland, das sich genau wie Koogland von einem wohlwollenden Diktator führen lassen würde. Die grüne Regierung und ihre Getreuen hingegen versuchten, die vermeintliche Staatsgründung herunterzuspielen, die Aktion als reine Provokation zu sehen, die weder Berechtigung noch Zukunft hatte. Man blieb zumeist diplomatisch und freundlich, aber ließ keine Zweifel daran, dass man die Vorgänge nicht ernst nahm und unter Kontrolle hatte, was auch immer das heißen sollte.

Der während des Interviews eingespielte Kommentar des zuständigen EU-Kommissars, in dem dieser Sympathie für die armen Bauern zeigte, ihnen aber jegliche Fähigkeit absprach, einen Staat zu führen, war eine Steilvorlage für Thies. Genüsslich erläuterte er im Sonnenuntergang auf dem reparierten Deich, dass sie ihre Republik nach der Flut ganz allein wieder aufgebaut hatten und nicht nur sich selbst versorgen konnten, sondern für dieses Jahr auch einen Rekordüberschuss an Kohlköpfen erwarteten.

Als sie an einem neu besiedelten Hof vorbeikamen, präsentierte Thies stolz die Familie mit drei Kindern, die dort wohnte.

Alle stürzten sich tatkräftig in den Wiederaufbau und priesen die »klare Struktur« in Koogland als wohltuend und effektiv. Lara hielt sie jedoch für ein unglückliches Beispiel, denn mit ihren blonden Haaren und blauen Augen waren diese Neuankömmlinge dankbares Futter für die Nazidiktatur- und Lebensbornvergleiche der linken Szene im Internet. Doch das schien den Moderator nicht zu stören. Thies' Beschreibung seiner Alleinherrschaft fand er lediglich »interessant«.

Im Rahmen des Interviews machte Thies auch eine wichtige Ankündigung: Ab sofort konnte sich niemand mehr um die Höfe bewerben. Man hatte bereits gut vierzig davon vergeben und noch eine lange Liste von vorausgewählten Kandidaten, sodass in den nächsten Tagen die magische Zahl Sechzig erreicht war, die der Hauptmann für die »erste Welle« vorgesehen hatte. Es sollte nicht mehr neue als etablierte Höfe geben, zumindest nicht auf einen Schlag. Freundlich bat er dafür um Verständnis und verwies darauf, dass im kommenden Jahr weitere Interessenten eine Chance erhalten würden. »Wenn sie sich geduldig zeigen.« Dann machte er mit schneidenden Worten deutlich, was er damit meinte: Weitere unerlaubte Besuche in Koogland wurden nicht geduldet, unerwünschte Grenzüberschreitungen schlossen jeden von der Möglichkeit aus, sich später noch einmal bewerben zu können, und würden hart bestraft. Es war sicher kein Zufall, dass während dieser Aussage zwei Deichschützer mit Gewehren hinter Thies standen. Kritiker nutzten dieses Bild in den Foren sofort, um den Hauptmann als brutalen Diktator darzustellen. Doch Lara musste feststellen, dass weite Teile der Zuschauer sich nicht daran störten. Der Mann war schließlich sympathisch und meinte es gut. Das reichte offensichtlich schon, um demokratische Prinzipien über Bord zu werfen.

Am Ende wurde noch einmal richtig dick aufgetragen. Thies schwang sich dynamisch auf seinen Schimmel und ritt auf dem

Deich davon. In rechten Kreisen wurde er reflexartig als moderne Manifestation des Deichgrafen Hauke Haien gefeiert. Offensichtlich hatten diese Leute im Deutschunterricht nicht aufgepasst, sonst hätten sie gewusst, dass Storms Schimmelreiter und seine Familie am Ende der Novelle bei einem Deichbruch ertranken.

Der Sonntag war einmal mehr von der Arbeit auf dem Feld sowie weiteren ärztlichen Behandlungen geprägt. Den glatten Beinbruch eines Teenagers aus Kronprinzenkoog konnte Lara nicht in ihrer Praxis behandeln, also musste sie zum ersten Mal jemanden in das Krankenhaus von Brunsbüttel schicken. Der Junge kam noch am Nachmittag gut versorgt zurück. Niemand dort hatte die ersten Behandlungsschritte der »Ärztin« aus den Kögen hinterfragt; deutsche Krankenkassen zahlten nach wie vor für die Patienten aus Koogland.

Björn war an diesem Morgen sehr früh verschwunden. Keiner wusste, wohin. Als der Alte bis zum Mittag nicht wieder auftauchte, machte Lara sich zunehmend Sorgen. Im Grunde wusste sie so gut wie nichts über den Mann, doch absurderweise war sie für ihn verantwortlich. Sie wollte gerade bei der Lehrerin Angela anrufen, als der Alte plötzlich mit einer Kühlkiste vor ihr stand und zwei stattliche Kabeljaue sowie einen großen Eimer Krabben präsentierte. Björn hatte tatsächlich seinen kleinen Kutter aus Büsum geholt, um ihn in dem improvisierten Hafen in Friedrichskoog vor Anker gehen zu lassen. Auf dem Weg die Küste herunter hatte er es sich nicht nehmen lassen, für frischen Fisch und Krabben zu sorgen, sodass es am Abend ein festliches Essen für die Hofbewohner und alle Helfer geben würde. Lara hielt dem alten Mann eine kleine Standpauke, damit er beim nächsten Mal eine Mitteilung hinterließ oder zumindest sein Handy einschaltete. Doch sie war nicht sicher, ob das bei ihm ankam. Er nickte viel, murmelte etwas davon, dass man auf See nicht telefonierte, und verteilte dann an alle Weizenkorn aus unbekannter Herkunft.

Noch vor Sonnenuntergang war es schließlich geschafft. Auch der letzte Kohlkopf war geerntet und hatte seinen Platz im Winterlager gefunden. Sammy und Lucy hatten in der Scheune einen großen Tisch für das Abschlussessen ausgebaut. Alle waren begeistert von Björns Fischerei- und Lucys Kochkünsten. Lara konnte sich nicht erinnern, wann sie zuletzt frische Krabben genossen hatte. Dazu gab es reichlich Bier und Korn und gute Stimmung. Lara blickte in Gesichter, die von der Arbeit und vom Wind geprägt waren, voller Stolz auf das Tagwerk. Auch Lara spürte Stolz. Sie hatte sich noch nie in ihrem Leben für Kohlköpfe interessiert. Aber nun spürte sie Genugtuung bei dem Gedanken daran, dass sie im Winter mit ihrer Ernte die halbe Republik versorgen konnte, dass sie mit dem Verkauf des Kohls Einkünfte für den Lindenhof generieren würde, vor allem aber, dass sie Alinas Arbeit fortsetzte.

Nachdem sie die Helfer verabschiedet hatten, räumten die Bewohner den Hof auf. Lara verkündete, dass sie noch kurz tanken fahren musste, um bei einem nächtlichen Notfall nicht ohne Benzin dazustehen. Doch das war nur die halbe Wahrheit. Tatsächlich war der Tank ihres Hybrid-SUVs fast leer, aber bei normalen Fahrten innerhalb der Köge reichte auch der elektrische Antrieb. Lara ging es um etwas anderes. Sie hatte im Verlauf des Wochenendes unterwegs immer wieder heimlich den Catcher zum Einsatz gebracht und mittlerweile fast den gesamten Staat bei ihrer Suche nach Alinas Kennung abgedeckt, jedoch ohne Erfolg. Innerhalb von Koogland fehlten ihr noch Teile des wenig besiedelten Friedrichskoogs. Dessen Spitze hatte sie überprüft, den Bereich rund um Friedrichskoog-Ort jedoch nicht. Und dort befanden sich nicht nur zahlreiche leer stehende Häuser, sondern eben auch die Tankstelle.

Lara fuhr im Dunkeln an die Zapfsäule. Sie musste erst einmal überlegen, wie das Tanken überhaupt funktionierte. Es war Jahre her, dass sie ein Auto mit Benzin befüllt hatte.

»Moin«, hörte Lara eine Stimme hinter sich.

Der gemütlich wirkende Tankwart Anfang sechzig kam in seinem ölbeschmierten Overall zu ihr. Lara grüßte ihn, obwohl seine Anwesenheit ihr nicht passte. Sie wollte unbemerkt zu ihrem Kofferraum und den Catcher einschalten.

»Volltanken?«

»Ich bekomme das allein hin.«

»Aber dafür bin ich doch da.«

Ohne eine Antwort abzuwarten, griff der Mann zur Zapfpistole und stiefelte damit zum Tank des SUVs.

»Du bist die Ärztin, nicht wahr?«

Lara nickte. Es war schwierig, der sozialen Kontrolle zu entkommen.

»Meine Frau hat mir von dir erzählt. Sagt, du bist eine Gute. Angela.«

Er deutete die Straße runter, wo sich die Schule befand.

»Ah ja, wir haben uns kennengelernt. Ich muss mal kurz im Kofferraum …«

»Danke, dass du den alten Björn aufgenommen hast«, unterbrach der Tankwart. »Für uns war das nichts. Die Gewohnheiten, weißt du? Wir wohnen schon seit vierzig Jahren hier. Ich hab damals hier als Aushilfe angefangen, sie als Lehrerin. Hätten wir auch nicht gedacht, dass ich mal die Tankstelle und sie die Schule übernimmt.«

Er schüttelte ungläubig den Kopf. Lara war sich nicht sicher, ob er wirklich ein schlechtes Gewissen wegen Björn hatte oder nur plaudern wollte.

»Da habt ihr einen großen Fehler gemacht«, sagte sie schmunzelnd. »Björn hat uns heute mit dem besten frischen Fisch versorgt, den ich je hatte.«

Der Tankwart lachte. Lara nutzte die Gelegenheit, um zu ihrem Kofferraum zu gelangen. Sie griff routiniert in die Kiste mit dem Notebook und startete den Catcher. Dann schnappte sie sich den Kanister mit dem Scheibenreiniger und warf den Kofferraum zu.

»Ich wollte noch kurz Wasser nachfüllen.«

»Kann ich doch machen«, sagte der Tankwart.

»Kein Problem.«

Lara ging nach vorne, öffnete die Motorhaube. Sie hatte Probleme, den Einfülltrichter zu finden, schaffte es aber dann und musste feststellen, dass der Wischwassertank so gut wie voll war. Der Tankwart bekam es nicht mit, weil er die Zapfpistole zurück an ihren Platz hängte.

»Das ist aber komisch«, sagte der Mann. Er hatte plötzlich sein Handy in der Hand.

»Was ist denn?«, fragte Lara alarmiert.

»Mir wird ein Netz angezeigt, aber ich bekomme keine Verbindung.«

»Ach, das Netz ist schon mal launisch hier draußen.«

»Nee, eigentlich nicht. Komisch.«

Er drückte auf seinem Handy herum. Lara öffnete schnell den Kofferraum. Der Catcher war noch aktiv. Während sie das Gerät ausschaltete, sah sie es: Alinas Kennung auf der Liste. Lara konnte die Zahlenkombination längst auswendig. Ihre Schwester befand sich in einem Umkreis von drei Kilometern rund um die Tankstelle.

»Ich wollte kurz auf dem Cordes-Hof anrufen«, erklärte derweil der Tankwart. »Die Leute vom Hauptmann tanken nämlich umsonst. Ich denke mal, du müsstest dazugehören. Was ist denn das?«

Lara war so auf Alinas Kennung fokussiert, dass sie gar nicht bemerkt hatte, wie der Tankwart neben sie getreten war. Er starrte auf das Notebook.

»Ach, das ist nur ... Ich hatte mir Notizen zu den Patienten gemacht.«

Sie klappte das Notebook schnell zu und hatte Mühe, ihre Aufregung zu verbergen.

»Was bekommst du von mir?«, fragte sie, um ihn abzulenken.

Mit zitternden Händen schloss sie den Kofferraum.

»Wie gesagt, ich denke, das zahlt der Hauptmann.«

»Äh, ah, okay ... Toll, danke.«

»Alles in Ordnung mit dir?«

Er sah sie skeptisch an, dann blickte er wieder zum Kofferraum. Lara musste sich zusammenreißen, wenn sie nicht wollte, dass der Tankwart ihre Begegnung niemals vergessen würde.

»Ja, ich war nur überrascht, dass ich nicht zahlen muss. Das ist wirklich sehr nett. Schönen Abend noch.«

Sie stieg in den SUV. Im Rückspiegel sah sie, dass der Tankwart noch einmal ihren Kofferraum musterte. Doch dann drehte er ab und steckte sein Handy wieder in die Hosentasche. Lara gab Gas, obwohl ihre Beine so weich waren wie Pudding. Sofort schaltete sie den Moniceiver ein, auf dem sie mit der Playlist von Alina verbunden war. Ihre Schwester hörte Musik. Sie hörte diese Musik in allernächster Nähe. Es war nur eine Frage der Zeit, bis Lara sie finden würde.

»Bass, Bass, wir brauchen Bass! Seid ihr down?«

Lara sang lautstark mit und trommelte im Rhythmus des Songs von Das Bo auf ihr Lenkrad. Sie sah Alina mit dem Po wackeln. Sie sah sie hüpfen und singen.

»'türlich, 'türlich – sicher, Dicker.«

Lara lachte und gab Gas.

KAPITEL 27

JAN HATTE DAS WOCHENENDE zur Entspannung genutzt, wie Krug es ihm nahegelegt hatte. Entspannung sah bei Jan nicht unbedingt so aus wie bei anderen, doch die Arbeit an seinem Swimmingpool hatte etwas Reinigendes für ihn. Die körperliche Arbeit, die Konzentration auf das passgenaue Einsetzen der Fliesen, die Aussicht auf den fertigen Pool. Das Fundament war längst gelegt, doch Jan hatte den weiteren Bau schleifen lassen. Dieses Jahr würde er es nicht mehr packen, die Beckenwände konnten allerdings noch fertig werden. Die zwanzig Meter langen Längsseiten waren komplett. Fünf Meter am Kopfende hatte Jan am Wochenende geschafft. In Zeiten notorischen Wassermangels schüttelten zwar alle den Kopf, wenn sie die Ausmaße von Jans Pool sahen. Doch Jan hatte sich in seinem Leben nie etwas herausgenommen. Eine ordentliche Längsbahn beim Schwimmen am Morgen war alles, was er sich für seinen Ruhestand wünschte. Und natürlich die Terrasse mit der Sitzecke und dem Kühlschrank, ein Platz mit Blick über die Felder, wo er im warmen Licht des Sonnenuntergangs ein kühles Bier genießen konnte.

Jan liebte die monotone Arbeit am Pool auch deswegen, weil er dabei nachdenken konnte. Er hatte viel nachgedacht am Wochenende. Nach der Geschichte mit der abgeschossenen Drohne hatte Krug ihm untersagt, sich weiter mit dem Fall von

Thorsten Schulz zu beschäftigen, überhaupt mit irgendetwas, das die Köge betraf. Jan hatte keine disziplinarischen Probleme bekommen, man hatte ihn lediglich zum Entspannen nach Hause geschickt. Um die Angelegenheit mit der Drohne wollte Krug sich selbst kümmern. Jan hatte keine Ahnung, was das bedeutete.

Es war ihm egal, denn ihm ging es um etwas anderes. Er hatte während der Arbeit am Pool im Kopf die gesamte Geschichte von Thorstens Mutter Nele rekonstruiert, manchmal sogar eine Pause gemacht, um in alten Internetberichten oder ausnahmsweise auch mal im Polizeisystem zu recherchieren.

Genau wie Thies Cordes stammte Nele aus Kronprinzenkoog, wo ihre Eltern einen kleinen Hof gehabt hatten. Schon als Teenager hatte sie sich zu einem der begehrtesten Mädchen in den Kögen gemausert, das jedem Jungen in Jans Fußballmannschaft den Kopf verdrehte. Letztlich hatte Torwart Knut das Rennen gemacht, keine offensichtliche Wahl. Ein ruhiger Typ, ein Fels in der Brandung, nicht nur im Tor. Er war der Einzige, der Nele nicht bedrängt hatte, ein Mann, der das manchmal zu sehr von sich eingenommene Mädchen erden konnte. Sie war so verliebt in ihn gewesen, dass sie als junge Frau mit ihm nach Dortmund gegangen war, wo er erst eine Stelle als Koch in einem hochklassigen Restaurant gefunden und später sein eigenes Lokal eröffnet hatte.

Thorsten war ein Jahr nach ihrer Ankunft dort zur Welt gekommen. Vor fünf Jahren war das Restaurant pleitegegangen. Kurz darauf starb Knuts Vater und hinterließ ihm den Hof in Neufelderkoog. Knut hatte sich nie als Bauer gesehen, war ganz bewusst vor dem Leben in den Kögen geflohen, doch er hatte keine Wahl gehabt. Er kehrte mit seiner Frau und dem mittlerweile fast erwachsenen Thorsten zurück, auch auf Drängen von Nele. Offenbar war Thorsten im Umfeld von Knuts Köchen in Kontakt mit Drogen gekommen und auf die schiefe Bahn geraten. Nele war der Meinung, dass das Leben auf dem Land, die soziale Kontrolle in den Kögen und die Distanz zu den falschen Freunden Thorsten guttun würden. Ganz war diese Rechnung nicht aufgegangen, denn der Junge hatte seine Probleme mit nach Dithmarschen gebracht. Aber letztlich hatte er in Thies Cordes ein Vorbild gefunden, einen Mann, der ihn mit harten Ansagen und großem Zutrauen in seine Fähigkeiten von den Drogen wegbrachte. Thorsten arbeitete auf dem Cordes-Hof, wohl zum Unmut von Nele. Doch der Fels in der Brandung an ihrer Seite war froh, dass er ein Problem weniger hatte und sich auf das kleine Restaurant konzentrieren konnte, das er in seinem Hof aufgebaut hatte. Wie in so vielen Fällen war die Familie dann durch die Flut völlig erschüttert worden. Knut war in dem Koog ertrunken, in den er nie hatte zurückkehren wollen.

Lange Zeit war Jan bei seinen Überlegungen davon ausgegangen, dass Nele diese harte Zeit nach ihrer Rückkehr gemeint haben musste, als sie sagte, dass alle weggeschaut hatten. Dass Thies dem jungen Thorsten etwas angetan hatte oder dass er in irgendeiner Weise mit Knuts Tod in Verbindung stand. Doch es passte nicht. Thorsten war Thies treu ergeben, und bei der Sturmflut hatte der Hauptmann zahlreiche Menschenleben gerettet. Ganz sicher hatte er Knut nicht ertränkt. Also hatte Jan sich am Sonntag nicht mehr nur mit Nachdenken und Informationen aus dem Netz begnügt, sondern war den schmerzhaften Weg gegangen und tiefer in die Vergangenheit eingetaucht.

Dafür holte er die alte Festplatte mit den Videos wieder heraus, die Hilli damals in jeder Lebenslage gemacht hatte. Nicht nur von den Kindern, sondern auch bei den Fußballspielen, die Jan als Trainer betreute, auf Festen in Marne oder bei ihnen zu Hause. Es gab zig Stunden von Material aus den Jahren 1990 bis 2015. Hilli selbst war so gut wie nie darauf zu sehen, nur ihre

Stimme aus dem Off erinnerte an sie. Doch es gab Aufnahmen von Nele. Am Spielfeldrand, wo sie knapp bekleidet die Jungs aus Jans Mannschaft anfeuerte, bei einer Meisterfeier, wo sie verliebt mit Knut knutschte, bei einer Geburtstagsparty von Jans ältester Tochter Brit. Doch die interessanteste Aufnahme von Nele hatte Jan erst am späten Sonntagabend entdeckt. Es waren Aufnahmen vom Musikzirkus in Meldorf 2005, einem damals sehr beliebten Festival mit zahlreichen DJs, Partys und jeder Menge Alkohol. Eigentlich hatte Jan nicht damit gerechnet, Nele in diesem Video zu sehen, da sie ein halbes Jahr zuvor mit Knut weggezogen war. Jan hatte es sich nur angeschaut, weil es eine der seltenen Aufnahmen enthielt, die er von Hilli gemacht hatte. Er hatte an einer der improvisierten Bars in dem überfüllten Zirkuszelt gestanden, während Hilli ein paar Meter vor ihm tanzte. Jan hatte sich schon damals zu alt für diese Musik gefühlt und lieber seiner Frau zugeschaut. Spontan hatte er sie mit ihrer kleinen Kamera dabei gefilmt, wie sie mit geschlossenen Augen hüpfte und tanzte, so lebendig und unbesiegbar, wie sie auch ihre Familie führte.

Irgendwann wollte Jan vor dem Bildschirm im Hobbyraum, der einmal Hillis Arbeitszimmer gewesen war, die Aufnahme stoppen, weil er wegen der Tränen sowieso kaum noch etwas sah. Doch das enge rote Kleid, mit dem Nele bereits zahlreiche junge Männer um den Verstand gebracht hatte, konnte er nicht übersehen. An jenem Abend im Jahr 2005 hatte sie darin in einer Ecke neben der Bühne gestanden und mit einem Mann geknutscht, von dem man nicht viel erkennen konnte. Weil dieser Mann nicht das kurz geschorene Haar von Knut hatte, schaute Jan sich das Video noch einmal genauer an. Er spulte zurück und sah, wie das Pärchen hinter Hilli durchs Bild huschte. Nele zog den Mann in die verborgene Ecke. Als er sich kurz umschaute, erkannte Jan schließlich das Gesicht des heimlichen Lovers. Es war Thies Cordes.

So kam es, dass Jan an diesem Montagmorgen noch vor seinem Dienst im Revier zu dem Wohnhaus am Marktplatz fuhr, in dem sich Nele von der Entschädigung für Knuts Hof eine kleine Zweizimmerwohnung gekauft hatte. Er drückte auf den Klingelknopf und wartete.

»Wer ist da?«, kam es ängstlich aus der Gegensprechanlage.

»Ich bin's. Jan Jansen.«

Zunächst gab es keine Reaktion, dann ertönte kommentarlos der Summer. Jan öffnete die Tür. Während er die Treppe in den ersten Stock hinaufstieg, zog er seine Uniform zurecht. Nele öffnete die Tür einen Spaltbreit, verbarg sich hinter der Sicherheitskette und musterte Jan mit kritischem Blick.

»Ich hab dich nicht gerufen«, zischte sie.

»Ich weiß. Ich bin wegen Thorsten hier.«

»Habt ihr ihn gefunden?«, fragte sie.

»Nein«, antwortete Jan schnell. »Aber es gibt neue Erkenntnisse.«

Nele knetete ihre Hände, wusste nicht, was sie tun sollte. Normalerweise kam Jan nie zu ihr nach Hause. Er wartete geduldig ab, bis sie sich selbst mit einem Nicken bestärkte und ihn hineinließ.

Jan hatte Nele zwar schon öfter nach Hause gebracht, aber in ihrer Wohnung war er noch nie gewesen. Er hatte sie sich chaotischer vorgestellt. Doch die schlicht eingerichteten Räume waren fast steril sauber. Nichts Überflüssiges lag herum. Auf der Kommode im Flur stand ein einzelnes Foto, Familie Schulz in glücklichen Zeiten mit einem vielleicht zehnjährigen Thorsten, der frech in die Kamera grinste. Auch im Wohnzimmer fanden sich Fotos von Thorsten, auf denen er aber nie älter als zwölf war. Nie so alt, dass man die Ähnlichkeiten mit Thies erkennen konnte, wenn man darauf achtete. An der Wand hing ein Smartscreen, auf dem Nele einen Film angehalten hatte, den sie sich gerade ansah. Jan kannte ihn, es ging um eine Zombie-Apokalypse. Hoffentlich befürchtete Nele so etwas nicht auch für Dithmarschen.

Sie setzte sich auf das Sofa und schaute Jan erwartungsvoll an. Da sie ihn nicht bat, sich ebenfalls zu setzen, tat er es einfach.

»Kannst du dich noch an Hilli erinnern?«, fragte er.

»Natürlich. Ich war sehr erschrocken damals, als ... als ich davon gehört habe. Sie war so alt wie ich jetzt.«

Das schien ihr Sorgen zu machen. Nele konnte aus allem eine Gefahr für sich selbst ableiten.

»Ja«, sagte Jan seufzend. »Sie hat immer sehr viel gefilmt. Erst mit einer kleinen Videokamera, später mit dem Handy. Aber ich habe sie so gut wie nie gefilmt.«

Er lachte über die Ironie des Schicksals.

Nele hörte ihm regungslos zu, schaute immer wieder zu dem Standbild, wo eine kleine Gruppe Zombies auf den Helden zuwankte.

»Außer einmal, da habe ich sie beim Tanzen gefilmt. Beim MuZi 2005 in Meldorf.«

Jan ließ das erst einmal wirken. Nele wurde erkennbar unruhig, knetete die Hände, stand auf, setzte sich wieder.

»Weißt du, was ich auf der Aufnahme auch noch gesehen habe?«

Nele starrte ihn nur an, sagte nichts.

»Dich, zusammen mit Thies Cordes, beim Knutschen neben der Bühne.«

Nele war in eine Art Schockstarre gefallen. Sie sagte nach wie vor nichts, also machte Jan weiter.

»Das war Anfang Mai 2005. Wenn ich es richtig rekonstruiert habe, hast du damals schon in Dortmund gelebt, warst aber noch einmal in Dithmarschen. Ohne Knut. Und wenn ich dann auch noch richtig gerechnet habe, ist Thorsten ziemlich genau achtunddreißig Wochen später zur Welt gekommen.«

Nele legte den Kopf schief, hörte gebannt zu. Doch Jan schwieg jetzt, wartete auf eine Reaktion. Es kam keine. Er war sich nicht einmal sicher, ob Nele verstand, was er sagte.

»Nele?«

»Erzähl weiter.«

»Stimmt das alles?«

»Erzähl weiter.«

»Was meinst du?«

»Was ist danach passiert? Auf dem Video?«

»Nichts. Mehr habe ich nicht gefilmt. Aber liege ich richtig, dass es nicht bei dem Kuss geblieben ist? Dass Thies der Vater von Thorsten ist?«

»Da war noch mehr auf dem Video! Du hast es gelöscht, um ihn zu schützen.«

»Was? Wen?«

»Thies. Ihr steckt unter einer Decke.«

»Thies weiß überhaupt nichts von dem Video und wird es auch nicht erfahren. Aber ich möchte von dir wissen …«

»Er hat ihn umgebracht!«, ging Nele dazwischen. »Er will nicht, dass es rauskommt.«

»Thies hat Thorsten umgebracht?«

Nele nickte vehement, knetete und knetete.

»Er will nicht, dass es rauskommt«, wiederholte sie. »Und du deckst ihn.«

»Ich decke niemanden. Ich kann mir nur nicht vorstellen, dass Thies Thorsten erst bei sich aufnimmt und dann plötzlich umbringt, nur um ein uneheliches Kind zu vertuschen. Er war damals noch nicht einmal mit Beeke zusammen und …«

»Nicht das Kind. Was er getan hat.«

»Was hat er getan?«

»Du weißt es genau. Es war auf dem Video. Du hast es gelöscht.«

Nele starrte Jan stumm an. Es war ihr vollkommen egal,

dass er den wahren Vater von Thorsten gefunden hatte. Das war nicht das Geheimnis, das sie seit vielen Jahren verbarg.

»Es war alles auf dem Video«, murmelte sie mehr zu sich selbst. »Ich hab's gesehen.«

Sie blickte zu den Zombies. Sie sah das Video.

»Was war noch auf dem Video?«, fragte Jan, auch wenn er wusste, dass es von dem Paar nicht mehr Aufnahmen gab als die paar Sekunden im unscharfen Hintergrund. »Ihr küsst euch und dann ...«

Doch Nele führte den Satz nicht weiter. Sie starrte nur auf die Zombies. Eine gefühlte Ewigkeit lang saß sie so da, bis ihr eine Träne über die Wange lief. Sie begann, unkontrolliert zu weinen. Jan hatte das Gefühl, sie vollends verloren zu haben.

»Du willst es doch, Nele«, sagte sie plötzlich mit dumpfer Stimme. »Du willst es seit Jahren. Deswegen machst du mich immer scharf. Aber dieses Mal kommst du nicht davon.«

Sie lachte hell und klar wie ein junges Mädchen.

»Ich will nur spielen«, fuhr sie mit einer ganz anderen Stimme fort, kokett, amüsiert. »Ist doch viel schöner. Das Kribbeln, das Was-wäre-wenn, die ... Hey, wo willst du hin? Lass mich! Du tust mir weh.«

Wieder verdunkelte sich ihr Blick, dann gab sie mit wechselnden Stimmlagen einen schnellen Dialog von sich.

»Hier stört uns keiner ... Ich will das nicht, Thies ... Stell dich nicht so an ... Lass das! Nein, Thies! Wenn du nicht sofort aufhörst, dann ...«

Als Nele ihre Hand hochriss, zuckte Jan zusammen, so gebannt hatte er ihr gelauscht. Nele legte sich die Hand auf den Mund. So fest, dass ihr Kopf zitterte. Unverständliche Laute drangen durch ihre Finger, ein unterdrücktes Schreien. Sie legte sich die andere Hand um den Hals und würgte sich selbst, die Augen panisch geweitet. Gerade als Jan einschreiten wollte, schloss Nele ihre Augen, der Griff am Hals lockerte sich, dann der am Mund. Schließlich ließ sie beide Hände sinken, öffnete die Augen und schaute erschöpft auf den Boden. Sie knetete ihre Hände wieder.

»Warum hast du das gelöscht, Jan?«, flüsterte sie, ohne ihn anzuschauen.

KAPITEL 28

MÖBEL FÜR IHRE STETIG wachsende Anzahl von Mitbewohnern oder auch ihre florierende Praxis zu suchen, war immer eine gute Ausrede. Nach der Versorgung erster Patienten am Morgen hatte Lara sich auf den Weg nach Friedrichskoog-Ort gemacht. Rund um den alten Hafen war dort einst die größte Siedlung in den Kögen entstanden. Mehrere Tausend Menschen hatten in Ein- oder Zweifamilienhäusern direkt am Deich gewohnt. Sie lebten in erster Linie vom Tourismus, Attraktionen wie die Seehundstation, der Indoorspielpark und das Hafenmuseum zogen jede Menge Besucher an. Es hatte viele Pensionen, kleinere Hotels und Gaststätten gegeben.

Bei der Flut war dann der Deich direkt am Hafen gebrochen. Eine enorme Flutwelle hatte den Ort getroffen, eine zweite Welle aus Richtung Spitze machte ihm den Garaus. Hier waren die meisten Menschen ertrunken, hier hatte es den größten Sachschaden gegeben. Nach der Entscheidung, die Köge aufzugeben, war hier der Exodus am größten gewesen. Wegen der enormen Schäden und ohne Aussicht auf weiteren Tourismus wollte kaum jemand bleiben. Nur ein harter Kern hatte sich auf Thies' Seite geschlagen und war dafür schon im Spätsommer mit eigenen Höfen in den anderen Kögen belohnt worden.

Lara erreichte das Zentrum von Friedrichskoog-Ort. Die zerstörten Wohnhäuser gaben mit ihren schlammigen Vorgärten ein deprimierendes Bild ab. Wenn man sich dazu noch die Wasserleichen vorstellte, auch von Kindern, die hier am Tag nach der Flut im hüfthohen Wasser getrieben waren, verstand man die Zurückhaltung der Dithmarscher, an dieser Stelle wieder etwas aufzubauen. Nur zum Ausschlachten war man am Anfang noch hierhergefahren; mittlerweile kam kaum noch jemand. Ein guter Ort also, um sich zu verstecken.

Lara stoppte ihren Wagen zwischen den Ruinen, jedoch mit deutlicher Entfernung zur Tankstelle, die weiter vorne in der Mitte des Koogs lag. Sie wollte versuchen, auf diese Weise Alinas Standort einzukreisen, Gebiete zu streichen, in denen der Catcher ihre Kennung nicht fangen konnte. Sie stieg aus dem Wagen und kämpfte sich gegen den Wind zum Kofferraum. Der Herbst hatte endgültig die Nordsee erreicht, und jeder Tag brachte eine steife Brise mit sich.

Als Lara den Kofferraum öffnete, sah sie zwei Männer. Sie huschten von einem Haus zum anderen. Junge Männer mit Hoodies, die Kapuze über dem Kopf. Der Anblick erinnerte sie eher an Sprayer in Kreuzberg als an Jungbauern in Dithmarschen. Sie war sich nicht sicher, ob die Männer sie gesehen hatten. Aber selbst wenn – sie hatte ein Alibi, war auf der Suche nach Möbeln. Um nicht aufzufallen, tat sie dann auch genau das. Sie schaltete den Catcher ein, griff sich ihr Brecheisen, schloss den Kofferraum und ging zum nächsten einigermaßen intakten Haus. Das Brecheisen war nicht nötig, die Haustür hing bereits schief im Rahmen und konnte einfach so aufgezogen werden. Als sie den Flur betrat, hörte sie Schritte im Haus.

»Hallo?«, rief sie und umfasste den Griff des Brecheisens fester. »Ist hier jemand?«

Im Flur des Hauses türmten sich Möbelreste, Schlamm, Müll. Wieder Schritte. Sie kamen von oben. Lara stellte sich vor die morschen Stufen.

»Hallo?«, rief sie noch einmal.

Dann hörte sie etwas hinter dem Haus. Es klang, als wäre jemand aus dem Fenster gesprungen. Dann schnelle Schritte, jemand lief davon. Lara rannte durch das Wohnzimmer zur zersplitterten Terrassentür, die in den kleinen Garten führte. Dort sah sie gerade noch, wie jemand hinter dem nächsten Haus verschwand, ein Mann, nicht Alina.

Lara machte sich mit vorgehaltenem Brecheisen auf den Weg nach oben. Durch den Flur kam sie in ein ehemaliges Jugendzimmer, halb zerrissene Poster von Fußballern und Pokémon an den Wänden, ein Schreibtisch, auf dem verstaubte Schulbücher lagen. Der Jugendliche war lange weg, das Zimmer war dennoch bewohnt. Jemand hatte eine Matratze auf den Boden gelegt, dort, wo einmal das Bett gestanden hatte, die Ecke mit Decken und Sofakissen ausgestattet. Ein Campingkocher stand bereit, außerdem eine Obstkiste mit Büchern und Konserven. Wohnte hier der Mann, der davongelaufen war? Lara kehrte in den Flur zurück und machte sich auf den Weg zum nächsten Zimmer, als sie ein Wimmern hinter sich hörte. Sie schaffte es nicht mehr, sich komplett umzudrehen. Etwas traf sie an der Schläfe. Ein gewaltiger Schmerz, dann wurde es Lara schwarz vor Augen.

Als sie aufwachte, wusste sie nicht mehr, wo sie sich befand. Der Flur des verfallenen Hauses, das bewohnte Kinderzimmer, nichts davon sagte ihr etwas. Wie war sie hier hergekommen? Wieso dröhnte ihr Kopf vor Schmerzen? Sie fasste sich an die Stirn und ertastete eine Beule an ihrer Schläfe.

»Lara?«

Lucys Stimme. Sie kam von draußen. Wo war draußen? Lara stand auf. Alles drehte sich. Sie sah die Treppe. Verschwommen.

»Lara?«

Langsam kam die Erinnerung zurück. Sie war nach Friedrichskoog-Ort gefahren, um nach Alina zu suchen. Sie musste gestürzt sein. Wie lange war sie schon hier? Wieso war sie in diesem Haus?

Treppe. Stufen. Flur. Haustür.

Sie trat in den verfallenen Vorgarten. Das Licht der Sonne blendete sie. In ihrem Kopf tanzten die Synapsen. Gehirnerschütterung.

»Lara!«

Irgendwann stand Lucy vor ihr, schaute sie entsetzt an.

»Was ist passiert?«

Sie war so laut. Alles war so laut. Der Wind, das Auto, das in die Straße gefahren kam.

»Lara? Kannst du mich hören?«

»Ja, ja.«

Ihr Mund war unfassbar trocken.

»Hast du Wasser?«, fragte sie Lucy.

Zum SUV gehen, sitzen, Wasser, Finn und Thies. Die beiden Männer standen plötzlich vor Lara, musterten sie. Die Welt bewegte sich ruckartig.

»Hat dich jemand geschlagen?«, schrie Thies und betrachtete ihren Kopf.

»Was macht ihr alle hier?«

»Du warst zwei Stunden weg«, schrie Lucy. »Bist nicht an dein Handy gegangen. Ich hab den Cordes-Hof angerufen und bin dann hergefahren.«

Es war alles so laut.

»Gehirnerschütterung«, murmelte sie. »Habe ich geblutet?«

Sie deutete auf ihre Wunde, schaute Lucy fragend an.

»Nee, aber sieht fies aus.«

»Mach mal Foto.«

Lucy zog ihr Handy heraus. Thies wartete geduldig ab, während Finn sich kritisch umschaute. Die Männer wirkten angespannter, als die Ereignisse es notwendig machten. Lucy zeigte

Lara das Bild von ihrem Kopf. Ein Hämatom an der Schläfe, so groß wie eine Kinderhand.

»Du solltest ein CT machen lassen«, rief Thies. »Wir brauchen hier auch ein Gerät. Das ist die nächste Anschaffung. Aber jetzt … Wir bringen dich ins Krankenhaus.«

Er zog sein Handy aus der Weste und drückte auf das Display.

»In welchem Haus warst du?«, fragte Finn mit viel zu lauter Stimme.

Lara schaute sich um, wusste es nicht mehr. Die Synapsen tanzten noch, schmissen Erinnerungen um.

»Das da!«, schrie Lucy und zeigte darauf.

Finn wollte sich auf den Weg machen, doch Thies blökte: »Ich krieg keine Verbindung, dabei habe ich Netz.«

Er schaute irritiert auf sein Handy. Lara kämpfte sich durch den Nebel. Das schlechte Netz hatte mit ihr zu tun, das spürte sie. Finn sprang sofort auf Thies' Problem an, zog sein Handy heraus.

»Hier jetzt auch!«, brüllte Finn. »Tatsächlich. Ich hab Netz, komme nicht durch. Das sind die. Die überwachen uns, Thies.«

Er fummelte an seinem Handy herum. Laras Synapsen verbanden sich. Der Catcher. Sie musste den Catcher ausschalten. Sie wusste nicht mehr, wann sie ihn eingeschaltet hatte, warum sie in das Haus gegangen war, aber der Ausfall der Handys konnte keinen anderen Grund haben.

»Die sind hier irgendwo. Schon die ganze Zeit. Die haben Lara niedergeschlagen.«

Die? Finn hatte Feuer gefangen, er ging entschlossen auf das Haus zu, das Lucy ihm gezeigt hatte. Damit war Lara den jüngeren Bruder los, aber Thies stand nach wie vor neben ihr und starrte auf sein Handy. Sie musste zum Kofferraum, sie musste das verdammte Ding ausschalten. Wie ferngesteuert stand sie vom Fahrersitz auf und ging um ihren Wagen herum.

»Willst du nicht sitzen bleiben?«, schrie Lucy sie an.

Lara winkte ab. Sie musste den Catcher ausschalten. Kofferraum auf. Notebook auf. Eine volle Liste. Ausschalten. Notebook zu. Lucy. Sie stand direkt neben Lara, hielt ihre Hand auf ihren Rücken, als wolle sie Lara vor dem Fallen bewahren. Lara kapierte erst jetzt, was sie da tat. Dass Lucy alles gesehen hatte. Dass Thies einen Meter entfernt von ihr stand. Sie schloss den Kofferraum.

»Oh!«, schrie Thies. »Jetzt geht's wieder.«

Er hatte die ganze Zeit auf das Handy geschaut, nicht gesehen, was Lara hinten am Kofferraum gemacht hatte. Doch Lucys Blick nach zu urteilen, hatte sie mitbekommen, was geschehen war. Lara musste dringend ihr Gehirn auf Vordermann bringen. Solche Fehler durften ihr nicht unterlaufen. Es ging um Alina.

»Ich rufe Holm, er soll dich ins Krankenhaus bringen!«, schrie Thies und hielt sich das Handy ans Ohr.

»Kann ich doch machen«, krakeelte Lucy. »Ich lass meinen Wagen hier und fahr sie mit dem SUV.«

Thies schaute sie zögerlich an.

»Thies!«, hörte sie Finn schreien. »Hier ist ein Lager. Komm her!«

Er stand in der Haustür, die Lara fremd vorkam, obwohl sie angeblich eben noch dort gewesen war, und winkte seinen Bruder zu sich.

»Okay!«, schrie Thies Lucy an. »Meldet euch.«

Dann blickte er zu Lara und legte ihr mit einem warmherzigen Blick die Hand auf die Schulter.

»Pass bloß auf dich auf. Ich brauche dich.«

Er eilte davon. Entweder hatte er absichtlich leise gesprochen, oder Lara bekam ihre Sinne besser in den Griff. Vielleicht mochte sie aber auch nur das, was er gesagt hatte.

KAPITEL 29

»IST DAS NICHT EH SCHON VERJÄHRT?«

Das war das Erste, was Krug einfiel, nachdem Jan ihm von seinen neuesten Erkenntnissen berichtet hatte. Er saß hinter seinem Schreibtisch und blickte Jan fragend an.

»Wie alt ist sie?«

»Fünfundvierzig«, antwortete Jan.

»Ernsthaft? Ich hätte sie älter geschätzt.«

Krug seufzte, denn er wusste nun auch, dass die Vergewaltigung nicht verjährt war. Das war sie frühestens ab dem fünfzigsten Lebensjahr des Opfers.

»Aber so wirr, wie die ist ... Das kann sie sich doch auch eingebildet haben.«

»Das war echt. Ich kenne sie.«

»*Du* kennst sie, Jansen. Aber der Staatsanwalt kennt sie nicht, und auf der Grundlage wird niemand eine Ermittlung einleiten. Das ist mehr als zwanzig Jahre her, es gibt überhaupt keine Indizien mehr.«

»Ob Thorsten Thies' Sohn ist, kann man noch herausfinden.«

»Selbst das beweist nichts, außerdem haben wir keinen Thorsten.«

»Weil ich ihn nicht suchen darf.«

Krug stöhnte.

»Läuft da irgendwas Persönliches zwischen dir und diesem Cordes? Du bist ja wie besessen.«

»Wir haben einen Vermissten, eine Vergewaltigung, eine abgeschossene Polizeidrohne, bewaffnete Grenzwächter. Aber wir beschäftigen uns mit nichts davon. Was ist eigentlich der Sinn dieses Reviers hier? Warum fahren wir nicht alle in Urlaub?«

Krug stöhnte noch einmal. Dann stand er auf und ging an Jan vorbei, nicht, um die Unterhaltung abzuwürgen, sondern um die Tür zum Empfang zu schließen. Er drehte sich zu Jan um und blickte ihn verschwörerisch an.

»Ich finde das auch unbefriedigend. Aber es gibt klare Anweisungen von oben. Ganz oben. Das Småland von Cordes hat gerade gute Presse. Man will nicht, dass wir in irgendeiner Form provozieren, auch wenn ... auch wenn die da Drohnen abschießen.«

»Und dadurch wird es besser? Wenn wir gar nix machen?«

»Die werden sich von selbst zerlegen. Es gibt schon erste Anzeichen dafür.«

»Nämlich?«

»Ich weiß nichts Genaues. Aber ... es wird einen besseren Zeitpunkt geben, den Laden hochzunehmen.«

»Das ist ein bisschen vage.«

»Jansen, sei froh, dass du wegen der Drohne keinen Ärger bekommst. Aber wenn du nicht endlich aufhörst, können wir bei dir auch nicht mehr wegschauen.«

Wegschauen. Darin waren die Kerle groß. Nele hatte recht gehabt.

»Nichts für ungut«, sagte Krug, öffnete die Tür wieder und ging dann zurück zu seinem Platz. »Im Industriegebiet ist ein Stapel Fahrräder gefunden worden. Die Fischer bringt sie gleich rein. Guck doch mal, ob das die gestohlenen aus den letzten Wochen sind. Hm?«

Es handelte sich tatsächlich um die gestohlenen Fahrräder. Für alle vier lagen ihnen Anzeigen vor, auch Jans Lieblingsbäckerin bekam ihr Gefährt nun also zurück. Nachdem alle Opfer informiert worden waren, setzte Jan sich an seinen Schreibtisch und rief die Aufnahmen der zerstörten Drohne auf. Krug war zu einer wichtigen und bestimmt auch geheimen Besprechung der Bundespolizei nach Brunsbüttel gefahren, sodass Jan nun Zeit und Ruhe hatte, sich die Bilder anzuschauen, sie mit älteren zu vergleichen, neu bezogene Höfe genauer zu inspizieren.

Es brachte nicht viel. Nach zwei Stunden Arbeit hatte Jan zwar alle Höfe identifiziert, die neu besiedelt worden waren, doch auf den Überflugbildern konnte man nur selten erkennen, von wem. Dort, wo Leute sichtbar waren, handelte es sich ausschließlich um Fremde, soweit Jan das einschätzen konnte. Er hatte von jedem und jeder ein Standbild gemacht. Nichts deutete darauf hin, dass Thorsten sich in einem dieser Höfe versteckte.

Mittlerweile kannte Jan jede Sekunde der Überflüge auswendig, jeden Hof, jedes Feld, jede Straße. Dennoch ließ er die Bilder weiterlaufen. Die Drohne erreichte die Siedlung in der Mitte von Kronprinzenkoog, keine Höfe, dafür Wohnhäuser, die Kirche, der Friedhof. Etwas störte. Jan stoppte die Aufnahme. Er schaute nun direkt von oben auf den Kirchturm und dessen Umgebung. Plötzlich wusste er, was ihn irritierte: Warum war eins der Gräber auf dem Friedhof um eine Schattierung dunkler als die anderen? Er zoomte das Grab näher heran. Auf den ersten Blick wirkte es wie alle anderen, ungepflegt, ein verwitterter Grabstein. Doch wenn man genauer hinschaute, erkannte man, dass die Erde dunkler war als bei den Gräbern daneben. Es musste sich um ein vergleichsweise frisches Grab handeln.

Jan startete die früheren Aufnahmen. Er wusste, dass man nach der Flut Verstorbene auf diesem Friedhof begraben hatte. Mit dem Beschluss der Evakuierung waren aber auch Bestattungen verboten worden. Die vorhandenen Gräber sollten im nächsten Jahr auf verschiedene Friedhöfe in der Umgebung umgebettet werden. Auch die Toten mussten die Köge verlassen. Natürlich konnte es sein, dass Thies sich auch dieser Anordnung widersetzte und den Friedhof weiterhin nutzte, aber Jan wusste nichts von einem Todesfall in den letzten Monaten. Wochen, korrigierte er sich, als bei den alten Aufnahmen der Friedhof ins Bild kam.

Während der Evakuierung hatte das Grab noch eine hellere Farbe gehabt. Jemand hatte es seitdem umgegraben, offensichtlich aber nicht, um es hübscher zu machen. Sehr viel wahrscheinlicher war es, dass dort jemand heimlich beerdigt worden war. Und wenn *das* kein Grund für polizeiliche Ermittlungen war, dann wusste Jan es wirklich nicht.

KAPITEL 30

BEEKE QUÄLTE IHREN JEEP über die lehmige Straße, die nach Friedrichskoog führte, vorbei am alten Hafen, hinein in den Ort. Als Thies dorthin gerufen worden war, hatte sie das Ganze noch nicht ernst genommen und war auf dem Hof geblieben. Nur weil die Ärztin seit einer Stunde vermisst wurde, bekam Beeke keine Kopfschmerzen. Natürlich hatten auch Thies und Finn nicht nur wegen Lara Barthold alles stehen und liegen lassen, zumindest hoffte sie das. Nein, Angela hatte zwei Tage zuvor einen fremden Mann in Friedrichskoog-Ort gesehen, und am Vortag hatte Holm dort ein von Menschenhand getötetes Schaf gefunden. Jemand war unterbrochen worden, als er es gehäutet hatte. So etwas machte keiner von ihren Bürgern. Und weil außerdem das Handynetz immer wieder verrückt spielte, befand sich Finn nun im Kriegsmodus, sprach ständig davon, dass sie aufrüsten mussten. Er hatte Thies keine andere Wahl gelassen, als sich persönlich um die vermisste Lara zu kümmern.

Als die Nachricht kam, dass die Ärztin niedergeschlagen worden war, hatte Beeke dies zwar beunruhigt. Aber auch das war kein Grund für sie gewesen, zu den anderen zu fahren. Thies würde der Frau schon genügend Aufmerksamkeit schenken, wie immer. Doch dann waren immer mehr Deichschützer in ihre Autos gesprungen, junge Bauern dazu, schließlich sogar die Männer aus der Kommandozentrale. Es hieß, man hätte Fremde gefangen, nicht nur einen, mehrere, irgendetwas braute sich im Ort zusammen. Als dann der Name Ulf Zach fiel, machte auch Beeke sich auf zu ihrem Auto. Wie konnte der Kinderschänder von Meldorf die Frechheit besitzen, sich noch im Land aufzuhalten?

Getrieben von der Empörung, bog Beeke von der Hafenstraße in die Wohnsiedlung, wo sie bereits aus der Ferne eine enorme Ansammlung von Fahrzeugen ausmachte. Seit der Flut waren hier nicht mehr so viele Menschen gewesen. Jeeps, Pick-ups, auch ein Traktor standen kreuz und quer dort, wo einmal der Straßenrand gewesen war. Deichschützer gingen mit vorgehaltener Waffe von Haus zu Haus. Timo war als Straßenwache abgestellt, winkte Beeke durch. Sie stellte ihren Wagen irgendwo ab, stieg aus und folgte dem Geräusch der Stimmen. In dieser Gegend fühlte sie sich immer unwohl, eine Geisterstadt, in der so viel Furchtbares passiert war. Sie bog um die nächste Ecke und musste unweigerlich den Schritt verlangsamen. Mitten auf der schlammigen Straße knieten acht Männer mit den Händen auf dem Rücken, gefesselt mit Kabelbindern. Thies stand vor ihnen und redete auf sie ein, während Finn hinter ihnen auf und ab ging, ein Gewehr auf dem Rücken. Weitere Deichschützer standen mit Waffen in der Hand dabei. Sie erkannte Ulf unter den Gefangenen.

»Ihr haltet euch nicht nur illegal in unserem Staat auf, brecht in Häuser ein, klaut Essen, tötet Schafe, nein, ihr besitzt außerdem die Unverfrorenheit, unsere Ärztin niederzuschlagen. Eine von uns anzugreifen. Das ist eine …«

»Es tut mir leid«, platzte es aus dem jüngsten der acht Männer heraus. »Ich hab Panik bekommen. Ich wollte das nicht.«

Er kniete ganz außen, war höchstens zwanzig Jahre alt und konnte vor lauter Angst nicht aufschauen. Dennoch war er so mutig, seine Stimme zu erheben. Thies ging zu ihm, Finn stellte sich hinter ihn. Beeke fühlte sich beklommen. Sie wusste nicht, wie weit die Brüder gehen würden. Thies hob das Kinn des Jungen an, sodass dieser ihm in die Augen schauen musste. Der Schläger weinte.

»Du hast dich zusammen mit deinen Eltern beworben«, stellte Thies überrascht fest.

Auch Beeke erinnerte sich. Die Familie hatte die Vorauswahl überstanden, doch Thies gefiel es nicht, dass der Vater ein Anhänger der Reichsbürger war und verquastes Zeug über die Deutschland GmbH und die Kontrolle durch das Weltjudentum von sich gegeben hatte. Beeke war sich zwar sicher, dass einige der neuen Bewohner einen ähnlichen Hintergrund hatten, aber niemand hatte es so penetrant vor sich hergetragen wie dieser Mann.

»Wo sind deine Eltern?«, fragte Thies.

»Zurück nach Kassel. Aber ich wollte nicht. Ihr habt doch genug Platz hier.«

Seine entwaffnende Ehrlichkeit beeindruckte sogar Thies. Er wusste für einen Moment nicht, was er mit dem Kerl machen sollte. Dann entdeckte er Beeke und nickte ihr zu, ein müdes Lächeln, ihm ging es nicht gut.

»Noch einer!«, hörte Beeke einen Deichschützer rufen.

Charlie trieb einen jungen Mann vor sich her, der sich am Tag zuvor allein beworben hatte und wegen völliger Unkenntnis der Landwirtschaft abgelehnt worden war. Als Beeke sich die knienden Männer genauer anschaute, kamen ihr noch mehr davon bekannt vor. Sie waren allesamt abgelehnte Bewerber. Thies und Finn hatten zwar dafür gesorgt, dass niemand ins Land kam, den sie nicht haben wollten, doch sie hatten nicht überprüft, ob auch alle das Land wieder verließen.

»Wollte über'n Deich«, erklärte Charlie mit Hinweis auf den Gefangenen.

Auf den Prepper war wieder einmal Verlass. Finn nickte einem Deichschützer zu, der den Mann ebenfalls mit einem Kabelbinder fesselte. Danach musste er sich zu den anderen knien. Charlie nickte Beeke zu und stellte sich neben sie.

»Wer hat das Schaf getötet?«, fragte Thies die Gefangenen.

Niemand antwortete.

»Ist der Junge hier der Einzige mit Eiern in der Hose?«, zischte Finn. »Wer war es? Hm?«

Er stieß wahllos einen der Männer mit dem Knie in den Rücken.

»Finn«, ermahnte ihn Thies.

Finn trat einen Schritt zurück.

»Niemand?«, fragte Thies noch einmal.

»Wir hatten Hunger, Mann«, sagte Ulf schließlich.

Thies ging sofort zu ihm. Der Blondschopf schaute ihm respektvoll, aber kritisch ins Gesicht.

»Du hast es getötet?«

»Nein, Mann, aber darum geht's nicht«, sagte Ulf. »Wir hausen hier wie Aussätzige. Dabei gibt's in Koogland genug für alle.«

»Niemand hat euch gebeten, hier zu hausen.«

»Wir sind gesunde, kräftige Männer, arbeitswillig, sei's auf dem Feld oder auf dem Deich. Wir bekommen keine Höfe, okay, akzeptiert, du bist der Boss. Aber was ist mit den Häusern hier? Die verfallen zu lassen, ist Verschwendung. Wir können sie herrichten, wir können ...«

»Du heißt Ulf, nicht wahr?«, unterbrach Thies den Mann. »Ulf, wir wollen euch hier nicht. Was ist daran nicht zu verstehen?«

»Klar, ihr könnt uns davonjagen. Aber es werden andere kommen. Wo sonst kann man komplett neu anfangen? Wo gibt's in dieser beschissenen Welt noch ein leeres Stück Land, auf dem man mit ehrlicher, harter Arbeit etwas aus sich machen kann? Danach suchen verdammt viele, und sie werden kommen. Ihr habt hier etwas geschaffen, was wir nicht mehr hatten: Hoffnung. Das ist das Krasseste, was man Menschen hinhalten und dann wieder wegnehmen kann. Es können nicht alle einen Hof bekommen, okay. Aber Thies, da musst du dir was einfallen lassen.«

Beeke musste zugeben, dass sie von der engagierten Rede des Eindringlings beeindruckt war. Thies rieb seine Finger über die Handfläche. Ausgerechnet der Kinderschänder aus Meldorf hatte eine Schwachstelle in seinem Konzept angesprochen.

»Und wieso manipuliert ihr unser Handynetz? Was soll das?«

Ulf schaute die anderen an, die mit den Schultern zuckten.

»Was machen wir?«, fragte er Thies.

»Das Netz war vorhin gestört. In den letzten Tagen war es das öfter.«

»Damit haben wir nichts zu tun, Mann. Wir haben nicht mal Strom.«

Thies blickte zu Finn, der auch nicht davon überzeugt schien, dass die Männer so etwas draufhatten.

»Bist du der Anführer von der Truppe hier?«, fragte Thies Ulf.

»Wir haben keinen Anführer«, sagte Ulf mit neu gewonnenem Selbstbewusstsein. »Du bist unser Anführer.«

Thies musste lachen. Beeke spürte, dass nur ihre Vorbehalte gegen Ulfs frühere Taten ihn davon abhielten, dem Mann zumindest Respekt zu zollen.

»Gib uns die Wohnsiedlung, Thies. Gib allen, die keinen Hof bekommen, aber bleiben wollen, eine zweite Chance. Lass sie als Arbeiter anheuern, bei der Ernte, beim Deich, und hey, wenn die Deutschen irgendwann die Nerven verlieren, braucht ihr vielleicht auch Kämpfer.«

Ulf war so gepackt von seiner eigenen Rede, dass er aufstehen wollte. Doch Finn war sofort bei ihm und drückte ihn nach unten, was Ulf grimmig ertrug, ihn aber nicht am Weiterreden hinderte.

»Wir hier, wir brauchen nicht viel. Es ist genug zum Bauen

da, das Essen verdienen wir uns. Wir wollen einfach nur nicht zurück in das kaputte Land hinter dem neuen Deich.«

»Jawohl«, stieß einer der anderen Gefangenen hervor.

Auch die anderen Männer nickten, hatten den Kopf oben, schauten Thies erwartungsvoll an. Er nickte anerkennend. Beeke spürte, wie sich in ihr alles zusammenzog. Sosehr sie auch verstand, was Ulf gesagt hatte, er war ein Kinderschänder. Jetzt sollte er auch noch unkontrolliert hier draußen rumlaufen? Ohne Strafe für das Schaf, für die Ärztin? Natürlich wollte sie nicht, dass den Männern Gewalt angetan wurde, sie wollte sie nur einfach nicht mehr in ihrem Land haben. Als Thies zu ihr blickte, verweigerte sie ihm das Nicken. Sie starrte ihn nur an. Er drehte sich zu den Männern.

»Gute Rede, ja. Und ganz ehrlich: Vielleicht muss ich wirklich darüber nachdenken, ob es so klug ist, jeden, der keinen Hof bekommt, davonzujagen.«

Er lächelte Ulf an, dessen Miene sich öffnete.

»Aber bevor ich euch wieder zu viel Hoffnung mache … Ihr hier habt bewiesen, dass ihr uns hintergehen würdet. Wie soll ich euch da vertrauen?«

»Zweite Chance, Mann«, entfuhr es Ulf schon fast gequält.

»Das wäre bei dir dann ja schon die dritte.«

Ulfs Gesicht versteinerte. Thies seufzte bedauernd. Beeke spürte Erleichterung.

»Ich werde euch nicht bestrafen«, verkündete Thies. »Aber …«

»Thies!«, rief Holm. Er hatte die ganze Zeit in Thies' Land Rover gesessen und kam plötzlich so schnell mit einem Tablet angerannt, als wäre eine Horde Wildschweine hinter ihm her.

»Die haben die Grenze durchbrochen!«, rief er.

»Was? Wer?«

Sofort scharten sich Thies, Finn und ein paar Deichschützer um Holm und das Tablet. Auch Beeke konnte einen Blick darauf erhaschen. Man sah Aufnahmen von einem der neuen Grenzpfosten. Geländetaugliche Fahrzeuge rasten auf einem Feldweg zwischen zwei weiteren Pfosten hindurch. Die Kamera schwenkte mit und zeigte die Autos von hinten. Es waren Polizeifahrzeuge.

»Die kamen über eine Baustellenstraße vom neuen Deich«, erklärte Holm aufgebracht. »Einfach durchgebrettert. Oben in Kronprinzenkoog.«

»Wann war das?«

»Fünf Minuten, zehn. Es war keiner mehr in der Zentrale. Olaf hat den Alarm gehört und ...«

»Wo sind sie jetzt?«, ging Thies ungeduldig dazwischen.

»Ich weiß es nicht. Sie sind nicht zu unserem Hof gefahren, das wüssten ...«

»Sucht sie!«

Thies schaute mit vorwurfsvollem Blick zu Finn. Wie konnte das passieren?

»Alle Männer sind hier«, sagte Finn angegriffen. »Das war jetzt Pech, weil ...«

»Ich will keine Ausreden, Finn. Schick deine verdammten Drohnen los, dann sind die endlich auch mal für was gut. Los, los, los!«

Er machte ein Zeichen in die Runde, das alle umgehend zu ihren Fahrzeugen scheuchte. Motoren heulten auf, Reifen drehten durch, Staub lag in der Luft. Die Deichschützer machten Jagd auf die Polizei.

KAPITEL 31

JAN LIESS DEN SPATEN ANSATZLOS in das Erdreich sinken. Die Kollegen standen noch unentschlossen daneben. Respekt vor den Toten, Angst vor den Bauern, Überforderung.

»Los! Grabt! Jede Sekunde zählt.«

Kollegin Fischer war die Erste, die mit dem Graben begann. Das spornte Müller an, die anderen drei Kollegen machten sich schließlich auch an die Arbeit. Die Erde flog durch die Luft.

»Oh, Scheiße«, sagte Müller und deutete nach oben.

Eine Drohne war über ihnen erschienen, stand in der Luft.

»Grab weiter!«, befahl Jan. »Die tut uns nichts.«

Sie hatten nur noch wenige Minuten. Bei Jan lief der Schweiß in Strömen. Er war weniger fit, als er es sein sollte, ging viel zu selten schwimmen. Er freute sich auf seinen Pool.

»Hier ist was!«, rief Fischer.

Sie war mit ihrem Spaten auf Widerstand gestoßen, dabei hatten sie nicht einmal einen Meter Erde abgetragen. Das war kein Sarg, die lagen tiefer.

»Langsam! Seid vorsichtig.«

Jan spürte beim Graben ebenfalls Widerstand, hob weniger Erde ab. Dann sah er es: blauer Stoff, Jeans. Beine.

Die Polizisten schauten einander betroffen an. Natürlich war es ein Erfolg, dass sie hier wirklich eine Leiche fanden, doch niemand konnte sich so recht darüber freuen.

»Legt den Leichnam vorsichtig frei.«

Immer mehr kam zum Vorschein. Der Oberkörper des Toten war in ein ehemals weißes Bettlaken gehüllt, auch der Kopf. Die blutigen Flecken auf dem Laken waren kaum zu übersehen. Fischer legte die Füße frei. Socken. Der Mann trug keine Schuhe. Dass es ein Mann sein musste, wurde immer deutlicher, kräftige Beine, große Statur.

»Sie kommen«, rief Müller.

Eine Fahrzeugkolonne aus Jeeps und Pick-ups wirbelte auf der Straße riesige Staubwolken auf. Mindestens fünf voll besetzte Autos, bewaffnete Männer auf den Ladeflächen.

»Macht weiter!«, sagte Jan zu den anderen. »Ich kümmere mich um die.«

Er legte den Spaten weg, richtete sich auf und öffnete den Pistolenholster. Die Waffe ziehen wollte er noch nicht. Die ersten Blauhemden waren schon von einem der Wagen gesprungen, während dieser noch bremste. Auch der Land Rover an der Spitze mit Thies Cordes am Steuer legte eine Vollbremsung hin. Zwei bewaffnete Männer brachen durch die Büsche, die den Friedhof neben dem Pfarrhaus von der Straße trennten. Sie waren noch gut hundert Meter entfernt von dem Grab, das sich im hinteren Teil des Friedhofs befand. Jan ging den Heranstürmenden entgegen, hob die Hände besänftigend in die Höhe.

»Legt das Gesicht frei«, zischte er dabei in Richtung seiner Kollegen, ohne sich umzudrehen.

Plötzlich verlangsamten die Blauhemden ihren Schritt. Sie hatten eine Anweisung von weiter hinten bekommen. Thies erschien zwischen seinen Männern, setzte sich im Laufschritt an die Spitze, dicht gefolgt von seinem Bruder Finn Cordes. Thies war unbewaffnet, doch Finn trug sein Gewehr, als würde er in den Krieg ziehen.

»Es ist Thorsten Schulz«, sagte jemand leise hinter Jan.

Es tat weh. Jan hatte gehofft – und sich für Nele gewünscht –, dass dort ein Fremder lag. Ein Opfer von Thorsten oder jemand, der mit der ganzen Geschichte überhaupt nichts zu tun hatte. Nur nicht Thorsten, dessen Tod seine Mutter endgültig zerstören würde.

»Wie ist er gestorben?«, fragte Jan leise.

Thies war fast bei ihm, gut zwanzig Männer hinter ihm, darunter auch Olaf Cordes.

»Hört sofort auf!«, schrie Thies im Näherkommen. »Ihr habt kein Recht ...«

»Es ist Thorsten, Thies!«

Thies blieb zehn Meter von Jan entfernt abrupt stehen, wie von einer Kugel getroffen. Auch die anderen Männer stoppten nach und nach, überraschte und betroffene Gesichter. Finn legte die Stirn in Falten, hielt sein Gewehr weiter im Anschlag.

»Der blufft«, raunte er Thies zu. »Das kann nicht Thorsten sein. Du hast gesehen, wie er weggefahren ist.«

Thies antwortete nicht.

»Ihr könnt ihn euch anschauen!«, rief Jan. »Thies und Finn, der Rest bleibt, wo er ist.«

Einen Moment lang herrschte Stille auf dem Friedhof. Alle Männer schauten zu ihrem Hauptmann, der wie ausgelöscht auf den Boden starrte. Selbst von seinen Kollegen hinter sich hörte Jan nichts mehr. Schließlich hob Thies mit einer trägen Bewegung die Hand, um den anderen zu signalisieren, dass sie stehen bleiben sollten. Er kam näher, Finn folgte ihm. Sie hatten Jans Autorität anerkannt, zumindest für den Moment. Er trat zur Seite. Seine Kollegen standen um das Grab herum, teilweise noch mit Schaufel im Anschlag, nur Müller hatte seine Hand am Holster. Der gesamte Leichnam war nun freigelegt, in einem Beet aus frischer Erde, das weiße Tuch am Kopf zerschnitten. Ein blasses Gesicht, die Augen geschlossen, Thorsten. Auch Finn sah nun, dass Jan nicht bluffte. Er schüttelte ungläubig den Kopf.

»Was macht der hier?«, zischte er Thies zu.

Thies bedeutete Finn zu schweigen. Er stieg in das Grab, ging in die Hocke, streckte seine Hand nach Thorstens Gesicht aus und wischte ihm Erde von der Wange. Eine zärtliche Geste, die Finn irritierte. Jan war sicher, dass der jüngere Bruder nicht wusste, was hier los war. Wusste Thies es?

Kollegin Fischer hatte sich zu Jan vorgearbeitet und flüsterte: »Stiche im Rücken.«

Die Frau war klug genug gewesen, den Leichnam wieder umzudrehen, nachdem sie die wahrscheinliche Todesursache gefunden hatte. Thorstens Leiche war kein schöner Anblick, aber eingerahmt vom Bettlaken wirkte er zumindest behütet.

Thies stand auf, stieg aus dem Grab und kam zu Jan.

»Wie habt ihr ihn gefunden?«

»Das Grab war frischer als die anderen. Sah man auf den Drohnenbildern.«

»Das gibt euch nicht das Recht, hier einzudringen.«

Er klang härter als sonst, zeigte nichts von der diplomatischen Seite, die Jan immer an ihm geschätzt hatte.

»Dieses Gebiet ist Teil des Amts Marne-Nordsee. Dafür ist *mein* Revier zuständig. Und wenn hier eine Leiche gefunden wird, dann ermittle ich.«

»Dieses Gebiet ist Teil der Bauernrepublik Koogland. Ihr habt hier keine Hoheitsrechte.«

»Mach das nicht, Thies. Ein guter Junge ist gestorben und …«

»Halt den Mund«, zischte Thies. »Du kanntest ihn überhaupt nicht.«

Er hatte feuchte Augen.

»Er ist ermordet worden, Thies. Wusstest du das? Weißt du, was hier bei euch passiert?«

»Ich werde es herausfinden.«

»Hast du jetzt auch eine eigene Kriminalpolizei?«

Thies antwortete nicht. Er blickte zu Thorsten, wollte stark sein, fühlte sich schwach.

»Lass dir keinen Scheiß erzählen«, kam es von hinten. »Die sollen abhauen.«

Olaf Cordes hatte zu seinen Söhnen aufgeschlossen. Er starrte Jan so grimmig an wie eh und je, nachtragend, weil Jan vor vielen Jahren seinen Job gemacht hatte. Auch Olaf trug ein Gewehr.

»Dann haben wir ja jetzt die ganze Familie Cordes zusammen«, stellte Jan fest.

»Verschwindet«, zischte Thies Jan an. »Und seid froh, dass wir euch ziehen lassen.«

Er blickte Jan direkt in die Augen. So viel Zorn hatte Jan noch nie bei seinem ehemaligen Fußballkapitän gesehen, so viel Wut. Jan konnte nicht genau sagen, woher sie kam. Aber es war nicht mehr auszuschließen, dass sie sich an den Polizisten entladen würde.

»Okay«, sagte er und wandte sich an seine Kollegen. »Hebt den Leichnam an und tragt ihn zu meinem Wagen.«

»Nee, nee!«, rief Thies sofort. »Thorsten bleibt hier.«

Jan schüttelte nur den Kopf, als sei Thies' Forderung haltlos.

»Macht es!«, wies er die Kollegen an.

Die Kollegen stiegen ins Grab. Thies riss seinem Bruder das Gewehr aus der Hand und richtete es auf Jan. Sofort hatten alle Polizisten die Hand am Holster. Müller zog als Erster die Waffe. Hinter Thies gingen die Gewehre und Handfeuerwaffen in die Höhe. Jan hob langsam seine Hände.

»Thies, du willst kein Blutbad.«

»Lasst Thorsten hier!«

Ein Blick voller grimmiger Entschlossenheit. Doch Jan hatte genug. Er ging mit erhobenen Händen langsam auf Thies zu, bis er dessen Gewehrmündung an seiner Brust spürte.

»Pass mal auf, Thies. Du kannst hier Koogland spielen, okay. Wir werden sehen, was daraus wird. Wir lassen euch weiter jeden Blödsinn durchgehen. Wir hauen ab. Aber dieser Junge da hat eine Mutter, die verzweifelt nach ihrem Sohn sucht. Eine Mutter, die weiß Gott viel Scheiße erlebt hat. Das weiß keiner besser als du.«

Er machte eine Pause und tatsächlich – Thies wich Jans Blick aus.

»Ich habe Nele versprochen, ihr ihren Sohn zu bringen. Und das werde ich jetzt tun. Wenn du das verhindern willst, ja, Thies, dann geht das nur, indem du mich erschießt.«

Er wartete noch einen Moment, doch Thies zeigte keine Regung. Also drehte Jan sich um und ging zurück zum Grab. Es war kein schönes Gefühl, mehr als zwanzig Waffen in seinem Rücken zu wissen, aber am Ende hatte Thies sein ganzes Leben lang immer das gemacht, was richtig war. Er würde seinen alten Coach auch jetzt nicht enttäuschen. Jan nickte den Kollegen zu, drei von ihnen packten an, das Zittern der Finger war nicht zu übersehen. Müller steckte die Waffe weg, behielt Thies und seine Männer aber im Auge. Niemand senkte seine Waffe, doch es hinderte auch niemand die Polizisten daran, den Leichnam von Thorsten aus dem Grab zu heben. Jan platzierte seine Hand unter Thorstens Schulter, ein Kollege seine unter der anderen, zwei weitere packten die Oberschenkel. So gingen sie los, gefolgt von Müller und Fischer. Direkt auf Thies zu.

»Thies«, zischte sein Vater. »Lass das nicht zu. Das dürfen die nicht.«

»Sei still«, gab Thies zurück.

Dann ließ er sein Gewehr sinken, erschöpft, hilflos. Er schaute auf Thorsten, während der junge Mann vorbeigetragen wurde. Auch seine Männer ließen die Waffen sinken.

»Wie kannst du diesem Verräter das durchgehen lassen?«, raunte Olaf, doch niemand ging auf ihn ein.

Jan lief voran, blickte den Männern, die ihm im Weg standen, in die Augen. Männer, von denen er viele kannte. Er sah Irritation, Wut oder gar Hass, er sah Betroffenheit. Doch egal, was sie empfanden, die Männer bildeten schließlich eine Gasse für die Polizisten und den Toten.

»Richte Nele mein Beileid aus«, hörte Jan Thies sagen.

»Das werde ich«, erwiderte er, ohne sich umzudrehen.

KAPITEL 32

»UND SIE MACHEN URLAUB HIER OBEN?«, fragte der Neurologe im Plauderton.

Lara musste innerlich lachen. Ihr derzeitiges Leben kam ihr noch absurder vor, seit sie Koogland verlassen hatten. Sie waren über gut ausgebaute Straßen gefahren, bei regem Verkehr, Postdrohnen und Flugtaxis am Himmel, geöffnete Supermärkte und Gartencenter, eine brummende Kleinstadt mit Straßenzügen voller Wohnhäuser, Menschen auf Gehsteigen, ein Krankenhaus, ein echter Arzt, gesiezt werden. All das kam Lara nun wie eine andere Welt vor, obwohl sie gerade mal eine Woche im neuen Staat verbracht hatte. Allerdings nicht im Urlaub.

»Ich besuche Freunde.«

Der Arzt füllte auf seinem Computer das Rezept für Lara aus. Computertomografie und Röntgen hatten keine schwerwiegenden Schäden ergeben. Sie hatte eine Gehirnerschütterung, ein stumpfes Trauma, mehr nicht. Tatsächlich ging es ihr auch schon wieder deutlich besser, Lärm- und Lichtempfindlichkeit hatten nachgelassen. Der Kopf dröhnte noch, doch dagegen bekam sie nun ein Mittel. Ihr Handy meldete die Ankunft des Rezepts.

»Sie sind Krankenpflegerin?«, stellte der Arzt mit Blick auf seinen Monitor fest. »Dann muss ich Ihnen nicht sagen, dass Sie sich in den nächsten Tagen schonen müssen.«

»Das werde ich.«

»Wo arbeiten Sie?«, fragte er.

Lara war kurz versucht, von ihrer neuen Praxis in Koogland zu erzählen, doch sie wusste nicht, wie das ankommen würde.

»Charité, Notaufnahme.«

»Harter Job«, zollte der Mann ihr Respekt.

Dann blickte der Arzt noch einmal auf ihre Wunde.

»Dass Sie sich nicht erinnern können, wie es passiert ist, das ist normal. Und ja, möglicherweise sind Sie sehr unglücklich gestürzt. Aber wenn ich ehrlich bin, sieht es von der Form her nach einem Schlag mit einem stumpfen Gegenstand aus. Also falls es in Ihrem Umfeld Spannungen gibt, Gewalt gar oder sonst irgendetwas Beunruhigendes, ich habe Ihnen außer dem Rezept auch den Kontakt zu einem Krisenteam geschickt. Es ist keine Schande, auf so etwas zurückzugreifen.«

Er lächelte sie verbindlich an. Ein guter Arzt.

»Das ist sehr aufmerksam. Aber ich fühle mich sicher da, wo ich bin.«

In Wahrheit fühlte sie sich dort nicht mehr ganz so sicher wie noch am Morgen. Aber solange sie nicht wusste, was wirklich geschehen war, würde sie kein Krisenteam informieren.

»Okay, dann alles Gute.«

Der Mann schüttelte ihr die Hand.

»Ihnen auch«, sagte Lara und verkniff es sich, den Doktor »Herr Kollege« zu nennen.

Lucy wartete auf dem Flur des Krankenhauses. Die Sorge in ihrem Blick verwandelte sich in Erleichterung, sobald Lara ihr von der beruhigenden Diagnose erzählte. Die junge Frau nahm Lara sogar in den Arm. Während sie zum Ausgang gingen, plapperte Lucy aufgeregt los: »Du bist tatsächlich niedergeschlagen worden. Und die haben den Täter auch gefunden. Und noch einige Leute mehr.«

»Wen? Wen haben sie gefunden?«

»Männer, die sich in Friedrichskoog versteckt haben.«

»Männer?«

»Ja, der Hauptmann hat vorhin eine Nachricht schicken lassen. Einer von denen hat zugegeben, dass er dich geschlagen hat, in Panik.«

»Ich verstehe nicht, welche Männer?«

»Abgelehnte Bewerber. Offensichtlich wollen die nicht gehen und verstecken sich in den Häusern. Es hatte nicht jeder so ein Glück wie wir.«

Sie lächelte Lara dankbar an. Doch Lara war in Gedanken versunken. Diese Männer konnten nichts mit Alina zu tun haben. Sie waren erst nach ihrem Verschwinden aufgetaucht. Aber wenn diese Männer sich in dem Ort breitgemacht hatten, dann hätten sie dort auf Alina stoßen müssen. Wussten sie von ihr? War Alina überhaupt dort? Lara musste sich die neu eingefangenen Kennungen ansehen. Vielleicht befand sich ihre kleine Schwester doch woanders.

Lara öffnete vor Lucys Augen den Kofferraum, als sie nach einem Abstecher zur Apotheke wieder bei ihrem SUV ankamen. Sie klappte das Notebook auf. Es befanden sich wieder einmal erstaunlich viele Nummern auf der Liste, von besagten Männern wahrscheinlich. Aber auch Alinas Nummer befand sich darunter.

»Hast du gehört, was Thies mit den Männern vorhat?«, fragte sie Lucy, während sie Notebook und Kofferraum schloss.

»Nein«, sagte Lucy.

Sie ging zur Fahrerseite und stieg ein. Lara kletterte auf den Platz neben ihr. Lucy fuhr los, ohne auf das einzugehen, was Lara gerade am Kofferraum getan hatte. Sie fuhren eine Weile schweigend zurück in Richtung Koogland.

»Ob Björn heute noch mal Krabben gefangen hat?«, fragte

Lucy. »Wenn nicht, könnten wir kurz bei einem Supermarkt stoppen und was Leckeres …«

»Willst du gar nicht über den Elefanten im Raum reden?«, unterbrach Lara. »Oder, genauer gesagt, über das Notebook im Kofferraum?«

»Du machst etwas, von dem der Hauptmann nichts weiß.«

»Und von dem er auch nichts wissen darf«, ergänzte Lara nickend. »Von dem *niemand* etwas erfahren darf. Meinst du, das ist möglich?«

»Hat es etwas mit uns zu tun?«

»Nein. Und ich verspreche dir, dass Sammy und du dadurch keine Nachteile haben werdet.«

Lucy sagte nichts dazu, schaute auf die Straße.

»Reicht dir das?«, fragte Lara.

»Ja, das reicht mir. Und ehrlich gesagt: Selbst wenn wir dadurch Nachteile hätten, wir sind auf deiner Seite.«

»Du kennst mich überhaupt nicht.«

»Ich kenne dich genug. Du hast mich gerettet, obwohl das nicht leicht für dich war. Obwohl das, was du da machst, sicher einfacher wäre, wenn wir nicht auf dem Hof hocken würden. Das und wie du mit den anderen umgehst, den Leuten auf dem Hof, den Arbeitern, den Patienten, das reicht. Du bist eine von den Guten.«

Lara lachte.

»Und du bist eine von den Naiven.«

Auch Lucy musste lachen.

»Wahrscheinlich war mein Stiefvater nicht ganz so schlimm wie dein Vater«, sagte Lara ernster. »Zumindest bei physischer Gewalt hat er sich meistens zurückgehalten. Das mit den Zigaretten auf dem Arm kenne ich allerdings.«

Sie deutete auf die mittlerweile etwas besser verheilte Wunde an Lucys Arm. Die junge Frau lachte nicht mehr, starrte nach draußen. Sie hatte Lara nach wie vor nicht erzählt, was ihr passiert war.

»Wenn ein Mann von seiner Frau verlassen wird«, begann Lucy schließlich zu reden, »weil er ein Arschloch ist, weil er sie schlägt, dann kann er doch unmöglich denken, dass ›die Frauen‹ das Problem sind. Also alle Frauen, auch und ganz besonders seine Tochter. Das ergibt doch keinen Sinn, oder?«

Sie wollte tatsächlich eine Antwort auf diese Frage.

»Ich fürchte, es gibt eine Welt, in der das Sinn ergibt«, sagte Lara. »In einer Welt der verunsicherten Männer. Meine Mutter hat immer gesagt: Das mit den toxischen Männern wird sich ändern, da wächst eine neue Generation von Frauen heran. Meine Generation. Selbstbewusste Frauen, die wissen, was sie wollen. Selbstständige Frauen, die nicht jeden Scheiß mitmachen, weil sie ihn nicht mitmachen müssen. Das Blöde ist nur, dass eine ganze Menge Männer immer noch auf ein Fax warten, in denen ihnen ihre neue Rolle erklärt wird.«

»Was ist ein Fax?«

»Genau«, lachte Lara. »Wir sind weitergezogen. Aber es sind nicht alle mitgekommen.«

»Sammy ist anders.«

»Ja.«

Stille.

»Gehört zu der neuen Generation auch, dass Mütter, ohne mit den Wimpern zu zucken, ihre Töchter verlassen?«

Lucys Stimme brach am Ende der Frage weg. Ihr Vater hatte sie mit körperlicher Gewalt verletzt, die Verletzung durch ihre Mutter saß tiefer.

»Ich weiß es nicht«, antwortete Lara. »Manchmal muss man einfach gehen, weil es keine andere Lösung gibt, aber das kostet dann solch eine enorme Kraft und ... und dann will man, kann man einfach nicht drüber nachdenken, was es für die bedeutet, die zurückbleiben.«

Lucy verstand nicht, was Lara sagte.

»Ich bin sicher, dass sie dich trotzdem sehr liebt«, ergänzte Lara und lächelte Lucy an.

Lucy zuckte mit den Schultern, wirkte nicht überzeugt. Sie setzte den Blinker, weil sie zur Abzweigung nach Koogland kamen. Von Einkaufen war keine Rede mehr, aber Lara war sicher, dass sie genug zu Hause hatten, wahrscheinlich sogar Krabben oder Fisch, denn Björn war am Morgen wieder rausgefahren. Er hatte extra um halb fünf an Laras Tür geklopft, um ihr das mitzuteilen.

»Wo kommen *die* denn her?«, fragte Lucy.

Als sie auf die alte Landstraße bogen, kamen ihnen zwei Polizeiwagen mit Blaulicht entgegen. Sie konnten nur aus den Kögen kommen, ein anderes Ziel gab es auf dieser Straße nicht. Aber Thies würde niemals die Polizei ins Land lassen. Am Steuer des ersten Wagens saß Jan Jansen. Erst blickte er starr auf die Straße, dann sah er den SUV und schaute direkt zu Lara. Ein ernster Blick, kritisch, gefühlte Minuten auf sie fixiert, obwohl sie nur wenige Sekunden brauchten, um einander zu passieren.

»Halt an der Grenze«, forderte Lara Lucy auf.

»Meinst du, die waren wegen der Männer hier, die dich niedergeschlagen haben?«

»Schwer vorstellbar. So etwas regelt Thies allein.«

Die Grenze auf der Straße bestand mittlerweile aus versetzt stehenden Steinblöcken, an denen Deichschützer die einfahrenden Autos kontrollierten. Nach wie vor nicht die ausfahrenden, was sich als Fehler entpuppt hatte. Thies hatte keine Ahnung, wer sich im Land aufhielt. Ein Deichschützer mit Gewehr auf dem Rücken erkannte schon von Weitem Laras Wagen und winkte sie durch. Lucy stoppte auf Laras Geste hin dennoch bei ihm. Lara ließ ihr Fenster herunter, der Mann kam zu ihr. Er wirkte angespannt, dabei war die Zeit der langen Schlangen mit fremden Autos vorbei.

»Warum war die Polizei hier?«, fragte Lara.

»Die haben eine Leiche gefunden.«

»Was?«

Laras viel zu leerer Magen drehte sich um. Doch der Mann sagte nichts weiter, sondern nickte nur.

»Von wem? Was ist passiert?«

»Thorsten Schulz. Mehr weiß ich auch noch nicht. Der Hauptmann wird später im Intranet was dazu sagen.«

Lara blieb die Spucke weg. Thorsten hatte das Land also nie verlassen, genau wie Alina. Nur dass Thorsten das nicht überlebt hatte. Sofort schaltete Lara den Moniceiver ein, auch wenn Lucy und der Deichschützer sie deswegen irritiert anblickten. Ein Song von Deichkind ertönte. Lara atmete durch. Alina lebte und hörte eins ihrer Lieblingslieder. Ein Lied, das sie hörte, wenn sie gut drauf war.

»Schlecht für den Nachwuchs, schlecht für die Nordsee, schlecht für den Kopf – doch leider geil.«

»Fahrt mal weiter«, befahl der Deichschützer.

Hinter ihnen kam ein Fahrzeug. Lara nickte Lucy zu. Die gab Gas.

»Schlecht für dein Karma, schlecht für die Zukunft, schlecht für den Job – doch leider geil.«

»Bist du okay?«, fragte Lucy.

Sie hatte Laras zitternde Hand gesehen, mit der sie am Moniceiver herumgedrückt hatte.

»Fahr zum Cordes-Hof.«

»Du sollst dich doch schonen.«

»Ich weiß, was ich tue.«

Lara brauchte Antworten.

KAPITEL 33

ETWAS WAR ZERBROCHEN, zum ersten Mal.

Selbst die Deichschützer waren verunsichert. Es war nicht so schlimm, dass man es nicht wieder kitten konnte, doch dafür musste Thies mit ihnen reden. Nicht einmal Beeke ließ er an sich heran. Er saß in der Kommandozentrale vor einem Monitor und schaute sich immer wieder die Aufnahmen an. Die Polizeiautos, welche die Grenze durchbrachen, Drohnenbilder der Polizisten, die wie die Wilden Erde aus dem Grab schaufelten, Bilder von der bewaffneten Konfrontation und Bilder von den Polizisten, die wieder aus dem Land fuhren. Mit dem Leichnam von Thorsten.

Beeke stand in der Tür, während hinter ihr der halbe Staat durch das Haus und über den Hof stolperte, führungslos, Gerüchte und Spekulationen raunend, der eine Teil aktionistisch, der andere hilflos. Der Parkplatz war überfüllt, die Arbeiten eingestellt, die letzten Bewerber vorerst weggeschickt, ohne Angabe von Gründen. Immer mehr Bauern erfuhren, was geschehen war, kamen vorbei, riefen Leute im Umfeld des Hofs an. Wenn sie noch einen Beweis gebraucht hatten, dass der Staat ohne Thies nicht funktionierte, dann lieferte dieser Tag ihn.

Beeke hatte die gesamte Entwicklung auf dem Friedhof am Monitor verfolgt, ohne Ton. Deswegen wusste sie nicht, wie Jan Jansen ihren Mann hatte überzeugen können, nicht nur die

Grenzverletzung, sondern auch den Abtransport des Leichnams zuzulassen. Aber Beeke hatte noch vor Thies gesehen, dass es Thorsten war, der dort begraben lag. Der junge Mann, den sie in ihre Familie aufgenommen hatten, an dem Thies einen Narren gefressen hatte, obwohl er wahrlich nicht ohne Probleme gekommen war. Der junge Mann, dessen Bestrafung dazu geführt hatte, dass Thies über Nacht sichtbar gealtert war. Dessen Verweis aus ihrem Land Thies größten Schmerz zugefügt hatte. Wie konnte er nun tot in einem ihrer Gräber liegen?

Sie hörte hinter sich Olaf schimpfen, sie hörte Finn Anweisungen schreien. Verzweifelt versuchte der kleine Bruder, so etwas wie Ordnung in das Chaos zu bringen, eine Führungsrolle zu übernehmen, aber er war nicht Thies. Thies hätte niemals geschrien. Das hatte er auch nicht bei seiner Rückkehr getan. Er hatte alle mit leisen Worten gebeten, die Kommandozentrale zu verlassen, und sich dann auf seinen Platz gesetzt. Er rieb sich den Nacken, starrte auf das letzte Standbild der Drohne, wo zu sehen war, wie die Polizeiwagen hoch auf den neuen Deich fuhren. Beeke näherte sich ihm langsam, legte vorsichtig ihre Hand auf seinen Nacken, massierte ihn. Kurz berührte er mit seiner Wange ihre Hand als Zeichen, dass sie willkommen war. Dennoch sah er sie nicht an, sagte nichts, starrte weiter. Thies war hellwach, konzentriert, er arbeitete an einer Lösung. Das beruhigte Beeke. Bald würde die Krise vorbei sein.

»Kannst du Finn sagen, er soll mit der Kamera herkommen?«, fragte Thies schließlich.

»Klar«, antwortete Beeke und gab ihm einen Kuss auf die Wange.

»Liebe Dithmarscher, neu und alteingesessen, wir erleben eine schwere Stunde, aber das ist gut für uns. Es ist eine Prüfung, wie weit wir als Gemeinschaft sind, wie stark wir sind, wie widerstandsfähig. Eine Prüfung, die vergleichsweise harmlos ist, wenn man bedenkt, was der deutsche Staat alles tun kann, um uns unsere Freiheit zu nehmen. Lasst mich euch erklären, was passiert ist.«

Erstmals hatten sie die Kamera für eine Übertragung im Intranet mitten im Hauptquartier aufgebaut. Thies stand mit hochgekrempelten Armen vor einem Heer von Monitoren, auf denen Bilder von Finns Drohnen und ausgewählten Grenzpfosten zu sehen waren. Die Botschaft war eindeutig: Der Hauptmann hatte alles im Griff. Er sprach ruhig, aber konzentriert, seine Gesten wirkten bestimmt. Dennoch war er nicht der Alte. Ihm war etwas von seiner Leichtigkeit verloren gegangen. Und er hatte mit niemandem vorher besprochen, was er sagen würde, nicht einmal mit Finn oder Beeke. Sie hörten seine Erklärung für die Ereignisse des Tages gleichzeitig mit allen anderen.

»Vor einer halben Stunde ist die Marner Polizei auf unseren Friedhof in Kronprinzenkoog gefahren, weil ihnen eine Drohne gezeigt hatte, dass es dort ein frisches Grab gab. In diesem Grab haben sie den Leichnam von Thorsten Schulz gefunden.«

Thies machte eine Pause, Betroffenheit, Durchatmen.

»Ich habe Thorsten am Freitag vor einer Woche aus unserem Staat verwiesen, weil er wiederholt gegen unsere Gesetze verstoßen hatte. Ich habe gesehen, wie er zusammen mit seiner Freundin Alina in seinen Wagen gestiegen und davongefahren ist. Er war sehr aufgebracht. Ich weiß nicht, was passiert ist, nachdem die beiden den Hof verlassen hatten. Ich war der Meinung, sie wären über den neuen Deich gefahren. Wie wir jetzt wissen, war das nicht der Fall. Ich weiß nicht, wem die beiden über den Weg gelaufen sind. Ob Alina von Thorsten angegriffen wurde und sich gewehrt hat. Wir wissen alle, wie aufbrausend er sein konnte. Möglicherweise hat sie ihn getötet.«

Finn, der neben Beeke hinter der Kamera stand, bekam große Augen. Dieser Verdacht war mit niemandem abgesprochen, und wenn Beeke Finns Bericht und Olafs Schimpftiraden richtig verstand, hatte auch die Polizei keine Hinweise darauf, dass Alina das getan haben könnte. Sie hatten noch nicht einmal mit einer Untersuchung begonnen.

»Die Polizei hat unsere Grenze durchbrochen. Wir waren bereit, sie in die Schranken zu weisen, viele von euch haben das gesehen. Aber Thorstens Tod hat alles geändert. Ihr wisst, dass er mir wichtig war. Ihr kennt seine Mutter, Nele Schulz, die in der Flut ihren Mann Knut verloren hat. Thorstens Tod muss aufgeklärt werden. Eine Verdächtige befindet sich in Deutschland oder ist ins europäische Ausland geflohen, das überschreitet unsere Möglichkeiten, gerade in dieser für uns wichtigen Zeit. Deswegen habe ich die Ermittlungen Jan Jansen überlassen, einem Polizisten, den wir alle schätzen. Ja, ich bin erbost, dass die Polizei in unser Land eingedrungen ist, das wird nicht ohne Folgen bleiben, aber in dieser Situation hat die Aufklärung des Verbrechens Priorität. Deswegen bitte ich euch um Verständnis für mein Handeln. Ich danke euch.«

Er blickte zu Finn, der daraufhin die Übertragung beendete. Beeke ging zu Thies, nahm ihn in die Arme.

»Sehr gut«, sagte sie. »Das erklärt es, wird alle beruhigen. Sehr gut.«

Die Tür zur Kommandozentrale wurde geöffnet, Holm und andere Deichschützer kamen herein. Sie hatten die Ansprache auf ihren Handys verfolgt, wirkten jedoch nicht so euphorisch wie sonst nach Thies' Reden. Sie nahmen ihre Plätze an den Monitoren ein.

»Was meinst du mit ›wird nicht ohne Folgen bleiben‹?«, fragte Finn. »Was willst du tun? Wir müssen was tun, sonst ...«

»Lass gut sein, Finn. Ich hab alles im Blick.«

Finn verstummte. Er war unzufrieden, spürte selbst nach dieser Erklärung noch den Druck der Bauern, der Deichschützer, von allen, die Jan Jansens Provokation nicht hinnehmen wollten.

»Okay, was sind deine Anweisungen?«, fragte Finn mit gereiztem Unterton.

»Lass das Grab auf dem Friedhof absperren und bewachen. Ich werde im Laufe des Tages jemanden zum Ermittler bestimmen. Wir brauchen unseren eigenen, auch für die Zukunft. Der wird sich mit Jan in Verbindung setzen und um den Austausch von Ermittlungsergebnissen bitten, so wie man das zwischen Polizeiorganen verschiedener Staaten macht.«

»Das ist gut«, sagte Beeke. Sie war einmal mehr begeistert von den Instinkten ihres Mannes.

Finn war es nicht.

»Ist ja schön«, flüsterte er, damit die anderen es nicht hören konnten. »Aber wir müssen Stärke zeigen. Vor unseren eigenen Leuten. Und wir brauchen bessere Waffen, Hightech, damit die uns nicht noch mal so ...«

»Warte doch mal ab, Finn, Herrgott noch mal.«

Thies war sehr laut geworden, ungewöhnlich laut. Finn schaute wie ein geprügelter Hund zu Boden.

»Die Männer in Friedrichskoog-Ort«, fuhr Thies ruhiger fort. »Es sind neun, nicht wahr?«

Finn nickte.

»Wie viele Elektroschock-Armbänder haben wir?«

Beeke wurde mulmig. Durch den Flur hörte man Unruhe vor dem Haus.

»Drei«, antwortete Finn.

»Treib diese Männer zusammen. Sprich mit ihnen. Sie können bleiben, wir werden sie zu Kämpfern ausbilden. Doch für das, was sie getan haben, werden sie bestraft. Wem das nicht passt, der fliegt. Die Bestrafungen führen wir heute Abend in Dreiergruppen durch. Bau dein Equipment bei denen im Ort auf.«

Mit jedem Satz von Thies nahmen Finns Kopfnicken und seine Begeisterung zu. Es war genau das, was er hören wollte.

Genau das mussten die Bürger sehen, auch wenn es mit dem Tod von Thorsten rein gar nichts zu tun hatte. Thies hatte tatsächlich auf alles eine Antwort. Beeke gefiel sie in diesem Fall nicht.

»Du willst Ulf bei uns aufnehmen? Nach dem, was er diesem Mädchen angetan hat?«

»Er wird bestraft, Beeke. Mach da jetzt kein Ding draus. Und was, verdammt noch mal, ist da draußen los?«

Den letzten Satz hatte er in den Flur gerufen, auch um der Diskussion mit Beeke zu entgehen. Man hörte nach wie vor lautstarke Diskussionen vor dem Haus, eine aufgebrachte Frauenstimme.

»Die Ärztin ist da«, erklärte ein Deichschützer. »Wir haben ihr gesagt, dass gerade niemand hier reindarf, aber sie will unbedingt zu dir und …«

»Lasst sie durch.«

Auch das noch.

»Die sollte aber nicht *hier* reinkommen«, zischte Finn mit Verweis auf die Überwachungsanlagen, doch Thies ignorierte ihn.

Schon stapfte die erboste Lara Barthold in den Raum. Sie hatte eine sichtbare Wunde an ihrem Kopf, doch von Benommenheit gab es keine Spur mehr.

»Wie geht es dir?«, wollte Thies fragen, doch so weit kam er gar nicht.

»Seine Freundin hat Thorsten umgebracht?«, stieß sie wütend hervor. »Willst du uns verarschen?«

Beeke hatte Mühe, ihre Gesichtszüge unter Kontrolle zu behalten. Auch wenn Lara sicher nicht die Einzige war, die ihre Zweifel hatte, war es ein derartiger Affront, den Hauptmann so harsch vor allen anzugehen, dass Beeke Angst um die Frau bekam. So angespannt und zu allem bereit, wie sie Thies gerade erlebte, konnte Lara froh sein, wenn ihre andere Gesichtshälfte nicht auch bald eine Wunde aufweisen würde.

»Sie ist mit ihm weggefahren, hat ihn dann bei der Autofahrt erschlagen und auf den Friedhof gebracht? Allein mitten in der Nacht vergraben? Wer soll denn so einen Blödsinn glauben?«

»Es ist eine mögliche Theorie«, entgegnete Thies.

Beeke verstand beim besten Willen nicht, was passierte. Thies ließ sich auf diese Diskussion ein? Mit dem Tonfall? Und diesen Beleidigungen?

»Es ist eine ganz schlechte Theorie, Thies«, ätzte Lara. »Vor allem, wenn man bedenkt, wie das Schlafzimmer der beiden aussah. Blut auf der Matratze, frisch bezogenes Bett, Kampfspuren.«

Ein Zucken in Thies' Gesicht, das Beeke so noch nie gesehen hatte. Er antwortete nicht. Auch Lara schwieg. Sie wartete mit verschränkten Armen auf eine Reaktion. Finn hielt es als Erster nicht mehr aus.

»Was geht dich das überhaupt an?«, maulte er. »Was führst du dich hier so auf?«

»Wenn unser Anführer auch nur den leisesten Verdacht zulässt, dass er in so einer Sache, beim Tod einer unserer Bürger, nicht mit offenen Karten spielt, dann geht uns das alle was an. Dann rüttelt das an den Grundfesten dieses Staats.«

»Wer bist du?«, fauchte Finn und packte sie am Arm, um sie rauszuziehen. »Thies ist so offen, wie er denkt, dass es ...«

»Finn!«, unterbrach Thies. »Lass sie los! Schick alle raus. Nur du bleibst hier, Beeke ... und Lara.«

Beeke hatte seit der Flut viele Situationen erlebt, in denen sie nicht einschätzen konnte, was Thies plante. Sie waren jedoch immer von dem Gefühl geprägt gewesen, dass er wusste, was er tat, dass sie ihm vertrauen konnte. An diesem Tag war es anders, ein Wechselbad der Gefühle. Sie vertraute ihm noch, aber es war nicht mehr das vorherrschende Gefühl. Ihr Vertrauen war von einem Unbehagen begleitet, das sie wegdrücken musste. War es vielleicht immer so, wenn die gesamte Verantwortung bei einem Anführer lag? Funktionierte es nur, wenn man ihm blind folgte?

Beeke wartete stumm ab, bis Finn die Tür hinter dem letzten Deichschützer geschlossen hatte. Lara stand ebenso stumm da.

»Wir müssen auch bei ihr ein Zeichen setzen«, sagte Finn, sobald sie allein waren, und zeigte dabei unverhohlen auf Lara. »Diese Respektlosigkeit …«

»Sie hat recht«, unterbrach Thies ihn.

Nicht zurechtweisend, nicht aggressiv. Seine Hände sprachen Bände. Er strich immer wieder die Fingerspitzen über die Handflächen. Beeke verstand es endlich, verstand sein ganzes Verhalten an diesem Tag, ohne dass er weiterreden musste.

»Ich brauche Hilfe«, sagte Thies. »Von euch allen.«

Dabei schaute er explizit zu Lara. Sie nickte und wartete geduldig auf weitere Erklärungen. Diese Frau strotzte schon wieder vor Selbstbewusstsein. Es war genau das, was bei Thies funktionierte, und das, was Beeke fürchtete: Sie hatte keine Angst, denn sie hatte nichts zu verlieren. Ihr Hof war ihr in den Schoß gefallen, bedeutete ihr nichts, sie hatte keine Familie, um die sie bangen musste. Sie hatte niemanden verloren wie alle anderen, selbst Thorsten war für sie nur ein Vorbesitzer. Sie zeigte ihre Stärke, die junge, selbstständige Frauen in diesen Zeiten so sexy machte, so uneinnehmbar. Beeke hatte sich genauso gefühlt, als sie damals nach dem Studium auf Thies getroffen war. Er hatte sich in diese Beeke verliebt.

»Wovon redest du?«, fragte Finn.

Er war derjenige, der nach wie vor gar nichts verstand, der Abgehängte, den Lara längst zum Frühstück gefressen hatte.

»*Ich* habe Thorsten auf dem Friedhof begraben«, antwortete Thies.

Finns Schultern sackten nach unten, seine Welt stellte sich auf den Kopf. Bei Beeke war das bereits vor ein paar Sekunden passiert. Lara war gänzlich unbeeindruckt, wartete auf mehr.

»Aber ich habe ihn nicht getötet«, ergänzte Thies. »Es *muss* Alina gewesen sein.«

Lara entfuhr ein spöttisches Lachen.

»Lass mich erst einmal erzählen«, sagte Thies zu ihr.

Jetzt war es nur noch ein Dialog zwischen den beiden. Finn stand mit offenem Mund daneben, das Denken kam nicht hinterher. Beeke hatte das Gefühl, nicht anwesend zu sein.

»Ich hatte mich bei der Arbeit mit Thorsten gestritten, es ging wieder um die Bestrafung, die ihn so enttäuscht hatte. Er trug mir das nach, ihr wisst es. Auch ich hatte Worte benutzt, die ich bereute, deswegen bin ich am selben Abend noch einmal zum Lindenhof gefahren. Die Tür stand offen, der Pick-up war weg, im Haus Stille, keine Reaktion auf mein Rufen. Dann habe ich Thorsten im Schlafzimmer gefunden. Er lag tot auf dem Boden neben dem Bett, ein Messer im Rücken, mehrere Stichwunden.«

Sein Blick verlor sich in einer Ecke des Raums, als würde dort der Leichnam auf dem Teppich liegen.

»Ich habe Thorsten in das Laken gewickelt, in den Teppich gerollt und ihn zum Friedhof gefahren ... ihn beerdigt. Dann habe ich den Teppich und alle anderen Spuren verbrannt, bin zurück zum Hof, habe das Zimmer sauber gemacht, und ... das war es.«

Er schaute zum ersten Mal auch Beeke an.

»Ich hab nur eine Frage«, begann sie.

»Ich weiß. Warum habe ich gelogen? Aus demselben Grund, warum ich heute gelogen habe, warum wir bei dieser Lüge bleiben werden: Weil unser Staat wichtiger ist als die Wahrheit. Du weißt, wie sehr ich ein Anhänger der Wahrheit bin, Beeke. Deswegen kannst du erahnen, wie es mich zerreißt. Aber was wir hier vorhaben, kann nur gelingen, wenn unsere Leute sich sicher sind. Wenn sie zu hundert Prozent hinter mir stehen. Mir war an diesem Abend klar: Ein Toter kurz vor unserer Unabhängigkeitserklärung, das hätte uns Monate zurückgeworfen, das hätte alle Diskussionen hier bei uns, aber auch da draußen dominiert. Das konnte ich nicht zulassen. Deswegen habe ich dieses Grab geschaufelt, deswegen habe ich ... Thorsten mit meinen eigenen Händen dort hineingelegt. Es ist ein Desaster, dass er jetzt gefunden wurde, aber wir sind heute mit unserer Republik einen großen Schritt weiter und müssen das jetzt durchziehen. Wir müssen lügen, auch wenn wir es hassen.«

Er wurde immer emotionaler. Der Hauptmann war wieder in seinem Element. Bei Finn funktionierte es, doch Beeke schüttelte nur den Kopf.

»Das erklärt, warum die Bauern es nicht wissen durften«, stellte Beeke fest.

»Du bist enttäuscht, Beeke. Ja. Aber es gibt Lasten, die muss ich allein tragen. Die kann ich euch nicht zumuten. Und ich würde dich auch jetzt noch anlügen, wenn *sie* es nicht unmöglich machen würde.«

Er zeigte auf Lara, die aus irgendwelchen Gründen nicht mehr so uneinnehmbar wirkte wie noch kurz zuvor. Dabei klang Thies nicht einmal vorwurfsvoll. Er war wieder ganz bei sich.

»Und es bricht mir das Herz, dass ich euch jetzt in dieses schwarze Loch mit reinziehen muss«, sagte der Hauptmann, während er Beekes Hand nahm. »Das ist der Preis, den man für die Freiheit zahlt. Ich fürchte, es ist nicht das letzte Mal.«

Er blickte Beeke unverstellt in die Augen. Sie wusste, worauf er wartete. Also nickte sie. Dann wandte Thies sich an Lara.

»Kann ich dir vertrauen?«

»Wo ist diese Alina jetzt?«, kam von Lara zurück.

»Ich weiß es nicht. Auf der Flucht.«

»Die Postkarte?«

»Habe ich gefälscht.«

Die beiden musterten einander. Ein endloser Moment, um den Beeke Lara beneidete.

»Okay«, sagte Lara schließlich. »Es ist nicht die Art und Weise, wie ich die Dinge angepackt hätte, aber es ist dein Staat.«

»Es ist unser Staat. Ich führe ihn lediglich an.«

Er sprach mit den Augen, und Lara verstand ihn. Sie hatten sich gefunden. Beeke und Finn waren die Fremden.

KAPITEL 34

THORSTENS LEICHNAM LAG auf dem Parkplatz hinter dem Revier. Sie hatten eine Plane auf dem Boden ausgebreitet und den leblosen Körper daraufgelegt. Von der Straße aus konnte man das ungewöhnliche Schauspiel nicht sehen, denn sie hatten die Autos als Sichtschutz aufgestellt, doch Jan war sich sehr bewusst, dass er jenseits all dessen handelte, was man in der Polizeischule lernte. Seine Kollegen hatten sich erschöpft ins Revier zurückgezogen. Nur Kollegin Fischer stand bei ihm, als er versuchte, die wenigen noch vorhandenen Spuren zu sichern. Sie filmte ihn dabei, wie er die Leiche vorsichtig untersuchte.

Natürlich war dies keine seriöse Obduktion, doch darauf konnte Jan nicht warten. Ein Wagen der Rechtsmedizin aus Hamburg war unterwegs, aber ob Jan deren Ergebnisse je zu sehen bekommen würde, wusste er nicht. Vielleicht war er dann nicht mal mehr im Dienst. In diesem Moment fuhr Krugs Wagen auf den Hof. Jan arbeitete zügig weiter.

»Bist du von allen guten Geistern verlassen?«, raunte Krug, kaum dass er ausgestiegen war.

Er baute sich vor Jan auf, der gerade die Fingernägel von Thorsten genau betrachtete. Wenn ihn nicht alles täuschte, befanden sich Hautpartikel darunter.

»Jansen?«, rief Krug ungeduldig.

»Wir haben einen Toten gefunden«, entgegnete er, ohne aufzuschauen.

»Das sehe ich. Und es hat nicht viel gefehlt, dann hätte es euch ebenfalls erwischt.«

»Ich hatte alles unter Kontrolle.«

Krug lachte spöttisch.

»Kannst du jetzt mal aufhören und mich anschauen?«

So aufgebracht hatte Jansen die rheinische Frohnatur noch nicht erlebt. Er hob den Kopf und sah Krug an.

»Du lässt jetzt die Finger von dem Toten, das wird die Rechtsmedizin übernehmen. *Du* gehst nach Hause. Ich verbiete dir vorläufig, die ...«

Sein Handy klingelte. Er zog es aus der Tasche.

»Das Ministerium«, sagte Krug missmutig nach einem Blick auf das Display. »So geht das die ganze Zeit.«

Er nahm das Gespräch an und ging davon. Krug hatte den entscheidenden Satz nicht zu Ende gesprochen, also befand Jan sich noch im Dienst. Durch die Untersuchung der Leiche hatte er nun alle Informationen, die man auf die Schnelle sammeln konnte. Vier Einstiche in den Rücken, einer davon direkt ins Herz, waren die wahrscheinliche Todesursache. Die eher kleine, aber sehr scharfe Klinge war schräg eingedrungen, ein möglicher Hinweis darauf, dass der Täter dicht vor Thorsten gestanden hatte, vielleicht in einer Umklammerung, im Kampf. Darauf deuteten auch die Hautpartikel unter den Fingernägeln hin. Die Leichenliegezeit konnte nur die Rechtsmedizin bestimmen. Durch das Begraben war der Leichnam einigermaßen gut erhalten, aber wegen des Verwesungsgrades konnte Jan davon ausgehen, dass er bereits einige Tage dort gelegen hatte. Rund um das vorletzte Wochenende war Thorsten verschwunden, das passte zeitlich.

Jan eilte nach drinnen. Müller saß am Empfang, starrte ins Nichts, obwohl das Telefon klingelte. Er tat Jan leid, aber es war keine Zeit für Seelsorge. Er rauschte an Müller vorbei.

An seinem Schreibtisch lud Jan die Fotos und Videos hoch und schickte sie auf sein privates Handy. Parallel dazu eröffnete er im internen System der Polizei eine europaweite Fahndungsmeldung für Alina Wagner, die er als Zeugin in einem Mordfall einstufte. Die Kollegen in Kopenhagen wies er ausdrücklich auf die Postkarte hin, die Nele erhalten hatte. Weitere Fahndungen waren nicht notwendig, denn alle anderen Tatverdächtigen befanden sich vor dem neuen Deich. Alina war letztlich die Einzige, auf die Jan Zugriff hatte. Nach allem, was er über die junge Frau wusste, erschien sie ihm als Täterin unwahrscheinlich. Aber sie wusste mehr, da war er sicher. Also grub er sich tiefer in alle Informationen, die er über sie erhalten konnte. Durch die Fahndungsmeldung konnte er nun auch auf die Berichte aus Freiburg zugreifen, wo Alina vorbestraft war. Wie erwartet, handelte es sich um Verstöße gegen das Betäubungsmittelgesetz. Sie war als Jugendliche zweimal mit nicht unerheblichen Mengen Shi aufgegriffen worden und wurde dafür mit Arbeitsstunden bestraft.

In den Akten gab es keine Verbindungen zu Thorsten Schulz. Doch plötzlich stutzte Jan. Als primäre Kontaktperson von Alina Wagner wurde ihre volljährige Halbschwester Lara Barthold genannt. Lara war kein seltener Name, doch das Alter passte zu der jungen Frau, die den Lindenhof übernommen hatte. Jan tippte ihren Namen in eine Suchmaschine, fand zunächst nicht viel, stieß dann auf die Seite der Charité in Berlin. Ein Klick, und er hatte das Foto der neuen Bäuerin vor sich.

Lara Barthold war nach dem Verschwinden ihrer Halbschwester nach Dithmarschen gekommen und tat so, als würde sie Alina nicht kennen.

Eine neue Mail erschien in Jans Posteingang. Sie stammte von Michel Willert, einem der angesehensten Bauern aus Thies' neuem Reich. Jan öffnete die Nachricht und überflog sie. Er musste lachen. Michel, der als Teenager ebenfalls eine Zeit lang von Jan trainiert worden war, stellte sich mit ungeübten Worten als Ermittler der Bauernrepublik Koogland vor und bat um den Austausch von Informationen. Unter Kollegen. Die Polizeiausbildung im neuen Staat ging ziemlich zügig vonstatten.

»Was machst du noch hier?«

Jan hatte nicht mitbekommen, dass Krug ins Büro gekommen war. Der Revierleiter stand verschwitzt vor ihm.

»Ich ermittle in einem Mordfall«, antwortete Jan, während er die digitalen Akten von Alina Wagner auf sein privates Handy übertrug.

»Ich habe dich nach Hause geschickt. Dir ist vorläufig der Dienst verboten.«

»Ach so, das habe ich eben nicht ganz verstanden.«

»Jansen, ich habe keine Kraft für Spielchen. Wegen deiner Aktionen brennt die Hütte.«

»*Ich* habe Thorsten nicht getötet.«

»Du weißt, was ich meine.«

»Ehrlich gesagt, weiß ich das nicht.«

Er blickte Krug mit all seiner Autorität aus fünfundvierzig Dienstjahren an.

Krug schüttelte den Kopf. »Du nimmst mich nicht ernst«, sagte er enttäuscht.

»Darum geht es? Ich ...«

»Auch, ja«, unterbrach Krug aufgebracht. »Du widersetzt dich seit Tagen jeder meiner Anweisungen. Als würden sie überhaupt nicht existieren.«

»Wenn der Untergebene durch das Widersetzen gegen Anweisungen einen Mord aufdeckt, könnte man als guter Vorgesetzter auch die Anweisungen infrage stellen.«

»Jansen, lass es! Geh einfach nach Hause. Jetzt!«

Auch Jan war enttäuscht. Ausgerechnet Krug, der immer auf Kumpel machte, stellte sein verletztes Ego über die Ermittlungen. Natürlich bekam sein Chef mächtig Druck von oben, aber so etwas musste man auch mal aushalten.

»Wer übernimmt den Fall jetzt?«, fragte Jan.

Er verkniff sich den Vorschlag, Kommissar Michel aus den Kögen darauf anzusetzen.

»Die Kripo aus Itzehoe«, antwortete Krug. »Die wie immer in solchen Fällen zuständig ist.«

Und die keine Ahnung hatte, wie die Menschen hinter dem neuen Deich tickten. Die nicht mal ernsthaft ermitteln würden, weil von oben angeordnet wurde, nicht zu provozieren. Falls Jan noch überlegt hatte, seine neuesten Erkenntnisse in Bezug auf Lara Barthold zu teilen, war dies nun hinfällig.

»Schönen Tag noch«, verabschiedete Krug ihn. »Ich melde mich.«

Jan wollte das Büro verlassen, doch in der Tür stand der gepeinigte Kollege Müller.

»Ähm, wir haben ein Problem«, flüsterte er und schaute Richtung Eingang.

»Was denn?«, fragte Krug.

»Nele Schulz.«

Jan trat auf den Flur. Nele stand unentschlossen an der Eingangstür des Reviers. Nur wenige Meter hinter ihr, verdeckt durch die Polizeiwagen, lag ihr Sohn.

»Scheiße«, zischte Krug.

»Redest du mit ihr?«, fragte Jan. »Ich soll ja nach Hause.«

»Jansen, bitte«, entgegnete Krug flehend.

»Hab ich mir fast gedacht.«

Ohne seinen Chef noch eines Blickes zu würdigen, ging er zur Tür. Fischer stand am Empfang und blickte Thorstens Mutter mitleidend an. Am Morgen hatte Jan sie mit dem Versprechen verlassen, sich an diesem Tag ausschließlich der Suche nach ihrem Sohn zu widmen. Jetzt war sie gekommen, um nach Ergebnissen zu fragen.

»Nele, komm rein«, sagte Jan. »Komm. Wir setzen uns.«

Er winkte sie zum Befragungsraum, ließ sie vorgehen und wandte sich kurz an Fischer.

»Richte Thorsten so gut her, wie's gerade geht«, flüsterte er ihr zu.

Mit einem Nicken verschwand sie nach draußen. Krug und Müller standen schweigend am Empfang, schauten Nele hinterher, die im Befragungsraum verschwand. Jan folgte ihr, schloss die Tür hinter sich. Sie stand verloren in der Mitte des Raums, wie immer.

»Komm, setz dich.«

Nele setzte sich auf die bequeme Bank. Jan nahm ihr gegenüber Platz. Sie blickte zur Kaffeemaschine.

»Kein Kaffee?«, fragte sie, und es schien fast, als würde sie scherzen.

Ein kleiner Witz, eine Leichtigkeit zwischen Jan und ihr, die neu war. Es schmerzte Jan.

»Nein«, sagte er. »Dieses Mal nicht.«

Nele verstand sofort. »Du hast ihn gefunden.«

Jan nickte.

»Er ist tot«, fuhr sie fort.

Er nickte noch einmal, behielt sie im Auge, auf jegliche Art von Reaktion vorbereitet, zumindest hoffte er das. Nele schaute auf den Tisch, es war nur ein leises Seufzen zu hören, nicht unähnlich dem Totenlaut, der manchmal beim Untersuchen einer Leiche zu vernehmen war.

»Thies war es«, wiederholte sie das, was sie immer gesagt hatte.

Sie war gefasst. Der Tod ihres Sohnes war längst ein Fakt für sie gewesen, genau wie für sie feststand, dass ihr Vergewaltiger der Mörder war.

»Wissen wir nicht. Er war dabei, als wir Thorsten gefunden haben. Er wirkte nicht wie ein kaltblütiger Mörder.«

»Thies war nie kaltblütig bei dem, was er getan hat.«

Da hatte sie recht.

»Wo ist Thorsten?«, fragte sie.

»Wir haben ihn hier.«

»Ich will ihn sehen.«

Sie stand auf.

»Warte, Nele. Er war vergraben, auf dem Friedhof in Kronprinzenkoog, nur in ein Tuch gewickelt. Er ist schon ein paar Tage tot, das ist kein schöner Anblick.«

»Es ist mein Kind!«

Mehr musste sie nicht sagen, nichts anderes hatte Jan erwartet. Er stand auf und ging vor, aus dem Befragungsraum, über den Flur, vorbei an Krug und Müller, nach draußen auf den Parkplatz. Fischer kam hinter dem Polizeiwagen hervor. Jan blickte sie fragend an. Sie zuckte mit der Schulter und nickte dabei. *So gut, wie's gerade geht.*

Jan reichte Nele seine Hand. Sie griff vertrauensvoll danach, kalt und schlaff. Er führte sie an dem Auto vorbei, direkt zum Leichnam ihres Sohnes. Fischer hatte ihn auf den Rücken gelegt, das Laken um ihn drapiert, das Gesicht sauber gewischt, die Haare gerichtet. Dennoch schnürte der Anblick Jan den Hals zu, jetzt, da er die Mutter des Toten zu ihm führte. Nele ging zu Thorsten und kniete sich hin, legte ihm ihre Hand auf die Wange. Die Geste ähnelte der, die sie bei Thies gesehen hatten, nur dass Nele ihre Hand liegen ließ und leise mit ihrem Sohn sprach. Fischer schaute Jan fragend an, doch auch er konnte nicht hören, was sie sagte. Als er sich zu ihr hockte, verstummte sie. Jan wartete einfach ab.

»Wann wirst du Thies verhaften?«

»Nele, ich bin mir nicht sicher, dass es Thies war.«

»Wer dann?«

Jan schaute hinter sich, nur Fischer stand dort. Er vertraute ihr mittlerweile.

»Die Frau, die den Lindenhof nach Thorsten übernommen hat, ist Alinas Halbschwester.«

Keine Reaktion bei Nele. Sie schaute auf ihren Sohn.

»Sie hat das niemandem verraten. Und sie ist an dem Wochenende erschienen, als Thorsten gestorben ist. Für mich ist sie zumindest eine Verdächtige, genau wie Alina. Aber ich müsste mit dieser Frau reden, ohne dass Thies und seine Leute es mitbekommen.«

Er war sich nicht sicher, ob Nele ihm zuhörte, ob es sie überhaupt interessierte, worüber Jan da spekulierte. Er blickte zu Fischer, die ihrerseits sehr wohl zugehört hatte.

»Und ich darf nicht weiter ermitteln«, erklärte Jan mehr der Kollegin als Nele. »Ich soll nach Hause gehen. Aber ich werde nach einem Weg suchen, diese Lara aus den Kögen zu locken. Einfach zu ihr zu fahren, wird nicht funktionieren. Sobald jemand von uns über den neuen Deich fährt, steht Thies auf der Matte, davon können wir ausgehen. Also ...«

»Sie ist auf dem Lindenhof?«, fragte Nele plötzlich.

»Wahrscheinlich.«

Nele schaute Jan an, wach, bei sich, ein seltener Anblick.

»Dann fahr *ich* zu ihr. Passt du in meinen Kofferraum?«

Damit hatte Jan nicht gerechnet, aus vielen Gründen.

»Du wolltest nie wieder in die Köge«, bemerkte Jan.

»In diesem Fall mache ich eine Ausnahme.«

Tatsächlich zeigte sie jetzt so etwas wie ein selbstbewusstes Lächeln. Entweder war sie nun komplett durchgedreht oder nach langer Zeit zum ersten Mal wieder sie selbst. Jan konnte nur hoffen, dass es sich um Letzteres handelte.

KAPITEL 35

DIESELBE UNTERGEHENDE Sonne, die durch das Fenster ins Wohnzimmer des Lindenhofs schien, war auch auf dem Fernseher zu sehen. Dort tauchte sie die Straße in Friedrichskoog-Ort in warmes Licht, wodurch der Dreck und die Zerstörung etwas von ihrem Schrecken verloren. Zum Ausgleich dafür standen mitten auf der Straße Stühle, auf denen drei Männer saßen, denen Deichschützer Manschetten um die Oberarme legten. Der Hauptmann stand daneben, gut sichtbar für die Zuschauer, aber auch für die Männer.

»Ist es eigentlich Pflicht, sich das anzugucken?«, fragte Lucy.

Sie saß zusammen mit Sammy und Lara auf ihrem bequemen Sofa, wo sie sich sonst Filme anschauten. Wo der alte Björn mal wieder steckte, wusste Lara nicht.

»Nein, du kannst natürlich rausgehen«, sagte Lara.

Lara wusste selbst nicht, ob sie es sehen wollte. Genauer gesagt: Sie wollte es ganz sicher nicht. Sie hatte das Prozedere schon bei Thorsten schwer ertragen. Doch sie hatte das Gefühl, dass sie nichts von den Vorgängen im Staat verpassen durfte. Jetzt, da sie zum engsten Kreis von Thies gehörte. Das hatte er ihr unmissverständlich klargemacht, nachdem sie ihn vor Finn und seiner Frau Beeke bloßgestellt hatte. Sie wusste nicht, ob das ein Zeichen seiner Größe war oder ein besonders ausgebuffter Trick. Denn was sie ganz genau wusste, war, dass er nach wie vor log. Vielleicht hatte er Thorstens Leiche tatsächlich begraben, aber niemals hatte Alina ihren Freund getötet. Und sie war auch nicht aus den Kögen geflohen. Lara konnte auf ihrem Handy sehen, dass Alinas Soundpod in diesem Moment Musik in Friedrichskoog abspielte.

Außerdem hatte Thies gelogen, als er behauptete, Alinas Postkarte gefälscht zu haben. Es war eindeutig Alinas Schrift. Er hatte sie irgendwie dazu gebracht, die Karte zu schreiben. Er wusste genau, wo sie sich befand.

»In unserem Gesetz steht, dass es bei schmerzhafter Bestrafung verboten ist, Tiere anderer Bürger zu töten oder Gewalt gegen Mitbürger anzuwenden«, sagte Thies jetzt auf dem Bildschirm. »Diese Männer haben gegen unsere Gesetze verstoßen. Sie wollen dazugehören. Sie wollen an diesem Ort hier leben und ihn wieder aufbauen. Das können sie nur, wenn sie nach unseren Regeln leben. Deswegen werden sie für ihre Taten bestraft.«

Er drehte sich zu den Männern um. Ein kräftiger Kerl mit blonden Haaren blickte Thies direkt ins Gesicht, der zweite Mann wippte nervös auf seinem Stuhl. Daneben saß ein deutlich jüngerer Mann, laut Thies derjenige, der Lara niedergeschlagen hatte. Vor die Wahl zwischen Strafe und Gehen gestellt, hatten sie alle die Strafe gewählt.

»Versteht ihr, warum ihr bestraft werdet? Seid ihr bereit für eure Strafe?«

Der Blonde sagte deutlich vernehmbar Ja, die anderen beließen es bei einem Nicken. Thies trat einen Schritt zurück. Dann drückte er auf die Fernbedienung in seiner Hand. Sofort spannten sich die Körper aller drei Männer an, der Junge stöhnte vor Schmerzen auf, der Mann neben ihm wimmerte, der Blonde schaute verbissen in die Kamera. Lucy hielt es nicht mehr aus. Sie sprang auf und verließ den Raum. Sammy beobachtete genau, wie die Männer zuckten, der Junge war der Erste, der sich in die Hose machte.

»Ist das der Weg?«, fragte Sammy angewidert.

»Das ist der Weg, auf den wir uns eingelassen haben«, antwortete Lara.

Das galt ganz besonders für sie. Sie hatte allem zugestimmt, was Thies vorgeschlagen hatte, denn sie war Alina jetzt so nah wie nie zuvor. Sie hatte Thies sogar in seinem Entschluss bestärkt, dass eine Bestrafung der Männer in Friedrichskoog-Ort eine gute Idee war, um die Ordnung wiederherzustellen. Lara wusste nicht, ob sie die Elektroschocks hätte verhindern können, aber auch sie war mitverantwortlich für das, was jetzt auf dem Bildschirm zu sehen war.

Mittlerweile lagen alle drei Männer auf dem Boden, krümmten sich und wimmerten. Sammy hatte genug. Auch er verließ den Raum. Lara starrte weiter auf den Fernseher, die Kopfschmerzen kehrten zurück, sie musste bald wieder eine Tablette nehmen. In Friedrichskoog flehte der Junge, der sie niedergeschlagen hatte, um Gnade. Thies zeigte keine. Er litt nicht, wie er das bei der Bestrafung von Thorsten getan hatte. Es bereitete ihm auch keine Freude, diese Menschen zu quälen. Doch er sah es als richtig an, als gut im Sinne der Sache. Er hatte seinen Frieden damit gemacht, dass er Richter und Henker sein musste, um seinen geliebten Staat am Laufen zu halten.

»Zeit«, kam Finns Stimme aus dem Off.

Thies drückte auf die Fernbedienung in seiner Hand. Die Männer blieben regungslos auf dem Boden liegen. Der Junge weinte. Nach einem Moment des Durchatmens rollte der Blondschopf auf den Rücken. Dann lachte er. Er hatte es geschafft. Plötzlich trat Deichschützer Holm zu Thies und flüsterte ihm etwas ins Ohr. Der Hauptmann wandte sich daraufhin staatsmännisch an die Zuschauer.

»Wir machen eine Pause«, sagte Thies. »Dann melden wir uns mit den nächsten drei Straftätern.«

Die Übertragung brach ab. War das so geplant gewesen? Natürlich musste man die bestraften Männer wegbringen und die anderen holen, aber das würde nicht lange dauern.

»Lara!«, hörte sie Lucys Stimme von oben. »Da kommt ein Auto.«

Nach allen Erfahrungen der letzten Tage war es kein Zufall, dass jemand an Laras Hof vorfuhr, kurz nachdem Thies eine Nachricht bekommen hatte. Sie eilte zum Fenster. Ein in die Jahre gekommener Tesla bog bei der Scheune um die Ecke. Soweit Lara es in der Dämmerung erkennen konnte, saß eine ältere Frau am Steuer. Sie stoppte den Wagen vor dem Haus und stieg aus. Lara hatte die Frau noch nie gesehen. Sie war etwa fünfzig Jahre alt, trug ein Vintage-Wollkleid und eine stilvolle Handtasche. Eine gepflegte Erscheinung, auch wenn sie ihre besten Jahre eindeutig hinter sich hatte. Ohne Zögern ging sie zum Kofferraum ihres Wagens und öffnete ihn. Was dann zum Vorschein kam, sorgte dafür, dass Lara das Kinn herunterklappte. Im Kofferraum der fremden Frau befand sich der Polizist Jan Jansen. Lara lief los und ignorierte das Pochen der Wunde an ihrem Kopf.

Als sie die Haustür öffnete, stand Jansen bereits davor, die fremde Frau einen Schritt hinter ihm. Er trug seine Uniform, die Pistole im Halfter.

»Guten Abend, Frau Barthold«, sagte er freundlich.

Lara wusste sofort, dass es keine echte Freundlichkeit war. Ein Polizist, der sich nach Koogland schleusen ließ, war eine Sache. Dass er jedoch ihren Nachnamen kannte, den sie ihm nie genannt hatte, war eine andere.

»Der Beifahrersitz war Ihnen zu bequem?«, fragte Lara.

Jansen lächelte, als hätte er Laras Sarkasmus schon immer geschätzt.

»Können wir reinkommen? Ich erklär's Ihnen.«

»Ich bin mir nicht sicher, ob das eine gute Idee ist.«

»Es geht um Ihre Halbschwester.«

Ein Tiefschlag. Lara trat widerwillig zur Seite, ließ Jansen und seine mysteriöse Begleitung herein. Die Gedanken rasten durch ihren maladen Kopf. Wie hatte der Polizist die Verbindung zu Alina hergestellt?

»Lassen Sie uns in die Küche gehen«, sagte sie.

Lucy war oben an der Treppe erschienen, Lara scheuchte sie weg. Sie ließ ihre Gäste in die Küche vorgehen. Doch dann blieb die fremde Frau im Flur stehen und betrachtete ein Foto an der Wand, ein stimmungsvolles Bild vom Strand an einem windigen Tag, aufgewühlte Wellen, ein Segelboot weit draußen auf der Nordsee. Das Bild hatte schon im Haus gehangen, als Lara angekommen war. Lara sah der Frau an, dass sie es kannte. Als sie langsam weiterging, blickte die Frau zu Lara. Müde Augen, fragile Gesichtszüge, ein Zustand der Erschöpfung, durch das Leben an sich, ein schweres Leben. Lara wusste, wer diese Frau war.

»Mein herzliches Beileid«, sagte Lara instinktiv.

»Danke.«

»Sie kennen Frau Schulz?«, fragte Jansen Lara.

»Bisher noch nicht.«

»Sie sind eine gute Beobachterin.«

»Was wollen Sie?«, fragte Lara, der die ganze Konstellation immer weniger zusagte.

Sie bat die beiden Besucher, sich zu setzen. Thorstens Mutter blickte auf den Stuhl, als wäre er eine Bedrohung, nahm dann aber Platz. Jansen setzte sich neben sie. Lara holte eine Karaffe mit Wasser und zwei Gläser.

»Was ist mit Ihnen passiert?«, fragte Jansen und deutete auf den Bluterguss an Laras Schläfe.

»Deswegen sind Sie hier?«

»Nein, aber so eine Verletzung kann ich nicht übersehen.«

»Das ist geklärt.«

Der junge Täter lag vor Schmerzen wimmernd im Dreck.

Nach Thies' Gerechtigkeitsverständnis war es damit kein Thema mehr. Zweite Chance.

»Warum sind Sie dann hier?«, hakte Lara nach.

»Sie wissen also bereits, dass wir Thorsten tot aufgefunden haben. Ich hingegen weiß mittlerweile, dass Thorstens Freundin Ihre Halbschwester ist. Was ich nicht weiß: Warum halten Sie das geheim? Warum behaupten Sie, dass Sie den Hof haben wollen, wenn es in Wahrheit um Alina geht? Wissen Sie, wo Alina sich befindet?«

»Das sind eine Menge Fragen«, entgegnete Lara.

Sie schenkte jedem ein Glas Wasser ein und stellte die Gläser auf den Tisch.

»Wir haben nicht viel Zeit.«

»Fragen Sie das alles, weil Sie mich verdächtigen?«

»Nein, ich frage als Freund von Frau Schulz, der wahrscheinlich heute wegen der Aktion auf dem Friedhof seinen Job verloren hat, aber nicht aufgeben wird, bevor wir wissen, was ihrem Sohn zugestoßen ist.«

Er deutete auf die Frau, die Lara ausdruckslos anblickte. Weder sie noch Jansen tranken etwas. Lara glaubte Jansen, dass er seinen Job riskiert hatte. Sie wusste dennoch nicht, ob die Wahrheit bei ihm in guten Händen war. Einmal Polizist, immer Polizist.

»Ich weiß nicht, wo Alina ist. Und ich weiß auch nicht, was mit Thorsten passiert ist. Es tut mir sehr leid.«

Sie sprach direkt zu seiner Mutter, die nach wie vor nicht zu erkennen gab, was in ihr vorging.

»Und warum genau sind Sie hier?«, fragte Jansen.

»Ich suche Alina. Bisher erfolglos. Und ich habe das niemandem gesagt, weil es die Suche erschweren würde.«

»Sie nisten sich hier ein, also gehen Sie davon aus, dass sich Alina in der Nähe befindet. Wie können Sie da so sicher sein?«

»Bevor ich Ihnen das sage, brauche ich etwas mehr von Ihnen.«

»Quid pro quo?«

Lara musste lächeln.

»Was wollen Sie wissen?«, fragte Jansen.

»Wie wurde Thorsten ermordet? Sorry …«

Das letzte Wort war für seine Mutter bestimmt. Die Frau nickte kaum sichtbar, um Laras Entschuldigung anzuerkennen.

»Erstochen, vier Stiche in den Rücken. Wahrscheinlich hat der Täter vor ihm gestanden, in einem Kampf möglicherweise.«

»Verdächtigen Sie Alina?«

Jansen schüttelte den Kopf. Er wollte etwas sagen, doch plötzlich erschien Lucy in der Küchentür.

»Entschuldigt, da kommt noch ein Auto. Ich glaube, es ist der Hauptmann.«

Jansen stand reflexartig auf. Auch Lara spürte, wie ihr Herz schneller schlug.

»Wie viele Leute?«, fragte Jansen.

»Ich habe nur ein Auto gesehen«, antwortete Lucy. »Ich glaub, da ist nur einer drin.«

»Ich kümmere mich um ihn«, sagte Frau Schulz.

Sie stand auf und ging los, als wolle sie Wäsche aufhängen. Da Jansen nicht protestierte, war das wohl abgesprochen. Sie hatten davon ausgehen müssen, dass die Ankunft von Thorstens Mutter nicht ohne Reaktion bleiben würde.

»Ich kann Ihre Loyalitäten nicht einschätzen«, sagte Jansen zu Lara. »Aber ich verspreche Ihnen, dass Thies von mir nichts über Ihre Verbindung zu Alina erfährt, wenn ich im Gegenzug unentdeckt bleiben kann. Wenn Thies mich hier antrifft, wird es hässlich.«

Bis zu diesem Moment hatte Lara ihre Loyalität ebenfalls nicht einschätzen können, zumindest wenn es um die Wahl zwischen Thies Cordes und dem Polizisten aus Marne ging. Doch eine Eskalation würde ihnen allen schaden.

»Okay«, sagte Lara. »Ich helfe Frau Schulz.«

»Nein, nein«, entgegnete Jansen. »Lassen Sie Nele. Das ist wichtig für sie. Vielleicht können wir uns so lange weiter unterhalten. Ich weiß nicht, wie viel Zeit wir noch haben.«

Lara winkte ihn hinter sich her. Sie huschten in Richtung Werkraum, aus dem man unbemerkt auf den Vorhof blicken konnte. Auf dem Weg dorthin sahen sie Frau Schulz, die zur Haustür ging und dabei ihre Handtasche wie zum Schutz vor sich hielt. Lucy hingegen verzog sich wieder nach oben.

»Was meinen Sie damit, es ist wichtig für sie?«, fragte Lara Jansen, als sie im Werkraum angekommen waren. »Sie kennt Thies?«

Der Land Rover des Hauptmanns bog auf den Vorhof. Frau Schulz verließ das Haus, blieb zwei Schritte vor die Tür stehen und wartete ab.

»Thies ist der leibliche Vater von Thorsten.«

»Oh, wow.«

Der Land Rover stoppte, das Licht ging aus, die Autotür öffnete sich. Die Lampen vor dem Haus beleuchteten Thies' Gesicht. Er blickte Thorstens Mutter an. Schmerzen. Er ging auf sie zu, nahm sie wortlos in die Arme. Sie legte ihre Arme ebenfalls um ihn. Matt ließ sie sich an seine Schulter drücken. Eltern, die ihr Kind verloren hatten. Auch wenn sie Thorsten nicht zusammen großgezogen hatten, waren sie ihm gemeinsam verbunden. Einen Moment lang spürte Lara so etwas wie Trost, doch plötzlich verdunkelte sich Jansens Gesichtsausdruck.

»Stimmt etwas nicht?«, fragte Lara.

»Warum macht Nele die Umarmung mit?«

»Es war ihr gemeinsames Kind.«

»Thorsten ist das Ergebnis einer Vergewaltigung.«

Ein erneuter Tiefschlag. Lara dachte sofort an Alina. War das Thies' Geheimnis? Hielt er Alina versteckt, um sie zu vergewaltigen? Sie blickte zu dem umschlungenen Paar. Von Trost keine Spur mehr, die Szenerie auf dem Vorhof war falsch.

»Scheiße«, sagte Jansen plötzlich und rannte los.

Lara sah es auch. Sein Pistolenholster war leer. Er hatte Frau Schulz unterschätzt. Lara folgte ihm, der Schmerz in ihrem Kopf pulsierte. Vor dem Haus hechtete Jansen zu dem Paar.

»Nele, nicht!«

Überrascht entfernte sich Thies zwei Schritte von Frau Schulz, die jetzt die Hand in ihre Handtasche steckte. Doch Thies achtete nicht auf sie, sondern nur auf den heranstürmenden Polizisten.

»Jetzt gehst du echt zu weit!«, schrie er Jansen an. Doch der rauschte an ihm vorbei, räumte Nele wie ein Footballspieler ab und stürzte mit ihr zu Boden.

»Bist du komplett bescheuert?«, rief Thies entgeistert.

Dann sah er die Pistole. Nele hielt sie mit beiden Händen und richtete sie auf Thies, doch Jansen war stärker. Er drückte die Waffe nach unten, und der Schuss ging ins Erdreich. Jansen entriss ihr die Pistole, Thorstens Mutter schlug im Liegen wild um sich, fluchte und schimpfte. Thies stand schockiert da und blickte zu Lara. Nele Schulz war mittlerweile wieder auf die Beine gekommen und griff ihn mit bloßen Fäusten an, ein Knie blutend vom Sturz. Er hatte Mühe, sie sich vom Leib zu halten, sie war nicht zu bändigen, eine durch Wut gespeiste ungeheure Kraft. Jansen steckte seine Waffe zurück in den Holster und packte mit an.

»Nele, das hat doch keinen Sinn!«, rief er.

Mit vereinten Kräften gelang es den Männern, die wild gewordene Frau von Thies loszureißen. Sie hinterließ Kratzer und einen blauen Fleck in seinem Gesicht, vor allem aber Fassungslosigkeit.

»Was ist das hier?«, fuhr er die beiden Eindringlinge an. »Seid ihr wahnsinnig?«

»Ich wusste nicht, dass sie dich angreifen will.«

Er hielt Frau Schulz im Polizeigriff, drückte sie nach unten. Thies starrte die Frau an, die ihn umbringen wollte.

»Nele, ich habe nichts mit Thorstens Tod zu tun. Das musst du mir glauben.«

Sie funkelte ihn vor Wut schnaubend an.

»Stell dich nicht so an, Nele«, äffte sie Worte nach, die er mit Sicherheit einmal zu ihr gesagt hatte. »Du willst es doch, Nele.«

»Was soll das?«, fragte Thies überfordert und schaute dann wieder zu Jansen. »Was soll dieser Auftritt? Was macht ihr hier auf dem Hof? Lara, was wollen die von dir?«

Der Schmerz in Laras Kopf zog an. Es war auszuhalten gewesen, solange sie nur wie eine Zuschauerin bei diesem schaurigen Spektakel danebengestanden hatte. Aber nun wurde aus Thies wieder der Hauptmann. Ein Hauptmann, der gerade einem Mordversuch entgangen war.

»Ich bin hier, um sie zu verhaften«, ging Jansen dazwischen.

»Was?«, fuhr Thies ihn ungläubig an.

»Ich verdächtige sie des Mordes an Thorsten. Sie hat von dem Tod profitiert, den Hof bekommen. Nele sollte mir nur helfen, unbemerkt herzukommen. Ich wusste nicht, was sie vorhatte. Aber wir werden jetzt fahren, und wir werden Frau Barthold mitnehmen.«

Thies lachte, ein überdrehtes Lachen voller Adrenalin und Empörung.

»Niemand verhaftet in meinem Staat irgendjemanden, Jan. Das müsstest du allmählich kapiert haben.«

Er zog sein Handy aus der Westentasche.

Jansen ließ mit einer Hand Frau Schulz los, zog mit der anderen seine Waffe und richtete sie auf den Hauptmann.

»Mach das nicht, Thies.«

Der lachte spöttisch, drückte auf das Display und hielt sich das Telefon ans Ohr.

»Finn, macht die Grenzen dicht«, sagte er ins Handy. »Schickt ein Dutzend Leute zum Lindenhof. Jan Jansen ist hier und macht Ärger ... Mit Nele, ja.«

Er drückte das Gespräch weg, dann zog er ein Messer aus seiner Tasche und klappte es auf.

»Zwing mich nicht dazu, Thies«, rief Jansen alarmiert und zielte mit seiner Pistole weiter auf ihn.

Doch Thies ignorierte das Fuchteln, ging in die andere Richtung davon und rammte sein Messer in einen Reifen des Teslas.

»Thies, es ist genug!«, schrie Jansen.

»Nein, es fängt gerade erst an.«

Er richtete sich auf, streckte die Brust durch, ein Alphatier, das sein Revier markierte. Herausfordernd schaute er zu Jansen, der immer noch Nele nach unten drückte. Doch die Frau hatte sich beruhigt, Jansen hielt sie nur noch locker fest.

»Okay, Leute, erst einmal möchte ich Frau Schulz versorgen«, meldete sich Lara mit der Selbstverständlichkeit einer Ärztin zu Wort. »Sie blutet, und sie braucht etwas zur Beruhigung.«

Notaufnahme Charité. Auch dort waren schon Menschen mit Waffen aufgetaucht, Streithähne mit zu viel Testosteron im Blut waren sogar ein regelmäßiges Problem. Die Autorität des medizinischen Personals übertrumpfte alles. Auch in diesem Fall stoppte niemand Lara, als sie entschlossen zwischen den Männern hindurchging und ihre Hand nach Frau Schulz ausstreckte. Sie nahm sie, Jansen ließ los.

»Sie ist gefährlich«, zischte Thies warnend.

»Das sind hier so einige«, erwiderte Lara.

Sie ging mit Nele an der Hand in seine Richtung. Er wich unweigerlich zurück. Zum ersten Mal sah Lara einen ängstlichen Hauptmann. Er hatte vor der Frau, die er vergewaltigt hatte, deutlich mehr Angst als vor der Waffe, die der Polizist auf ihn richtete. Lara ging weiter, direkt zu ihrer neuen Praxis. Sie öffnete die Tür zu dem ehemaligen Schuppen, schaltete das Licht an und führte Frau Schulz ins Vorzimmer. Jansen setzte sich mit vorgehaltener Waffe ebenfalls in Bewegung, rannte in einem Bogen um den Hauptmann herum zu Lara.

»Du lässt die Finger von Lara!«, rief Thies. »Du bekommst sie nicht.«

»Werden wir sehen.«

Mit diesen Worten hechtete Jansen in das Gebäude und knallte die Tür hinter sich zu. Er schob den nächstbesten Schrank vor den Eingang, blickte dabei zu Frau Schulz, die mit hängenden Schultern mitten im Vorzimmer stand, ausgeknipst, wieder so teilnahmslos wie noch in der Küche.

»Mensch, Nele«, entfuhr es Jansen mit tiefem Mitgefühl.

Er war auf ihrer Seite, zumindest versuchte er es. Er schnappte nach Luft, dann blickte er atemlos zu Lara, die längst ein Schmerzmittel aus dem Medikamentenschrank geholt hatte, unbeeindruckt vom Kräftemessen der Männer. Sie steckte sich eine Tablette in den Mund.

»Damit kommst du nicht durch!«, schrie Thies von draußen.

Lara schluckte das ersehnte Schmerzmittel und bildete sich ein, dass es sofort wirkte. Sie blickte Jansen herausfordernd an.

»Sie wollen mich also verhaften?«

KAPITEL 36

BEEKE WAR LANGE NICHT mehr auf dem Lindenhof gewesen. Als sie auf den Vorhof bog, kamen die Erinnerungen hoch. Ihre ersten Nächte mit Thies, zunächst heimlich im Heuboden, obwohl sie längst erwachsen waren. Dann, nach einer halb nackten Begegnung mit Thies' Mutter und viel Gelächter, auch in seinem Zimmer. Seine Mutter war damals eine immer gut gelaunte Frau gewesen, eine gute Seele, die Beeke sofort ins Herz geschlossen hatte. Erst als Olaf die Scheune angezündet hatte und im Gefängnis landete, waren aus ihren Lachfalten Sorgenfalten geworden. Einer der Gründe, warum Thies über sich hinausgewachsen war und sich zu dem Mann entwickelt hatte, der er heute war.

Ihr Anführer stand jetzt vor einem Halbkreis aus Fahrzeugen und Deichschützern, gut fünf Meter entfernt von dem Schuppen, den Kim nach Beekes Plänen umgebaut hatte. Es war längst dunkel, und trotz des Scheinwerferlichts der zahlreichen Pickups konnte man nur wenige Details erkennen, aber der Anbau wirkte wie eine stabile Konstruktion. Beeke stellte ihren Jeep etwas weiter hinten ab, stieg aus und ging langsam näher. Finn hatte seine Kamera vor Thies aufgebaut, der bereits zu den Zuschauern sprach.

»Die Behörden der Bundesrepublik Deutschland haben im Mordfall Thorsten Schulz nicht mit uns kooperiert. Mehr noch, sie besitzen die Frechheit, sich in unser Land zu schleichen und ohne Bitte um Amtshilfe, sogar ohne Beweise, eine von uns verhaften zu wollen. Das werden wir nicht akzeptieren. Diese Art der Provokation endet hier und heute. Und ihr seid live dabei.«

Er nickte noch einmal, um seine Worte zu unterstreichen. Thies ließ die Ereignisse live ins Intranet übertragen. Der Hauptmann nahm das Megafon und drehte sich damit zum Schuppen um.

»Polizeihauptmeister Jan Jansen. Ich fordere dich im Namen der Bauernrepublik Koogland auf, unsere Bürgerin Lara Barthold freizulassen und dich mit erhobenen Händen unseren Einsatzkräften zu stellen.«

Beeke hatte sich mittlerweile bis zu Finn vorgearbeitet, suchte Blickkontakt zu Thies, doch im Gegenlicht der Autoscheinwerfer konnte er sie nicht sehen.

»Das ist doch albern, Thies«, hörte man Jan Jansens Stimme aus dem Schuppen.

»Du hast damit angefangen, Jan!«, rief Thies, dieses Mal ohne Megafon. »*Du* hast dich in einem Kofferraum bei uns reingeschlichen.«

»Lass mich meine Arbeit machen.«

»Du hast bei uns keine ›Arbeit‹. Ergib dich, oder wir werden stürmen.«

»Das wollt ihr nicht, Thies«, kam es vom Fenster neben der Tür.

Es war einen Spaltweit geöffnet, dennoch konnte man nicht hineinschauen. Jan hatte das Licht ausgeschaltet.

»Sondereinheiten sind unterwegs und werden mich hier rausholen«, ergänzte Jan. »So oder so.«

Thies musste lachen. »Lass gut sein, Jan. Ich hab dich heute *einmal* davonkommen lassen. Das war okay, aber was du jetzt hier abziehst, ist es nicht. Du machst dich unnötig wichtig. Schick Lara raus, sie hat mit der ganzen Sache nichts zu tun.«

»Wäre ich mir nicht so sicher«, kam es von drinnen. »Sie wollte Thorstens Hof haben. Warum? Für mich ist sie eine Verdächtige, und ich werde sie mit aufs Revier nehmen, um sie wie jeden anderen Verdächtigen zu befragen und …«

Seine letzten Worte gingen im Gejohle der Deichschützer unter. Auch in den Fenstern des Haupthauses klatschten die Bewohner erfreut, denn sie hatten etwas neben dem Anbau entdeckt. Beeke sah es auch: Lara war durch ein Fenster herausgeklettert. Sie war mit Handschellen gefesselt, was sie jedoch nicht daran hinderte, mit einem frechen Grinsen zu Thies herüberzuwinken. Finn richtete die Kamera auf sie.

»Das liebe ich an der Frau!«, rief Thies lachend.

Das liebten alle an ihr. Auch Beeke konnte sich Laras verwegener Ausstrahlung nicht entziehen. Trotz der Wunde am Kopf und der Handschellen drang die Unbesiegbarkeit aus jeder ihrer Poren. Unter dem Applaus seiner Männer zog Thies Lara vom Schuppen weg und zu einem Pick-up, wo Holm ihm ein Beil reichte. Lara legte ihre Hände auf die Ladefläche, und Thies schlug die Kette der Handschellen mit einem Hieb durch, vor laufender Kamera, erneutes Gejohle. Lara reckte die befreiten Hände in die Höhe, als hätte sie eine Schlacht gewonnen. Endlich entdeckte Thies Beeke. Er griff sich Lara und steuerte auf seine Frau zu, Hand in Hand mit der Fremden. Dabei signalisierte er Finn, die Kamera wieder auf den Schuppen zu richten.

»… und dann hat er mich an den Heizkörper gefesselt«, hörte Beeke Laras übermütige Erzählung. »Doch der war noch gar nicht fertig installiert, das Rohr war oben offen. Konnte er dummerweise nicht sehen, er hatte ja das Licht ausgemacht.«

Thies schüttelte amüsiert den Kopf, wurde dann ernster.

»Schicken sie wirklich Sondereinheiten?«

Sie waren bei Beeke angekommen, aber er schenkte ihr nur ein kurzes Lächeln.

»Das ist ein Alleingang von Jansen«, erklärte Lara. »Die sind alle sauer auf ihn. Sein Chef ist am Handy ausgeflippt. Die wollen Eskalationen um jeden Preis verhindern.«

»Gut, gut.«

»Aber im Stich lassen werden sie ihn nicht. Er hat noch einen angerufen, der höher sitzt. Da war ich aber schon auf dem Weg in den Anbau.«

Thies nickte. Er hatte Verletzungen im Gesicht.

»Hast du dich mit ihm geschlagen?«, fragte Beeke und streckte die Hand nach den Kratzern aus.

»Nein, lass.«

Er schob ihre Hand unwirsch beiseite, blickte zum Schuppen, nachdenklich.

»Der Frau, die noch bei ihm ist, geht's aber echt nicht gut«, sagte Lara in die kurze Stille hinein.

»Was ist mit ihr?«, fragte Thies.

»Ich hab ihr ein Beruhigungsmittel gegeben, das dürfte erst mal helfen. Aber sie hat schwere psychische Probleme. Angststörung oder auch eine Psychose, sie muss in professionelle Behandlung, am besten zum psychiatrischen Notdienst. Das alles hier ist nicht gut für sie.«

Sie deutete auf die Menschenansammlung. Die meisten Deichschützer schauten zwar zu ihnen, doch die Scheinwerfer und die Kamera waren nach wie vor auf die Tür des Schuppens gerichtet.

»Diese bescheuerte Kofferraumaktion«, sagte Beeke kopfschüttelnd und wandte sich an Thies. »Nele hat gerade erfahren, dass ihr Sohn tot ist. Was denkt Jan sich überhaupt? Hast du mit ihr geredet?«

Seine Finger rieben über die Handfläche, ein sprechender Blick zu Lara, dann wandte Thies sich an seine Frau.

»Nee, Beeke. Kannst du Lara wegbringen? Zu uns. Mach ihr was zu essen, guck, dass ihr die Handschellen abbekommt.«

»Ich würde gerne noch sehen, wie Jan reagiert, wenn ...«

»Beeke«, unterbrach Thies sie. »Lara muss hier weg, Jan wollte sie verhaften. Und ich bitte dich, diese wichtige Aufgabe zu übernehmen. Okay?«

Die Fremde passte nicht zu ihnen. Das hatte Beeke von Anfang an gesagt, das wollte sie am liebsten auch in diesem Moment sagen. Lara schob sich zwischen sie. Beeke war sich hundertprozentig sicher, dass Thies nichts mit der Ärztin anfangen wollte, dass er Beeke treu war und immer sein würde. Eine Affäre hätte sie auch nicht umgehauen, die mussten manchmal sein. Die Sache mit der Fremden jedoch war schlimmer. Thies schätzte sie, Thies hörte auf sie, Thies hatte mit ihr Geheimnisse, die er vor Beeke verbarg. Die Frau gefährdete die existierende Ordnung in einer Zeit, in der Ordnung das Fundament von allem war. Von ihrer Beziehung, ihrer Familie, ihrem Staat.

»Okay«, sagte sie und ging gehorsam vor in Richtung Jeep.

Thies lief zur Tür des Schuppens und rief laut: »So still bei dir, Jan! Was ist los?«

Die Deichschützer lachten. Thies stellte sich direkt vor das dunkle Fenster.

»Komm, Jan. Lass uns den Quatsch beenden. Wirf deine Pistole raus, dann bringe ich Nele und dich höchstpersönlich zur Grenze. Euch passiert nichts, außer dass du ein bisschen Spott ertragen musst.«

Wieder Lachen der Männer. Damit hatte Thies geschickt die Frage überspielt, ob man Jan nicht vielleicht auch einmal für seine unverfrorenen Aktionen bestrafen sollte. Beeke öffnete die Beifahrertür ihres Jeeps, doch Lara war zurückgeblieben, beobachtete das Geschehen.

»Jan! Ich verspreche dir, euch wird kein Haar gekrümmt. Du weißt, dass mein Wort zählt.«

In dem Moment flog etwas durch den Spalt am Fenster. Jans Pistole.

»Sehr gut«, rief Thies. »Jetzt du, mit erhobenen Händen.«

Die Tür öffnete sich, ein paar Deichschützer griffen instinktiv nach ihren Gewehren. Doch Thies stand ganz entspannt im Rampenlicht und wartete ab, bis Jan mit erhobenen Händen nach draußen kam. Er blinzelte ins Scheinwerferlicht, senkte den Kopf, ein geprügelter Hund. Thies ließ sich von Finn einen Kabelbinder geben.

»Nur bis zur Grenze«, rechtfertigte Thies sich. »Ich muss unser Land vor dir schützen.«

Jan wehrte sich nicht, als Thies ihm, gut sichtbar für die Kamera, die Hände auf dem Rücken fesselte.

»Komm«, sagte Beeke zu Lara.

Sie hatte eine wichtige Aufgabe.

KAPITEL 37

LARA HATTE IN DEN LETZTEN Tagen jede Menge Kohl gegessen, doch so etwas Leckeres wie Beekes Weißkohlpudding war ihr dabei nicht untergekommen. Wie bei einer Lasagne fand sich zwischen Schichten von Kohlstreifen würziges Hackfleisch, alles in einer kräftigen Brühe gekocht und mit Sahne verfeinert. Beeke aß nichts. In der riesigen Küche des Haupthauses auf Thies' Hof saß sie Lara gegenüber. Traditionelle Holzeinrichtung mit einem großen Landhaustisch traf hier auf modernste Küchengeräte. Viel Geld und Liebe steckten im Design. Beekes Werk, Lara kannte mittlerweile ihre Handschrift.

»Kochst du gerne?«, fragte die Frau des Hauptmanns.

»Geht so«, antwortete Lara lachend. »In Berlin gab's an jeder Ecke Leckereien, ich *musste* schlichtweg nie kochen. Aber ich denke, ich werd's lernen. Das Rezept musst du mir unbedingt geben.«

Sie deutete auf den Weißkohlpudding, von dem sie soeben die zweite Portion gegessen hatte.

»Gerne«, sagte Beeke.

Zwei Frauen, die über Rezepte sprachen, zwei Frauen, die auf den Mann des Hauses warteten. Zwei Frauen, die einander anlogen. Immer wenn sie sich begegneten, verhärteten sich Beekes Kiefermuskeln. Sie hasste Lara, das war offensichtlich. Sie hasste es, für sie Essen aufzuwärmen, sie hasste es, einen

Deichschützer mit einem Winkelschleifer zu rufen, damit er ihr die Handschellen entfernte. Sie hasste es vor allem, dass Thies Lara schätzte, denn dagegen konnte sie nichts machen.

»Wo finde ich das Bad?«, fragte Lara.

»Ich zeig's dir.«

Lara wusste nicht, ob Beeke vor der Tür des geräumigen Gästebades wartete, also verzichtete sie auf ein Telefonat und schrieb stattdessen eine Nachricht.

Seid ihr in Sicherheit?

Lara und der Polizist waren zum Du übergegangen. Er hatte es ihr angeboten, schließlich waren sie nun eine verschworene Gemeinschaft. Außerdem duzte man sich im Norden.

Bin auf dem Revier. Nele ist in
der Psychiatrie, aber sie ist okay.

Erleichterung.

Wo bist du?

Im Haus von Thies. Er ist
noch nicht zurück.

Thies war nach der medienwirksamen Abschiebung von Jan Jansen und Nele Schulz zurück nach Friedrichskoog-Ort gefahren. Dort warteten noch Männer auf ihre Bestrafung, alles musste seine Ordnung haben.

Was ist dein Plan?

Augen offen halten.

Mehr musste Jan nicht wissen. Er war immer noch ein Polizist. Zwar ein ganz anderer als Laras Stiefvater, doch Lara wollte trotzdem nicht, dass er sich in ihre Pläne einmischte. Auch wenn er ein cleverer Mann war. Seine Behauptung, sie verhaften zu wollen, um dann Thies und seinen Männern mit Laras »Flucht« ein Erfolgserlebnis zu verschaffen, war ein genialer Schachzug gewesen. Es hatte ihm und Nele die Chance gegeben, unversehrt aus Koogland rauszukommen, und stärkte gleichzeitig Thies' Vertrauen in Lara. Im Gegenzug für seine kluge Hilfe hatte sie dem Polizisten die Wahrheit anvertraut, zumindest einen Teil davon. Er wusste nun, wann der Kontakt zu Alina abgebrochen war, welche Spuren Lara im Haus gefunden hatte, und auch von der Musik, die Alinas Anwesenheit in Koogland bewies. Jan hatte ihr geraten, Koogland möglichst schnell zu verlassen und dass sie gemeinsam mit polizeilichen Mitteln nach Alina suchen sollten. Doch Lara hatte immer noch die telefonischen Beschimpfungen von Jans Vorgesetztem im Ohr. In diesem Punkt hatte sie Thies und Beeke nicht angelogen – Jan hatte tatsächlich keine Rückendeckung bei den deutschen Behörden. Deswegen vertraute Lara nur auf sich selbst.

Sie betätigte die Spülung, wusch sich die Hände und verließ das Bad. Beeke hatte nicht vor der Tür gelauert, sondern räumte in der Küche auf.

»Möchtest du ein Glas Weißwein?«, fragte sie.

»Gerne.«

Ein Bier oder ein richtiger Drink wäre Lara lieber gewesen, aber sie wollte Beeke das Leben nicht noch schwerer machen, als es sowieso schon war. Beeke holte eine Weinflasche aus dem Kühlschrank, schenkte zwei Gläser ein.

»Du hast eine ganz schön große Verantwortung«, sagte sie unvermittelt in die Stille hinein.

»Was meinst du?«

»Thies teilt mit dir Sachen, die er nicht einmal mir sagt. So etwas hat es noch nie gegeben.«

Sie reichte Lara eins der Gläser. Die Kiefermuskulatur zeichnete sich deutlich unter ihrem Lächeln ab.

»Ist das so?«, fragte Lara. »War mir nicht bewusst.«

»Doch, doch.«

Sie prostete Lara zu und trank. Lara tat es ihr gleich.

»Er wird seine Gründe dafür haben«, sagte Beeke. »Ich vertraue ihm hundertprozentig. Dir jedoch vertraue ich nicht.«

»Das tut mir leid.«

Lara trank noch einen Schluck. Abwarten, einfach abwarten.

»Du brauchst also gar nicht bei mir auf Solidarität unter Frauen zu hoffen oder was auch immer. Wenn du auffliegst, dann wird es dich hart treffen, und niemand wird dich beschützen. Niemand.«

Nun trank Beeke wieder, genüsslich, ohne Lara dabei aus den Augen zu lassen.

»›Wenn‹ im Sinne von ›falls‹? Oder ist es für dich schon ausgemacht, dass ich ganz Koogland vernichten will?«

»Ich bilde mir das nicht ein. Ich bin nicht so durchgeknallt wie Nele.«

Lustig, dass sie gerade diese Frau erwähnte. Die Frau, die ihr Ehemann vergewaltigt und mit der er dabei ein Kind gezeugt hatte. Von dessen wahrem Vater Beeke nichts wusste, selbst jetzt, nach Thorstens Tod. Lara hätte Beeke mit einem einzigen Satz aus der Bahn werfen können. Vielleicht war es sogar das, was die enttäuschte Frau mit ihrer Provokation erreichen wollte, die Wahrheit herauszukitzeln, doch Lara hatte andere Ziele.

»Beeke, ich nehme das hier vielleicht alles nicht so ernst wie ihr«, sagte Lara und versuchte, dabei so aufrichtig zu klingen, wie sie nur konnte. »Aber ich bin eine von den Guten. Ich lasse niemanden im Stich.«

In diesem Fall galt das zwar nur für Alina, doch es war immerhin nicht komplett gelogen. Beeke suchte in Laras Augen etwas, das sie dort nicht fand. War sie auf Unsicherheit aus, oder versuchte sie, Lara zu vertrauen? Ihr geliebter Thies tat es schließlich auch.

»Da seid ihr ja!«

Aufs Stichwort erschien der Hauptmann in der Küche. Beeke setzte sofort das Lächeln auf, das nur für ihn bestimmt war. Sie gab ihm einen besitzergreifenden Kuss, eine Geste, die Lara sexy fand. Sie verstand schon, was Thies an dieser Frau reizte.

»Willst du auch ein Glas Wein?«

»Nein, danke«, sagte Thies. »Ich bringe kurz Lara nach Hause. Komm!«

Er winkte Lara hinter sich her.

»Das kann doch Holm machen«, protestierte Beeke.

»Nee, ich muss noch mit ihr reden. Bin gleich wieder da.«

Er küsste Beeke, das Lächeln fiel ihr schon wieder schwerer. Lara spürte Beekes Unsicherheit, sie fühlte sich ihr verbunden, eine kluge, engagierte Frau, attraktiv und stark, und dennoch gefangen. Was hätte in einem selbstbestimmten Leben alles aus ihr werden können?

»Komm, Lara«, sagte Thies und ging voran.

Lara nickte Beeke noch einmal zu und folgte ihm.

KAPITEL 38

ALS SIE IM LAND ROVER saßen, atmete Thies eine Last weg. Allein mit Lara zu sein, entspannte ihn. Die Frau, die ihn nach Strich und Faden belog, war ironischerweise auch die, bei der er sich sicher fühlte.

»Was für ein Tag«, murmelte er.

»Kann man so sagen.«

Er musterte fürsorglich ihre Wunde.

»Wie geht's dem Kopf?«

»Im Moment wirkt Beekes Weißwein.«

Das freute den Hauptmann, seinen Schäfchen sollte es gut gehen. Er startete den Wagen, die Scheinwerfer leuchteten auf, eine weitere Fahrt durch die dunklen Köge.

»Hast du Beeke von der Schlägerei mit Thorstens Mutter erzählt?«

Er sprach im Plauderton, aber Lara wusste natürlich, dass ihm diese Frage wichtig war.

»Beeke hat sich das selbst zusammengereimt. Ich habe ihr erklärt, dass Nele glaubt, du hättest Thorsten umgebracht.«

»Verrückt, ja.«

Er schüttelte den Kopf, jede Geste, jedes Wort sollte nebensächlich klingen, auch die nächste Frage.

»Hat Nele vorhin noch etwas gesagt?«

»Was meinst du?«

»Über den Angriff oder über mich?«

Er nahm den Blick von der Straße und richtete ihn mit zu viel Ungeduld auf Lara, die sich naiv gab.

»Sie hat überhaupt nicht geredet.«

»Mann, Mann. Sie war früher echt anders.«

»Man sieht immer noch, dass sie mal eine sehr attraktive Frau war.«

»Das war sie. Hat uns immer beim Fußballspielen angefeuert, aber damit mehr Schaden angerichtet als genutzt. Wir konnten uns kaum auf den Ball konzentrieren.«

Lara lachte. »Du auch?«

»Wir alle. Aber Knut hat sie bekommen, der Torwart. Quasi aus dem Rückraum, keiner hatte ihn auf dem Schirm. Hat nie die Zähne auseinandergekriegt, aber vielleicht war das bei ihr genau richtig.«

Er lachte wieder, erinnerte sich gerne zurück, doch dann wurde er plötzlich ernst.

»In der Flut sind so viele gute Menschen gestorben, es ist zum Heulen.«

Einen Moment lang wirkte es so, als würde er tatsächlich gleich weinen.

»Was hat Jan eigentlich gesagt, bevor ich gekommen bin?«, stellte er die nächste scheinbar beiläufige Frage. »Ich mein, hatte er irgendwelche Beweise für seine Anschuldigungen?«

»Wir haben nicht viel geredet. Ich wollte ihn erst nicht reinlassen, aber die Frau tat mir leid, und ich dachte, ich hör's mir an.«

»Und?«

»Von Verhaften war noch gar nicht die Rede gewesen. Er fragte, warum ich unbedingt den Lindenhof wollte. Wieso gerade jetzt, wann genau ich angekommen war. Ich hab nur schwammig geantwortet, dann fragte er, ob ich diese Freundin von Thorsten kenne.«

Thies blickte wieder zu ihr, Runzeln auf der Stirn. Der Zeitpunkt war gekommen.

»Denn offensichtlich«, setzte Lara an und schüttelte den Kopf über diese abstruse Annahme, »glaubt er, dass die hier noch irgendwo ist und dass ich mit ihr unter einer Decke stecke.«

»Was?«

»Ja. Also, das hat er so nicht gesagt. Aber ich glaube, er denkt, sie und ich haben zusammen Thorsten ermordet, und sie hockt jetzt auf dem Scheunendach und … keine Ahnung.«

Lara spürte, wie dünn das Eis unter ihr war. Dass Thies sie nicht ansah, kam einem Knacken der Eisschicht gleich. Sie erschrak, als sie ruckartig stoppten, hatte nicht mitbekommen, dass sie den Lindenhof erreicht hatten. Der Vorhof lag wieder im Dunkeln, die Truppen waren abgezogen. Endlich blickte Thies Lara an.

»Wie kommt er darauf, dass Alina noch hier ist?«

»Hm, wenn ich's richtig verstanden habe, benutzt sie irgendein Gerät, um Musik zu hören. Und das können die wohl grob orten. Bevor ich nachfragen konnte, wie das funktionieren soll, bist du aufgetaucht.«

Thies starrte sie an. Auch wenn nur wenig Licht vom Haus auf ihn fiel, konnte sie seine Gedanken rasen sehen.

»Kann das denn sein?«, fragte sie.

»Klingt wie ein Bluff. Wenn er es wirklich wüsste, wäre er doch zu *ihr* gefahren und nicht zu dir.«

»Das stimmt. Ich glaube, der verrennt sich. Er war Thorstens Mutter sehr verbunden, wie ein Vater. Ich glaub, der will ihr krampfhaft helfen, aber wie gesagt, er ist in der Sache komplett allein bei der Polizei.«

Thies hörte nicht mehr zu. Er ging dem Gedanken nach, den Lara in ihm gepflanzt hatte.

»Ja, das glaube ich auch«, murmelte er.

»Gut. Ich bin saumüde. Danke für alles, wir reden morgen, ja?«

Thies schaffte es immerhin für wenige Sekunden noch einmal, sich auf Lara zu konzentrieren.

»*Ich* habe zu danken. Und ja, wir reden morgen.«

Er legte Lara verbindlich die Hand auf den Arm. Sie stieg aus und ging langsam zum Haus, lauschte dabei hinter sich. Der Land Rover startete, wendete, fuhr vom Hof. Das Rumpeln auf dem Feldweg entfernte sich, noch kurz warten, dann rannte Lara zu ihrem SUV. Lucy stand am Fenster im ersten Stock, doch Lara hatte jetzt keine Zeit für sie. Sie hatte einen hohen Einsatz auf den Tisch gelegt und musste das Spiel nun durchziehen. Ohne die Scheinwerfer einzuschalten, startete sie ihren Wagen und fuhr ebenfalls los. Der Mond schien hell genug, und auch die Lichter von Thies' Wagen waren auf der befestigten Straße gut zu sehen. Es war fast Mitternacht, die Bauern gingen früh schlafen, der Land Rover war das einzige Auto weit und breit. So leicht würde Lara ihn nicht aus den Augen verlieren, zumal sie ungefähr wusste, wohin er fahren würde.

Von Kaiser-Wilhelm-Koog begab sich Thies nicht zurück zu seinem Hof, wo Beeke ihn sehnsüchtig erwartete, sondern schnurstracks nach Friedrichskoog. Lara war sicher, dass sein Ziel Friedrichskoog-Ort war, wo der Catcher Alinas Nummer eingefangen hatte. Thies ließ die Neulandhalle links liegen, fuhr Richtung Hafen. Lara fuhr im Dunkeln hinterher. Mit Elektroantrieb und ohne Licht bewegte sie sich lautlos durch die Köge, musste höllisch aufpassen, dass sie kein verirrtes Reh oder einen Fasan anfuhr, nichts und niemand würde sie kommen sehen.

Am alten Hafen gab es Straßenlichter, weswegen Lara den Abstand vergrößerte. Riskant, denn direkt dahinter begann die Siedlung, in der Thies noch kurz zuvor die neuesten Bürger von Koogland gefoltert hatte. Doch er bog nicht auf die verschlammten Straßen ab, sondern fuhr tiefer nach Friedrichskoog hinein, direkt zur Koogstraße im Zentrum, wo sich die Tankstelle befand, an der Lara mit dem Catcher zum ersten Mal erfolgreich gewesen war.

In der Ferne kam Thies ein Fahrzeug entgegen. Die Scheinwerfer strahlten in Laras Richtung, würden sie bald erfassen. Instinktiv riss sie das Steuer herum und fuhr in den Vorgarten eines verfallenen Hauses. Sie sah gerade noch, dass der Wagen auf Höhe von Thies stoppte. Das Auto des Hauptmanns hielt ebenfalls an, man wollte sich unterhalten. Dann versperrte das Haus Lara den Blick, aber auch sie war jetzt nicht mehr zu sehen. Ihr SUV schob sich durch ein Gebüsch, bog hinter dem Haus in den verwaisten Garten ab und hielt direkt vor der Terrassentür an.

Sie stellte den Motor ab. Erst hörte sie nur den Wind, sah kaum etwas. Irgendwo in der nächsten Häuserreihe brannte Licht, die mutiger gewordenen Neubürger wahrscheinlich. Leise stieg Lara aus dem Wagen, schlich weiter zur Ecke des Hauses, um die Straße zu betrachten. Doch das nächste Haus versperrte den Blick auf Thies. Sie verlor ihn aus den Augen, aber sie konnte auch nicht weiterfahren, wenn ihr jemand entgegenkam.

Schließlich erschienen Scheinwerfer auf der Straße. Ein Fahrzeug näherte sich aus der Richtung, in die Thies gefahren war. Lara duckte sich, lugte vorsichtig um die Ecke. Es war Finns Wagen, der langsam vorbeirollte. Sie konnte Thies' Bruder im Auto erkennen, seine Blicke suchten den Straßenrand auf beiden Seiten ab. Hatte er ihr Auto gesehen? Oder war es nur seine ganz normale Paranoia?

Er entdeckte Lara nicht. Finn fuhr weiter, bald hörte sie sein Auto nicht mehr. Sie traute ihm zu, dass er irgendwo lauerte, doch sie konnte nicht warten, sie musste wissen, wohin Thies unterwegs war. Also eilte sie zu ihrem Wagen und fuhr ohne Licht langsam zurück auf die Hafenstraße. Sie bog Richtung Koogstraße ein und blickte mit deutlich spürbarem Herzschlag in den Rückspiegel. Von Finns Wagen war nichts mehr zu sehen. Sie gab Gas.

Thies war ebenfalls nicht mehr zu sehen. Bis zur Koogstraße stand kein Fahrzeug am Straßenrand, nirgendwo brannte Licht. Dann kam die Kreuzung, Lara stoppte ihren Wagen, blickte unschlüssig hin und her. Rechts ging es vorbei an der Tankstelle zurück in Richtung Kronprinzenkoog, links ging es raus nach Friedrichskoog-Spitze. Die Straße führte schnurgerade in beide Richtungen. Konnte Thies schon so weit sein, dass sie ihn nicht mehr sah? Oder war es nicht wahrscheinlicher, dass er irgendwo angehalten hatte? Sie blickte in den Rückspiegel, fühlte sich mitten auf der Kreuzung exponiert. Ihr Instinkt befahl Lara, zurück zum Hof zu fahren, aufzugeben. Doch dann dachte sie an Alina, sah sie vor ihrem inneren Auge, sah sie tanzen. Die Musik! Lara schaltete den Moniceiver ein.

»Der Krieger erwacht, er wurde über Nacht zum Krieger gemacht.«

Die Fantastischen Vier. Alina hörte Musik. Mamis Lieblingslied, kein klassischer Hip-Hop, ein musikalisches Epos, ein Lied, das Alina hörte, wenn sie in Angriffslaune war.

»Macht sich bereit, hat sich gedacht, wir haben die längste Zeit, Zeit mit Warten verbracht.«

Ruhe durchfuhr Lara. Mami hatte immer die Augen geschlossen beim Tanzen. Alina hatte es ihr nachgemacht, Lara nicht. Sie wollte ihre Mutter sehen, ihre Schwester. Doch jetzt schloss sie ebenfalls die Augen. Alina tanzte.

»Denn jetzt wacht er auf, doch sein Traum geht weiter, weil der Zauber wirkt. Er wacht auf, und sein Traum geht weiter, weil sein Zauber wirkt. Er wacht auf, sein Traum geht noch weiter, als der Zauber wirkt. Er wacht auf und …«

Das Lied brach ab, nur noch Wind, Lara öffnete die Augen. Da war sie, die Gewissheit. Thies hielt Alina gefangen. Er war in kürzester Zeit bei ihr angekommen. Es konnte nicht weit entfernt sein. Lara musste nur warten, um Mitternacht auf dieser Kreuzung in Friedrichskoog.

Lara wartete. Nach drei Minuten gingen auf der gegenüberliegenden Straßenseite rechts von ihr schließlich die Scheinwerfer an, keine zweihundert Meter von Lara entfernt. Blitzschnell legte sie den Rückwärtsgang ein, doch sie musste nicht wieder in einen Garten rasen. Thies' Land Rover bog in die andere Richtung auf die Koogstraße ein, er machte sich auf den Weg nach Hause.

Noch einmal warten, dieses Mal nur, bis die Rücklichter verschwunden waren, dann rollte Lara los. Leise und ohne Licht fuhr sie bis zu der Einfahrt, aus der Thies gekommen war. Sie erkannte die Stelle wieder, weil dort einige Tage zuvor zahlreiche Fahrzeuge gestanden hatten, Bauern, die ihre Kinder abholten. Hatte Thies Alina in der Schule versteckt?

Nun sah Lara auch das Licht. Neben den flacheren Gebäuden mit den Klassenräumen befand sich ein zweigeschossiges Haus, wo die Lehrerin und der Tankwart wohnten. Im Erdgeschoss war die Küche erleuchtet. Lara konnte durch das Fenster sehen, wie Angela und der Tankwart diskutierten, während sie beide auf etwas starrten, das die gutmütige Lehrerin in der Hand hielt. Es war ein Soundpod. Offensichtlich hatten sie nicht gewusst, dass man diese Geräte orten kann.

KAPITEL 39

DIE DITHMARSCHER SCHULE hatte ursprünglich zwei Standorte in den Kögen gehabt, doch nachdem eins der Gebäude von der Flut zerstört worden war, hatte Thies den verbleibenden Standort in Friedrichskoog zur alleinigen Schule auserkoren. Zu dieser Zeit lebten kaum noch Kinder in den Kögen, denn die meisten Bauern mit Nachwuchs hatten die Entschädigung für ihren Hof angenommen und waren weggezogen. Gerade mal ein Dutzend Schüler war noch unterrichtet worden. Bisher hatte eine Lehrerin dafür ausgereicht. Doch das änderte sich nun. Thies hatte Lara seine Pläne erläutert, bald eine weiterführende Schule aufbauen zu wollen. Unter den Neuankömmlingen befanden sich gleich zwei Lehrerinnen; ein schlagkräftiges Argument, ihnen eigene Höfe zu geben.

Dennoch waren es immer noch zu wenige Schüler, um alle Räumlichkeiten für den Unterricht zu verwenden. Lara stellte bei einer Runde über das Gelände fest, dass nur das größere von zwei Gebäuden bemalte Fenster hatte, hinter denen sich möblierte Klassenräume befanden. Das flache Gebäude direkt neben dem Wohnhaus der Lehrerin Angela hatte eine verriegelte Tür und verdreckte Fenster. Am Eingang stand auf einem Schild: *Das ist kein Spielplatz, hier kannst du dich verletzen.*

Lara wartete, bis im Wohnhaus das Licht ausging. Das Paar hatte nicht mehr lange über den Soundpod diskutiert, sondern war bald in die obere Etage gegangen. Als es auch dort einige Minuten lang dunkel geblieben war, schlich Lara um das Schulgebäude herum. Auf der Rückseite hatte der flache Bau einen Notausgang und drei Fenster, das mittlere wirkte dunkler als die beiden anderen. An den Rändern fielen jedoch schmale Lichtstreifen nach draußen. Lara verstand: Es war von innen abgehängt worden. Alinas Gefängnis. Lara wunderte sich über die Wahl des Ortes, denn hier gab es mehrere Aspekte, die eine Flucht erleichtern konnten. Ein einfaches Glasfenster, draußen nicht mehr als ein Zaun oder Gebüsche, die Kinder, die Hilfeschreie hören konnten. Lara fürchtete, dass Alina seit Tagen gefesselt und geknebelt war.

Lara ging zu dem Fenster, presste ihre Nase an die Scheibe und sah durch den Spalt an der Seite ihre kleine Schwester. Alina stand mit dem Rücken zu ihr mitten im Raum, Jogginghose, T-Shirt, barfuß, und wiegte sich zu der Musik, die jetzt nur noch in ihrem Kopf spielte. Alina lebte, war gesund, es ging ihr gut, sie wurde gut behandelt. In dem fast leeren Klassenraum hatte man ihr eine Ecke mit einem Bett, einem kleinen Tisch und einem bequemen Sessel neben einem vollen Bücherregal eingerichtet, auf einer Kleiderstange hingen die Sachen, die auf dem Hof fehlten, ein Koffer stand unter der Tafel an der Wand. Das war kein Kerker. Was Lara jedoch am meisten wunderte, war die offen stehende Klassenzimmertür. Alina konnte auf den Flur gehen, zur Toilette, zu dem Notausgang, einem Weg nach draußen.

Alina machte eine Drehung. Lara konnte endlich ihr wunderschönes Gesicht sehen, die langen Wimpern, die Sommersprossen. Und sie bemerkte noch etwas, als Alina beim Tanzen die Arme hob, das T-Shirt hochrutschte und ihre nackte Haut preisgab: Alinas Bauch. Er war noch nicht so dick, dass es ins Auge sprang, aber im Profil war es bei solch einer schlanken Frau nicht zu übersehen. Vierter Monat, vielleicht sogar fünfter. Lara wurde Tante. Alinas Traum, ein Kind, ausgerechnet jetzt.

Alina war völlig in Gedanken versunken, in den Rhythmen, die sie fühlte. Sie wirkte traurig, aber auch gefasst, keine Spur von Verzweiflung.

Lara blickte zum Haus der Lehrerin. Dort war alles ruhig, also ging sie weiter bis zum Notausgang. Unterwegs rekapitulierte sie ihre Kenntnisse über das Aufbrechen von Türen, die sie zu einer Zeit erworben hatte, als Axel sie regelmäßig in ihrem Zimmer einsperrte, wenn sie ungehorsam war.

Doch ihre Einbruchskünste waren nicht vonnöten; die Tür war nicht abgeschlossen. Lara betrat den dunklen Flur, der nach wenigen Metern um die Ecke in einen größeren Flur führte, erhellt vom Lichtschein aus Alinas Raum. Der Boden war staubig, ein Stapel Stühle und Tische stand an einer Wand, an der anderen hingen vergilbte Kinderbilder.

Lara näherte sich der Tür. Sie hörte Alinas leise Tanzschritte, ihren geflüsterten Gesang.

»Der Krieger erwacht. Er wurde über Nacht zum Krieger gemacht.«

Lara betrat den Raum. Alina hatte die Augen geschlossen, wiegte sich.

»Nicht erschrecken, Ali.«

»Lara?«, fragte Alina, ohne die Augen zu öffnen, als würde sie die Begegnung mit ihrer Schwester nur träumen.

»Ich bin hier.«

Sie ging zu Alina und nahm ihre Schwester in die Arme. Alina zuckte unter der Berührung zusammen, öffnete die Augen, konnte nicht glauben, was sie sah, umklammerte Lara umso fester, wie einen Baum, der sie davor bewahrte, von der Flut fortgerissen zu werden. Alina löste sich wieder, Tränen liefen ihre Wangen hinab, doch sie lächelte.

»Was machst du hier?«

»Dich holen.«

Alina staunte, schüttelte ungläubig den Kopf, sah Laras Wunde am Kopf.

»Bist du okay?«

»Ja, ja … jetzt.«

Alina drückte Lara noch einmal, strahlte, freute sich, wie nur sie das konnte.

»Wie hast du mich gefunden?«

»Die Musik. Wir sind Freunde bei Audimus. Ich habe die ganze Zeit gehört, was du gehört hast. Und heute habe ich Thies von deinem Soundpod erzählt und …«

»Deswegen hat er ihn mir weggenommen«, unterbrach Alina empört. »Das war das Einzige, was ich hatte.«

Typisch Alina, selbst in so einem Moment machte sie ihrer großen Schwester Vorwürfe.

»Ich weiß, aber nur so konnte ich dich finden. Außerdem brauchst du den Soundpod nicht mehr. Ich bringe dich hier raus.«

Für Alina ging das alles zu schnell, ihr Gesichtsausdruck war ein einziges Fragezeichen.

»Woher kennst du Thies?«

»Ich wohne seit einer Woche auf eurem Hof.«

»Was? Warum?«

»Um dich zu finden!«

Lara musste lachen.

Alina konnte nicht folgen.

»Thies hat nie von dir erzählt.«

»Weil er nicht weiß, dass ich deine Schwester bin. Ich hätte dich nie gefunden, wenn er das wüsste.«

In Alinas Gesicht konnte man eine ganze Geschichte lesen, von Staunen, von Freude, von Irritation, von Trauer und Rührung. Doch am Ende handelte sie vor allem von Sorgen.

»Lara, ich kann hier nicht weg.«

»Wir schaffen das, keine Angst. Wir arbeiten einen Plan aus. Ich habe auch schon ...«

»Ich *will* hier nicht weg.«

Jetzt war es Lara, die nicht mehr folgen konnte.

»Du bist hier eingesperrt.«

»Nein, ich kann jederzeit gehen. Ich verstecke mich nur, bis ...«

Sie seufzte.

»Bis Gras über die Sache mit Thorsten gewachsen ist. Ich tue dann so, als ob ich mich von ihm getrennt habe, und komme wieder. Thies hat ja nur ihn aus Koogland verwiesen, nicht mich. Ich kann neu anfangen. Auf Thies' Hof, bei Kim und ... mit meinem Kind.«

Sie lächelte Lara an, hielt sich den Bauch. »Endlich kann ich's dir sagen!«

»Es ist von Thorsten?«

»Na klar«, antwortete Alina irritiert.

Lara war erleichtert. Nach dem, was sie über Thies und Thorstens Mutter wusste, hatte sie nichts ausschließen können. Aber Thies schützte tatsächlich nur sein Enkelkind.

»Du weißt, dass Thies der Vater von Thorsten war?«

»Ja«, sagte Alina und nickte eifrig. »Thorsten wusste es nicht. Dass er's ihm nicht gesagt hat, bereut Thies sehr, aber er wird's wiedergutmachen. Mir und dem Kind gegenüber.«

»Das hat er dir versprochen?«

Alina nickte, sie wirkte freudig bei dem Gedanken. Vielleicht hätte der Plan sogar funktionieren können. Wenn Jan Jansen nicht Thorstens Leiche gefunden hätte. Lara nahm Alinas Hände, war ganz die große Schwester.

»Ali, Thorsten ist tot«, brachte sie es ihr schonend bei.

»Ich weiß«, entgegnete Alina mehr stutzig als betroffen. »Aber wieso weißt du ... Hat Thies dir das gesagt?«

»Die Leiche wurde gefunden. Es tut mir echt leid, aber Thies hat seinen Plan geändert. Er behauptet jetzt, *du* hättest Thorsten getötet. Er wird dir nicht mehr helfen.«

Alina staunte, litt, stand mit offenem Mund da, eine Illusion zerplatzte.

»Du bist in Gefahr, Ali. Er wird alles tun, um vor seinen Bürgern gut dazustehen, auch wenn er dir einen Mord in die Schuhe schieben muss. Er wird dich vor aller Augen bestrafen, und ich sage dir, das wird nicht mit ein paar Elektroschocks getan sein. Die ganze Situation eskaliert.«

Alina löste sich von Lara, ging aufgebracht im Klassenzimmer auf und ab, schüttelte den Kopf.

»Aber das ist kein Problem«, redete Lara weiter auf Alina ein. »Ich bringe dich hier raus. Wenn du es noch eine Nacht aushältst, dann mache ich einen Plan, wie wir unbemerkt über die Grenze kommen, und wir fahren nach Berlin. Du kommst mit zu mir.«

»Dann gehe ich ins Gefängnis«, flüsterte Alina.

»Nein, außerhalb von Koogland kommt Thies nicht an dich ran. Er kann dir Thorstens Tod nicht anhängen.«

Alina blickte Lara gequält an.

»Was ist?«, fragte Lara, die spürte, dass sie jetzt in die falsche Richtung rannte.

»Ich habe Thorsten umgebracht.«

»Was?«

»Ich habe ihn erstochen, in unserem Bett. Ich wollte ihn nicht töten, aber ich war so wütend, ich hab einfach ... Es tut mir so leid.«

Tränen liefen, Alina hielt sich den Bauch. Lara ging zu ihr, nahm sie erneut in den Arm. Hatte Thies ihr das eingeredet?

»Was ist passiert? Erzähl es mir! Hey!«

Alina konnte nicht reden, sie weinte immer heftiger, schnappte nach Luft, starrte apathisch ins Nichts. Lara nahm ihre Hand, zog sie auf das Bett, setzte sich mit dem Rücken an die Wand.

Alina legte sich mit dem Kopf auf ihren Schoß, so wie sie es als Kind geliebt hatte. Lara streichelte ihre feinen Haare, ließ Alina weinen. Wenn es sein musste, würde sie die ganze Nacht warten.

Irgendwann versiegten die Tränen. Alina lag einfach da, seufzte immer wieder, dann drehte sie sich, starrte an die Decke.

»Thorsten war nicht mehr derselbe nach der Bestrafung.«

»Nach den Elektroschocks?«

»Er war verschlossen, aggressiv. Aber du kennst mich, ich lass mich nicht rumschubsen. Ich habe ihm gesagt, wie scheiße ich das finde, gerade jetzt mit dem Kind. Er war erst so happy, aber dann so ... Ich war zu egoistisch, Lara. Wie immer. Ich habe nicht gesehen, wie beschissen es ihm ging. Ich habe ihn gereizt. Aber dann ist er los und hat diese Schlampe gefickt, irgendeine aus Marne, die er von früher kannte. Ich war so wütend, ich konnte sie riechen, er hat's nicht mal abgestritten. Ist halt passiert, musste mal sein, hat er gesagt. Ich fand's übel, echt übel. Aber ich meine, manchmal muss es vielleicht wirklich sein ...«

Sie stockte, dachte darüber nach, nickte. Es war, als würde sie mit sich selbst diskutieren, als befände sich die Alina, die Lara kannte, die selbstbewusste Frau, die sich zu wehren wusste, in einem Konflikt mit der hilflosen Version von sich, die froh war, den Mann fürs Leben gefunden zu haben.

»Ich hätte nicht so hart sein dürfen. Ich hab dann gesagt: kein Sex mehr. Nicht bis das Kind da ist. Ich wollte ihn nicht mehr in mir haben ... Das ... Du kennst mich, ich übertreibe manchmal. Ich dachte, das wäre richtig so, aber irgendwie war es kindisch. Ich habe ihn ja immer noch geliebt. Er war mein Mann, wir wollten heiraten.«

Sie lächelte traurig, sagte nichts mehr.

»Was ist dann passiert?«, fragte Lara.

»Na ja, er wollte natürlich immer noch Sex. Er stand auf mich und ich ja im Prinzip auch auf ihn, das war nur Trotz bei mir, verstehst du? Und als er dann mit mir geschlafen hat, dann war ich sauer, weil ich ja gesagt hatte: nicht mehr vor der Geburt.«

»Er hat dich vergewaltigt?«

»Nein! Geht doch gar nicht, wir waren doch ein Paar.«

Das war definitiv nicht Alina, die da sprach.

»Aber es hat mich trotzdem geärgert. Ich habe mich voll da reingesteigert, ihn beschimpft und bedroht, und dann habe ich ... das Messer unters Bett gelegt, weißt du? Auf meiner Seite, da unten, damit ... Keine Ahnung, ich dachte, das schreckt ihn ab, aber ich hab's ihm ja gar nicht gesagt. Wie soll's da abschrecken?«

Sie lachte bitter, wurde immer unruhiger, schaute Lara nicht mehr an.

»Und dann kam der Abend, an dem wir getanzt haben. Du und ich. Unser Streit, das war auch, weil ich nicht mit dir über die Schwangerschaft reden konnte. Da habe ich ihn gefragt, ob wir das nicht mal ändern. Er war dafür, wollte es auch seiner Mutter sagen. Er hat sie angerufen und gesagt, wir kommen am nächsten Tag vorbei. Danach wollten wir dich in unserem Raum treffen und ... Das war alles geplant. Er war lieb, er war gut, wir waren glücklich. Und ich weiß nicht, was los war, warum ich am Abend nicht einfach ... mitgemacht habe. Aber als er mit mir schlafen wollte, bin ich ...«

Sie zuckte mit den Schultern, neue Tränen.

»Ich hab ...«

Noch ein Schulterzucken.

»Es war doch alles wieder gut. Warum habe ich das gemacht, Lara?«

Sie blickte ihre große Schwester verzweifelt an.

»Alina? Setz dich mal auf.«

Alina tat es, saß jetzt vor Lara auf dem Bett, schaute sie hilflos an.

»Wenn du sagst, er wollte mit dir schlafen, was heißt das?«

»Na, er wollte halt Sex«, erklärte sie gereizt. »Was verstehst du daran nicht?«

»Hat er dich gefragt, und dann hast du sofort auf ihn eingestochen?«

»Nein!«

»Erzähl's mir. Sag mir genau, was passiert ist, auch wenn's wehtut.«

»Warum?«

»Weil du mir bisher nur das erzählt hast, was Thies hören will. Aber ich will alles wissen. Alles, was passiert ist.«

Alina blickte unwillig auf die Bettdecke.

»Wir haben im Bett gelegen, er hat mir einen Kuss gegeben, gesagt, dass er sich auf den nächsten Tag freut. Dann hat er meinen Hals geküsst, er weiß, dass ich das mag, es ist sein ›Türöffner‹. Aber ich habe ihm gesagt, dass ich nicht will. Dann ...«

Sie verstummte, blickte Lara an.

»Ich will das nicht erzählen.«

»Warum nicht?«

»Ich will einfach nicht.«

»Ich sag dir, warum. Weil Thies eine Version in deinen Kopf gepflanzt hat, die dich zur Schuldigen macht. Mit dieser Version lebst du hier, hörst auf ihn, träumst von einer Zukunft auf seinem Hof. Wenn du mir jetzt erzählst, wie es war, dann gibt's diese Version nicht mehr, oder? Dann musst du zugeben, dass es bescheuert ist, hierzubleiben, obwohl du gehen kannst. Dann musst du vielleicht sogar zugeben, dass es ein Fehler war, nach Dithmarschen zu gehen. Du musst es vor deiner Schwester zugeben, die dich immer gewarnt hat.«

»Was soll das, Lara?«

»Alina, du hast nichts falsch gemacht. Bei Thorsten nicht und auch früher nicht. Ich bin diejenige, die Fehler gemacht hat. Ich hätte dich nicht in dieses Land hier gehen lassen dürfen.«

»Ich bin erwachsen!«, protestierte Alina erbost. »Ich treffe meine eigenen Entscheidungen.«

»Es war deine Entscheidung, mit Thorsten zu schlafen?«

»Nein!«

»Warum hast du ihn erstochen?«

»Weil er mich gehalten hat«, stieß Alina wütend hervor. »Weil er mich geschlagen hat, in mich eingedrungen ist, obwohl ich es nicht wollte. Weil er seine Hand von meiner genommen hat, um mich zu würgen, während er sein Ding gemacht hat. Weil ich eine Hand freihatte, weil ich das Messer greifen konnte.«

Sie verstummte, starrte Lara mit zitterndem Kinn an. Lara nahm sie in die Arme, drückte sie an sich.

»Du hast nichts falsch gemacht«, flüsterte Lara. »Du hast dich verteidigt. Kein Mann darf in dich eindringen, wenn du das nicht willst, egal, ob er dich liebt, ob du ihn liebst, egal, ob es dein Mann ist. Er ist der Täter, und du wolltest kein Opfer sein. Du hast nichts falsch gemacht.«

KAPITEL 40

DAS INNENMINISTERIUM lag idyllisch an der Kieler Förde, ein mehrstöckiger Backsteinbau, umgeben von weiteren Regierungsgebäuden. Davor herrschte geschäftiges Treiben, ein Kommen und Gehen, scharfe Sicherheitsvorkehrungen, es gab viele Krisen in Schleswig-Holstein. Jan wusste nicht mal, ob Koogland die größte davon war.

Normalerweise war Jan kein nervöser Typ, doch als er an der Kontrolle seinen Dienstausweis abgab und der Sicherheitsbeamte die Karte scannte, wurde sein Mund schlagartig trocken. Der Kollege gab ihm den Ausweis zurück, Jan durfte weitergehen, seine Suspendierung war noch nicht im Computersystem angekommen.

Als Grund seines Besuchs hatte Jan ein Gespräch mit dem Sachbearbeiter angegeben, der für das Personalmanagement des Marner Reviers zuständig war. Doch der würde Jan nicht helfen können. Andererseits hätte man ihn gar nicht erst ins Gebäude gelassen, wenn er gesagt hätte, dass er in Wahrheit mit Landespolizeidirektor Neumann reden wollte, dem ranghöchsten Polizisten des Bundeslandes. Jans Anrufe waren vergeblich gewesen, also musste er Rolf persönlich abpassen.

Zu den Vorteilen von Jans langer Dienstzeit gehörte es, dass er über eine Menge hilfreicher Kontakte verfügte. Rolf Neumann war vor vielen Jahren einer der ersten Revierleiter von Jan in Marne gewesen. Sie waren fast gleich alt und hatten nach Dienstschluss so manches Bier miteinander getrunken. Für Rolf war die Stelle nur ein Sprungbrett gewesen; über die Position des Polizeichefs von Kiel hatte er es dann bis zum Direktor der gesamten Landespolizei gebracht. Als er vor fünf Jahren das Amt übernommen hatte, war Jan in seinem Büro gewesen, ein Umtrunk mit alten Wegbegleitern zum Einstand. Jan wusste also, wo er ihn fand. Im obersten Stock, mit Ausblick auf die Kieler Förde.

Gemeinsam mit einigen Mitarbeitern des Ministeriums betrat Jan den Aufzug und drückte selbstbewusst den Knopf für die Leitungsetage. Eine Frau musterte ihn. Er wünschte, er würde seine Uniform tragen, doch die hatte er zusammen mit seiner Waffe am Morgen im Revier abgeben müssen. Nur den Ausweis hatte er rausschmuggeln können, nachdem Krug das anstehende Disziplinarverfahren verkündet hatte. Jan fragte sich, warum er überhaupt ins Revier gegangen war, warum er überhaupt versucht hatte, Krug noch einmal um Unterstützung zu bitten. Sein Chef dachte im Leben nicht daran, Jan zu helfen, Lara zu helfen. Für ihn war das alles ein Amoklauf seines Dienstältesten.

»Gibt schon Gründe, warum bei Polizisten mit zweiundsechzig Schluss sein soll«, ätzte er, als hätte Jans Fahrt zum Lindenhof etwas mit Altersstarrsinn zu tun gehabt.

Dass Jan dabei eine Verbündete in Koogland gewonnen hatte und nun wusste, wo die Freundin des Toten steckte, das interessierte Krug nicht. Die Ignoranz war zum Haareraufen. Lara hatte Jan am Morgen endlich angerufen. Sie hatte in der Nacht ihre Schwester gefunden und wollte Alina aus Koogland rausbringen. Eine Frau, die Thies Cordes sogar vor seinen eigenen Leuten versteckte, eine Frau, die er auf keinen Fall gehen lassen würde, weil sie sein Enkelkind in sich trug. Eine Frau, die zwar auch für den Tod von Thorsten Schulz verantwortlich war, aber in Notwehr gehandelt hatte. Das konnte nur in einem Desaster enden. Lara war stark und gewieft, aber sie kämpfte allein gegen einen zunehmend gewalttätigen Apparat. Jans Warnungen waren bei ihr auf taube Ohren gestoßen. Immerhin hatte sie ihm bis zum Abend Zeit gegeben, schlagkräftige Unterstützung zu beschaffen. Nur wenn ihm das gelänge, würde sie ihren Alleingang noch einmal überdenken.

In Kiel stieg Jan aus dem Aufzug und lief schnurstracks auf das Vorzimmer des Polizeidirektors zu.

Dort saß eine adrett gekleidete junge Dame, nicht viel älter als Lara. Natürlich hatte Jan keinen Termin, trotzdem rief sie ihren Chef an und fragte, ob er Jan empfangen wolle. Dann legte sie den Hörer wieder auf, lächelte Jan höflich an und sagte: »Herr Neumann bedauert es sehr, aber er kann Ihnen nicht weiterhelfen.«

»Er weiß doch nicht mal, was ich will.«

»Er sagt, er kann es sich vorstellen. Es tut ihm wirklich leid.«

»Kann er mir das nicht selbst sagen?«

»Wir sind leider mehr als voll mit Terminen«, erklärte die Frau geduldig, aber auch sehr strikt. »Ehrlich gesagt, dürften Sie überhaupt nicht hier sein.«

Eine indirekte Drohung, dass sie auch unfreundlich werden konnte.

»Ich verstehe das total«, sagte Jan im väterlichen Ton. »Auch dass das für Sie jetzt ein bisschen doof ist. Aber wissen Sie, es geht um Menschenleben, und da bin ich immer etwas eigen. Da lass ich mich nicht wegschicken. Wie soll ich den Leuten in die Augen blicken, die ihr Leben riskieren?«

Die junge Frau seufzte.

»Ich kann Ihnen leider nichts anderes ...«

»Ich weiß, ich weiß. Sie müssen auch gar nicht. Geht ja nicht um Sie. Rolf und ich, wir sind alte Freunde, und ich weiß, dass er irgendwann da rauskommen wird. Dass er eine Minute finden wird, vielleicht auch nur am Urinal, um mir zu sagen, warum ich gute Leute sterben lassen soll. So lange warte ich draußen auf dem Flur, setz mich da hin, ganz leise, Sie bemerken mich gar nicht.«

»Das geht nicht«, entgegnete die Frau gequält.

»Wirklich, Sie bemerken mich nicht. Ich hol mir einen Kaffee, hab da am Aufzug einen Automaten gesehen, dann mach ich mich auf dem Flur ganz klein, wie ein Mäuschen. Soll ich Ihnen einen mitbringen?«

Als Jan dann tatsächlich mit einem Becher Kaffee im Flur vor dem Vorzimmer auf dem Boden saß, musste er keine zehn Minuten warten, bis er die Frau erneut am Telefon hörte. Jan verstand nicht alles, sie sprach gedämpft, aber es ging wohl um die Frage, ob sie jetzt ernsthaft den Sicherheitsdienst rufen sollte. Kurz darauf erschien sie in der Tür zum Flur.

»Zwei Minuten. Jetzt!«, sagte sie mit mahnendem Blick.

Jan stand sofort auf.

»Mehr brauche ich nicht. Sie sind ein Schatz.«

Sie nickte gezwungen, nahm ihm wortlos den Kaffeebecher ab und ließ ihn durchgehen.

Rolf Neumann war bereits aufgestanden, als Jan das Büro betrat. Er verlor keine Zeit.

»Immer noch derselbe alte Sturkopf«, begrüßte der schmächtige grauhaarige Kerl seinen früheren Kollegen. An seiner Uniform prangte die maximal mögliche Anzahl Sterne.

»Ich wär nicht hier, wenn's nicht wichtig wäre.«

»Ich weiß, ich weiß.«

Rolf schüttelte ihm verbindlich die Hand, schloss dann die Tür hinter Jan, blieb aber stehen. Auch Jan wollte keine Zeit verlieren.

»Wir haben in Dithmarschen bereits einen Toten, und es wird mehr geben, wenn …«

»Wenn diese Berlinerin versucht, ihre Schwester da rauszuholen. Ich weiß.«

Jan verschlug es die Sprache. Er hatte geahnt, dass Rolf über die Situation vor Ort im Bilde war, aber nicht, dass er so genau Bescheid wusste. Am Ende hörte Krug also doch zu, wenn man ihm etwas sagte.

»Ich schätze dein Engagement, Jan, ehrlich. Ich musste lachen, als ich gehört habe, wie du deinen Vorgesetzten auf den Sack gehst, vollkommen nachvollziehbar, aber es geht hier um etwas Größeres. So hart es klingt, der Todesfall, auch die Geschichte dieser Frau mit der Schwester, das müssen wir unterordnen, wenn wir kein Desaster wollen. Diese Bauern mit ihrem Staat haben eine Menge Sympathien – in den Medien, in der Öffentlichkeit, sogar bei einigen unserer Kollegen. Endlich tut mal jemand was, lässt nicht mich sich rumspringen, ›alte deutsche Werte‹, du willst nicht wissen, was ich alles höre. Wenn wir da jetzt mit Gewalt reingehen, es Tote gibt, dann kommen die am Ende mit ihrem Blödsinn durch, und das ist dann erst der Anfang.«

»Aber wenn wir der Frau nicht helfen, dann wird's ebenfalls Tote geben.«

»Dann sind es aber nicht unsere Toten.«

Jan stöhnte, nicht über den Zynismus, sondern darüber, dass er nicht verstanden hatte, worum es die ganze Zeit ging.

»Ihr *wollt*, dass es eskaliert«, stellte er fest. »Dass Thies Cordes sich schuldig macht, am besten noch vor aller Augen, ein Mord des Hauptmanns, dann habt ihr einen Grund, den Laden dichtzumachen.«

Rolf sagte nichts. Er wartete darauf, dass Jan auf seine Seite wechselte. Staatsräson, Erhalt der Ordnung mit allen Mitteln.

»Das wird nicht klappen«, sagte Jan. »Ihr unterschätzt Cordes.«

»Das tun wir nicht. Wir lassen uns nicht in die Karten gucken, das ist alles. Aber wir sind an ihm dran. Wir beobachten das Intranet der Bauern, wir hören ihre Handys ab, wir wissen, was da passiert.«

»Das reicht nicht. Ihr habt keine Ahnung, was wirklich in den Kögen passiert. Die Leute da haben Cordes ihr Leben anvertraut, oft genug verdanken sie es ihm sogar, die werden alles tun, ihm bei allem folgen. Und viele von denen wollen Blut sehen. Das wird dann nicht im Intranet stehen, das bekommt ihr überhaupt nicht mit. Und schon gar nicht die Weltöffentlichkeit oder worauf du hoffst.«

Rolf seufzte, er blickte hinaus auf die Förde.

»Jan, das, was ich dir jetzt sage, musst du für dich behalten. Ich vertraue dir.«

Jan nickte, wartete ab.

»Wir haben jemanden vom Verfassungsschutz in Koogland. Wir bekommen alles mit, und wenn irgendetwas aus dem Ruder läuft, kann die Person sofort mobilisieren. Wir sind nicht so naiv, wie du denkst.«

Das war für Jan tatsächlich neu.

»Aber wir werden diese Person nicht für die Berlinerin verbrennen, Jan. Nicht ohne dass etwas passiert ist. Nicht ohne dass wir beweisen können, dass diese Bauern nichts anderes als Terroristen sind. Das musst du verstehen.«

Jan verstand das. Jan verstand auch, dass Rolf ein Guter war, sich um ihn bemühte, ihm etwas von großer Bedeutung anvertraute. Vor allem, dass der Polizeichef politisch gesehen alles richtig machte. Jan hatte den deutschen Staat unterschätzt, nicht der deutsche Staat die neue Republik. Doch Jan verstand vor allem, dass seine Regierung Lara und Alina im wahrsten Sinne des Wortes zu Bauernopfern machen wollte.

KAPITEL 41

ES WAR ZU RUHIG. Nach den dramatischen Ereignissen am Tag zuvor konnte eigentlich nicht plötzlich wieder alles normal sein, dennoch stand Beeke wie eh und je im Hofladen, verkaufte Lammfleisch und andere Köstlichkeiten. Die Kunden kamen, waren freundlich, vielleicht ein wenig angespannter, weil sie im Intranet Zeugen der harten Bestrafungen geworden waren. Viele neue Gesichter waren dabei, hier und da fragte mal einer nach Thies, mutige Bauern auch nach den Ereignissen, aber mit Beekes Antworten war man zufrieden. Die deutsche Polizei nahm sich Unverschämtheiten heraus, der Hauptmann hatte alles im Griff. Beeke tat sogar so, als ob sie die neuen Bürger in Friedrichskoog-Ort als Bereicherung für Koogland ansah, dabei hatte sie mit Thies heftig über den Kinderschänder gestritten. Ergebnislos – Ulf und die anderen gehörten laut Verkündung des Hauptmanns nach ihrer Bestrafung nun zu ihnen.

Nicht nur das, Thies und Finn hatten den Vormittag damit verbracht, die neuen Männer und auch einige Deichschützer für den Kampf mit Fäusten und Waffen zu trainieren, irgendwo draußen bei Friedrichskoog-Spitze, damit es keiner mitbekam. Finn hatte Thies dazu gedrängt, »aufrüsten« zu dürfen – was auch immer das bedeutete –, und Thies hatte nachgegeben. Er hatte die Deichschützer angewiesen, von Handy auf Funk umzusteigen, weil »der Feind« mithörte. Neue Begriffe hatten in

Thies' Vokabular Einzug gehalten, die Beeke sonst nur von Finn kannte. Doch nach außen gaben sich alle unaufgeregt, selbst in der Hauptverwaltung war es ruhiger als in den letzten Tagen. Bewerber wurden nicht mehr ins Land gelassen, die Neuen mussten sich erst mal einleben, Thies besuchte einige von ihnen am Nachmittag. Viel hatte Beeke an diesem Tag nicht von ihrem Mann gesehen. Vielleicht ging er ihr aus dem Weg, vielleicht sorgte er auch wirklich nur für Normalität.

Etwas mehr wunderte Beeke sich darüber, dass sie von Lara nichts sah oder hörte. Auch Thies hatte die Ärztin nicht gesehen, zumindest behauptete er das. War Beekes Drohung angekommen? Schwer zu glauben.

Als Kim von der Arbeit auf dem Lindenhof nach Hause kam, passte Beeke sie vor dem Laden ab.

»Wie war's in der Praxis, mein Schatz?«

»Gut«, antwortete Kim knapp.

Der Tod von Thorsten hatte sie sehr mitgenommen, dazu die ungeheure Verdächtigung, dass Alina den jungen Mann getötet haben könnte. Eine Verdächtigung, über die Kims Vater nicht mal mit ihr reden wollte. Kim war verloren. Ausgerechnet in dem Zustand ließ Thies sie den ganzen Tag bei Lara arbeiten.

»Viel los?«

»Geht. Meistens kleine Unfälle, ein Kind mit Mittelohrentzündung, aber wir haben die richtigen Medikamente.«

»Wunderbar.«

»Ja, die Praxis ist wunderbar«, äffte Kim Beeke nach. »War auch einer von den Neuen da, hatte immer noch Schmerzen im Arm nach den Elektroschocks. Aber er wollte nur ein Schmerzmittel. ›Das geht vorbei‹, sagt er. Harte Kerle, die Papa da gefoltert hat.«

»Es ist keine Folter«, entgegnete Beeke.

»Oh, sorry, Bestrafung.«

»Hat Lara es Folter genannt?«

Kim schaute ihre Mutter getroffen an.

»Nein, Mama, ich habe meine eigene Meinung. Lara hat nichts dazu gesagt. Aber sie hört mir zu, und sie nimmt mich ernst.«

Kim musste nicht ergänzen, dass dies in ihren Augen der Unterschied zwischen Lara und ihren Eltern war. Thies machte einen Fehler. Er ging immer noch davon aus, dass seine Töchter ihn vergötterten, dass sie ihm vertrauten, machten, was er sagte, denn er war von ihrer Geburt an ein guter Vater gewesen. Er würde ihnen beizeiten alles erklären, denn das hatte er immer getan. Aber das funktionierte nur so lange, bis jemand kam und den Mädchen etwas anderes vorlebte. Bis eine wie Lara kam, so unabhängig und selbstbewusst, dass eine junge Frau sich zwangsläufig die Frage stellen musste, warum sie selbst nicht so sein konnte.

»Wo ist Lara jetzt?«

»Die kochen alle zusammen, irgendwas mit Krabben. Ich wäre gerne geblieben, aber du sagst ja immer, ich soll mich von Lara fernhalten. Also …«

Sie stampfte ohne ein weiteres Wort davon.

»Kim, es ist gerade eine schwierige Phase. Wir … wo gehst du hin?«

»In den Stall.«

»Willst du *jetzt* reiten? Es stürmt und wird gleich dunkel.«

Kim antwortete nicht, sondern ging einfach weiter. Nein, es war kein normaler Tag. Und selbst wenn Lara nicht auftauchte, arbeitete sie weiter an der Zerstörung von Beekes Leben. Und ganz nebenbei zog sie Kim auf ihre Seite. Was würde als Nächstes kommen?

Beekes Blick fiel auf Finn, der auf dem Hof stand und eine seiner Drohnen im Wind testete. Sie schaute einen Moment lang zu, wie das Gerät durch die Luft surrte, während Finn es mit kindlicher Begeisterung mit einem Tablet steuerte.

»Finn!«, rief Beeke.

Ihr Schwager ließ die Drohne in der Luft stehen und kam zu ihr.

»Schon gesehen?«, fragte er gut gelaunt. »Mein neuestes Vögelchen.«

»Sehr schön ... Du, ich hab gehört, unter den Neuen ist ein Zahnarzt?«

»Ja, der Mann von einer Lehrerin. Beide haben nicht viel Ahnung von Landwirtschaft, aber Thies meint, wir können sie gebrauchen. Der Sohn ist immerhin im wehrfähigen Alter.«

Das war alles, was ihn interessierte.

»Wenn man Zahnmedizin studiert«, sagte Beeke, »lernt man auch die wesentlichen Bereiche der Humanmedizin kennen.«

»Fragst du mich das, oder teilst du mir das mit?«

Er war mal wieder etwas langsamer.

»Der Zahnarzt könnte unsere Praxis leiten, mit Kim als Unterstützung«, führte sie den Gedanken für ihn aus.

Finn runzelte die Stirn, schaute wieder zu der Drohne, die über ihnen am Himmel klebte.

»Du meinst, Lara ist nicht mehr so unabkömmlich, wie sie denkt.«

»Das war sie noch nie.«

Finn grinste. Sie sprachen endlich dieselbe Sprache.

»Wir müssen nur ...«

Beeke hielt inne, zögerte vor dem nächsten Schritt. Doch der war notwendig.

»Wir müssen vielleicht handeln, ohne dass Thies es weiß. Er hat einen blinden Fleck, wenn es um diese Frau geht.«

»Nicht wahr?«, stieg Finn sofort ein. »Der denkt nur mit seinem Schwanz.«

»Nein, das ist es nicht, Finn«, widersprach Beeke etwas zu gereizt. »Thies sieht in ihr etwas, übersieht dabei aber, dass sie gefährlich für uns ist.«

Finn waren die Gründe für Beekes Sorgen egal. Er war längst Feuer und Flamme.

»Was ist dein Plan?«

»Sie macht ständig Alleingänge, bricht ganz bestimmt Regeln. Wir müssen sie dabei erwischen und dann schnell handeln.«

Finn stutzte. Er schaute zu der Drohne hoch, dann wieder mit einem verschwörerischen Blick zu Beeke.

»Du meinst, ich soll sie einsetzen?«, fragte er leise und deutete zum Himmel.

»Ja, Finn. Alles, was nötig ist.«

Beeke verstand nicht, warum ihn das überraschte. Wofür hatte er schließlich die Drohnen?

»Bekommst du das hin?«

»Ja«, sagte er entschlossen.

»Gut! Sag mir Bescheid, sobald etwas passiert. Aber *nur* mir. Okay?«

Finn nickte. Beeke hasste es, Thies zu hintergehen, doch sie war sicher, er würde es ihr eines Tages danken. Und selbst wenn nicht – er war nicht der Einzige, der für den neuen Staat Verantwortung übernehmen konnte.

KAPITEL 42

LARA VERMISSTE ihre Mitbewohner jetzt schon.

Lucy und Sammy waren mittlerweile spürbar aufgetaut und fühlten sich wohl auf dem Lindenhof. Lucy lachte viel, hatte das alte Leben, die Gewalt, die Verzweiflung zumindest äußerlich hinter sich gelassen. Sie ging in ihrer neuen Welt auf, war trotz ihrer jungen Jahre so etwas wie die Mutter der Kompanie, mehr noch als Lara. Jetzt scheuchte sie Sammy mit Geschirr und Besteck um den alten Holztisch, alles sollte schön gedeckt werden.

Und Björn, den Lara immer noch nicht so recht verstand, der aber lustige Geschichten erzählte und eine wahre Freude daran hatte, sie mit frischem Fisch zu versorgen. Bei dem einen oder anderen Glas Selbstgebranntem pulte er seit einer Stunde Krabben. Auch ihn würde sie vermissen. Die gemeinsamen Abende mit allen Bewohnern des Lindenhofs.

»Was würde eigentlich passieren, wenn diese Alina wieder auftaucht?«, fragte Lucy, während sie das frisch geerntete Gemüse dünstete. »Darf die von der Polizei verhaftet werden, oder baut der Hauptmann ein Gefängnis?«

Natürlich waren die jüngsten Ereignisse auch auf dem Lindenhof das Thema des Tages. Nicht nur bei den Bewohnern; kaum ein Patient hatte Thorstens Tod und den Versuch, Lara zu verhaften, unkommentiert gelassen. Lara gab sich stets bedeckt. Auch auf Lucys Frage antwortete sie nicht, holte sich stattdessen nur ein Bier aus dem Kühlschrank und überließ die Spekulationen anderen.

»Man weiß doch noch gar nicht, ob sie's wirklich war«, antwortete Sammy.

Lara wusste es. Sie wusste aber auch, dass es Notwehr gewesen war. Die ganze Woche über hatten Thies und Angela ihrer Schwester Schuldgefühle eingeredet und ihr gleichzeitig eine rosige Zukunft in den Högen ausgemalt. Doch am Ende der letzten Nacht waren die Erinnerungen an die Vergewaltigungen bei Alina durchgedrungen, an Thorstens Gewalt, an die Hilflosigkeit, den Schmerz. Und schließlich hatten die Schwestern sich für ein Uhr nachts verabredet, um heimlich Koogland zu verlassen.

»Und so richtig scheint es die Polizei auch gar nicht zu interessieren«, fügte Sammy hinzu. »Das war doch ein Alleingang von diesem Typen gestern. Oder, Lara?«

»Schien so, ja.«

Sie nippte an ihrem Bier. Es war definitiv ein Alleingang gewesen. Jan Jansen hatte sogar versucht, Unterstützung von ganz oben zu bekommen, aber ohne Erfolg. Am Nachmittag war es Lara gelungen, ihn zu einem sicheren Nachrichtendienst zu locken, den die Polizei hasste, weil sie auf die dort geteilten Daten keinen Zugriff hatte. Jan hatte sich dennoch angemeldet, sozusagen die Seite gewechselt. Sie konnten nun verschlüsselte Nachrichten austauschen, deren Inhalt der Polizei verborgen blieb. Daher wusste Lara, dass der Verfassungsschutz jemanden in die Köge eingeschleust hatte. Laut Jan könnte diese Person extrem hilfreich sein, doch das nutzte ihr nichts, wenn sie nicht wusste, um wen es sich handelte.

Sie blickte in die geschäftige Runde, das Essen wurde auf den Tisch gebracht, fast ausschließlich Produkte vom eigenen Feld oder aus der Nordsee. Hier war garantiert niemand ein Agent. Wahrscheinlich war der Verfassungsschützer unter den anderen Neuankömmlingen zu finden, von denen Lara längst nicht alle kannte. Doch was konnte jemand ausrichten, der sich gerade mal seit einer Woche hier aufhielt? Da war Lara schon deutlich weiter. Letztlich war sie am besten geeignet, um Alina aus Koogland herauszubekommen. Nachts über den neuen Deich, sie hatte sich die Route gut überlegt, musste schnell sein. Jan fand es zu riskant, hatte aber dennoch zugesagt, auf der anderen Seite zu warten.

Als alle am Tisch saßen, hob Lara ihre Bierflasche.

»Ich möchte euch danken«, sagte sie. »Ich hätte nicht gedacht, dass ich an diesem merkwürdigen Fleck Erde Menschen kennenlerne, die in so kurzer Zeit zu ... zu Freunden werden. Das ist eine schöne Erfahrung, die ... die etwas mit mir macht.«

»Du bist ja ganz gerührt«, stellte Sammy fest.

»Wenn ich ehrlich bin, habe ich nicht viele richtige Freunde«, gab Lara zu und schluckte den Kloß im Hals herunter.

Lucy legte ihr mitfühlend den Arm auf die Schulter.

»Das Gute ist«, sagte Sammy, »dass unsere Freundschaft gerade erst anfängt.«

Er stieß mit seiner Flasche gegen Laras. Auch die anderen stießen mit ihr an. Gut gelaunt, voller Wärme, zum letzten Mal.

Als Lara den Hof verließ, schliefen längst alle. Kein Licht, keine Geräusche im Haus. Nur der Wind pfiff um die Gebäude. Am Himmel tauchten erste dunkle Wolken auf, erneut kündigte sich ein Sturm an. Am nächsten Tag würde Vollmond sein, der Höhenunterschied zwischen Ebbe und Flut war dann am größten. Das Ergebnis war die Springflut, immer eine große Gefahr an der Küste. Sollte Lara vielleicht noch einen Tag warten, hoffen, dass alle Deichschützer dann auch tatsächlich damit beschäftigt wären, den Deich zu schützen? Sie hatte Respekt vor den Sicherheitsmaßnahmen an der neuen Grenze, konnte nicht einschätzen, wer wo patrouillierte. Doch sie wollte Alina nicht warten lassen, nicht noch einmal vertrösten.

Fahre los!

Jan Jansen antwortete sofort:

Bin da.
Pass auf dich auf!

Lara spürte einen Kloß im Hals. War es so einfach? Ein aufrichtiger väterlicher Satz, zum ersten Mal in ihrem Leben, und schon musste sie fast weinen?

Das mache ich.

Sie schaute ein letztes Mal zu ihrem Hof, dann stieg sie in den SUV und fuhr los. Wieder ohne Licht, nur mit dem lautlosen Elektroantrieb. Ein Schatten huschte über ihren Wagen hinweg. Ein Vogel oder eine Drohne? Wo war das Ding? Lara suchte durch die Windschutzscheibe den Himmel ab. Sie verrenkte sich so sehr den Kopf, dass sie fast in ihr Kohlfeld gefahren wäre. Doch dann steuerte sie den Wagen sicher zurück auf den Feldweg. Dafür glaubte sie nun, weiter vorn an der Straße hinter einem Baum ein Licht gesehen zu haben, als hätte jemand kurz die Tür eines Autos geöffnet. War das die Silhouette eines Wagens am Straßenrand neben der riesigen Linde? Natürlich hatte sie sich eine Geschichte überlegt, falls sie jemandem begegnen sollte. Aber bitte nicht schon auf den ersten Metern.

Lara fuhr langsam weiter, hatte fast schon die Straße erreicht, als sich ihr plötzlich ein Mann in den Weg stellte. Erschrocken trat sie auf die Bremse. Der Wagen kam kurz vor ihm zum Stehen, was den Mann aber nicht kümmerte. Er stand ungerührt in der Dunkelheit und blickte ins Innere des Wagens. Es war Thies. Lara spürte den Adrenalinstoß. Sie hatte alles Mögliche befürchtet, doch dass der Hauptmann höchstpersönlich ihr auflauern würde, hatte sie sich nicht vorstellen können. Wie lange wartete er schon auf sie?

Während er zur Beifahrertür ging, spürte Lara den Drang, aufs Gas zu drücken, einfach zu verschwinden, doch sie wusste, dass das nicht gut gehen würde. Thies öffnete die Tür und setzte sich neben Lara. Er lächelte sie freundlich an, als wären sie zum Kino verabredet.

»Hallo, Lara.«

»Thies, was ist los? Habe ich irgendwas nicht mitbekommen? Wartest du schon den ganzen Abend auf mich?«

»Nee, nee. Ich bin eben erst gekommen.«

»Ja, aber ... warum?«

»Ich hab mir überlegt, wir fahren am besten gemeinsam zu Alina.«

»Bitte was?«

Lara ging davon aus, dass sie sich verhört hatte.

»Zu deiner Schwester in der Schule.«

Die Selbstverständlichkeit, mit der er das sagte, machte Lara fertig. Sie wollte sich den Schweiß abwischen, der aus allen Poren strömte, konnte sich aber nicht bewegen.

»Ich ...«, stieß sie hervor und verstummte sofort wieder.

Thies lachte.

»Dass ich dich mal sprachlos erlebe ...«

Er stieß sie mit dem Ellenbogen an wie einen alten Kumpel. Sie hatte keine Ahnung, was hier vor sich ging. Wie konnte Thies so genau Bescheid wissen, sogar über die Uhrzeit, zu der sie losfuhr?

»Hast du meine Nachrichten abgefangen?«, fragte sie.

Jan war der Einzige, mit dem sie sich über ihren Plan ausgetauscht hatte. Doch selbst eine erfahrene Hackerin wie sie hätte den Nachrichtendienst, den sie benutzten, nicht knacken können. Und sie traute das auch niemand anderem in Koogland zu.

»Du fragst dich, woher ich weiß, was du vorhast«, fragte Thies amüsiert. »Und kommst nicht auf die naheliegende Antwort. Es war ein Fehler, davon auszugehen, Alina wäre unter Zwang bei mir. Das ist sie nicht. Sie ist gerne hier.«

»Alina hat dir gesagt, was wir planen?«

»Sie vertraut mir, Lara. Ich hab ihr geholfen. Meine Güte, ich hab sie gerettet. Und natürlich habe ich sie auch gefragt, ob jemand sie vermissen würde. Außer ihrer Schwester fiel ihr da niemand ein.«

»Du hast von Anfang an gewusst, wer ich bin?«

»Nicht sofort. Lara ist kein seltener Name. Aber sobald du bei unserer ersten Begegnung in der Hauptverwaltung erwähnt hast, dass du in der Charité arbeitest ...« Er lächelte. »Und jetzt fragst du dich, warum ich dein Spiel die ganze Zeit mitgespielt habe? Weil ich das Gefühl hatte, dass du gut für uns sein könntest. Ich war mir sicher, dass nicht alles gelogen war, was du gesagt hast. Dass du wirklich nach einem neuen Leben suchst, vielleicht nicht bewusst, aber ich wollte versuchen, dich für unseren Staat zu begeistern. Nicht nur, weil wir dich als Ärztin gut gebrauchen konnten, sondern auch für deine Schwester und deinen Neffen. Du weißt, dass es ein Junge wird?«

Das hatte Lara noch nicht gewusst. Es schien den künftigen Großvater enorm zu freuen.

»Familie«, fuhr er fort. »So wichtig als Basisstruktur für eine Gesellschaft. Und ich bin mir heute noch sicherer als vorher, dass du dich danach sehnst.«

Lara musste unwillkürlich lachen, wie damals, als Alina ihr zum ersten Mal von der geplanten Staatsgründung erzählt hatte.

»Okay, du brauchst noch etwas Zeit«, sagte Thies ohne Sarkasmus in seiner Stimme. »Und das verstehe ich auch. Was Alina geschehen ist, was sie durchgemacht hat, das kann man nicht wegdrücken. Aber ich bin auf ihrer Seite.«

»Du redest ihr ein, dass sie Thorsten ermordet hat, dass sie sich lieber hätte vergewaltigen lassen sollen.«

»Nein. Das kommt von Angela. Sie hat ein überkommenes Rollenbild, man kann nicht von seinem Partner vergewaltigt werden und so ein Quatsch. Ich brauche Angela, also habe ich nicht interveniert. Aber natürlich war es Notwehr, Lara. Thorsten ist verantwortlich, sonst niemand.«

Sie spürte, wie ihr Kinn runterklappte.

»Ich weiß nicht mehr, was ich dir glauben soll.«

»Auch das verstehe ich. Das sind diese ganzen verdammten Lügen. Ich hasse sie, Lara. Ich hasse das alles so sehr. Das muss ein Ende haben. Wir müssen aufhören mit den Lügen. Du und ich. Die Wahrheit, ab jetzt.«

»Thies, ich ... ich verstehe nicht, was du sagst.«

»Wir sagen allen die Wahrheit. Was mit Thorsten passiert ist, dass Alina in Notwehr gehandelt hat, meinen Enkel in sich trägt, dass du ihre Schwester bist. Dass wir eine Familie sind. Lara, das sind wir. Und dann bauen wir gemeinsam dieses Land auf.«

»Und wenn ich nicht hierbleiben will?«

Thies verzog das Gesicht. Die Frage allein schmerzte ihn.

»Dann fährst du zurück in dein Leben, auch wenn ich nicht glaube ...«

»Mit Alina?«

Zum ersten Mal während dieser unwirklichen Begegnung verhärteten sich Thies' Gesichtszüge.

»Du weißt, dass das nicht geht.«

»Wieso?«

»Lara. Alinas Sohn wird der erste Mensch sein, der im neuen Staat zur Welt kommt. Mein Enkel ist das Fundament für die nächsten Generationen. Ich kann ihn nicht gehen lassen. Theoretisch könnte Alina gehen, sobald sie ihn geboren hat, aber so tickt sie nicht. Sie ist eine Mutter durch und durch.«

Er kannte Alina, zumindest glaubte er das, er hatte alles unter Kontrolle, er hatte einen klaren Plan, wie immer.

»Ich hatte ein bisschen gehofft, dass du erleichtert wärst, wenn die Wahrheit endlich draußen ist. Ich bin es. Auch wenn du bisher die Einzige bist, die alles weiß.«

»Warum sagst du es mir gerade jetzt?«

»Du wolltest abhauen.«

»Warum hast du es mir nicht früher gesagt?«

»Du warst noch nicht so weit. Du bist auch jetzt noch nicht wirklich überzeugt.«

Lara sagte nichts dazu.

»Pass auf, etwas Zeit ist noch. Schlaf darüber, denk nach. Morgen früh komme ich dich holen, ich bringe Brötchen mit, ein paar leckere Sachen aus dem Laden, dann fahren wir zu Alina und frühstücken mit ihr. Entweder ist es dein Abschied oder der Beginn einer neuen ... Dynastie.«

Er lachte, dabei meinte er auch das ernst.

»Aber Alina ...«

»Ich sag ihr Bescheid.«

Was sollte man tun, wenn das Schlimmstmögliche passiert war, aber es sich anfühlte, als ob man einfach nur den Bus verpasst hatte?

»Machen wir das so?«, fragte Thies.

Er blickte Lara mit dieser freundlichen Bestimmtheit an, der sich niemand erwehren konnte. Lara nickte.

»Schön. Dann schlaf gut.«

Er gab ihr einen Kuss auf die Stirn. Wie ein Vater oder vielleicht auch ein Großvater. Dann stieg er aus dem Auto und ging in der Dunkelheit davon.

KAPITEL 43

LARA VERSUCHTE gar nicht erst zu schlafen. Es wäre vergeblich gewesen. Sie setzte sich mit einem Schnaps auf die Terrasse, blickte in den Himmel wie an ihrem ersten Abend in den Kögen. Aber sie fand die Sterne nur selten, denn die Wolken schoben sich immer wieder davor. Sie versuchte, über Thies' Angebot nachzudenken, doch sie schweifte immer wieder zu den Tagen seit ihrer Ankunft ab. Wie oft hatte sie gedacht, sie würde Thies hintergehen, aber in Wahrheit hatte er alles gewusst, hatte selbst ein falsches Spiel gespielt. Das bessere.

Ihr Handy vibrierte. Jan.

Wo seid ihr?

Sie hatte nicht gewusst, was sie ihm schreiben sollte. Doch jetzt musste sie.

Es geht nicht. Wir müssen abbrechen. Sorry. Morgen mehr.

Morgen konnte sie zu ihm fahren und ihm alles persönlich erklären. Wenn sie Alina zurückließ. Bei dem Gedanken musste sie lachen.

Okay. Schlaf gut.

Lara seufzte. Sie würde nicht schlafen. Sie konnte nicht schlafen. Sie konnte nicht einmal klar denken. Als der Wind immer kälter wurde, ging Lara in ihr Zimmer. Hinter der geschlossenen Tür tat sie das Undenkbare: Sie spielte ihr mögliches zukünftiges Leben in der Bauernrepublik Koogland durch.

Alina konnte zu ihnen auf den Hof ziehen, sie würde es dort lieben mit den anderen. Lucy und Alina, das wäre garantiert eine Freude. Außerdem hätte sie die Hebamme direkt im Haus. Die Räume unten konnte man für Alina umgestalten, eins davon als Kinderzimmer einrichten. Sie wären alle eine große WG, mehrere Generationen, beste Freunde, Selbstversorger, Günstlinge des Hauptmanns, des Großvaters. Es würde ihnen gut gehen in Koogland. Alina hätte ihre Freundin Kim zurück, und hey, vielleicht würde Lara sich in sie verlieben, sie heiraten, dann hätte Thies endgültig seine Familie. Finn als Trauzeuge, Beeke ihre Schwiegermutter. Sie würden sicher einen Samenspender finden, Gero hatte doch tolle Gene, oder gleich Finn, für jede Frau ein anderer Spender, dann hätte Thies noch mehr Enkel, gebürtige Dithmarscher. Vielleicht konnten sie Jan Jansen als Patenonkel gewinnen. Und eines Tages, wenn Thies alt und runzelig war, seinen Staat in die EU geführt hatte, dann würde Lara den Laden übernehmen. Sie war schließlich die geborene Anführerin. Oder was sah er in ihr?

Lara lachte. Sie konnte vielen Menschen etwas vormachen, aber nicht sich selbst. Der Bauernstaat war dem Untergang geweiht, und sie würde kein Teil davon sein. Die einzige wirkliche Frage lautete nach wie vor: Wie konnte sie Alina aus dem Land bekommen? Oder musste sie sie wirklich zurücklassen und warten, bis Thies' Reich vor die Hunde ging? Alina noch einmal im Stich lassen?

Die Antwort kam von selbst, als Lara die Tür zum Badezimmer hörte. Es war kurz nach vier, Björn stand auf, um mit seinem kleinen Krabbenkutter rauszufahren. Er war ihre einzige und mit Sicherheit auch letzte Chance. Wenn er den Hof mitten in der Nacht verließ, würde sich niemand darüber wundern, weil er das jede Nacht tat. Wenn er vom alten Hafen ablegte, würde man ihn fahren lassen, weil es nun mal sein Job war.

»Nimmst du eigentlich auch Passagiere mit?«, fragte sie Björn, als er in die Küche kam, um sich seinen Snack für die Stunden auf der Nordsee zu machen.

Lara schmierte bereits die Brote für ihn. Er war überrascht.

»Wo willst du denn hin, Mädchen?«

»Auf die andere Seite der Elbe.«

»Mitten in der Nacht?«

Lara nickte. Sie wusste nicht, ob sie ihm vertrauen konnte. Angela hatte ihn zu Lara gebracht, und auch wenn sie längst mitbekommen hatte, dass er nicht mit ihr und dem Tankwart befreundet war, wusste sie nicht, wo seine Loyalitäten im Ernstfall lagen.

»Fahrtzeit eine Stunde«, sagte er.

»Kein Problem.«

Er setzte sich zu ihr und schmierte ebenfalls ein Brot, das er mit der guten Lammsalami aus Beekes Hofladen belegte. Lara ging einfach mal davon aus, dass er zugestimmt hatte.

»Wir müssten noch jemand mitnehmen, und ich brauche einen Moment, um sie zu holen.«

Björn nickte.

»Keiner darf wissen, was ich tue. Niemand darf sehen, dass ich den Hof verlasse.«

Sie musterte ihn sehr genau. Der alte Mann nickte wieder, klappte sein Brot zusammen und legte es in die dafür vorgesehene Dose. Dann schnitt er weitere Scheiben vom Laib ab.

»Brauchen ein paar mehr Stullen.«

Das war alles, was er zu dem Thema zu sagen hatte. Es machte Lara wahnsinnig.

»Willst du gar nicht wissen ... Ich hintergehe den Hauptmann!«

Björn strich die Butter sorgfältig über das Brot. Er wählte seine Worte mit Bedacht, sagte dann: »Was Thies hier mit den Leuten macht, das ist nich richtig. Elektrische Schocks, mit der Polizei anlegen, das machste nich. Die Bauern in Dithmarschen, die haben sich immer schon zu viel rausgenommen. Die haben immer so getan, als ob ihnen alles gehört, als ob sie alles bestimmen dürfen. Die müssen auch mal Grenzen gezeigt kriegen.«

Lara hatte keine Ahnung von Björns rebellischer Ader gehabt. Es rührte sie, wie selbstverständlich er Stellung bezog.

»Wie kommst du darauf, dass ich den Bauern Grenzen aufzeigen will?«

»Du bist gestern ohne Licht dem Hauptmann hinterher und dann erst mitten in der Nacht zurück. Du heckst schon lange was aus.«

Wussten am Ende alle in diesem verdammten Land, was Lara trieb?

»Du arbeitest nicht zufällig für den Verfassungsschutz?«, fragte Lara.

Björn lachte. Lara glaubte nicht wirklich daran, aber sie hatte den alten Mann eindeutig unterschätzt.

»Nee, Mädchen, ich bin Krabbenfischer«, verkündete er aus der Tiefe seines Herzens. »Du hast mir geholfen, ich helfe dir. So funktioniert das bei uns.«

Björn fuhr einen uralten Pick-up, wahrscheinlich das letzte Auto weit und breit, das ausschließlich mit Benzin betrieben wurde. Als er aus dem Haus kam, lag Lara bereits auf der Ladefläche. Sie hatte den Himmel nach Drohnen abgesucht, war im Schatten des Hauses zum Wagen gehuscht und unter eine Plane gekrochen. Björn hatte noch kurz im Haus gewartet und stieg nun wie in jeder Nacht ins Auto, fuhr mit Licht und lautem Motor los. Man konnte ihn sehen, man durfte ihn sehen.

Ein Vorteil an seinem Verbrennungsmotor war, dass Björn auf dem Weg zum Hafen glaubhaft einen Umweg über die Tankstelle machen konnte. Er hatte mit Tankwart Tobias die Absprache, dass er nachts tanken und am nächsten Tag bezahlen durfte. In den Walögen vertraute man sich. So brachte der Fischer Lara nicht nur in die Nähe der Schule, er hatte auch einen Grund anzuhalten, sodass sie unter dem Dach der Tankstelle aussteigen und davonhuschen konnte. Sie ließ ihn wegfahren, wartete noch etwas und schlich sich dann von Schatten zu Schatten, immer den Blick zum Himmel. Wenn der Mond durchbrach, hielt sie nach Drohnen Ausschau. Wenn die Wolken ihn verdeckten, eilte sie weiter.

Das Haus an der Schule lag im Dunkeln, Angela und Tobias schliefen. Auch aus Alinas Klassenzimmer drang kein Licht. Lara schlich an dem Fenster vorbei und fand den Notausgang nach wie vor unverschlossen. Thies fühlte sich sicher. Sollte ihr das nicht zu denken geben? Noch ein Blick nach oben, keine Drohnen, kein Licht im Haus.

Alina schlief. Ihre Kleidung lag auf dem großen Sessel. Sie war informiert worden, dass ihr Ausflug mit Lara nicht stattfand, und hatte sich schlafen gelegt.

Lara ging in ihr Zimmer, legte sich zu ihr ins Bett und kuschelte sich an sie. So wie früher, wenn Lara von einer Clubnacht nach Hause kam, sich ins Haus schlich und nach ihrer Schwester schaute. Nie hatte sie widerstehen können, ein wenig von Alinas Wärme aufzunehmen, von dem süßen Duft. Auch jetzt saugte sie ihren Geruch auf. Wie lange hatte sie das nicht getan. Alina nahm instinktiv Laras Hand, hielt sie fest, wie früher. Nur dass sie die Hand ihrer großen Schwester diesmal auf ihren Bauch drückte.

»Du musst aufwachen«, flüsterte Lara.

Alina seufzte, drehte sich um, verschlafener Blick, dennoch ein Lächeln.

»Wie spät ist es? Frühstück?«

Lara schüttelte den Kopf. Alina griff nach ihrem Handy, blickte darauf.

»Es ist mitten in der Nacht«, sagte sie empört.

»Ich habe einen anderen Weg gefunden, wie wir rauskommen.«

Alina setzte sich auf, blickte Lara kritisch an.

»Ich dachte ... Thies hat doch ...«

»Ja, hat er. Er weiß alles. Er will, dass ich bleibe. Dass wir zusammen hierbleiben und ...«

»Wäre doch perfekt«, unterbrach Alina. »Er ist auch gar nicht böse.«

»Er ist fanatisch, Ali. Solange alles einigermaßen läuft, ist das kein Problem. Aber dieser Staat hat keine Chance, es wird weitere Desaster geben, Angriffe von außen, und Thies wird alles tun, um seine Idee zu retten. Er kann nicht zurück. Also wird er das Leben von uns allen riskieren. Dein Leben, das Leben deines Kindes.«

Alina machte einen gequälten Gesichtsausdruck. Immerhin widersprach sie nicht, auch wenn sich alles in ihr gegen das sträubte, was Lara gesagt hatte.

»Wieso können die uns nicht einfach in Ruhe lassen?«

»Weil hier Straftaten begangen werden. Thies foltert Menschen.«

Alina versank in sich.

»Ich weiß, es ist schön hier. Ich verstehe dich. Ich verstehe jetzt, was dich gereizt hat. Und es tut mir so leid, dass ich nicht in besseren Zeiten gekommen bin. Aber wir werden es uns auch in Berlin schön machen. Wir nehmen uns zusammen eine Wohnung, ich bin für dich da und für dein Kind.«

Alina sah Lara mit einem verletzlichen Blick an. Lara nahm

sie in den Arm. Plötzlich hörten sie auf der Wiese vor dem Fenster ein Geräusch.

»Kommt da jemand?«, flüsterte Lara.

Sie eilte zum Fenster und blickte durch die kleinen Löcher in der schwarzen Folie. In der Dunkelheit sah sie zunächst nichts, doch dann bemerkte sie das Licht im Haus der Lehrerin. Kurz darauf hörte man die Tür des Notausgangs, Schritte im Flur. Alina schaute Lara mit großen Augen an. Lara versteckte sich hinter dem Sessel, der dem Bett gegenüberstand. Gerade noch rechtzeitig, denn in diesem Moment erschien Angela im Türrahmen. Sie trug einen Bademantel über ihrem Pyjama, brachte eine dampfende Tasse Tee.

»Na, das habe ich mir doch gedacht«, sagte sie mütterlich, als sie Alina hellwach auf dem Bett sitzen sah. »Du hast gestern schon so schlecht geschlafen, hm?«

Sie meinte es gut, setzte sich zu Alina und reichte ihr den Tee. Alina befand sich in Schockstarre, vermied es immerhin, in Laras Richtung zu schauen, und konzentrierte sich auf die Tasse.

»Hattest du einen Albtraum?«, fragte Angela.

»Nein, nein, ich ... Das Baby war unruhig.«

Alina lächelte Angela unsicher an.

»Ach ja? Du spürst es?«

»Ich glaub schon. Kann das sein? Oder ist es noch zu früh? Erst dachte ich ja, ich muss pupsen, aber es ist mehr hier oben. Hier, Angela!«

Während Alina sich um Kopf und Kragen redete, hatte Angela ihren Blick durch den Raum streifen lassen. Lara hielt die Luft an.

»Ist da jemand?«, fragte Angela.

»Nein, wer soll denn ...«

Sie verstummte. Angela war aufgestanden und hatte die große Schwester hinter dem Sessel entdeckt.

»Lara?«

Angela stand verblüfft vor ihr. Lara erhob sich, ging rückwärts zur Tür und schloss sie. Die Lehrerin musste unter allen Umständen in diesem Raum bleiben.

»Was machst du hier? Was ... was hat das zu bedeuten?«

»Wir brauchen deine Hilfe«, sagte Lara.

»Wobei?«

»Ich habe dir geholfen. Jetzt ist es an der Zeit, sich zu revanchieren.«

»Gut, aber was ... Weiß Thies, dass du hier bist?«

»Nein, genau darum geht's. Er darf es nicht wissen. Ich werde jetzt mit Alina gehen und brauche dann etwas Zeit, eine Stunde vielleicht.«

»Was?«

Gerade noch hatte Angelas Gesichtsausdruck zwischen Überraschung und grundsätzlicher Offenheit geschwankt, doch nun sah man die kritischen Falten an ihrer Stirn.

»Alina ist meine Schwester. Sie möchte zu mir nach Berlin kommen.«

Angela brauchte einen Moment, um diese neue Information zu verarbeiten, dann schüttelte sie entschlossen den Kopf.

»Das geht nicht.«

»Doch. Sie ist ein freier Mensch und kann selbst entscheiden ...«

»Sie hat Thorsten getötet!«

»In Notwehr. Er hat sie vergewaltigt.«

»Das ist doch Quatsch. Entschuldige, Lara, aber ich muss Thies anrufen ...«

Sie hatte bereits ihr Handy aus der Tasche des Bademantels genommen und tippte drauflos. Lara war mit zwei schnellen Schritten bei ihr und schlug ihr das Gerät aus der Hand, bevor es eine Verbindung herstellen konnte. Alina erschrak sich mehr darüber als Angela.

»Lara!«, rief die empörte Lehrerin.

»Mach's jetzt bitte nicht kompliziert.«

Angela spürte Laras Entschlossenheit. Sie wurde ruhiger, ordnete ihre Gedanken. »Nur deswegen bist du hier. Du hast uns allen etwas vorgemacht, weil du in Wahrheit Alina gesucht hast.«

»Sie ist meine kleine Schwester.«

»Ihr wird es hier gut gehen.«

Lara schüttelte den Kopf. Alina sagte nichts, saß überfordert auf dem Bett, konditioniert darauf, andere über ihr Schicksal entscheiden zu lassen.

»Ich kann sie nicht gehen lassen«, sagte Angela mit echtem Bedauern. »Es würde Thies das Herz brechen. Sie trägt sein Enkelkind in sich. Wenn er das jetzt auch noch verliert, nachdem sie ihm schon seinen Sohn genommen hat ... Das kann ich nicht zulassen.«

»Hat er noch nicht genug?«, fragte Lara. »Einen ganzen Staat? Ein treues Volk? Eine liebende Frau und zwei Töchter? Was braucht er noch?«

»Es ist ihm wichtig.«

Sie ging entschlossen auf die Tür zu. Lara schaute zu Alina, die hilflos dasaß. Dann packte sie Angela an der Schulter, bevor sie nach der Türklinke greifen konnte, und zog sie mit festem Griff zur Heizung.

»Alina, in meiner Tasche sind Klebebänder und Kabelbinder.«

Lara hatte gehofft, dass sie die Sachen nicht brauchen würde. Doch nach den letzten Überraschungen war sie auf alles vorbereitet.

»Alina!«

Sie musste lauter werden, damit ihre Schwester sich in Bewegung setzte. Angela fluchte und schimpfte, war aber nicht kräftig genug, um sich gegen Lara zu wehren. Plötzlich begann sie zu schreien.

»Tobias! Tobias!«

Lara hielt ihr den Mund zu, Angela schlug nach ihr. Die Situation wurde immer unangenehmer.

»Mach das nicht«, zischte Lara verzweifelt und riss Angela zu Boden.

Die Lehrerin schrie auf. Sie trat nach Lara, versuchte ihr in die Hand zu beißen. Auch jahrelanges Training mit betrunkenen Notfallpatienten hatte Lara nicht darauf vorbereitet, eine ältere Frau zu fesseln und zu knebeln. Doch sie tat es für Alina. Auch wenn die es nicht mal wollte.

»Du tust ihr weh!«, stieß ihre kleine Schwester hervor.

»Es geht nicht anders! Fessel ihre Hände!«

Lara bekam zwei Tritte und einen äußerst schmerzhaften Biss zu spüren, dann hatte Alina es endlich geschafft, Angelas Hände mit dem Kabelbinder auf ihrem Rücken zu fixieren. Als Lara kurz die Hand von ihrem Mund nahm, fing Angela sofort an zu schreien. Lara griff nach einer Packung Taschentücher, die neben dem Bett lag, und stopfte sie der Lehrerin in den Mund. Dann riss sie Alina das Klebeband aus der Hand und befestigte den improvisierten Knebel damit.

»Lara!«, rief Alina verzweifelt.

Ein Klebeband nach dem anderen, kreuz und quer über das Gesicht, auch einmal um den Kopf herum, bis Angela endlich Ruhe gab. Die Nase war frei, sie konnte atmen, auch wenn es ihr nach den enormen Anstrengungen schwerfiel.

»Es wäre sehr viel einfacher, auch für dich, wenn du dich nicht wehren würdest.«

Angela blickte Lara aus blutunterlaufenen Augen hasserfüllt an. Lara nahm noch mehr Klebeband, zwirbelte es zu einem Strick und befestigte Angelas gefesselte Hände damit an der Heizung, mehrfach, bis die Konstruktion bombensicher war. Immerhin strampelte die Frau nicht mehr, auch ihr Atem kam langsam zur Ruhe. Als Lara sicher war, dass Angela sich nicht befreien konnte, fühlte sie deren Puls. Ein trotziges Schnauben erklang hinter dem Knebel. Der Puls war hoch, aber nicht lebensbedrohlich, auch die anderen Vitalzeichen schienen im Rahmen zu sein. Lara saß erschöpft vor der Lehrerin auf dem Boden und blickte sie bedauernd an.

»Mir tut das wirklich leid. Ich wünschte, es gäbe eine andere Möglichkeit. Sobald wir in Sicherheit sind, informieren wir Thies, damit du befreit werden kannst.«

Angela starrte Lara nur an, keine Regung. Lara kämpfte sich auf die Beine, blickte zu Alina, die die ganze Zeit zitternd hinter ihr gestanden hatte. Entsetzen, ein Blick, als würde sie darüber nachdenken, wer die Frau war, die sich für ihre Schwester ausgab.

»Zieh dich an«, befahl Lara.

Alina gehorchte. Als sie fertig war, ging Lara zur Tür. Alina stand noch bei Angela.

»Es tut mir leid«, sagte sie zu der alten Dame. »Du warst immer gut zu mir.«

Sie riss ihren Blick von Angela los, die schnaufend auf dem Boden hockte, mit wirren Haaren, rotem Kopf und triefender Nase. Auch Lara schmerzte dieser Anblick. Sie hatte noch nie jemanden so unmenschlich behandelt, doch es war um so vieles besser als die Alternative.

KAPITEL 44

DEN WEG ZUM HAFEN konnten sie nur zu Fuß zurücklegen. Alles andere wäre zu auffällig gewesen. Laras kleine Schwester ging widerwillig hinter ihr her, schnaufte und murmelte etwas. Ihre Körperhaltung hatte nichts mit der von Lara gemeinsam, die Gefahr, entdeckt zu werden, ignorierte sie, und sie nahm kaum ihre Umgebung wahr. Lara hingegen spürte den Druck, denn der gesamte Sicherheitsapparat von Koogland saß ihr im Nacken.

»Wie kannst du so brutal sein?«, fragte Alina plötzlich.

»Warte mal ab, bis dein Kind da ist und jemand ihm etwas antun will.«

Sie klang aggressiver, als sie wollte, schaute nicht zu Alina zurück, sondern eilte voran, zwischen zwei verlassenen Häusern hindurch zu den Feldern abseits der Straße.

»Du übertreibst«, sagte Alina viel zu laut. »Du bist paranoid. Wie damals bei Axel.«

»Was?«

»Du hast immer übertrieben.«

»Weißt du nicht mehr, was er uns angetan hat? Das war ein Überwachungsstaat.«

»Es wäre alles nicht so schlimm gewesen, wenn du ihn nicht immer wieder gereizt hättest.«

»Alina, nicht dein Ernst.«

»Das sind gute Menschen hier«, sagte Alina und zeigte unbestimmt durch die Gegend. »Die etwas aufbauen wollen. Die zusammenhalten. So etwas gibt es nirgendwo sonst.«

»Man muss sich nur foltern lassen, dann wird's hier richtig gemütlich? Ja?«

»Vielleicht ist das der Preis. Vielleicht müssen manche einen Preis bezahlen, damit es den anderen gut geht.«

»Der Preis ist zu hoch.«

Eine Weile gingen sie wortlos weiter und kamen zu dem Feldweg, der sie Richtung Elbmündung führen würde. Hier, jenseits der Siedlung, waren sie für Drohnen ungeschützt sichtbar. Lara hielt immer wieder Ausschau danach.

»Wo gehen wir überhaupt hin?«, fragte Alina und blieb stehen. »Hier geht's doch nicht raus aus den Kögen.«

»Die Grenze ist zu gut überwacht, wir fahren übers Meer.«

»Was?«

»Ich habe ein Boot, wir haben einen Skipper.«

»Wir gehen zu Fuß zum Hafen?«, motzte Alina.

»Ja, und wir müssen uns beeilen.«

»Das ist eine Stunde von hier.«

»Höchstens eine halbe. Komm!«

»Lara, ich bin schwanger, ich bin müde und ich ... ich will das nicht.«

Sie bewegte sich keinen Zentimeter weiter, blickte zurück zur Straße mit der Schule. Sie waren nicht mal dreihundert Meter weit gekommen.

»Alina, bitte. Du weißt nicht, was ich alles riskiert habe, um dich zu finden.«

»Deswegen machen wir das? Weil du so viel riskiert hast?«

»Nein!«

»Doch! Für dich ist das hier ein großes Computerspiel, eins von diesen Action-Adventures, die du immer stundenlang gespielt hast ...«

Als Kind hatte Alina es gehasst, wenn Lara vor einem solchen Spiel versackt war. Lara konnte kaum glauben, dass ihre kleine Schwester jetzt ein uraltes Fass nach dem anderen aufmachte, während sie in Lebensgefahr schwebten.

»Alina!«

»Du kapierst nicht, dass es hier um echte Menschen geht. Die was riskieren, ja. Es kann auch schiefgehen. Aber es sind echte Menschen. Keine Non-Player Characters. Das ist hier nicht das letzte Level, Thies ist nicht der Endboss.«

»Das weiß ich. Aber es ist jetzt echt nicht der Zeitpunkt, um ... Scheiße!«

Eine Drohne. Sie surrte in deutlicher Entfernung über die Häuser von Friedrichskoog-Ort hinweg, konnte jedoch jederzeit in ihre Richtung abdrehen. Schnell zog Lara ihre Schwester zu einem Gebüsch.

»Was machst du?«, protestierte Alina und riss sich los.

»Drohne!«

Lara zeigte zum Himmel, wo das Gerät im Mondlicht aufblitzte. Alina seufzte, als würde Lara nun endgültig übertreiben.

»Warum kannst du mich nicht einfach hierlassen?«, fragte sie.

»Ich lass dich nicht noch einmal zurück.«

»Was?«

Lara beobachtete die Drohne, die in die andere Richtung verschwand. Sie mussten sich beeilen, doch Alina bewegte sich nicht.

»Was heißt das, Lara? Du hast mich nicht zurückgelassen. Ich bin freiwillig hierhin gegangen. Und ich habe auch freiwillig zu Thies gesagt ...«

»Ich meine damals. Als ich nach Berlin gegangen bin.«

»Was hat das damit zu tun?«

Lara hatte sich bisher nicht auf die Unterhaltung konzentrieren können. Sie hatte einfach spontan geantwortet, doch jetzt wurde ihr bewusst, dass sie über ein Thema sprachen, das sie bisher immer vermieden hatten.

»Es vergeht kein Tag, an dem ich nicht daran denke, wie ich dich ... im Stich gelassen habe. Es tut mir so leid, Alina.«

Plötzlich kamen ihr die Tränen. Die ständige Überforderung, die Müdigkeit, die Angst.

»Können wir jetzt gehen, bitte?«, flehte sie Alina an.

Doch ihre Schwester bewegte sich nicht.

»Du hast nichts falsch gemacht. Du warst erwachsen. Was solltest du noch in Freiburg?«

»Auf dich aufpassen.«

»Das war nicht deine Aufgabe.«

»Ist das dein Ernst? Weißt du nicht mehr, wie sauer du warst?«

»Ich war ein Kind. Natürlich war ich sauer. Auf alle. Auf Mama, weil sie einfach gestorben war. Auf Papa, weil er so ein Arsch war. Auf meine Lehrer, auf die Nachbarin, die mit dieser ätzenden Töle, weißt du noch? Klar, auch auf dich, aber das war doch ... Willst du mich nur retten, weil du es damals nicht gemacht hast?«

Lara fühlte sich so überfordert wie noch nie in ihrem Leben. Zum zweiten Mal an diesem Tag hatte sie das Gefühl, in eine völlig falsche Richtung gelaufen zu sein. Doch dieses Mal ging es nicht nur um die vergangene Woche, es ging um ihr halbes Leben. Alina nahm ihre Hände.

»Du kannst mich hierlassen, Lara. Mir wird es gut gehen.«

»Das wird es nicht«, hauchte Lara.

Alina zuckte mit den Schultern.

»Dann ist es halt so. Aber ... ich bin damals nicht wegen Thorsten hierhin gegangen, sondern weil ich ... weil ich es hier toll finde. Weil ich mich hier wohlfühle wie noch nie irgendwo anders. Und ich vertraue Thies. Ich weiß, dass du es nicht kannst. Und nach dem, was du mit Angela gemacht hast, musst du *wirklich* aufpassen, aber mir wird nichts passieren.«

Sie nahm Lara in den Arm, drückte sie fest an sich. Zum ersten Mal in ihrem Leben beneidete Lara ihre kleine Schwester um ihre Entschlossenheit.

»Ich gehe zurück«, verkündete Alina. »Und du haust ab. Über die Elbe. Und wer weiß, wenn alles ruhiger geworden ist, dann besuche ich dich. Thies wird dir nichts nachtragen, er hat sehr von dir geschwärmt.«

»Das geht nicht gut.«

»Doch. Vertrau mir.«

Alina gab ihr einen Kuss auf die Stirn, dann drehte sie sich um und ging zurück Richtung Schule. Lara stand verzweifelt und allein am Wegesrand, war wie gelähmt. Alles in ihr wollte Alina stoppen, doch ein Teil von ihr wusste längst, dass sie nichts mehr tun konnte. Also blickte sie Alina hinterher, bis diese um eine Häuserecke verschwunden war. Dann begann Lara zu laufen. Über den Weg, über die Felder, durch einen Hain, über den Schlafdeich, bis zum Hafen. Ohne auf Schutz zu achten, auf Verfolger. Sie wollte nur weg aus dieser Welt, die sie nicht mehr verstand.

KAPITEL 45

BJÖRNS BOOT TRUG den klangvollen Namen *Berta*. Es war ein erstaunlich kleiner Krabbenkutter aus blau gestrichenem Holz. Im Steuerhaus am Heck, in dem sich das Ruder und der Bordcomputer befanden, hatten gerade mal zwei Personen Platz. Im vorderen Bereich standen der Kessel und die anderen Vorrichtungen, um die Krabben sofort nach dem Fang zu garen. Das Boot war in die Jahre gekommen, aber Björn hatte es gepflegt und gerade erst wieder auf Vordermann gebracht.

Der Skipper wartete schon auf seinem Boot, als Lara endlich den Steg vor dem Außendeich erreichte. Die Flut hatte knapp den notwendigen Wasserstand erreicht, damit das Boot ablegen konnte. Weitere kleine Motorboote lagen am Steg, den Thies zum Hafen von Koogland machen wollte.

Lara blickte zurück. Der Deich lag dreihundert Meter hinter ihr. Dort war niemand zu sehen, und niemand war ihr begegnet, auch als sie offen sichtbar über die Straßen gelaufen war. Vielleicht war sie tatsächlich paranoid.

»Wolltest du nicht jemand mitbringen?«, fragte Björn. Er reichte ihr die Hand, um sie an Bord zu ziehen.

»Planänderung.«

Sie war einmal mehr dankbar, dass Björn kein Mann der vielen Worte war. Er nahm die neue Entwicklung hin, machte die *Berta* los und ging ins Steuerhaus. Beim Starten spuckte die

Maschine zweimal, doch dann sprang der Motor an. Lara setzte sich zu Björn und blickte durch das Fenster nach vorne. Die Lichter auf der anderen Seite der Elbe konnte man kaum ausmachen, irgendwo dort drüben befand sich Cuxhaven. Das Ziel von Laras Reise.

Bevor sie den Lindenhof verließ, hatte Lara an Jan Jansen geschrieben. Er war sofort wach geworden, hatte zugesagt, dass er sie auch in Cuxhaven empfangen würde. Nachts gab es zwar keinen Fährbetrieb, also musste er bis runter nach Hamburg fahren, um auf die andere Seite der Elbe zu kommen. Das dauerte gut zwei Stunden, aber auch Lara wäre nicht schneller da. Was würde er sagen, wenn sie ohne Alina kam? Würde er genauso aufgeben wie Lara? Oder erst recht dafür kämpfen, dass die bundesdeutschen Behörden die Köge stürmten?

Lara schaute ein letztes Mal zurück nach Koogland. Der vermeintliche neue Staat, in dem sie nicht viel mehr als eine Woche verbracht hatte, aber gefühlt ein ganzes Leben. Plötzlich sah sie ein Licht oben auf dem Deich. Eine Taschenlampe? Das Licht verschwand wieder, doch als der Mond hinter einer Wolke hervorkam, sah Lara die Silhouetten. Mindestens zwei Männer standen auf der Deichkrone, hinter ihnen stieg eine Drohne auf und flog in ihre Richtung. Also doch.

»Geht's ein bisschen schneller?«, fragte Lara.

»Sobald wir aus dem Priel raus sind«, murmelte Björn und konzentriert sich auf die Fahrrinne.

Er bekam von ihren Verfolgern nichts mit. Lara blickte zur Drohne. Sie war schneller als der Kutter, kam unaufhaltsam näher, ging dann runter auf die Höhe des Boots. Sie hielt Abstand, glitt trotz Wind stabil durch die Luft. Vielleicht wollten die Bauern nur sichergehen, dass Lara auch wirklich verschwand, ihnen nicht mehr auf die Nerven ging, alles auf den Kopf stellte. Björn folgte Laras Blick, entdeckte die Drohne. Er gab Gas. Die Drohne zog ebenfalls an. Lara musterte das Fluggerät im Mondlicht. Die Drohne war größer als andere, hatte diverse Scheinwerfer und einen langen Lauf aus Metall. Als auf Laras Brust ein roter Lichtpunkt erschien, der offensichtlich von der Drohne ausging, warf sie sich sofort zu Boden.

»Runter!«, rief sie.

In diesem Moment zersprang eine der Glasscheiben mit einem lauten Knall. Lara drehte sich um. Björn war über dem Steuerrad zusammengesunken, Blut floss aus seiner Schulter.

»Scheiße!«

Lara sprang auf, zog Björn auf den Boden, so vorsichtig sie konnte, presste eine Hand auf die Wunde. Sein Blick war trüb, er röchelte. Die Kugel steckte in seinem Rücken fest, das Blut floss über Laras Hand. Das Boot verlangsamte automatisch.

»Bleib bei mir, Björn. Wach bleiben!«

An der Wand des Steuerhauses hing ein knallroter Erste-Hilfe-Koffer. Sie nahm ihn herunter und öffnete ihn mit einer Hand, kramte die Verbände heraus, während sie mit der anderen weiter auf Björns Wunde drückte. Der Fischer verlor viel Blut, seine Weste und sein Hemd waren längst durchtränkt. Als sie den Druckverband anlegte, hörte sie das Motorboot. Ihre Verfolger waren auf dem Weg zu ihnen. Der Kutter schaukelte führungslos auf den Wellen.

Die Blutung stoppte, doch Björn war verdammt blass, verlor immer wieder das Bewusstsein. Lara fand eine Decke unter der Bank, zog sie heraus und deckte ihn damit zu. Dann schaute sie vorsichtig aus dem Fenster. Weit entfernt war das Motorboot nicht mehr, zwei Gestalten saßen darin. Die Drohne schwebte über ihnen. Selbst wenn Lara es schaffte, mit dem Kutter über die Elbmündung zu fahren, würde Björn das nicht überleben. Sie zog ihr Handy heraus. Kein Empfang. Sie konnte weder einen Krankenwagen rufen noch Jan darüber informieren, was passiert war. Lara stand langsam auf und lugte nach draußen. Die Drohne war verschwunden. Dafür steuerte das Motorboot nun die *Berta* an. Am Ufer standen zwei weitere Personen, auf der Deichkrone erschienen immer mehr Leute.

»Lara!«, rief Finn. »Gib auf!«

Natürlich war es Finn. Er war auch derjenige gewesen, der mit seiner Drohne auf sie geschossen hatte. Er stand jetzt breitbeinig mitten im Motorboot, wie ein Held in der Schlacht, während der klobige Holm den Außenbordmotor bediente. Lara hob die Hände und eilte nach draußen. Sie hatte keine Zeit, um Angst zu haben.

»Bist du bescheuert?«, schrie Lara gegen den Wind an. »Du hast Björn getroffen.«

»Wer sich in Gefahr begibt ...«

Er griff mit der freien Hand nach der Reling des Krabbenkutters. »Hilf mir rauf! Und mach bloß keinen Scheiß!«

»Ihr müsst einen Krankenwagen rufen. Er hat viel Blut verloren, die Kugel ...«

»Hilf mir rauf!«

Er streckte seinen Arm aus. Alles in Lara schrie danach, dieses Arschloch ins Meer zu schmeißen. Doch das würde ihre Position nicht gerade verbessern. Also griff sie nach seiner Hand. Er zog sich hoch und kletterte über die Reling.

»Wir brauchen einen Kranken...«

Weiter kam Lara nicht, denn Finn versetzte ihr eine Ohrfeige. Es riss sie auf dem wankenden Boot von den Beinen. Finn ließ sie liegen und ging weiter zum Steuerhaus. Lara rappelte sich auf, eilte ihm hinterher, er hielt sie mit einer Hand auf Abstand, blickte ins Steuerhaus, sah Björn am Boden.

»Wir brauchen einen Krankenwagen«, versuchte Lara es noch einmal.

Finn blickte sie genüsslich an, sein Auge zuckte nicht, er war in seinem Element.

»Wir fahren jetzt erst mal zu Thies. Hier muss einiges geklärt werden.«

»Dann stirbt Björn!«

»Kümmere dich um ihn. Du bist doch unsere Ärztin.«

Er stieg über Björn hinweg ans Steuer und wendete den Kutter.

KAPITEL 46

BEEKE WACHTE von Thies' Schritten auf. Er war bereits angezogen, eilte aus dem Schlafzimmer, ohne zurückzuschauen. Sie hörte die Geräusche von draußen, Fahrzeuge, Männerstimmen. Es war stockdunkel, ein Blick auf die Uhr, halb sechs. Der Deich! Beekes erster Gedanke. Die Erinnerung an damals, als sie auch mit der Gewissheit zu Bett gegangen war, dass der Deich halten würde. Er hatte immer gehalten. Machte sie den gleichen Fehler noch einmal?

Beeke lief zum Fenster, blickte auf den Parkplatz vor dem Hofladen. Drei Fahrzeuge, viele Deichschützer, jedoch keine Hektik. Finn stieg aus seinem SUV und öffnete die hintere Tür. Lara kletterte nun ebenfalls aus dem Wagen, mit gefesselten Händen. Das war schnell gegangen. Beeke griff sich eine Strickjacke und eilte los.

Sie konnte Lara bereits hören, bevor sie sie sah. Die Frau schrie und fluchte, rief irgendetwas von einem Krankenwagen, von Blut. Beeke kam zum Parkplatz. Thies stand mit seinem Bruder vor einem Pick-up, auf dessen Ladefläche Lara kletterte – trotz gefesselter Hände.

»Ruf den verdammten Krankenwagen!«, herrschte Thies Holm an.

Als Beeke sich dem Pick-up näherte, sah sie, dass ein älterer Mann auf der Ladefläche lag. Es war Björn, der Fischer. Man hatte ihm eine Decke übergeworfen. Er schien zu schlafen. Lara legte gerade ihre gefesselten Hände an seinen Hals und beugte sich über sein Gesicht, als wolle sie ihn küssen. Dann sackte sie in sich zusammen, ein kleines Bündel Mensch.

»Ich glaub, das können wir uns sparen«, bemerkte Finn, der Lara ebenfalls beobachtete.

Thies eilte zur Ladefläche.

»Lara? Was ist mit ihm?«

Lara reagierte nicht. Sie hatte ihr Gesicht in ihren Händen vergraben.

»Na, was soll schon sein?«, sagte Finn.

Plötzlich richtete sich Lara mit einem Schrei auf. Sie sprang von der Ladefläche, riss Finn zu Boden und schlug mit den gefesselten Fäusten auf seinen Kopf ein. Erst jetzt sah Beeke im Mondlicht, dass Lara eine frische Wunde am Auge hatte. Doch das schien sie nicht zu kümmern. Sie schlug wieder zu. Finn jammerte, Blut spritzte aus seinem Mund. Es brauchte drei Männer, um die Furie von Finn herunterzubekommen.

»Schluss jetzt!«, schrie Thies. »Erklärt mir endlich, was passiert ist!«

Holm wollte Finn auf die Beine helfen, doch der stieß ihn weg, stand allein auf, wenn auch wankend. Er fixierte Lara und stürmte auf sie zu, doch Thies stellte sich dazwischen und hielt ihn an der Schulter fest.

»Finn! Lass gut sein!«

Finn ignorierte seinen Bruder, keifte Lara an, die von zwei Deichschützern festgehalten wurde: »Die Kugel war für dich! Wenn du dich nicht gebückt hättest, würde er noch leben!«

Thies verstand, was geschehen war.

»Warum schießt du auf sie?«, fragte er, nur noch mit Mühe beherrscht.

Endlich blickte Finn ihn an. Blut tropfte von seiner Lippe, Lara hatte ihm mindestens einen Zahn ausgeschlagen.

»Weil sie abhauen wollte. Auf seinem Boot.«

Er zeigte auf Björn. Dabei entdeckte er Beeke, blickte sie vielsagend an.

»Finn, red doch keinen Scheiß!«, rief Thies fassungslos. »Warum soll sie nicht mit Björn aufs Meer fahren?«

»Oh, hoho, ruhig, großer Bruder. Hör dir doch erst mal die ganze Geschichte an, bevor du hier den Max machst. Auf *deine* Erklärung bin ich nämlich ganz besonders gespannt.«

»Dann rede«, zischte Thies wütend.

»Ich habe mir erlaubt, unsere Ärztin zu beobachten.«

Dass Beeke ihn damit beauftragt hatte, erwähnte er nicht.

»Und siehe da, mitten in der Nacht rannte sie in den Kögen herum. Aber nicht nur sie, sondern noch jemand anders.«

Während er sprach, fuhr ein weiterer SUV auf den Hof. Finn genoss seinen Auftritt, die Blicke seiner Deichschützer, Thies' Verwirrung, auch Laras Hass.

»Finn, mach nicht so eine Show. Was ist passiert?«

Erstaunlicherweise war Thies ruhiger geworden. Der SUV hielt neben Finn, der die hintere Tür öffnete.

»Deine Gefangene.«

Er griff in den Wagen und zog effektvoll eine Frau heraus, deren Hände ebenfalls gefesselt waren. Eine junge Frau mit zerzaustem Haar und verheulten Augen. Beeke konnte es nicht fassen: Es war Alina. Dass Thorstens Freundin sich noch in Koogland befand, war unglaublich. Dass Thies dies offenbar nicht überraschend fand, schmerzte Beeke. Ihr Mann starrte Finn wütend an.

»Und jetzt kommt der Knaller, Thies. Etwas, das sogar du nicht weißt, dabei weißt du doch immer alles. Was glaubst du, warum Lara Alina aus den Fängen des bösen Hauptmanns befreien wollte?«

Beeke blickte zu Lara, die sich etwas beruhigt hatte und das Schauspiel verfolgte.

»Weil Alina ihre Schwester ist. Sie hat uns alle verarscht. Erklärt das jetzt, warum ich auf sie geschossen habe? Reicht dir das, Thies?«

Thies gönnte Finn seinen Triumph nicht.

»Du bist so ein Idiot, Finn. Natürlich weiß ich das.«

Nun war es an Finn zu staunen. Aber auch Beeke konnte nicht mehr folgen. »Stimmt das alles?«, fragte sie Lara.

»Ja, das stimmt«, antwortete Lara erstaunlich gefasst. »Ich habe euch die ganze Zeit angelogen. Genau wie Thies es getan hat. Sein ganzes Volk, seinen Bruder, seine Frau.«

Sie schaute Beeke bitterböse an. Die Unbesiegbare war besiegt worden, doch das focht sie nicht.

»Ist dir aufgefallen, dass Alina schwanger ist?«, fragte sie die Frau des Hauptmanns.

»Bringt sie in die Hauptverwaltung!«, befahl Thies den Deichschützern. »Alina auch.«

Holm packte Alina und führte sie weg. Beeke bemerkte tatsächlich eine leichte Wölbung ihres Bauchs.

»Thies geht es um das Kind!«, redete Lara weiter.

»Los!«, schrie Thies die Deichschützer an, die Lara daraufhin schnell wegbrachten.

Doch das stoppte sie nicht. Während Thies sich vor Beeke stellte und ihren Blick suchte, rief Lara ihnen über die Schulter zu: »Es ist sein Enkelkind! Für seinen Enkel bricht er alle seine Regeln. Und ja, richtig kombiniert, Thorsten war sein Sohn. Wie Thorsten entstanden ist, das verrate ich dir beim nächsten Mal …«

Die Deichschützer zerrten sie weiter, bis sie schließlich in der Hauptverwaltung verschwanden.

»Beeke! Sieh mich an!«

Thies. Er stand vor ihr, nahm ihre Hände. Beeke fühlte sich unwohl, sie hatte am Abend zu wenig gegessen, eigentlich gar nichts, das rächte sich jetzt.

»Ich hol mir ein bisschen Obst«, murmelte sie und machte sich auf den Weg zum Haus.

»Ich kann das alles erklären«, sagte Thies. »Lass mich das Chaos hier in den Griff bekommen, dann erkläre ich dir alles. Beeke!«

Sie hatte wirklich Hunger. Und Durst. Sie musste unbedingt mehr auf sich achten.

KAPITEL 47

»ES TUT MIR SO LEID«, flüsterte Alina.

Sie saß Lara gegenüber auf dem Boden der dunklen Hauptverwaltung. Der Mond schien durch eine der Frontscheiben auf ihre Hände, die wie Laras mit einem Kabelbinder gefesselt waren. Ihre Augen waren vom Weinen gerötet, der Horror stand ihr ins Gesicht geschrieben. Ihre Welt war explodiert.

»Es war nicht deine Schuld«, entgegnete Lara leise.

Sie blickte zu den beiden bewaffneten Deichschützern, die an der Tür standen. Die jungen Männer schauten herüber, hielten die Schwestern aber nicht vom Reden ab.

»Finn hat mich noch vor der Schule geschnappt«, hauchte Alina. »Ich hab nichts von dir gesagt, aber ich wollte, dass er Angela befreit. Ihr ging es doch nicht gut.«

»Du hast nichts falsch gemacht, Alina. Wir müssen damit aufhören, uns die Schuld für die Verbrechen dieser Kerle zu geben. Finn hat geschossen, Finn ganz allein.«

Lara sagte das nicht nur zu Alina, sondern auch zu sich selbst. Natürlich fühlte sie sich schuldig. Sie hatte Björn in die Sache reingezogen, und sie hatte sich auf dem Boot geduckt. Aber sie hatte nicht geschossen, und sie hatte sich auch nicht geweigert, einen Krankenwagen zu rufen. Sie hatte Björns lädierten Körper nicht auf die Ladefläche eines Pick-ups verfrachtet wie ein verwundetes Schaf. Und sie hatte ihn dort auch nicht allein sterben lassen. Sie hatte Finn immer wieder um Hilfe angefleht, bis er ihr mit seinem Gewehrkolben gegen den Kopf stieß. Über ihrem Wangenknochen pulsierte die Wunde, der Schmerz hielt sie wach.

»Was machen die jetzt mit uns?«, flüsterte Alina.

»Sie werden dir nichts tun, Alina. Thies wird auf dich aufpassen.«

»Aber nicht auf dich.«

»Ich bin nicht mehr sein Liebling, aber ich finde einen Weg aus dem Schlamassel. Finde ich doch immer, hm?«

Sie versuchte es mit einem Lächeln. Es schmerzte, und es erzielte auch keine nennenswerte Wirkung bei Alina. Ihre Schwester hatte Angst. Lara blickte durch das große Fenster, konnte den Pick-up sehen, auf dem Björns Leiche lag. Sein Schicksal konnte Lara nicht weglächeln. Sie hatte bei ihrer Arbeit zahlreiche Menschen sterben sehen. Es hatte sie betroffen gemacht, aber immer waren es Fremde gewesen. Nichts, was sie mit nach Hause genommen hatte. Björn und sein Tod jedoch würden für immer bei ihr sein.

»Bringt Alina rüber in die Küche, gebt ihr zu trinken und zu essen.«

Der Hauptmann war gekommen.

Die Deichschützer gehorchten, gingen zu Alina und zogen sie an den Armen hoch.

»Ich will bei Lara bleiben«, sagte sie zu Thies. »Ich will nicht weg.«

Thies ignorierte ihren Protest, die Deichschützer zogen sie hinter sich her zur Tür.

»Lara!«

»Es ist okay, Alina. Wir sehen uns wieder.«

»Was machst du mit ihr?«, zischte Alina Thies an.

Endlich war da die Wut auf den Hauptmann, die Lara sich schon früher erhofft hatte. Thies antwortete nicht. Er wartete, bis die beiden Deichschützer mit Alina draußen waren, dann schloss er die Tür. Lara konnte im Dunkeln seinen Gesichtsausdruck nicht ausmachen. Er zog einen Stuhl heran, setzte sich im sicheren Abstand ins Halbdunkel und seufzte aus tiefstem Herzen, wie ein Vater, der endlich die Zeit fand, mit dem ungehorsamen Kind zu reden.

»Ich weiß nicht, warum Finn das getan hat«, begann er sehr ruhig und zugewandt. »Er hatte keinen Befehl von mir. Nicht für die Überwachung, schon gar nicht für den Schuss. Ich bin genauso erschüttert wie du.«

»Das kann ich mir nicht vorstellen.«

Thies ließ den Satz im Raum stehen, beugte sich dann nach vorne. Das Mondlicht erhellte nun sein Gesicht. Er war gealtert, traurig, aber er resignierte nicht. Seine Energie war unverändert da, seine Souveränität, seine Entschlossenheit, trotz der Tiefschläge. Blendete er einfach aus, dass seine Lügen aufgeflogen waren?

»Hast du wenigstens über mein Angebot nachgedacht hierzubleiben?«

»Nicht ernsthaft.«

»Aber ich hatte recht. Alina wollte nicht mit dir gehen.«

»Ja, aber auch ich hatte recht. Ihr seid eine mordende Meute, die untergehen wird.«

Ein Zucken in seinem Gesicht. Bei allem, was ihm gerade um die Ohren flog – war es nun das, was ihn traf? Dass Lara seinem Koogland das Ende prophezeite?

»Du bringst mich in eine unmögliche Position.«

»*Ich* bringe dich in eine unmögliche Position? Ich?«

»Finn natürlich auch ...«

»Du hast dich ganz allein in diese Situation gebracht! Du hast doch alle angelogen, deine eigenen Gesetze gebrochen. Du hast einen Vergewaltiger gedeckt. Und du selbst hast seine Mutter vergewaltigt.«

Dieses Mal zuckte er nicht. Er schüttelte nur den Kopf, als hätte Lara ihm einen Flug zum Mond vorgeschlagen.

»Wer hat dir diesen Blödsinn erzählt?«, fragte er fast amüsiert.

»Dir ist nicht aufgefallen, dass Nele dich hasst? War es nicht ein kleiner Hinweis, dass sie dich erschießen wollte?«

»Nele ist verrückt. Sie hat ihren Mann in der Flut verloren, sie hat Thorsten verloren. Sie denkt, die halbe Welt ist hinter ihr her.«

»Dann ist Thorsten also bei einem romantischen Wochenende in der Südsee entstanden?«

»Ich werde mich hier nicht für etwas rechtfertigen, das dich nichts angeht.«

»Okay, Alina geht mich aber etwas an. Ihre Vergewaltigung hat auch nicht stattgefunden?«

Thies seufzte.

»Erkennst du da kein Muster?«, fragte Lara. »Die Frauen sind schuld. Die Frauen bilden sich das ein. Und ihr Männer spielt hier Hauptmann und Staatsgründer. Macht euch die Welt so, wie sie euch gefällt.«

»Die Republik ist kein Spiel!«

Zum ersten Mal zeigte Thies seinen Zorn. Wenn es um seinen Staat ging, hörte das völlig unangebrachte freundschaftliche Geplauder auf.

»Ach nein? Du glaubst immer noch, dass das hier eine gute Idee ist? Dass das funktioniert? Der wohlwollende Diktator, der Höfe verteilt und dem alle treu ergeben sind, auch wenn er sie anlügt und verarscht?«

»Ja, das glaube ich.«

Er sprach wieder gefährlich ruhig. Doch Lara hatte keine Angst, nicht vor Thies.

»Dann bist du noch naiver, als ich es dachte. Thies, das wird niemals funktionieren. Es gibt keine gute Diktatur. Es gibt keinen Staat, der wie eine große WG funktioniert, wo der Vermieter jedem ein Fach im Kühlschrank zuteilt, und dann halten ihm alle ewig die Treue, auch wenn er neben die Toilette pisst. Das funktioniert nicht mal mit fünf Leuten, das wird hier auch nicht funktionieren. Das kannst du auch nicht mit ein paar Parolen oder einer Drohnenarmee zusammenhalten, selbst wenn die Scheißdinger jetzt schießen. Das Leben ist komplizierter, Menschen sind komplexer, eine Gesellschaft muss jeden verdammten Tag aushandeln, wie sie funktioniert. Das ist mühsam, das bedeutet eine Menge Härten, gerade heute, wo die Erde uns nicht mehr mit ihren Ressourcen verwöhnt. Aber wenn die Leute nicht mitgestalten dürfen, dann hältst du sie nicht.«

»Ach, und in deiner tollen Demokratie da draußen gestalten die Leute mit? Das funktioniert? Dein Deutschland hat die höchste Arbeitslosigkeit aller Zeiten, Mord und Totschlag, Zeltstädte vor den Toren von Berlin, Klimaflüchtlinge überall, Wassermangel. Das ist besser?«

»Natürlich nicht, denn wir haben mit echten Problemen zu kämpfen. Ihr habt euch hier ein Bullerbü geschaffen. Das Meer ist die einzige Bedrohung, aber sonst lasst ihr doch alles draußen, was das Leben kompliziert macht. Hier gibt's keine armen Leute, jeder hat einen Hof, hier gibt es keine Menschen, die anders sind, aus anderen Kulturen, mit einer Behinderung, mit einer anderen Weltsicht. Irgendjemand, bei dem man mal umdenken muss, seinen Horizont erweitern muss. Die existieren aber, Thies. Und, kleiner Tipp von der Expertin, deine ›klaren Strukturen‹ sind für Frauen nicht ganz so geil. Auch wenn es dich nicht interessiert, wir werden nicht gerne vergewaltigt oder als Gebärmaschine eingesperrt. Du baust dir hier deine ganz persönliche Hölle.«

Thies lachte, schüttelte den Kopf. Er wirkte wie ein zugewandter Freund, der mit ihr bei einem Glas Wein über Politik diskutierte. Nur dass Lara mit den gefesselten Händen kein Glas hätte halten können. Wieso nahm er sich überhaupt die Zeit für das alles, während sein Staat ihm entglitt?

»Nein, Lara. Wir bauen hier etwas, das du nicht verstehst. Das ihr Großstädter, ihr ach so befreiten Frauen, ihr Intellektuellen und Demokraten, nicht kennt, euch nicht vorstellen könnt. Oder vielleicht könnt ihr das sogar, aber ihr wollt es nicht wahrhaben. Den Menschen geht es gut mit meinen albernen Regeln und einfachen Parolen. Denn sie geben ihnen einen klaren Rahmen. Die meisten wollen doch überhaupt nicht gestalten. Die wollen ein Stück Land, das sie bestellen können, die wollen eine Familie, die wollen Freunde, und die wollen ihre Ruhe. Es ist nicht kompliziert, du *machst* es kompliziert. Weil es dir nicht passt, dass wir hier unser Bullerbü haben.«

»Völlig egal, ob ich aus purem Neid, Missgunst oder persönlicher Enttäuschung so rede – deine Bauern werden bald genauso enttäuscht sein von ihrem Hauptmann, von seinen Lügen. Sie werden es dir nicht gönnen, dass für deine Lieben, dein Enkelkind andere Regeln gelten als für sie. Dass eine Mörderin geschützt wird, während man andere foltert, weil sie ein verlassenes Haus bezogen haben. Da kannst du noch so viel erklären, am Ende wirst du den Weg aller Diktatoren gehen: Propaganda, Lügen, Gewalt, Angst und Schrecken. Dann bist du irgendwann ein waschechter Tyrann, und der ganze Laden hier fällt auseinander. Glaub's mir.«

Thies lächelte traurig.

»Wir kommen zwar von zwei unterschiedlichen Seiten«, sagte Thies. »Aber wir denken sehr ähnlich. Was du als Problem siehst, sehe ich als Chance. Ja, ich werde zu Gewalt greifen müssen. Natürlich werde ich das tun, wenn der Fortbestand unserer Republik in Gefahr ist. Denn es funktioniert.«

»Willst du dein halbes Volk auslöschen?«

»Nein, Lara, nur dich.«

Lara verstand nun, warum er sich die Zeit für sie nahm.

»Es tut mir wirklich leid. Ich wünschte, es gäbe eine andere Möglichkeit.«

Sie nahm es ihm ab. Sie hatte das Gleiche wenige Stunden zuvor zu Angela gesagt. Anscheinend ging es manchmal nicht anders als mit Gewalt.

»Du wirst heute mit niemandem mehr reden«, ordnete der Hauptmann an. »Sobald alle wach sind, wirst du einen Prozess wegen Hochverrats bekommen und unmittelbar danach exekutiert.«

Er seufzte aus tiefem Herzen. Lara ließ es nicht an sich heran.

»Das wird dir nicht helfen.«

»Doch. Und du wirst dich nicht wehren. Denn wenn du es tust, wenn du irgendetwas unternimmst, das gegen mich gerichtet ist, wenn du noch ein Wort sagst, zu Beeke oder auch nur zu einer deiner Wachen, dann wird es Alina zu spüren kommen. Wenn du kooperierst, dann verschone ich sie. Dann wird sie ihr Kind bekommen und danach Koogland verlassen dürfen. Das verspreche ich, und du weißt, dass mein Wort zählt. Du hast es in der Hand.«

»Du bist bereits ein Tyrann.«

»Nein«, sagte er und stand auf. »Ich bin der Hauptmann.«

Er ging zur Tür und öffnete sie.

»Niemand darf zu ihr. Niemand!«, sagte er zu den beiden Deichschützern, die draußen standen.

Mit diesen Worten verließ er sie. Die Tür wurde geschlossen. Lara war allein.

KAPITEL 48

BEEKE WAR LANGE NICHT mehr bei Sonnenaufgang auf dem Dach gewesen. Es gab immer viel zu viel zu tun, dabei hatte sie vor der Flut fast jeden Morgen oben auf der kleinen Dachterrasse Pilates gemacht.

An diesem Morgen wehte ein kräftiger Wind, das Meer war gut zu sehen, es hatte seine maximale Höhe erreicht. Flut und Vollmond. Doch die Deiche waren nicht in Gefahr. Dieses Mal kam die Bedrohung nicht von der Nordsee.

»Hier bist du. Wusste ich es doch.«

Thies stand hinter Beeke. Sie drehte sich um und sah, dass er lächelte, als sei alles in Ordnung. Aber das war es nicht. Er legte seinen Arm um sie, strahlte eine Wärme aus, die Beeke guttat.

»Hast du was gegessen?«

Beeke nickte. Sie hatte kaum etwas herunterbekommen. Es hatte sich herausgestellt, dass ihr Problem nicht der Hunger oder der Durst war.

»Ich muss dir einiges erklären.«

Beeke blickte auf die langen Schatten, die die Bäume auf ihre Felder warfen.

»Zunächst einmal«, begann Thies. »Thorsten ist entstanden, als wir noch kein Paar waren.«

»Ich kann selbst rechnen.«

»Natürlich. Ich wollte nur ... Es hatte nichts mit dir zu tun. Es war auch nicht geplant. Ein betrunkener Flirt, als Nele noch einmal zum Musikzirkus hier war. Etwas, das wir uns immer verkniffen hatten. Ein Fehler.«

»Und was will Lara mir dazu noch erzählen?«

Ausgerechnet Lara, ausgerechnet die Fremde wusste mehr, hatte es die ganze Zeit gewusst.

»Sie behauptet, ich hätte Nele vergewaltigt«, sagte Thies und lächelte, um zu unterstreichen, wie absurd der Vorwurf war. »Nele erzählt das so, aber wir wissen alle, wie's ihr geht. Sie tut mir leid, aber ...«

»Hast du sie vergewaltigt?«

»Nein. So etwas würde ich niemals tun. So etwas ... Du kennst mich.«

Beeke sagte nichts dazu.

»Okay«, fuhr Thies fort. »Thorsten. Ich wusste nicht, dass er mein Sohn ist, bis er hier auftauchte. Bis ich mitbekam, dass er dieselben Schilddrüsenpillen nimmt wie ich. Er hat auch Hashimoto, früh erkannt, man merkt es ihm nicht an. Wie mir. Da wurde ich stutzig, habe gerechnet, hab mir ein Haar von ihm besorgt, einen Test gemacht ...«

»Warum hast du mir das nie gesagt?«

»Ich hab's niemandem gesagt. Ich wollte nicht, dass es unsere Familie belastet. Ich wollte Thorsten auf Distanz halten, aber du weißt, dass er einen Narren an mir gefressen hatte. Und als dann Knut starb, was hätte ich tun sollen?«

»Mit mir reden.«

Thies nickte.

»Das war ein Fehler. Ich dachte, ich mache das besser allein, es sollte nur meine Last sein. Aber das war falsch. Es ist mir um die Ohren geflogen. Thorsten hat Alina vergewaltigt, sie hat ihn in Notwehr erstochen, ich wollte sie schützen, das Kind schützen, wieder habe ich nichts gesagt. Als Lara kam, wusste ich, dass sie Alinas Schwester war. Aber ich habe erneut nichts gesagt. Und so ging das weiter. Aber es endet jetzt und hier. Ich brauche dich, Beeke. Ich weiß nicht, warum ich daran noch Zweifel hatte. Ich brauch dich jetzt mehr als je zuvor.«

Beeke hatte Thies noch nie so aufgebracht erlebt, er wirkte hilflos, seine Umarmung suchte mehr Halt, als dass sie Trost spendete.

»Ich werde etwas Furchtbares tun müssen und brauche dafür deine Hilfe. Du musst nichts tun, aber ohne dich kann *ich* es nicht tun.«

»Was meinst du?«

Er nahm ihre Hände in seine.

»Es gibt nur einen Weg, wie wir das hier wieder unter Kontrolle bekommen. Wie wir mit alldem umgehen können, dem Tod von Björn, meinen ... Lügen, den Unruhen, Lara.«

Er verstummte und schaute Beeke an.

»Welcher Weg?«

»Wir müssen Lara den Prozess machen, und wir müssen sie exekutieren. *Ich* muss sie exekutieren.«

»Exekutieren?«

»Mit dem Tod bestrafen.«

Beeke musste an die Schafe denken. Elektrozange an den Kopf, ein sauberer Schnitt durch den Hals, während sie betäubt waren. So war es am besten für die Tiere. Beeke hatte nie ein Problem damit gehabt, das war der Lauf der Dinge. Doch Thies sprach von einem Menschen. Sie schüttelte den Kopf.

»Sie ist die größte Bedrohung für uns«, sagte Thies. »Hier, aber noch viel mehr, wenn wir sie gehen lassen. Ihre Lügen, aber auch ihre Wahrheiten – gerade die Verbindung aus beidem wird unserem Land das Genick brechen. Außerdem müssen wir unsere Autorität zurückholen. Unsere Bürger müssen sehen, dass wir alles unter Kontrolle haben, sie müssen sehen, dass wir zu allem bereit sind, wenn sie uns verraten. Deswegen ist das der richtige Schritt.«

»Das ist nicht richtig. Das ist …«

»Beeke, wenn du Nein sagst, werde ich es nicht tun. Aber dann kann ich dieses Land nicht mehr führen. Dann müssen andere übernehmen.«

Beeke staunte über sich selbst. Seit Stunden dachte sie darüber nach, welche Folgen die Ereignisse für sie und ihre Familie haben würden. Doch das hatte Thies mit wenigen Sätzen erklären können. Es war nicht erfreulich, aber er kannte seine Fehler, hatte sie zugegeben, hatte um Vergebung gebeten. Was hatte sie anderes erwartet? Sie hatte jedoch übersehen, dass sie an einem Scheideweg standen, dass alles kurz davor war zu zerbrechen. Alles, was sie sich aufgebaut hatten. Und was Thies nun vorschlug, was er zu tun bereit war, bedeutete, dass Beeke einen Weg einschlagen musste, den sie immer hatte verhindern wollen. Es war der falsche Weg. Wie konnte sie Thies das klarmachen?

»Das funktioniert nicht«, sagte sie, weil ihr nichts anderes einfiel. »Die Leute durchschauen das, wenn du sie … wenn Lara bestraft wird, weil sie deine Lügen aufgedeckt hat.«

»Deswegen wird sie nicht bestraft. Zu meinen Lügen werde ich stehen und sie erklären. Lara wird bestraft, weil sie Björn getötet hat.«

»Was?«

»Sie ist dafür verantwortlich. Wir werden sie zur Täterin machen. Sie wollte sein Boot klauen, er hat sich gewehrt, sie hat ihn getötet.«

»Das ist eine neue Lüge.«

»Eine wichtige Lüge. Du hast selbst gesagt, dass der Rest nicht reicht.«

»Thies, das …«

Sie verstummte. So begann es also. So wurde aus gut funktionierenden Gemeinschaften, aus einer heilen Welt, aus einem neuen Leben, ein Abgrund. Durch Frauen wie Lara. Durch unbesiegbare Egos, die alles ihren eigenen Zielen unterordneten und dabei Gleichgewichte umwarfen wie Kegelfiguren. Beekes Wut auf Lara wurde noch größer. Die Fremde hatte nicht nur nicht zu ihnen gepasst, sie hatte alles zerstört.

Und trotzdem sagte Beeke jetzt zu Thies: »Das ist der Anfang vom Ende. Das kann nicht gut gehen. Ich kann dem nicht zustimmen.«

Thies seufzte. Er wirkte nicht erbost, höchstens etwas enttäuscht. Aber er gab noch nicht auf, das sah Beeke ihm an. Er nahm das Funkgerät von seinem Gürtel und sprach knapp hinein.

»Finn, komm mal hoch.«

Beeke stöhnte leise. Thies holte sich ernsthaft seinen Bruder als Unterstützung. Das war eine neue Entwicklung, besonders nachdem Finn ihn gerade noch vor versammelter Mannschaft bloßgestellt hatte.

»Finn findet das natürlich toll«, stellte Beeke bitter fest.

»Darum geht's nicht.«

Sie hörte Schritte auf der Treppe. Finn musste auf seinen Einsatz gewartet haben. Kurz darauf erschien er, blickte zuerst in den Sonnenaufgang und lächelte. Er war gut gelaunt, obwohl er in der Nacht einen Menschen getötet hatte.

»Wissen alle Bescheid?«, fragte Thies ihn.

»Die Deichschützer, die dabei waren, werden aussagen, dass wir Björn tot auf seinem Boot gefunden haben. Und die Waffe bei Lara.«

»Das ist Wahnsinn«, ging Beeke dazwischen.

Sie fixierte Finn, der sich nicht daran störte.

»Finn, kannst du noch mal wiederholen, was du mir eben erzählt hast?«, sagte Thies.

»Nun, Beeke wollte, dass wir die Sache mit Lara beenden – ohne dass du es mitbekommst.«

Beeke spürte die Wärme in ihrem Gesicht. Sie schaute zu Thies, der liebevoll lächelte.

»Wir haben einander nicht vertraut«, sagte er. »Uns nicht alles gesagt. Schwamm drüber. Und du hattest ja sogar recht: Lara *war* eine Verräterin. Du wolltest im Grunde dasselbe, was ich jetzt will.«

»Aber ich wollte sie nicht töten.«

Thies schaute auffordernd zu Finn.

»Ich habe dich gefragt, ob ich die Drohne einsetzen soll«, sagte Finn vorwurfsvoll zu Beeke. »Du wolltest das. Genau das habe ich getan. Und ich habe auf Lara geschossen, nicht auf Björn.«

»Die Drohne solltest du einsetzen«, verteidigte sich Beeke. »Nicht dein Gewehr.«

»Ich habe mit der Drohne geschossen. Das ist eine bewaffnete Drohne, Beeke. Das hast du doch gewusst.«

Beeke staunte. Sie verstand es jetzt. Ihr war das Design aufgefallen, das Stahlrohr, Finns Freude über das neue Gerät. Aber all das hatte sie nicht weiter beschäftigt, denn es war so weit außerhalb ihrer Vorstellungskraft, jemanden zu töten, dass sie es nicht hatte sehen können.

»Es war ein Missverständnis«, flüsterte Beeke schockiert.

Sie hatte den Schuss angeordnet. Sie trug eine Mitschuld an Björns Tod.

»Ach komm, Beeke, bitte!«, brauste Finn auf. »Du bist zu mir gekommen, nicht ich zu dir. Du wolltest Lara loswerden.«

»Aber doch nicht so!«, schrie sie ihn an.

»Okay, okay«, ging Thies dazwischen. »Schreien hilft nicht weiter. Beeke, wir machen alle Fehler. Wichtig ist es, dass wir offen damit umgehen, zumindest unter uns. Dass wir zusammenhalten und dass wir zusammen unser Problem lösen.«

Beeke wusste nicht, was sie noch sagen sollte.

»Wenn du willst«, wandte sich Finn an Thies, »dann exekutiere ich Lara.«

»Nein, Finn, das muss ich selbst machen. Das ist eine Last, die nur ich tragen kann.«

Finn zuckte mit den Schultern, er hatte kein Problem mit einer solchen Last. Die beiden sprachen miteinander, als hätte Beeke bereits zugestimmt. Thies blickte sie fragend an, wie er es so oft tat, manchmal quer durch ganze Räume, im Halbdunkel, sein Blick fand sie immer, seine Suche nach ihrer Bestätigung. Beeke nickte.

KAPITEL 49

148. DIE ZAHL PRANGTE neben der großen Karte hinter Thies' Schreibtisch. Hundertachtundvierzig Höfe waren mittlerweile in den Kögen besiedelt worden, hundertachtundvierzig Bauern, darunter wenige Bäuerinnen, bildeten den Kern der Bevölkerung in der sogenannten Bauernrepublik Koogland, die ein eigener Staat sein wollte. Soweit Lara wusste, hatte noch kein Land der Welt die Unabhängigkeit akzeptiert. Irgendein vermeintlicher Kleinstaat in Afrika, der selbst souverän sein wollte, hatte zumindest eine Unterstützungsnachricht gesendet, was in den Kögen als Erfolg gefeiert wurde, als erster Schritt. Genau wie die Gratulationsschreiben diverser rechtspopulistischer Parteien aus Deutschland und anderen europäischen Ländern. All das hatte Thies ins Intranet stellen lassen, um zu zeigen, dass es voranging.

Dabei ging es auf das Ende zu. Lara war sicher, dass ihre öffentliche Ermordung das Fanal war, auf das die deutschen Sicherheitsbehörden warteten, um Koogland das Licht auszuknipsen, und sei es mit Gewalt. So gesehen, konnte Lara sich glücklich schätzen, sie würde Einzug in die Geschichtsbücher halten. Sie lachte leise. Nach wie vor saß sie mit gefesselten Händen auf dem Boden, sie wusste nicht, wie lange schon. Die Sonne war aufgegangen, draußen standen die beiden Deichschützer, ab und zu kamen Fahrzeuge an oder fuhren davon, Thies hatte sie nicht mehr gesehen. Alle zehn Minuten spürte sie den Impuls, nach Fluchtmöglichkeiten zu suchen. Doch dann dachte Lara an Alina. Sie wusste nicht, wo ihre Schwester steckte, aber sie wusste, dass sie sich in größerer Gefahr befand als je zuvor. Wegen Lara. Und nur Laras Kooperation, ihr widerspruchsloser Gang zum Schafott, konnte sie retten.

Es war noch nicht bei ihr angekommen, dass sie sterben würde. Wie so oft ließ sie Gedanken an den Tod nicht an sich heran. Wenn jemand mit einer schweren Verletzung eingeliefert wurde, kämpfte Lara bis zur letzten Sekunde, über Herzstillstand und Kreislaufzusammenbruch hinaus. Jemand war erst tot, wenn er wirklich tot war, wenn der Arzt es sagte. Anscheinend galt das auch für sie selbst. Die Ärztin in ihr hatte ihr Ableben noch nicht festgestellt.

Durch das große Fenster sah sie den Jeep mit dem Wohnwagen. Charlie stieg aus. Er schaute sich in aller Ruhe um, musterte das hektische Treiben der Deichschützer, schnappte sich einen der jüngeren, stellte ihm Fragen, bis dieser fast fluchtartig davoneilte. Charlie wirkte unzufrieden, sein Blick fiel auf die Hauptverwaltung, die beiden Wachen davor. Er setzte sich zielstrebig in Bewegung. In dem Moment wusste Lara: Er war der Mann vom Verfassungsschutz, er musste es sein. Er gehörte nicht zu den Bauern, war aber schon seit Monaten in den Kögen, hatte sich das Vertrauen der Bauern erarbeitet, lief mit, aber auch unter dem Radar, wirkte harmlos, aber war bestens ausgestattet. Alles passte, doch was bedeutete das für sie? Charlie kam zum großen Fenster, presste seine Nase an die Scheibe und entdeckte Lara. Er ging zur Tür. Lara konnte nicht genau hören, was er den Deichschützern sagte, aber er nannte wiederholt Thies' Namen. Noch während die Männer redeten, öffnete Charlie die Tür und bahnte sich unbeeindruckt den Weg hinein.

»Dann holt ihn halt!«, schnauzte er die Wachen an und ging schnurstracks zu Lara.

Einer der Deichschützer rannte los, der andere baute sich hinter Charlie auf, verunsichert, jedoch mit vorgehaltenem Gewehr.

»Aber du fasst sie nicht an!«, versuchte er, seine Autorität durchzusetzen.

Charlie ignorierte ihn, ging vor Lara in die Hocke.

»Was ist los? Im Intranet steht, alle Bauern sollen zur Neulandhalle kommen, es gibt einen Prozess gegen dich.«

Kein Wort zu niemandem. Charlie konnte der einzige Ausweg, er konnte aber auch ein Test sein. Thies wusste, dass Lara ihm vertraute. Vielleicht suchte der Hauptmann nach einem Weg, um ihr Schweigen auf die Probe zu stellen, damit er sicher sein konnte, dass Lara bei dem öffentlichen Prozess auch wirklich schwieg.

»Ich kann dazu nichts sagen.«

»Lara!« Er konnte das nicht glauben.

»Es geht nicht.«

»Gleich ist Thies hier«, stellte er fest und blickte Lara eindringlich an.

»Dann wird er es erklären«, entgegnete Lara laut und deutlich, damit auch der Deichschützer es hören konnte.

Charlie war sichtlich unzufrieden. Sie schauten einander schweigend an. Er wollte etwas sagen, sie wusste es. Er wusste, dass sie es wusste. Charlie blickte nach draußen. Thies eilte mit dem Deichschützer, der ihn alarmiert hatte, herbei. Er hatte Angst vor dem, was Lara Charlie sagen könnte. Es war kein Test.

»Da kommt er«, sagte Charlie laut.

Der Deichschützer, der hinter ihnen stand, blickte nach draußen, war für einen Moment abgelenkt.

»Jan Jansen«, flüsterte Lara. »Rede mit ihm, wenn du der bist, für den ich dich halte.«

Charlie starrte sie an, ließ nicht erkennen, ob sie richtiglag. Er hatte in diesem Moment mehr zu verlieren als sie.

»Charlie!«, hörten sie Thies' Stimme.

Charlie stand auf. Der Hauptmann stand atemlos direkt hinter ihm, die Deichschützer im Rücken.

»Was soll das hier?«, fragte Charlie Thies. »Warum darf sie nicht mit mir reden?«

»Hat sie das gesagt?«, fragte Thies zurück, durchaus zufrieden mit Laras Schweigen.

»Was soll das? Ein Prozess?«

»Lara hat uns leider alle hintergangen, auch dich. Sie wollte nie hier bei uns leben.«

»Was?«

»Sie wollte nur ihre Schwester Alina ›befreien‹, dabei will die gar nicht weg hier. Aber Lara ist dafür über Leichen gegangen.«

Das war selbst Lara neu.

»Heißt?«, fragte Charlie.

»Sie hat Angela brutal niedergeschlagen, und sie hat Björn getötet, um sein Boot zu bekommen.«

Thies blickte Lara durchdringend an. Nicht Charlie war der Test gewesen. Diese erneute Lüge, diese furchtbar ungerechte Lüge, war der Test.

»Stimmt das?«, fragte Charlie sie.

Es war eine Sache, für Alina zu sterben. Aber dass Björns Mord ungesühnt bleiben, dass Finn davonkommen und sie an seiner Stelle als Mörderin hingerichtet werden sollte – so viel Ungerechtigkeit bereitete ihr körperliche Schmerzen.

»Lara!«, ermahnte Thies sie.

Lara dachte an Alina, an ihren Bauch, das Kind darin. An ihre Familie, die einzig echte Familie, und daran, sie nicht wieder im Stich zu lassen. Sie blickte zu Boden und nickte.

»Ach du Scheiße«, stöhnte Charlie. »Warum, Lara?«

Wenn er seine Empörung spielte, spielte er sie gut. Vielleicht war er doch nicht der, für den sie ihn hielt. Da sie keine Antwort auf seine Frage hatte, schwieg sie.

»Genug«, sagte Thies. »Du musst jetzt gehen, Charlie. Niemand soll zu ihr. Sie ist gefährlich. Komm!«

Er legte seinen Arm auf Charlies Schulter und schob ihn sanft Richtung Tür. Charlie schüttelte den Kopf und ging, begleitet von einem Deichschützer, nach draußen. Thies blieb bei Lara stehen, bis sich beide außer Hörweite befanden.

»Du hast es verstanden«, sagte er dann leise zu Lara. »Respekt.«

Er konnte sich seinen scheiß Respekt in den Arsch schieben. Doch Lara riss sich noch einmal zusammen.

»Versprich mir, dass Alina an dem Prozess nicht teilnehmen wird«, flüsterte sie.

Thies zögerte kurz, nickte dann.

»Das verspreche ich dir.«

Dann drehte er ab und ging nach draußen. Lara sackte in sich zusammen.

KAPITEL 50

JAN SASS MIT EINEM BIER in der Hand am Pool. Der Wind pfiff ihm um die Ohren, der blaue Himmel über ihm, er liebte die Herbsttage, wenn die brüllende Hitze des Sommers verschwunden war, bevor die Stürme und die Kälte kamen. Er blickte auf die Baustelle, den Pool, der nun doch nicht vor seiner Pensionierung fertig wurde, denn die Pensionierung kam früher als geplant. Jan war sicher, dass man ihn nie wieder ins Revier lassen würde. Nach allem, was er getan hatte, aber vor allem nach dem, was er an diesem Tag tun würde und wofür er sich Mut antrank.

Er hatte nicht viel geschlafen, aber er war auch nicht müde. Spätestens seitdem alles schiefgegangen war, pumpte das Adrenalin durch seinen Körper. Erst hatte es noch gut ausgesehen. Jan hatte in Cuxhaven am Wasser gestanden und durch das Fernglas beobachtet, wie sich zur vereinbarten Zeit auf der anderen Seite der Elbmündung ein Boot in Bewegung setzte. Dann hatte das Boot gestoppt, ein weiteres war aufgetaucht. Beide waren zum Ufer zurückgekehrt, Menschen, Autos. Man hatte Lara geschnappt.

Er hatte versucht, sie anzurufen, ihr Nachrichten geschickt, aber er konnte sie nicht erreichen. Schlimmer noch: Er konnte ihr nicht helfen. Natürlich hatte er versucht, die Küstenwache zu aktivieren, seine Verbindungen zu nutzen, doch selbst alte Vertraute aus Brunsbüttel verweigerten ihm die Gefolgschaft, waren von Krug längst instruiert, dass man Jansen suspendiert hatte. In Koogland waren die Menschen und Autos über den Deich verschwunden.

Dann das Warten auf die erste Fähre, die ihn wieder auf die andere Seite bringen würde. Es zermürbte ihn. Er wusste, dass jede weitere Minute es schwerer machen würde, Lara zu finden. Er hatte Thies angerufen, Finn, sogar den alten Cordes, doch niemand war ans Handy gegangen. Er hatte andere Bekannte von früher kontaktiert, doch sie wussten nichts oder wollten nicht mit ihm reden. Schließlich hatte er Michel Willert erreicht, den vermeintlichen Ermittler von Koogland. Der Mann war überfordert, doch Jans Fragen von »Kollege zu Kollege« hatte er sich nicht entziehen können. Ja, man hatte Lara verhaftet, ihr wurden schlimme Verbrechen vorgeworfen, was genau, wusste der Mann nicht, aber es würde noch an diesem Tag einen Prozess geben. Jan sollte sich da bitte heraushalten, es war eine innerstaatliche Angelegenheit. Für Jan klang das nicht gesund.

Er hatte noch auf der Fähre angefangen, Pläne zu schmieden, hatte viele Kollegen angerufen, doch niemand wollte ihm helfen. Außer Fischer.

Sie war es, auf die er dort am Pool wartete. Er trank den letzten Schluck, ließ das kühle Bier seine Kehle hinablaufen. Dann stand er auf und ging ins Haus. Auf dem Wohnzimmertisch lag sein Jagdgewehr. Fischer würde ihre Dienstpistole mitbringen. Das war es aber auch schon. Nicht gerade das Waffenarsenal, mit dem sie Thies' Armee auseinandernehmen konnten. Aber ein Gefecht war sowieso nicht Jans Ziel, die Waffen waren nur zum Selbstschutz da. Über den neuen Deich rein und wieder raus. Einmal hatte es funktioniert, einen zweiten Versuch war er Lara schuldig, auch wenn er nur erahnen konnte, wo sie sich befand. Leider war Thies' Hof der am besten bewachte von allen.

Er hörte ein Fahrzeug vor seinem Haus. Es ging los. Jan schnappte sich das Gewehr und ging zur Haustür. Draußen wunderte er sich. Seit wann fuhr Fischer einen Jeep, noch dazu mit solch einem riesigen Anhänger? Die Fahrertür öffnete sich, und ein stämmiger Kerl um die fünfzig stieg aus, Armeehose, Holzfällerhemd. Einer von Thies' Leuten?

»Jan Jansen?«, fragte der Mann.

»Ja. Was wollen Sie?«

»Charlie ist mein Name. Lara schickt mich.«

KAPITEL 51

DA NICHT MEHR ALLE BAUERN in die Neulandhalle passten, hatten sie sich in langen Reihen auf dem Feld und der Straße davor aufgestellt. Oben vor dem Haupteingang flankierten die bewaffneten Deichschützer Thies, der neben einem Fahnenmast stand, an dem die Fantasieflagge von Koogland wild im Wind flatterte. Mit einem Megafon in der Hand trotzte er dem aufziehenden Sturm und sprach zu den Bauern.

Lara stand seitlich von ihm, die Hände nach wie vor gefesselt. Direkt neben ihr Finn. Seine Augen glänzten, das hier war genau das, was er sich für diesen Staat vorgestellt hatte. Lara suchte die Reihen der Bauern nach bekannten Gesichtern ab. Sie sah Männer, die sie medizinisch behandelt hatte, ihren Nachbarn Jonte, Bauern, die frenetisch geklatscht hatten, als sie zur Ärztin auserkoren worden war. Würden sie genauso jubeln, wenn Thies sie exekutierte?

Ein Grollen, schwarze Wolken über der Nordsee. Ein Sturm zog auf, doch das schien Thies nicht zu stören, im Gegenteil. Das Unwetter saß seinem Volk im Nacken, die rasenden Wolken, die Blitze. Doch der Hauptmann hatte die Sturmflut im Blick. Er beschützte seine Bürger vor jeglicher Bedrohung.

Dass Lara eine Bedrohung war, daran ließ er keinen Zweifel. Sie hörte nur widerwillig bei seiner Rede zu, weigerte sich, die Lügen an sich heranzulassen, um nicht die Kriegerin in sich zu erwecken. Sie musste mitmachen, sie musste ihre Rolle in diesem Schauspiel akzeptieren.

In einem Punkt jedoch sagte Thies die Wahrheit, aber auch nur, weil es ihm nutzte: Alina war von Thorsten vergewaltigt worden und hatte ihn in Notwehr getötet. Also hatte Thies das Mädchen in Schutz genommen, sagte er jetzt den versammelten Bauern, und darum hatte er ihnen allen erzählt, dass er Thorsten des Landes verwiesen hatte. Er wollte das Opfer schützen, wollte das Kind in ihrem Bauch schützen, und er wollte sie alle vor Unruhen schützen, die Thorstens Tat über sie gebracht hätte. Ganz beiläufig gab er auch zu, dass Thorsten sein Sohn war. Es klang wie eine Selbstverständlichkeit, etwas, das doch sowieso alle schon gewusst hätten, allen voran seine Frau Beeke.

Diese stand neben den Deichschützern, zusammen mit Olaf, und nickte engagiert. Ein neues Lügengebilde wurde auf den Ruinen der alten errichtet.

Dann ging es um Lara, die sie alle betrogen hatte, jeden Einzelnen von ihnen. Nie hatte sie dazugehören wollen, es war ihr nur um ihre Schwester gegangen. Aber warum die Heimlichtuerei? Thies gab die Antwort selbst: »Weil sie uns verachtet, weil sie uns hasst, uns und alles, wofür wir stehen.«

Lara sah Charlie. Er hatte Jeep und Wohnwagen zwischen den zahlreichen anderen Fahrzeugen abgestellt, die Straßen und Felder säumten. Sie hielt auch nach den Bewohnern des Lindenhofs Ausschau, doch Thies hatte dafür gesorgt, dass sie kein Störfaktor werden konnten. Charlie konnte er jedoch nicht fernhalten. Der Prepper näherte sich in aller Ruhe den Bauern, ging an ihnen vorbei und stellte sich zu den Leuten in der ersten Reihe. Thies sah ihn, redete aber ungerührt weiter.

»Und dann ... das!«, schrie er gegen den Sturm an.

Er trat zur Seite. Die Tür zur Neulandhalle hinter ihm öffnete sich. Vier ältere Männer, ausgewählte Bauern, trugen ein großes

Holzbrett heraus, auf dem Björns Leiche lag. Lara hörte trotz des Windes ein kollektives Nach-Luft-Schnappen. Ihr Hals schnürte sich zu. Man hatte Björn frische Sachen angezogen, eine fast schon albern wirkende Fischerkluft, die Mütze lag neben ihm, die Hände auf seiner Brust, das Gesicht war eingefallen und fahl. Sie lehnten das Brett so gegen den Hang, dass alle ihn sehen konnten. Lara blickte zu Finn. Er schaute stur nach vorne und zog die Augenbrauen spöttisch hoch. Die Wut brodelte in ihr und trieb ihr Tränen in die Augen.

»Lara!«, rief Thies durch das Megafon und zeigte mit dem Finger auf sie. »Lara hat einen von uns getötet. Sie wollte seinen Krabbenkutter stehlen, um mit ihrer Schwester über die Nordsee fahren zu können. Gott weiß, warum ihr das notwendig erschien. Björn wollte ihr seinen Kutter nicht geben. Also hat sie ihn erschossen.«

Plötzlich zog er eine Pistole aus seinem Hosenbund und hielt sie in die Höhe.

»Mit dieser Waffe!«

In einer Zeit, in der mit winzigen DNA-Spuren oder Nanopartikeln von Gegenständen jedes Verbrechen aufgeklärt werden konnte, präsentierte der Hauptmann in seinem Schauprozess einfach eine beliebige Waffe und dazu eine haarsträubende Geschichte. Besser konnte er die Absurdität seines Staates gar nicht verdeutlichen.

»Und deswegen, meine geschätzten Bauern, kann es für die ehemalige Bäuerin Lara Barthold nur eine Strafe geben. Ich verurteile sie dazu, mit dieser Waffe den Tod zu finden.«

Ein Raunen, Donner am Himmel.

»Wahr di, Garr, de Bur de kummt!«

Es war Finn, der den alten Schlachtruf schrie. Seine Blauhemden wiederholten ihn, unten das Echo der Bauern. Thies wandte sich Lara zu, die Pistole in der Hand, er wollte keine Zeit verlieren. Lara spürte Finns Hand auf ihrer Schulter, eine enorme

Kraft, ein Brennen, es drückte sie nach unten, sie fiel auf die Knie. Das Publikum hielt den Atem an, nur noch der Sturm war zu hören.

Lara fehlte etwas. Zeit, ihr fehlte Zeit, das ging viel zu schnell, sie wollte sich verteidigen, wenigstens verabschieden, sie wollte Alina noch einmal sehen. Sie war noch nicht so weit. Thies trat auf sie zu, sie blickte ihn an. Er war auch noch nicht so weit, steckte voller Unsicherheit und Angst, aber das hielt ihn nicht auf. Er würde schießen, Lara wusste es. Etwas in ihm, das ihn zu diesem Prozess getrieben hatte, zu dem Widerstand gegen die Evakuierung, zur Gründung des Staates, zu seinen Lügen und Bestrafungen, etwas ließ ihn selbst glauben, dass er Lara töten musste, sosehr es ihm auch widerstrebte. Er hob die Pistole und richtete sie auf Lara. Es war Zeit.

»Das ist doch kein Prozess!«, schallte Charlies Stimme über den Platz.

Der Prepper war nach vorn getreten, entschlossen und selbstbewusst.

»Ist doch keine Bananenrepublik hier. Die Frau muss sich verteidigen können, sich erklären können. So geht das nicht, Thies!«

Er kam immer näher. Finn ließ Laras Schulter los und nahm sein Gewehr in Anschlag.

»Hau ab!«, rief er Charlie zu.

Dieser ignorierte ihn, blickte nur zu Thies und dann kurz zum Unwetter über dem Meer.

»Lass, Finn!«, befahl der Hauptmann.

Dann wandte er sich an Charlie, der nur noch wenige Meter von ihm entfernt stand.

»Wir sind keine Demokratie. Ich bin Anführer, Richter und Henker. Eines Tages werden wir das alles anders machen, aber nicht heute. Sonst werden unsere Feinde uns zerstören. Also lass gut sein, Charlie.«

»Kann ich nicht, Thies. Ich kann das nicht zulassen.«

»Es gibt nichts, was du dagegen tun kannst. Finn, bring ihn …«

»Das stimmt nicht, Thies«, unterbrach Charlie. »Das stimmt nicht. Der Wahnsinn endet jetzt und hier.«

Erst hörte Lara das Raunen der Deichschützer, dann sah sie es selbst. Auf dem Deich standen plötzlich schwarze Gestalten, Dutzende Männer in Kampfmontur. Zahllose Drohnen erhoben sich über ihnen, den Wind von der Nordsee im Rücken.

»Da!«, rief jemand in der Menge.

Alle schauten nach Süden, Hubschrauber flogen aus Richtung Brunsbüttel heran.

»Du verdammter Verräter!«, schrie Finn.

Er legte sein Gewehr auf Charlie an, doch jemand anders war schneller. Der Schuss traf Finn sauber in der rechten Schulter und schleuderte ihn zu Boden. Lara entdeckte den Scharfschützen auf dem Wohnwagen von Charlie. Blendgranaten flogen zu den Deichschützern, explodierten mit hellen Blitzen, Rauch stieg auf, Schreie überall, überforderte Blauhemden verschwanden im Dunst, Beeke rannte zu ihrem Mann, Chaos.

»Es ist vorbei, Thies!«, rief Charlie.

Durch die Reihen der Bauern liefen weitere schwarz gekleidete Männer mit schweren Waffen, so viele, wie in Jeep und Anhänger Platz gefunden hatten.

Lara entdeckte Jan direkt hinter ihnen, die Pistole in der Hand. Ihr stockte der Atem. Er hatte sein Versprechen gehalten.

»Niemals!«, schrie Thies.

Lara hatte nicht mitbekommen, dass er sich hinter sie gestellt hatte. Sie spürte seinen harten Griff an ihrer Schulter, seinen Arm an ihrem Hals, die Mündung der Pistole an ihrem Kopf. Sie konnte kaum Luft holen, während er sie nach hinten zog. Sämtliche Gewehre der Sondereinheit waren nun auf sie gerichtet. Charlie hob die Hand, um seine Männer zu stoppen. Er war jetzt hier der Anführer.

Thies konnte nicht aufgeben, es war ihm unmöglich. Rückwärts gehend, zog er Lara in die Neulandhalle. Beeke und Olaf zerrten den verwundeten Finn hinter ihnen her. Die wenigen Deichschützer, die noch Orientierung hatten, folgten Holm in die Halle, bis bewaffnete Drohnen ankamen, ihre Gewehrläufe auf die Gegner richteten und Warnschüsse auf den Boden abgaben, wenn weitere Blauhemden versuchten, sich in Richtung Neulandhalle zu bewegen. Die Tür zum Vorplatz wurde mit einem lauten Krachen zugeworfen. In dem Raum befand sich ein gutes Dutzend Männer, atemlose, wütende, ängstliche Männer. Und Lara.

»Niemals!«, schrie Thies zur Tür. »Wir haben zwei Geiseln, und wir werden sie töten, wenn sich einer von euch dem Gebäude nähert!«

Lara verstand nicht. Warum zwei Geiseln? Dann folgte sie Thies' Blick und sah Alina, die gefesselt und geknebelt vor dem Kamin saß. Trotz Verzweiflung und Todesangst fühlte Lara eine tiefe Erschöpfung.

KAPITEL 52

KEINE TOTEN. Das war die Parole, die Charlie ausgegeben hatte, die höchste Prämisse des deutschen Staats. Der Einsatz von Gewalt war erlaubt, aber Tote waren unter allen Umständen zu vermeiden.

Jan hatte seine Zweifel gehabt, als Charlie ihm das eröffnete. Er wusste, wie Thies tickte. Er wusste auch, dass der Hauptmann nicht mehr zurückkonnte. Also überraschte es Jan nicht, dass Thies sich nun mit dem letzten Häufchen seiner Getreuen in der Neulandhalle verschanzte.

Die restlichen Deichschützer draußen und auch alle Bauern ergaben sich kampflos. Der einzige ernst zu nehmende Widerstand kam von einem kräftigen Blondschopf, der einen SEK-Beamten niederschlug. Doch auch er wurde schnell überwältigt.

Die Deichschützer wurden entwaffnet und in Bussen abtransportiert, die mühelos den letzten Grenzschutz an der Straße überwunden hatten. Die zusätzlichen Einsatzkräfte, die mit Schnellbooten und Hubschraubern gekommen waren, sicherten die Neulandhalle in wenigen Minuten ab, bauten Barrikaden und Schutzwälle, brachten alle Bewohner der Köge in sichere Entfernung. Die Operation lief mit maximaler Präzision und beeindruckender Geschwindigkeit ab. Der Rauch der Granaten hatte sich noch nicht komplett verzogen, als der Leiter der

Sondereinheit, Charlie, die Sicherung des Geländes meldete. Alles war gut gegangen. Bis auf die Gruppe in der Neulandhalle.

Es regnete jetzt. Jan stapfte durch die dicken Tropfen zu Charlie, der hinter einer mit Sandsäcken befestigten Stahlwand, nur zehn Meter entfernt vom Eingang der Neulandhalle, Position bezogen hatte. Charlie leitete die Aktion, übernahm souverän das Kommando, obwohl er fünf Monate von seinen Leuten getrennt operiert hatte, in den Kögen die Rolle des hilfreichen, wenn auch etwas schrägen Preppers spielte, den alle mochten und schätzten. Er hatte Jan auf der Fahrt in die Köge mit knappen Worten berichtet, wie intensiv und lange der Verfassungsschutz Koogland bereits beobachtete. Und dass auch Jans Aktionen sehr genau wahrgenommen worden waren, von seinem ersten Besuch bei Lara bis hin zu seinem Appell an den obersten Landespolizisten. Charlie zollte Jan Respekt für seine Hartnäckigkeit, auch wenn die Lage dadurch schneller eskaliert war als gewollt. Allerdings hatte man vorher auch noch nicht gewusst, welche Rolle Lara spielte, wie weit sie gehen würde und was es mit ihrer Schwester auf sich hatte.

Diese beiden Frauen waren nun Geiseln von Thies und seinen Leuten. Der Scharfschütze hätte nicht genügend Treffer landen können, ohne Lara zu gefährden, also hatte Charlie den Rückzug zugelassen. Am Ende war der deutsche Staat also doch nicht bereit, Lara zu opfern.

Charlie stand mit seinem Handy am Ohr im Regen und wartete vergebens auf eine Verbindung.

»Geht nicht ran.«

»Soll ich es versuchen?«, fragte Jan.

»Besser damit.«

Charlie reichte ihm ein Megafon. Jan musste innerlich lachen, der Kreis schloss sich. Zwei Tage zuvor hatte Thies vor dem Schuppen gestanden, in dem Jan sich verschanzte, und durch das Megafon mit ihm gesprochen, während Kameras auf ihn gerichtet waren. Diesmal waren es Kameras des Verfassungsschutzes, in der Luft und auch am Boden, die alles aufzeichneten. Nicht zuletzt, um den deutschen Bürgern beweisen zu können, wer die Guten und wer die Bösen waren. Und diesmal war Lara eine echte Geisel, außerdem hatte Thies Alina in seiner Gewalt. Er würde ganz sicher nicht zögern, sie zu erschießen, wenn etwas nicht nach seinen Vorstellungen lief.

»Thies, wo soll das hinführen?«, fragte Jan in das Megafon.

Er wollte hinter der Barrikade hervortreten, doch Charlie hielt ihn zurück. Es kam keine Reaktion aus der Halle. Dort hatte man die Fenster von innen mit dunklen Tüchern verhängt, auch der Hintereingang war geschlossen und verbarrikadiert. Es gab keine Möglichkeit hineinzuschauen.

»Er wird nicht auf mich schießen«, sagte Jan zu Charlie. »Aber er wird sich mehr zu einer Antwort genötigt fühlen, wenn ich vor ihm stehe. Bei dem Mann geht's immer um Respekt.«

Charlie gefiel Jans Heldenmut nicht. Doch Jan war sicher, dass ihm nichts geschehen würde, solange er nicht angriff. Schließlich nickte der Verfassungsschützer. Jan verließ den Schutz der Barrikade, spürte den Druck des Sturms, kämpfte sich im Regen fünf Schritte auf das Haus zu, langsam, nur das Megafon in der Hand.

»Kein Schritt weiter!«, hörte er aus dem Haus.

Es war Thies' Stimme, laut und deutlich. Jan blieb stehen.

»Nenn mir eine Möglichkeit, wie das gut für euch ausgehen kann!«, rief Jan zurück, ohne Megafon. »Eine andere, als dass ihr euch ergebt.«

»Das gefällt dir, Jan, hm? Jetzt bist du wieder der Sheriff.«

»Wenn diese ganze Angelegenheit hier eins nicht tut, dann ist es, mir zu gefallen. Ich will das alles nicht, Thies. Ich wollte weder, dass ihr die Köge verlassen müsst, noch wollte ich, dass wir hier mit Gewalt eindringen. Aber manchmal läuft's halt nicht so, wie man will. Das weißt du.«

»Deswegen muss man aber nicht aufgeben.«

»Doch, das muss man. Besonders, wenn man andere zu Opfern macht.«

»Red doch keinen Scheiß! Ihr habt *uns* zu Opfern gemacht. Ihr habt die Deiche nicht gepflegt, nicht gestützt, und als sie gebrochen sind, habt ihr uns im Stich gelassen. Wir sind hier die Opfer. Aber wir haben diese Rolle nicht angenommen, wir haben unser Schicksal selbst angepackt. Und das werden wir auch jetzt tun. Wenn wir bis heute Mittag um zwölf keine Anerkennung der Bundesrepublik Deutschland für die Bauernrepublik Koogland haben, dann stirbt Lara. Zwei Stunden später stirbt Alina und mit ihr wir alle. Wir werden uns nicht ergeben, Jan. Mehr habe ich nicht zu sagen.«

»Thies, hör doch mal auf mit diesem verdammten Staat. Wir haben ganz andere Probleme ... Thies? Thies!«

Er antwortete nicht mehr. Absolute Stille hinter der Tür der Neulandhalle. Jan ging zurück zu Charlie. Bei ihm stand eine Polizistin aus der Spezialeinheit, die ihm ein Tablet gereicht hatte. Sie hielt einen Schirm über ihn, während er etwas auf dem Bildschirm las.

»Haben ihre Forderungen gemailt«, sagte er zu Jan. »Was sie alles von Deutschland erwarten, was passiert, wenn nicht.«

»Albern.«

»Theoretisch können wir's erfüllen, zum Schein. Geht nur um formale Schreiben und darum, dass wir abziehen. Sind die Frauen frei, sind wir schnell wieder da.«

»Macht der deutsche Staat sich dann nicht angreifbar?«

»Sieht's so aus, als ob er das gerade nicht wäre?«

Jan wusste, was geschehen würde, wenn man den selbst ernannten Hauptmann reinlegte.

»Thies wird andere Geiseln nehmen, wird jeden und alles opfern. Das geht so nicht.«

Charlie sagte nichts, starrte auf die Nachricht von Thies.

»Und wenn man sie wirklich in Ruhe lässt?«, fragte Jan. »Wenn man sie ihren Staat haben lässt? Ich mein, sie haben hier doch was aufgebaut.«

Er konnte selbst nicht glauben, was er da vorschlug, aber es war in seinen Augen der einzige Weg, wie man Lara und Alina retten konnte.

»Das wird niemals passieren.« Daran bestand für Charlie kein Zweifel. »Lara ist da drin. Diese Frau ist cleverer als alle anderen zusammen.«

»Das weiß Thies mittlerweile auch. Er wird sie nicht noch einmal aus den Augen lassen.«

»Wir sollten trotzdem alles versuchen, um ihr zu helfen. Deswegen sind wir doch hier.«

Darin waren Jan und Charlie sich einig.

KAPITEL 53

BEEKE HATTE ZWEIFEL. Sie stand da, bewachte die gefesselten und geknebelten Frauen, so wie Thies es ihr aufgetragen hatte, während die Männer durch den Raum stoben, und hatte Zweifel.

Zwei Deichschützer kümmerten sich um Finn, hatten ihn mit Verbänden und Schmerztabletten so weit stabilisiert, dass er schon wieder Anweisungen herumschrie. Eine Handvoll Männer türmte vor der Tür alle Gegenstände auf, die sie im Raum finden konnten. Andere linsten immer wieder so kurz wie möglich durch die Spalten an den Fenstern, um nicht von einem Scharfschützen erwischt zu werden. Von draußen hörte man nur den Regen an die Fenster prasseln, den Sturm, sonst nichts, als wären sie ganz allein in ihrem Koog. Thies saß mit seinem Tablet vor der Tür auf dem Boden und schrieb Berichte, ins Intranet und Internet und Gott wusste wohin noch, um »die Menschen in ganz Deutschland zu mobilisieren«.

Lara röchelte. Ihre Augen waren knallrot, sie bekam kaum Luft. Beeke ging zu ihr und zog den Knebel aus ihrem Mund.

»Beeke, nicht!«, rief Thies.

»Sie erstickt.«

Er sprang auf und eilte zu ihnen.

»Wasser«, röchelte Lara.

»Mach ihn wieder rein!«, mahnte Thies.

»Sie braucht was zu trinken, verdammt noch mal.«

Sie ignorierte Thies' Schnauben, behielt den Knebel in der Hand und holte eine Flasche Wasser von dem Tisch, wo die Männer Vorräte zusammengetragen hatten.

»Aber rede nicht mit ihr!«

Er wartete, bis Beeke mit der Flasche zurückkam und sie Lara an den Mund hielt. Lara trank gierig, hustete, spuckte Wasser aus, trank mehr.

»Thies! Komm mal her. Das gefällt mir nicht.«

Olaf stand an einem Fenster, deutete in die Luft.

»Thies! Da sind Drohnen! Keine normalen.«

»Warte!«

Thies blieb bei Lara. Er hatte mehr Angst vor einem einzigen Satz dieser Frau als vor der Armee da draußen.

»Thies, die belauschen uns.«

Endlich hörte Thies auf seinen Vater, ging zu ihm ans Fenster. Lara hatte genug getrunken, nickte Beeke dankbar zu und deutete auf Alina. Beeke zog auch ihr den Knebel aus dem Mund und gab ihr etwas zu trinken.

»Was sind das für Dinger?«, fragte Olaf.

Thies kniete sich vor das Fenster und schaute durch den Spalt neben dem Vorhang nach draußen.

»Habe ich noch nie gesehen«, murmelte Thies. »Finn!«

Wieder ein Blick zu Lara. Sie war klug genug, nichts zu sagen. Finn rappelte sich auf, kroch zu Thies und spähte ebenfalls nach draußen.

»Infrarot«, spekulierte Finn. »Wärmesensoren, vielleicht Richtmikrofone. Das sind die feinsten Dinger. Sie machen sich ein Bild der Lage.«

»Wo ist Kim? Ist sie okay?«, fragte Lara plötzlich Beeke.

Thies sprang auf und lief zu ihnen.

»Du sollst den Mund halten!«, schrie er. »Hast du nicht schon ...«

Er hob die Hand, doch Beeke war schneller. Sie stellte sich vor Lara.

»Stopp, Thies! Genug!«

»Merkst du nicht, was sie macht? Sie manipuliert dich, sie manipuliert uns alle.«

»Nein, sie verhält sich wie ein ganz normaler Mensch. Was *wir* hier machen, das ist nicht normal. Merkst *du* das nicht? Die werden uns alle umbringen.«

Thies wurde ruhiger. Wenn es nicht um Lara ging, befand er sich auf sicherem Terrain.

»Das werden sie nicht. Das können sie sich nicht leisten. Die ganze Welt schaut zu.«

»Dann lass die beiden frei. Die Welt kann dann sehen, dass du hier nicht der Verbrecher bist.«

Thies schüttelte bedauernd den Kopf.

»Das kann ich nicht, Beeke.«

»Dann mache ich es.«

Sie zog das Messer aus Thies' Gürtel und kniete sich vor Lara. Die Fesseln waren schneller durchgeschnitten, als er reagieren konnte.

»Nein!«, schrie er.

Er griff nach ihr, doch sie schlug ihn weg. Er packte sie, zerrte an ihr, Beeke riss sich noch einmal los, schnitt auch Alina die Fesseln durch. Ein Schrei von Thies, Wut, wie sie sich noch nie gegen Beeke gerichtet hatte, er packte sie und schleuderte sie zur Seite. Beeke knallte mit dem Bauch auf den Boden, das Messer unter ihr, in ihr. Ein Schmerz, der ihr die Luft nahm, auch die Luft zum Schreien. Sie hörte, wie einer der Deichschützer entsetzt Thies' Namen rief, sie spürte die Wärme im Bauch. Sie hörte Thies noch einmal schreien. Anders als vorher, panisch. Beeke wurde umgedreht, sah den Schmerz in seinen Augen, dann wurde alles um sie herum schwarz.

KAPITEL 54

FÜR EINEN MOMENT schaute niemand zu Lara und Alina. Die Männer eilten zu Beeke, die auf dem Boden lag, das Messer lag neben ihr. Das war nicht gut, denn so konnte das Blut frei aus der Wunde strömen.

»Los«, zischte Lara ihrer Schwester zu und zeigte auf die Tür, die zur Küche führte. »Hintereingang.«

Lara hatte den zweiten Eingang gesehen, als die Deichschützer das Wasser aus der Küche geholt hatten. Alina zögerte dieses Mal nicht, kam schnell auf die Beine, folgte Lara flink zur Küchentür.

»Sie werden dich sehen«, flüsterte Lara. »Sie werden dir von draußen helfen.«

»Was?«

Alina wollte nicht allein gehen, doch Lara schob sie in die Küche, knallte die Tür zu. Holm war sofort bei ihr. Finn starrte sie vom Boden aus voller Hass an.

»Lass sie gehen, dann helfe ich Beeke«, rief Lara. »An einer Stichwunde muss sie nicht sterben.«

Holm wollte sie packen, doch nun wusste er nicht mehr, was er tun sollte. Zumal Lara nicht floh, sondern freiwillig zurück in den Saal kam, zu der Frau auf dem Boden. Thies sah Lara mit Tränen in den Augen an. Ob es Tränen der Wut oder des Bedauerns waren, konnte sie nicht ausmachen.

»Macht ihr Platz«, raunte er die anderen an, während er seine Hand auf Beekes Wunde presste.

Niemand fasste Lara an. Man ließ die Ärztin machen, reichte ihr alles, was sie benötigte. Selbst als aus der Küche ein lautes Krachen ertönte, rührte sich niemand. Thies war es egal, ob die Sondereinheiten den Hintereingang aufgebrochen und Alina befreit hatten. Lara jedoch verliehen die Geräusche aus der Küche innere Ruhe. Der Hauptmann schenkte ihr jetzt seine volle Aufmerksamkeit, seine Hand schimmerte rot.

»Es ist so viel Blut«, hauchte er verzweifelt.

Lara tastete die Wunde ab, spürte, dass sie tief war, aber nicht tiefer als bis zum Bauchfell.

»Sie kann es schaffen. Aber sie braucht schnell eine Infusion.«

Sie blickte zu Finn, der sich herangerobbt hatte. Er wusste, was sie ihm mit ihrem Blick sagen wollte. Auch Björn hatte man noch helfen können.

Mittlerweile hatte Lara einen Druckverband angelegt, die Blutung war gestoppt. Sie sah Thies an.

»Die haben Rettungshubschrauber. Die haben Infusionen. Wir müssen da raus, Thies. Jetzt!«

»Schick ein paar Jungs raus«, zischte Finn. »Wir bleiben mit Lara hier. Es ist noch nicht vorbei.«

Thies schaute in Beekes Gesicht. Es währte nur eine Sekunde, aber es gab ihm Einblicke für die Ewigkeit. Dann erhob er sich und ging zur Tür.

»Wir machen jetzt auf!«, rief er nach draußen.

Er öffnete die Tür, und Regen prasselte ihm entgegen.

»Thies!«, schrie Finn verzweifelt.

Doch wie so oft hörte Thies nicht auf seinen Bruder.

»Wir brauchen eine Trage und einen Rettungshubschrauber!«, rief er Jan zu, der hinter seiner Barrikade hervorgetreten war. »Für meine Frau. Unsere Ärztin Lara wird sie begleiten.«

Zwei Männer mit Trage, flankiert von vier SEK-Beamten, waren bereits unterwegs zu ihnen. Jan folgte.

»Nicht, Thies!«, rief Finn mit tränenden Augen, von denen eines wie wild zuckte. »Das kannst du nicht machen.«

»Wir lassen sie rein.«

»Nein!«

»Verdammt, Finn, jetzt halt endlich die Klappe!«, rief sein Vater.

Die Sanitäter liefen ohne Zögern zu Beeke, hoben sie auf die Trage. Die bewaffneten Männer sicherten sie ab. Alle Deichschützer hatten die Gewehre sinken lassen. Nur Finn nicht. Lara sah ihm an, dass er genau wusste, was passieren würde. Er tat es trotzdem.

»Nein!«, rief Finn noch einmal und zielte mit seinem Gewehr auf Lara.

Vier Schüsse fielen simultan, Finn brach zusammen. Er hatte keine Chance gehabt. Thies rührte sich nicht. Tränen liefen über sein Gesicht. Seine Männer waren geschockt, hilflos, ließen die Waffen fallen, hoben die Arme. Olaf fiel vor seinem getöteten Sohn auf die Knie, nahm seine Hand, die erste warme Geste des alten Mannes.

Die Sanitäter erkannten schnell, dass man Finn nicht mehr helfen konnte. Also liefen sie mit der Trage los. Lara begleitete sie, überprüfte immer wieder den Verband auf Beekes Wunde. Als sie an Thies vorbeiging, trafen sich ihre Blicke ein letztes Mal.

»Pass auf sie auf«, sagte er.

»Das werde ich«, antwortete Lara.

Dann lief sie an Beekes Seite hinaus in den Sturm.

EPILOG

SECHS MONATE SPÄTER

SELTEN HATTE EIN BABY so viel Liebe und Aufmerksamkeit bekommen wie Julian. Nicht nur an diesem Tag, drei Wochen nach seiner Geburt, als Alina sich wieder stark genug fühlte für eine kleine Feier, für die Gäste draußen auf ihrem Hof in Brandenburg. Auch schon während der Schwangerschaft waren erstaunliche Sachen passiert.

Zunächst hatte Thorstens Mutter kommentarlos eine beachtliche Summe Geld an Alina überwiesen. Nele weigerte sich zwar nach wie vor, mit der »Mörderin« ihres Sohnes zu reden, doch in einer Sprachnachricht auf Alinas Handy hatte sie nüchtern erklärt, dass ihr Enkelkind darunter ja nicht leiden müsse. Alina hatte kein Problem damit, das Geld anzunehmen.

Etwas gezögert hatte sie, als das Geld von Beeke gekommen war. Eine noch größere Summe. Auch die neue starke Frau auf dem Cordes-Hof in Dithmarschen hatte es für Alinas Kind vorgesehen. Ob Thies dahintersteckte, hatte sie ihr bei einem kurzen Telefongespräch nicht sagen wollen. Sie hatte lediglich klargemacht, dass sie die Summe für angemessen hielt. Geld für einen Neuanfang nach allem, was Alina angetan worden war.

Auch ihre große Schwester Lara hatte Geld von den Cordes bekommen. Schmerzensgeld, lange bevor der Prozess gegen Thies begann. Reue angeblich.

Lara und Alina hatten alles zusammengeworfen und sich

davon gemeinsam einen alten Bauernhof südlich von Berlin gekauft. Er war nicht so groß wie der Lindenhof, dafür gab es hier weit und breit kein Meer und niemanden, der einen Staat gründen wollte. Ein schlichtes Wohnhaus mit Obergeschoss, ein Stall, zwei Schuppen und eine Wiese mit Obstbäumen, außerdem ein Feld zum Anbau von Gemüse und Kartoffeln. Ein Feld, das Alina vom Fenster ihres Zimmers im ersten Stock aus sehen konnte. Jetzt erblickte sie dort ein Auto mit Heider Kennzeichen. Der Besuch war da.

Mit Julian im Tragetuch stieg sie die renovierte Holztreppe hinab. Die Treppe war bereits gesichert für die Zeit, wenn der Kleine mit dem Laufen beginnen würde. Überhaupt hatte Lara bei der Renovierung auf alles geachtet, was für Julian einmal wichtig werden könnte. Dass ihre coole Schwester, die Großstadtgöre, einmal zur Vorzeigetante und auch noch zur begeisterten Bäuerin werden würde, hätte Alina niemals gedacht. Lara arbeitete zwar noch halbtags in einer Arztpraxis in der nächsten Kleinstadt, aber ihre wahre Begeisterung galt den Kühen, der Ziege und den Hühnern, den Feldern und dem Gewächshaus im Garten.

Spätestens nach der Ernte im Herbst sollte der Hof Gewinne abwerfen. Und sie mussten sich nicht allein um alles kümmern, denn sie hatten ja Sammy und Lucy. Die beiden hatten nicht lange gezögert, als die Schwestern ihnen anboten, sich auf dem Gelände ein Haus zu bauen. Der Rohbau stand bereits. Noch wohnte das Paar mit im Bauernhaus, doch spätestens im Herbst würden die beiden ihre eigenen vier Wände beziehen. Jetzt standen sie bei Lara und begrüßten Jan Jansen und Kim, die gemeinsam mit dem alten Polizisten aus Dithmarschen gekommen war.

Jan war zum ersten Mal in Brandenburg. Kim hingegen war in der letzten Zeit ziemlich oft hier gewesen. Mittlerweile benutzte sie jedoch nicht mehr das Gästezimmer, sondern schlief bei Lara. Alina freute sich riesig für die beiden. Sie begrüßten sich mit einem langen Kuss, der Jans Augenbrauen in die Höhe schießen ließ.

»War für dich ja wohl doch nicht alles schlecht in Dithmarschen«, sagte er schmunzelnd zu Lara.

»Das war er es nicht, nee«, antwortete sie.

Sie nahm Kims Hand und strahlte sie an. Alina liebte es, die beiden zusammen zu sehen. Ihre Verliebtheit, ihr Begehren, ihre Nähe. Es gab auch Alina die Gewissheit, dass aus allen Qualen, Ängsten und traumatischen Erlebnissen etwas Neues, etwas Positives wachsen konnte.

»Ich hab auch was von dort mitgebracht!«, rief Alina, um auf sich aufmerksam zu machen.

Sofort stand sie im Mittelpunkt. Zwar verpennte Julian seinen Auftritt, wurde aber deswegen nicht weniger von allen mit Komplimenten überhäuft. Alina musste einmal mehr erläutern, dass sie den Jungen nach Laras und Alinas Mutter Julia benannt hatten. Erneut lächelte Lara sie dabei an. Da war immer diese Traurigkeit in ihrem Blick, Alina wusste nie, weswegen genau. Aber es lag auch eine Verbundenheit darin, die Alina nur mit Lara spüren konnte.

Die Besucher hatten natürlich Geschenke mitgebracht. Außer der Babywäsche hatte eine Menge davon mit dem Kohl zu tun, den Lara so sehr vermisste. Selbstverständlich stammten das Sauerkraut, der Krautsalat und auch die frischen Kohlköpfe vom Lindenhof, sozusagen aus Alinas und Laras eigener Ernte. Nachbar Jonte hatte den Hof übernommen und Kim sogar Grüße mitgeschickt.

Bald saß die ganze Runde mit zahllosen Leckereien am großen Tisch unter dem alten Kirschbaum. Der Frühling zeigte sich von seiner besten Seite, noch war es nicht zu heiß, überall blühten die Bäume und Sträucher, das Gras war saftig grün. Aus Alinas Soundpod dudelte Musik, deutscher Hip-Hop natürlich. Es hätte kaum schöner sein können.

Jan berichtete aus Dithmarschen, wo sich bereits die nächsten Probleme anbahnten. Zwar hatte der deutsche Staat nach der Stürmung die Geschichte der Bauernrepublik Koogland schnell beendet, aber dennoch entschieden, die Bauern dort bleiben zu lassen. Sie mussten die Entschädigungen zurückzahlen oder im Fall der Neuankömmlinge für moderate Summen die besetzten Höfe erwerben. Auf diese Weise hatte die Regierung sich gnädig gezeigt und ein Problem weniger. Gleichzeitig hatte man beschlossen, einen neuen Stützpunkt für die Marine im Bereich des alten Hafens zu errichten. Damit schlug man nach Ansicht der Entscheidungsträger gleich mehrere Fliegen mit einer Klappe. Man hatte ein Auge auf die Dithmarscher, sorgte durch Stationierung der Soldaten und ihrer Familien für eine heterogenere Bevölkerung, konnte die Ruinen der überschwemmten Siedlungen beseitigen und vor allem am alten Marinestandort Wilhelmshaven Platz schaffen für dringend benötigte neue Wohnsiedlungen.

Doch so froh die Bauern auch darüber waren, trotz der gescheiterten Sezession auf ihren Höfen bleiben zu können, es stellte sich längst wieder Unzufriedenheit ein. Die Versicherungsprämien für die Höfe waren angesichts der Sturmgefahr zu teuer. Man sah außerdem nicht ein, dass man die Kosten für die Pflege der alten Deiche maßgeblich selbst tragen musste, wo doch nun die Bundeswehr vor Ort war. Und überhaupt führte die Anwesenheit der ganzen Fremden in den Augen vieler Bewohner nur zu Chaos.

»Bisschen weniger Bullerbü wird allen guttun«, stellte Lara fest.

»Dachte ich auch«, entgegnete Jan. »Aber mittlerweile gab's die ersten Sabotageakte auf den Baustellen der Bundeswehr. Der Ton wird rauer. Na ja, nicht mehr meine Sache.«

Jan genoss seinen wohlverdienten Ruhestand sichtlich.

»Es hält keiner mehr den Laden zusammen«, ergänzte Kim.

Den Cordes-Hof hatte Beeke nach ihrer Genesung zwar übernommen, aber eine Führungsrolle unter den Bauern hatte sie weit von sich gewiesen. Thies saß in Untersuchungshaft, niemand sonst hatte es gewagt, in seine Fußstapfen zu treten. Bauer Michel war zwar der neue gewählte Deichhauptmann, aber er hatte von Anfang an klargemacht, dass es ihm tatsächlich nur um den Schutz der Deiche ging.

»Hat Thies den Laden denn wirklich jemals zusammengehalten?«, fragte Lara. Verbitterung lag in ihrer Stimme. In wenigen Tagen würde der Prozess gegen Thies und seine Mitverschwörer beginnen. Alle, die sich damals in der Neulandhalle verschanzt hatten, waren ebenfalls angeklagt. Nur Beeke musste nicht in Haft, weil sie selbst zumindest teilweise als Opfer gesehen wurde. Auch Lara und Alina waren im Prozess als Zeugen geladen, bei maximaler medialer Aufmerksamkeit. Lara war deswegen fast so angespannt wie damals in der ersten Woche nach der Rettung durch Charlie und seine Männer.

»Hast du mal was von Charlie gehört?«, fragte Alina Jan, weil sie Laras trübe Gedanken vertreiben wollte.

»Er war vor ein paar Wochen bei mir«, sagte Jan und gewann damit tatsächlich Laras Aufmerksamkeit. »Stand plötzlich vor meiner Tür, wie damals. Er wollte sich den Pool anschauen. Keine Ahnung, woher er wusste, dass ich gerade damit fertig geworden war ...«

»Er wusste immer mehr als wir alle«, sagte Lara.

Jan nickte. Alle nickten.

»Na ja, wir haben ein Bier am Pool getrunken, ein bisschen über die alten Zeiten geredet, und dann verschwand er auch schon wieder. Ich vermute mal, wir werden ihn beim Prozess sehen.«

Damit waren sie wieder zurück bei dem Thema, das bei Lara für einen verspannten Nacken sorgte. Kim versuchte, die Verspannung wegzustreicheln.

»Das wird eine Farce«, sagte Lara.

Wegen der öffentlichen Meinung und auch der Rhetorik der Bundesregierung in den vergangenen Wochen befürchtete Lara immer mehr, dass Thies in Sachen Hochverrat mit Milde rechnen konnte. Dass er aufgegeben hatte, wurde von vielen als Reue gedeutet, auch wenn der tatsächliche Grund dafür Beekes Verletzung gewesen war. Außerdem stellten viele infrage, ob Charlies Einschreiten tatsächlich den Mord an Lara verhindert hatte, was Lara schlichtweg rasend machte.

»Er wird seine Strafe bekommen«, sagte Jan. »Aber sie wollen keinen Märtyrer erschaffen.«

Lara stand der Frust ins Gesicht geschrieben. Letztlich hielt nur der Umstand, dass Thies' Tochter neben ihr saß, sie von einem erneuten Wutanfall ab. Alina kannte ihre Schwester. Sie wusste, wie sehr sie Ungerechtigkeit hasste.

Aber Alina kannte Lara auch in einem anderen Punkt.

»Soundpod, spiel ›Haus am See‹ von Peter Fox!«, befahl Alina entschlossen.

»Alina«, kam von Lara gequält zurück.

Doch sie schmunzelte bereits. Die Beats strömten aus dem Soundpod. Ein Frauenchor sang »Yeah«.

»Soundpod, lauter!«

Alina stand auf und reichte Lara die Hand.

»Doch die Welt vor mir ist für mich gemacht«, sang Peter Fox, und Alina mit ihm.

Lara atmete tief durch und stand endlich auf. Die anderen klatschten erfreut. Lara wiegte die Hüften, zog Kim zu sich hoch, während Peter Fox »Meine Frau ist schön« verkündete. Kim lachte und sah dabei tatsächlich wunderschön aus. Auch die anderen durften nicht sitzen bleiben. Lucy zog Sammy auf die Wiese. Selbst Jan erhob sich und schnipste mit den Fingern. Die gute Laune überkam sie alle, dort auf dem Brandenburger Hof. Lara strahlte. Dann tanzten sie.

DANK

Danke, Tim Müller, für das Hegen der Idee und den Austausch.

Danke an Felix Rudloff, bei dem ich mich immer wohl und gesehen fühle. Und natürlich für Passierschein A 38, ohne den ich nicht in die Köge gekommen wäre.

Danke, Regine Schmitt, Lars Zwickies und allen bei Piper, für die Unterstützung und das Bessermachen.

Danke an die unvergleichliche Lexow-Runde: Simone Buchholz, Verena Hagedorn, Anne Otto und Hajo Schumacher fürs Ringen um Worte und die Abende am Kamin.

Danke an Andreas Fischer, Jens Uwe Blender, seinen Vater Uwe Blender und all den Menschen zu Land und zu Wasser in Dithmarschen, die Koogland mit Leben erfüllt haben.

Ein ganz besonderer Dank an Tim Gloe und Mirijan Milos vom Nørdnhof für die Gastfreundschaft in ungewöhnlichen Zeiten, die Gespräche beim Wein und das Lokalkolorit.

Und vor allem Dank an meine Expertin, Andrea Schnitt, für Billard nachts auf dem Hof, fürs Aushalten, für die Schlafschafe, fürs Spüren und überhaupt.

Nicht zuletzt ein Dank an Sie, liebe Leserin, lieber Leser. Danke für Ihre Zeit. Ich würde mich sehr freuen, wenn Sie mir ein paar Zeilen darüber schreiben würden, wie Ihnen »Koogland« gefallen hat. Ich antworte auch, versprochen!

michael@michaelmeisheit.de